# 百村搬迁案例

山西省扶贫开发办公室 ◇ 编

山西出版传媒集团　北岳文艺出版社

·太原·

## 图书在版编目（CIP）数据

百村搬迁案例／山西省扶贫开发办公室编.—太原：北岳文艺出版社，2018.10（2021.6重印）

ISBN 978-7-5378-5712-3

Ⅰ.①百… Ⅱ.①山… Ⅲ.①纪实文学－中国－当代 Ⅳ.①I25

中国版本图书馆CIP数据核字（2018）第231296号

| 书　名:百村搬迁案例 | 策　划:赵　瑞　马　峻 | 书籍设计:张永文 |
|---|---|---|
| 编者者:山西省扶贫开发办公室 | 责任编辑:关志英　吴国蓉 | 印装监制:郭　勇 |

出版发行:山西出版传媒集团·北岳文艺出版社
地址:山西省太原市并州南路57号　邮编:030012
电话:0351-5628696（发行部）　0351-5628688（总编室）
传真:0351-5628680
经销商:新华书店
印刷装订:阳谷毕升印务有限公司

开本:880mm×1230mm　1/16
字数:418千字　印张:30
版次:2018年10月第1版
印次:2021年6月山东第6次印刷
书号:ISBN 978-7-5378-5712-3
定价:28.00元

本书版权为本社独家所有，未经本社同意不得转载、摘编或复制

# 《百村搬迁案例》编委会名单

### 主 任
刘志杰

### 副主任
张玉宏　张建成　龚孟建　张伟勤

### 成 员
赵小英　宋坤政　马军侠　高耀东　杨晓华　姜晓武
赵俊超　叶明威　赵　刚　李良库　张临阳　李安庆
郭晋萍　张俊彦　郭　洪　樊彩英　李建忠　康宝林
白雪峰　雷福海　杨志勇　陈林强　侯文亮　安海润
段志岗　李喜红　孙延震　张宗泽

### 主 编
张玉宏

### 副主编
姜晓武　冀鹏翀　李　肖　王　鲲　马治亮

### 成 员
周希泉　杨　雷　岳　虎　陈　龙

## 《百村搬迁案例》出版项目部

**主　任**

赵　瑞

**常务副主任**

古卫红

**副主任**

刘卫红　贾晋仁

**成　员**

马　峻　关志英　吴国蓉　谢　放　薄阳青　陈学清
贾江涛　韩玉峰　巩　璠　庞咏平　曹雨一　刘文飞
王朝军　左树涛　刘思华　鄂宝红　李依潞　史晋鸿
陈　洋　席香妮　张永文

# 前　言

　　山西省地处黄土高原丘陵沟壑区，是全国扶贫开发工作重点省。全国14个集中连片特困地区中，山西有吕梁山、燕山—太行山两个，很多地方深度贫困与生态脆弱相互交织，产业发展滞后、基础设施薄弱、公共服务不足，"一方水土养不好一方人"是脱贫攻坚最难啃的硬骨头。2017年6月23日，习近平总书记视察山西时指出：整村搬迁是解决深度贫困的有效办法。实施整村搬迁，要统筹解决好"人、钱、地、房、树、村、稳"的问题。山西省委、省政府坚决贯彻落实习近平总书记扶贫工作重要论述和视察山西重要讲话精神，以"打不赢脱贫攻坚战，就对不起这块红色土地"的态度和决心，把易地扶贫搬迁作为事关成败的头号工程和关乎民生的重大实事，摆在全省工作的突出位置，省委书记、省长亲自上手、亲自推动，紧盯七个问题，坚持精准识别对象、新区安置配套、产业就业保障、社区治理跟进、旧村拆除复垦、生态修复整治"六环联动"，推进3350个深度贫困自然村整村搬迁，确保搬得出、稳得住、能脱贫，探索走出易地扶贫搬迁的山西路径，受到国务院表彰激励。

### 百村搬迁案例 >>>

"雄关漫道真如铁,而今迈步从头越"。为真实记录全省易地扶贫搬迁历程,提供可借鉴、可复制、可推广的典型做法和成功经验,在各地推荐的基础上,省扶贫办精选100余个各具特色的搬迁村,汇编成《百村搬迁案例》,以图文并茂的形式,全方位、多角度展示易地扶贫搬迁给贫困群众生产生活带来的巨大变化。

山西省扶贫开发办公室

2018年10月

# 目　录

## 太原市

"摘穷帽、去穷根"　探索致富新路
　　——娄烦县米峪镇乡西沟村搬迁案例 ………………………… 003
聚焦脱贫产业　确保搬得出能致富
　　——阳曲县杨兴乡鄯都村搬迁案例 …………………………… 007

## 大同市

今日的扶贫安置点明天的乡村俱乐部
　　——灵丘县东河南镇搬迁案例 ………………………………… 015
建新村"挪穷窝"　兴产业"斩穷根"
　　——灵丘县红石塄乡边台移民搬迁案例 ……………………… 021
彰显脱贫实效　构筑美好家园
　　——天镇县城东郊二里畔万家乐移民社区案例 ……………… 024

乡村旅游路走出"古堡新姿"
　　——天镇县谷前堡镇白羊口村搬迁案例 ………………………… 028

搬迁搬出新气象　脱贫攻坚有力量
　　——天镇县贾家屯乡塔儿村搬迁案例 …………………………… 032

边塞古堡展新容　移民新村换新颜
　　——新荣区堡子湾乡得胜堡村搬迁案例 ………………………… 037

建美丽新村　蹚致富新路
　　——新荣区花园屯乡西寺村搬迁案例 …………………………… 041

六棱山下"站"起的新农村
　　——阳高县鳌石乡均田村搬迁案例 ……………………………… 047

镇边古堡显雄风　乡村旅游促脱贫
　　——阳高县长城乡镇边堡村搬迁案例 …………………………… 051

凝心聚力谋搬迁　真抓实干促脱贫
　　——广灵县宜兴乡上麻地沟村搬迁案例 ………………………… 055

易地搬迁"拔穷根"　采凉山下建新村
　　——云州区聚乐乡西关村搬迁案例 ……………………………… 059

党建引领搬迁　产业托举攻坚
　　——云州区周士庄镇中心村搬迁案例 …………………………… 064

## 阳泉市

勇于开拓创新　从人民利益出发谋思路、定举措
　　——盂县梁家寨乡灯花村搬迁案例 ……………………………… 073

易地搬迁把人集中起来　规划产业让牛散养出去
　　——盂县西烟镇洪镇村搬迁案例 …………………………… 077
念好"七字经"　跳好"三变曲"　平定县富村带穷村带出一片新天地
　　——平定县冠山镇鹊山移民新区案例 …………………… 080

# 长治市

易地搬迁旧貌换新颜　产业发展拓宽致富路
　　——沁源县官滩乡紫红村 ………………………………… 087
下山开启丰收新生活
　　——壶关县百尺镇河西村搬迁案例 ……………………… 090
产业铺开脱贫路　旅游筑牢致富梦
　　——壶关县石坡乡南平头坞村搬迁案例 ………………… 093
离开山沟搬新房
　　——壶关县东井岭乡塔店村搬迁案例 …………………… 097
聚焦撤庄并村　改善生产生活条件
　　——平顺县东寺头乡虎窑村搬迁案例 …………………… 101
强产业发展之基　夯移民搬迁之实
　　——平顺县虹梯关乡芦芽村搬迁案例 …………………… 104
建新村抓产业　重参与强帮扶
　　——沁县定昌镇烟立村搬迁案例 ………………………… 108
生态作底建新村　四个同步"拔穷根"
　　——沁县漳源镇安家岭村搬迁案例 ……………………… 111

依托"党建客厅"　助推脱贫奔小康
　　——武乡县丰州镇代照岭村搬迁案例 ················· 115
昔日抗敌主战场　今日脱贫绘新景
　　——武乡县蟠龙镇关家垴村搬迁案例 ················· 119

## 晋城市

"五个坚持"着力推进易地搬迁
　　——陵川县夺火乡寺南岭村搬迁案例 ················· 125
全党动员　合力攻坚　搬迁群众展新颜
　　——泽州县金福苑移民新村案例 ····················· 129
"三聚三化"让搬迁搬出幸福生活
　　——沁水县固县乡移民新村案例 ····················· 132
"挪穷窝、拔穷根"干群共筑新希望　用心干用情帮　易地搬迁惠民生
　　——阳城县北留镇移民新村案例 ····················· 137

## 晋中市

易地搬迁"挪穷窝"　后续产业促增收
　　——榆社县社城镇北河村搬迁案例 ··················· 145
做搬迁群众的"主心骨"　给搬迁群众吃"定心丸"
　　——榆社县郝北镇集中安置点案例 ··················· 149
稳步易地搬迁　发展特色产业
　　——太谷县小白乡鳌脑村搬迁案例 ··················· 153

实施整村搬迁　助力脱贫致富
　　——太谷县侯城乡大峪坪村搬迁案例 ·············· 157
长短结合，开辟易地搬迁"新天地"
　　——灵石县静升镇集广村搬迁案例 ················ 161
走出大山的"城里人"
　　——和顺县青城镇神堂峪村搬迁案例 ·············· 165
开启新希望
　　——左权县石建乡管头霍家沟村搬迁案例 ·········· 170
"挪穷窝"迁新居　老乡圆了"城市梦"
　　——昔阳县界都乡石门村搬迁案例 ················ 174

## 运城市

"六环联动"出实招　易地搬迁见实效
　　——芮城县陌南镇梧桐小区案例 ·················· 181
扶贫有准头　脱贫有盼头
　　——芮城县永乐镇蔡村搬迁案例 ·················· 185
"挪穷窝、拔穷根"　建新村安居乐业
　　——芮城县大王镇磨涧村搬迁案例 ················ 189
党建引领促脱贫　易地搬迁"拔穷根"
　　——芮城县古魏镇王夭村搬迁案例 ················ 193
走出大山天地宽　美丽生态变资产
　　——垣曲县长直乡古垛村搬迁案例 ················ 197

皋陶古镇新风貌
　　——垣曲县皋落乡皋落村搬迁案例 …………………… 201

办好山村日间照料中心　创建和谐美丽农村社区
　　——垣曲县皋落乡老屋沟村搬迁案例 ………………… 205

三晋迎春第一花　脱贫致富建新家
　　——垣曲县皋落乡岭回村搬迁案例 …………………… 210

人杰地灵乐尧村
　　——垣曲县解峪乡乐尧村搬迁案例 …………………… 215

集中有限资金全复垦　巧用经营补偿安民心
　　——绛县安峪镇丁家凹村搬迁案例 …………………… 219

住小区　干物业　端来"饭碗"劝搬迁
　　——绛县卫庄镇斜曲村搬迁案例 ……………………… 223

搬迁进县城　农民变市民　群众生活水平和质量得到全面提升
　　——平陆县曹川镇曹河村搬迁案例 …………………… 227

变分散为集中　改穷貌图富裕
　　——平陆县曹川镇崖头村搬迁案例 …………………… 231

农民变市民　发展圆新梦
　　——万荣县西村乡岭西村搬迁案例 …………………… 235

四个坚持四颗心　党群同心梦成真
　　——夏县埝掌镇八峪村搬迁案例 ……………………… 241

## 忻州市

建美丽新村　蹚致富新路
　　——岢岚县宋家沟乡宋家沟村搬迁案例 …………… 249
军地同发力　催生新农村
　　——岢岚县神堂坪乡大营盘联村搬迁案例 ………… 253
"挪穷窝、拔穷根"　蹚出产业脱贫道路
　　——岢岚县王家岔乡移民新村案例 ………………… 257
以党建为引领　创新自主脱贫模式
　　——岢岚县阳坪乡阳坪村搬迁案例 ………………… 260
尊重群众意愿　发挥主体作用　做好易地扶贫搬迁工作
　　——五台县耿镇镇耿镇村集中安置区案例 ………… 265
依托景区"安好家"　发展旅游奔富路
　　——五台县驼梁景区黑崖堂移民新村案例 ………… 269
拆旧复垦增减挂钩　走出移民搬迁新路径
　　——繁峙县东山乡化塔村、宫黄沟村、沟南村搬迁案例 …… 274
整村搬迁助脱贫　凝心聚力谋发展
　　——定襄县河边镇山底村搬迁案例 ………………… 277
明长城脚下安新家　长城寨村脱贫稳
　　——神池县烈堡乡长城寨村搬迁案例 ……………… 282
建设扶贫产业园区　实现就地就近就业
　　——代县滨河移民新区案例 ………………………… 286

实施整村搬迁　实现"黄粱"美梦
　　——忻府区兰村乡地黄梁村搬迁案例 ·············· 291
"挪穷窝"　白家岭步上脱贫路
　　——原平市闫庄镇白家岭村搬迁案例 ·············· 296
手牵手搬迁定居　肩并肩创业致富
　　——河曲县单寨乡神堂峁村搬迁案例 ·············· 300
昆仑滩的美丽蜕变
　　——静乐县杜家村镇昆仑滩村搬迁案例 ············ 305
易地搬迁"挪穷窝"　多措并举改穷业
　　——宁武县怀道乡长乙珍村搬迁案例 ·············· 309
"挪穷窝、摘穷帽、断穷根"
　　——五寨县清涟沟经堂寺街办店坪村搬迁案例 ······ 315
整村搬迁"挪穷窝"　两业并举促脱贫
　　——保德县窑洼乡桃园局村搬迁案例 ·············· 320

## 临汾市

"两区"同建创新局　易地搬迁富百姓
　　——大宁县移民安置新区案例 ···················· 327
强化"六环联动"　创建文明新村
　　——浮山县北王乡臣南河村搬迁案例 ·············· 331

搬得出 稳得住 逐步能致富
　　——古县北平镇贾寨村搬迁案例 ………………………… 335
念好易地移民搬迁"五字经" 引领隰县脱贫攻坚"加速度"
　　——隰县陡坡乡移民安置新村案例 …………………… 340
整村推进展新貌 易地搬迁促脱贫
　　——隰县午城镇曹家坡村搬迁案例 …………………… 343
搬新家"挪穷窝" 贫困群众笑开颜
　　——古县永乐乡大井沟村搬迁案例 …………………… 346
易地搬迁"拔穷根" 产业扶贫奔小康
　　——永和县打石腰乡响水湾村搬迁案例 ……………… 351
易地搬迁住新居 旅游脱贫享尊严
　　——永和县阁底乡东征村搬迁案例 …………………… 354
整村搬迁谋出路 产业扶贫帮致富
　　——永和县南庄乡后苏家山村搬迁案例 ……………… 359
扶贫开发显真情 易地搬迁助民富
　　——永和县桑壁镇桑壁村搬迁案例 …………………… 363
搬迁实现安居梦 多措推开增收门
　　——乡宁县厨庄乡仁义村搬迁案例 …………………… 367
政策暖民心 铺就幸福路
　　——安泽县府城镇原木村搬迁案例 …………………… 374
古庄变新村 搬出新希望
　　——汾西县僧念镇古庄村搬迁案例 …………………… 378

易地扶贫搬迁换新颜
　　——吉县柏山寺乡官庄村搬迁案例 ……………………………… 382
思路一变天地宽　易地搬迁换新颜
　　——蒲县薛关镇常家湾村搬迁案例 ……………………………… 387

# 吕梁市

移民新发展　荒山变"金山"
　　——交城县洪相乡广兴村搬迁案例 ……………………………… 395
强化党建引领　助力整村搬迁
　　——交城县岭底乡塔梭村搬迁案例 ……………………………… 399
创新工作思路　引领易地搬迁
　　——交城县县城移民新区案例 …………………………………… 403
特色风貌突出彰显　产业助推脱贫攻坚
　　——临县城庄镇移民新村案例 …………………………………… 407
多措并举谋搬迁　精准到户促脱贫
　　——临县白文镇曜头村搬迁案例 ………………………………… 411
实施易地扶贫搬迁　助推脱贫"摘帽"攻坚
　　——临县兔坂镇南局则村搬迁案例 ……………………………… 415
三个"确保"示范　引领整村搬迁
　　——石楼县小蒜镇闫家山村搬迁案例 …………………………… 419
"支部+合作社"走出易地扶贫搬迁新路径
　　——石楼县裴沟乡集中安置区案例 ……………………………… 422

统筹易地搬迁与生态扶贫　实现群众增收和生态增绿
　　——兴县蔡家崖乡张家梁村搬迁案例 …………………………… 426
挖掘红色历史资源　易地搬迁脱贫致富
　　——兴县蔡家崖乡北坡村搬迁案例 ……………………………… 430
强化党建引领　助力整村搬迁
　　——兴县瓦塘镇常申村、上虎梁村搬迁案例 …………………… 434
坚持"六环联动"　实现和谐移民搬迁
　　——岚县岚城镇阳湾王家村搬迁案例 …………………………… 438
因地制宜兴产业　妙把村庄变"金山"
　　——中阳县车鸣峪乡弓阳村搬迁案例 …………………………… 443
一方山川一方情　易地搬迁天地新
　　——方山县峪口镇柳树塔村搬迁案例 …………………………… 447
换一方水土富一方人
　　——交口县桃红坡镇龙山村搬迁案例 …………………………… 452
昔日"五七"干校　今朝旅游新村
　　——离石区信义镇归化村塔子沟村搬迁案例 …………………… 456

百村搬迁案例

太原市

# "摘穷帽、去穷根" 探索致富新路

——娄烦县米峪镇乡西沟村搬迁案例

根据国家、省、市扶贫开发的总体安排部署,我县扶贫攻坚工作以科学发展观为指导,在省、市各级部门的大力帮助支持下,坚持精力向农村倾斜,项目向基础倾斜,财力向民生倾斜,把易地扶贫搬迁项目建设作为全县扶贫开发和加快区域经济发展的一项最有效、最根本的重要举措。采取多种方式,有序推进易地扶贫搬迁项目建设进程,取得了比较明显的成效,有效改善了群众的生产生活条件,加快了脱贫致富的步伐,为全县社会主义新农村建设、构建和谐社会注入强劲活力。

## 基本情况

西沟村为全县易地扶贫搬迁村之一,属于米峪镇乡下石村行政村所辖的自然村,总人口93户234人,其中建档立卡贫困人口49户132人,非贫困人口44户102人;党员12名。全村耕地面积2256亩,林地3700亩。

西沟村是整体搬迁村,分两种方式安置:54户139人为集中安置(建档立卡贫困户31户86人,同步搬迁23户53人),39户95人为分散安置

（建档立卡贫困户18户46人，同步搬迁21户49人）。采取统规自建的方式修建集中安置房。目前，已全部实现入住。

## 主要做法

### 一、分析村情，理清思路方向

依据自然地理条件，全县划分为深山、地质灾害区、自然生态资源匮乏贫困区。全县地处吕梁山区，西沟村地处灾害频发、自然条件恶劣山区，群众居住分散，基础设施难以配套，扶贫成本巨大，生存条件十分恶劣。通过几年的扶贫实践，县委、县政府深深认识到西沟村这一方水土养不好一方人。全村80%以上的贫困人口聚居在这里，最基本的特征是"荒、贫、缺、穷"。面对现实，只有通过易地扶贫搬迁政策这一措施和途径，将贫困群众从不具备扶贫开发条件、不适宜人居生存的极度贫困地质灾害区迁出来，摆脱恶劣生存环境的束缚，搬迁到生存条件、发展空间相对较好的公路沿线区域，增强贫困群众的自我发展能力和造血功能，才能真正实现在易地扶贫搬迁中扶贫、在扶贫中发展、在发展中脱贫。为了有效突破这一制约贫困山区经济社会发展的瓶颈，有力推进山区扶贫开发，县委、县政府科学决策，把移民作为解决山区贫困问题的主要方法，集中力量开展易地扶贫搬迁，从根本上改善生存发展条件，为解决山区贫困问题闯出新路子。

### 二、统筹规划，因地制宜定方案

为避免在工作中搞行政命令、"一刀切"，县上坚持统筹规划，因地制宜的方针，根据不同情况，采取集中修建、分散安置的方式，有效解决了群众搬迁意愿不同的问题，有力地促进了易地扶贫搬迁工作顺利实施。

同时，为了确保搬得出、稳得住、可发展、能致富，在集中安置工作中，充分尊重搬迁群众意愿，实行自愿搬迁，较好地消除了搬迁群众"故土难离"的情结。群众不离乡离土，很快适应了新的环境和生活习惯，贫困群众搬迁愿望迫切，搬迁户迁出后稳定率高。

### 三、探索实践，科学谋划

为积极稳妥地推进山区易地扶贫搬迁工作，进一步加快山区群众脱贫致富步伐，在广泛调研、科学规划的基础上，研究制订了全县《易地扶贫搬迁工作的意见》和具体搬迁实施方案，确定易地扶贫搬迁涉及的乡镇、搬迁村及搬迁方式，科学谋划后续扶持产业项目。

### 四、完善机制，确保移民不返迁

为了切实提高搬迁户的积极性，让广大搬迁户充分支持、参与这一项目建设，一方面利用电视、广播、村务公开栏等各种媒介和载体多渠道、多形式广泛宣传，在全县营造各级党政领导高度重视、单位部门积极参与、社会各界大力支持、广大群众踊跃参建的浓厚氛围；并对搬迁原则、筛选对象、补助标准、资金来源、建设工期以及项目建设要求、标准等通过县电视台、政府网站发布信息，在各安置区工程点制作工程标志牌等进行公告公示，"阳光"操作，接受社会监督。另一方面，充分发挥搬迁群众项目建设的主体地位，尊重搬迁群众的知情权、选择权和监督权，采取召开搬迁农户大会、讨论确定分配方案的方式。在基础设施、社会公共设施建设过程中，优先组织项目所在地群众参与项目建设，进一步增加了项目实施透明度，增强了项目建设的执行力，取得了社会各界和广大群众的理解、信任和支持。

建立各乡镇实施主体领导机构，明确责任人，完善旧房拆除复垦的操作流程及办法。

## 经验启示

### 一、领导重视是易地扶贫搬迁成功的重要保证

易地扶贫搬迁项目的实施，只有得到领导的高度重视，才能得到自上而下的政策、项目、资金的支持，保证项目的顺利实施。而且，只有领导

的重视，才能将各部门工作重点、责任目标统一起来，才能使土地流转、资金整合、人力调配、技术支持、跟踪服务、后续建设、持续发展等诸多问题得到解决。

**二、县域内移民是易地扶贫搬迁的重要形式**

县域内移民具有土地流转相对比较容易、移民成本低、总体投入少、群众易接受、搬迁户积极性高、便于发动和管理、资金容易整合使用等特点，而且通过县域内易地扶贫搬迁可进一步带动贫困地区经济发展，促进城乡统筹发展一体化进程。

**三、土地流转是易地扶贫搬迁的重中之重**

易地扶贫搬迁的难点在于土地的集中使用和流转。解决好土地流转问题，建安置点让群众集中聚居，不但可以解决边远山区群众因散居而不便集中解决的吃水、行路、用电、上学、就医等问题，而且解决了群众的正常生产问题，解除了群众的后顾之忧，确保实现了搬迁群众搬得出、稳得住、可发展、能致富。

# 聚焦脱贫产业　确保搬得出能致富
## ——阳曲县杨兴乡鄁都村搬迁案例

### 基本情况

　　鄁都村位于阳曲县东北部山区，距离县城34公里，辖张岩、杜家庄2个自然村，共有281户715人，属深度贫困村。全村面积39平方公里，耕地面积2930.4亩。2014年全村共有建档立卡贫困户128户359人。由于地处偏远山区，人口居住分散，广种薄收，经济发展滞后，群众生活十分贫困。得益于精准脱贫政策，2016年鄁都村启动了易地扶贫搬迁工作，2017年12月，139户407人全部迁入新村，并以此为契机，积极发展脱贫产业带动群众增收。2017年底，贫困发生率由50%降至0.4%，年人均收入由2014年的2900元增加到5800元，村集体经济收入达到50万元，实现了整村脱贫"摘帽"。

## 取得成效

鄌都村通过实施易地扶贫搬迁,实现了分散居住的贫困人口"上沟、下山、进新村、住新房",空间布局得到优化;引进七峰山养殖公司,带动了种养殖业快速发展,实现了产业的整体升级;村容村貌焕然一新,"老院有约"等乡村旅游得到较快发展。易地扶贫搬迁从根本上改善了贫困群众生存发展环境,收到了良好的经济、社会和生态效益。

### 一、新村新房新面貌,为发展产业奠定了坚实基础

鄌都村新村占地60亩,总投资3000万元,新建100套二层小楼,带小院,每个小院0.4亩,人均住房面积严格控制在25平方米以内,实现了居住集中、基础设施集中、公共服务集中、能就近就业和"适宜人居、厨卫入室、人畜分离、功能完善"的目标。贫困户刘三元一家过去住在山沟里,2018年9月迁入新居,崭新的二层小楼整洁敞亮,窗明几净,瓷砖铺就的客厅、一应俱全的厨房……80平方米的新房让刘三元一家笑得合不拢嘴。看着一幢幢灰瓦白墙的崭新楼房,他说:"以前在土坯房子里,锅灶在院子里做饭,冬天漏风,夏天漏水。现在花了不到一万就住上了新房,做梦都没想过能住上这么好的房子。"

### 二、脱贫步伐明显加快,为整体脱贫找到一条好路子

引进七峰山养殖公司项目,建成集游园观赏、休闲品尝、农耕体验于一体的大型蔬果采摘园。在公司带动下,鄌都村积极发展本地小杂粮、中药材、笨鸡、旱地蔬菜等产业,建设1个农家庄园,10个农家乐,带动贫困户持续增收。

### 三、生态环境有效改善

鄌都村在易地扶贫搬迁项目带动下,实施退耕还林1232.4亩,综合治理水土流失面积13.2平方公里,有效改善了村庄周边生态环境,实现了脱贫致富与生态建设的"双赢"。

## 主要做法

### 一、"三项原则"确保搬得出

一是群众自愿的原则。通过"四议两公开"程序，确定生存环境恶劣、一方水土养不活一方人、地质灾害威胁、居住分散、发展基础薄弱、交通出行不便的搬迁人口628人。其中，县城集中安置贫困户46户154人，同步搬迁户20户67人；中心村安置贫困户42户114人，同步搬迁户97户293人，通过近亲属合户安置100户。目前，村民已全部搬迁入住。二是选址科学原则。坚持"就业、就路、就医、就学"的原则，科学规划选址。安置点选址在交通方便、地势平坦区域。三是规划引领的原则。按照"新村居、新产业、新生活、新环境"和"居住集中、土地集中、项目集中、基础设施集中、公共服务集中"的原则编制详规。

### 二、"三个严格"确保稳得住

严把搬迁对象准入关，所有搬迁户均按照"户申请、组评议、村票决、镇(乡)审核、县认定"和"两公示、一公告"的办法予以确认。严格政策标准，守住人均住房建设面积不超过25平方米的"红线"。守住搬迁不举债的"底线"，严格控制建房成本，建房所需资金除申请专项资金外，其他均通过县财政统筹整合解决。同时守住项目规范管理的"底线"，确保搬迁户"拎包即住"。

### 三、"三个引领"确保能致富

一是扶持新型经营主体。充分发挥山区气候适宜、饲料充足的资源优势，通过与七峰山养殖公司的合作，产村一体、户企融合，建立"养殖基地+村集体+贫困户"产业扶贫机制，采取收益分成和保底收益扶贫模式，确保公司、贫困户、村集体三方共赢。从2016年开始，鄯都村为七峰山养殖基地提供扶贫贷款193万元，每年通过"借本还息"的方式，村集体收入15.44万元；通过"折股量化"产业扶贫模式，村集体以288万元扶贫资金入股七峰山养殖公司，每年分红18.24万元。村集体将以上收益60%用于村里设立的9类公益岗位，40%用于小型扶贫惠民事业。与基地劳务用工、订单供应饲料合作以及种植、旅游业，直接为村民提供50余个就业岗位，人年均增收2万元左右。同时，旧村原有土地通过流转、承包、推广良种良法等，与七峰山养殖公司发展订单农业。二是产业联动引领。过去的鄙都村，产业主要以种植、养殖为主，主要种植土豆、芸豆、玉米等农作物，养殖主要以肉牛为主。引进七峰山养殖公司后，重点在"提质提速提效"上下功夫，走规模化、品牌化、生态化的道路，打造了旱地蔬菜、中药材、小杂粮等种植项目，重点在养牛、猪、羊、笨鸡上下功夫。村集体为每户发放10只笨鸡，共发放2800只，为贫困户平均增加收入750元左右；全村共种植旱地蔬菜102亩，带动贫困户92户，旱地蔬菜每亩补助400元，为贫困户平均增加收入1000余元；种植中药材500亩，通过土地流转、订单带动办法，帮助贫困户69户180人增加收入；2018年投资341万元建村集体养猪场，并与大美杨兴养殖有限公司签订租赁协议，租期10年，每年租金12万元。三是大力发展乡村旅游。坚持在村庄风貌、民居样式和功能设计上突出旅游功能，大力发展乡村旅游，新村的水、电、路等基础设施和"村民之家"、村卫生室等社会公共服务建设全面配套，硬化道路1.2万平方米，"村民之家"大理石硬化600平方米，绿化3000平方米，修筑护坡235米、排水沟400米。新栽200余株国槐，改造上下水，新建垃圾池7座，田间道路改造1.5公里，做到了既是易地搬迁安置点，又是美丽宜居乡村，增强搬迁群众持续增收能力。

## 经验启示

**一、实施易地扶贫搬迁，是解决深度贫困村基础设施差、居住环境差、产业基础差的治本之策**

边远山区贫困地区气候高寒，灾害频繁，交通不便，生态恶化，村民基本丧失了生存条件。易地搬迁扶贫是改善区域经济发展环境、实施可持续发展的重大举措。移民户迁到了靠近县城、乡镇、市场、公路等比较适宜居住的地方，实现了安居乐业，生存发展环境明显得到改善。

**二、发展产业与易地扶贫搬迁同步，是实现脱贫的重要举措**

郜都村的实践证明，必须因地制宜，把培育产业作为脱贫致富的重要举措。因地制宜培育产业，大力培育新型经营主体，不断创新"减贫带贫"机制，着力增强贫困户的"造血"功能，脱贫攻坚才能取得进展。

**三、坚持党建引领，志智双扶是易地扶贫搬迁的根本保障**

穷则思变，扶贫先扶志。易地扶贫搬迁政策性强、工作量大、情况复杂，必须充分发挥党建的引领作用，利用"周末学堂"这种载体，提升贫困户整体思想，统筹各种资源，凝聚社会合力，团结带领贫困群众撸起袖子加油干，在脱贫攻坚战场上展现大作为。

# 今日的扶贫安置点明天的乡村俱乐部
## ——灵丘县东河南镇搬迁案例

地处灵丘县西大门的东河南镇,是全县的一个人口大镇、经济重镇,全镇下辖28个行政村,68个自然村,共有10647户32154人,其中建档立卡贫困户1017户2897人。脱贫攻坚战役打响以来,东河南镇党委、镇政府深入贯彻落实中央、省、市、县重大决策部署,将易地扶贫搬迁作为打赢全镇脱贫攻坚战的"当头炮"和"主战场",按照"七六紧跟守五线,党建引领保发展,多元产业促脱贫,多措并举赢胜利"的工作思路,用心用情用力推进,严格落细落小落实,打造易地扶贫搬迁助力脱贫攻坚的"山西样板"。

2017年以来,全镇共实施了3处易地扶贫搬迁安置工程,其中位于英雄平型关下,总投资1186万元、占地面积50亩,建筑面积5065平方米的幸福美丽宜居"新小寨"于2017年9月胜利竣工并正式入住,生动诠释了实施易地扶贫搬迁的实践路径。

## 围绕脱贫成效，强化六个坚持，确保"七六跟进"上水平

搬迁只是手段，脱贫才是目的。东河南镇把脱贫作为易地扶贫搬迁的底线任务，下足绣花功夫，强化6个坚持，使"人、钱、地、房、树、村、稳"7个问题统筹融合到"六环联动"中，确保问题及时准确破解，脱贫质量高、成色好。

**一、坚持两查一论证，走好精准识别"先手棋"**

扶贫脱贫，识别为先。东河南镇党委、镇政府聚焦全镇坚持以自然村整体搬迁为重点，开展了自然村村情调查和贫困户搬迁意愿调查"两个调查"。在此基础上，通过党政联席扩大会议进一步论证，将小寨村委下辖的含水自然村列为重点，整体搬迁出该村87户227名群众。

**二、坚持三高三融合，下足安置配套"绣花功"**

小寨村处在平型关红色旅游景区之内，地理位置优越，因此把占有综合优势的小寨村作为易地扶贫搬迁安置点之一。首先是高定位设计。综合考虑"后续产业发展、红色旅游景区和美丽乡村建设"三大要素，编制了村庄布局、红色景观和基础设施建设等一系列规划，实现一步规划到位，未来发展有序，确保能长远、可持续发展。其次是高标准推进。按照打造集红色旅游、非遗传承、农耕文化为一体的旅游景区的要求，完善了水、电、路、网、卫生室、学校、便民超市等"四通八有"建设，并建有广场、无墙博物馆、假山、汉白玉跨河桥等，确保基础设施配套完善，服务功能完备，搬迁居民在这里生活得舒适方便，使安置点标准高、功能全。第三是高效率实施。通过多次召开镇村和施工队三级工作推进会，明确时间进度节点，落实镇村第一责任人责任，群众参与督导和每月一次挂牌督办来加速推动项目建设。第四是房屋构建三融合。追求"留得住乡愁，保得住原味"，房屋构建上将古色、红色和现代元素三融合。古色的砖混结构两层楼，黄土高原特有的窑洞式窗户，不仅保留了山区传统的民居特

色,更重要的是融汇了作为老区人民独有的红色理念,室内布局包括客厅、卧室卫生间、餐厅、厨房等,装修现代感十足。

### 三、坚持一企带增收,建起复垦开发"新机制"

通过实施含水有机农业综合开发项目,在确保农民不离地、不失地、不失业、保增收的前提下进行村企合作,将第三产业成功植入乡村,有效带动第一产业的发展,使农民收入从单一的第一产业,发展到第一、二、三产业联动,优势互补,真正让群众离开本土后能够增加收入,实实在在致富。将含水村搬迁后拆除复耕开发,并把原来村民承包的1000亩土地经营权统一打包流转给农业公司,实施有机种养殖生产等农业转型发展项目,按照合同约定,开发公司前3年每亩地每年支付社员土地流转金400元,土地流转金以后每隔3年递增5%,经营盈余分红村民占30%,公司占70%,土地流转完成后,村民可获得土地流转、劳务工资和盈余分红三项收益。

### 四、坚持造管齐提升,打赢生态整治"保护战"

着力推进绿色发展,做好生态环境治理。依托太行山绿化工程和京津风沙源治理工程,对4000亩荒山进行绿化,并紧紧抓住新一轮退耕还林政策机遇,对不适宜种植的800亩耕地实施退耕还林,并选派2名有劳动能力的搬迁贫困户为生态护林员,切实做到造管并重,生态恢复与保护双提升。

### 五、坚持"四个全覆盖",织牢产业就业"支撑网"

搬迁不仅为百姓规划"房子",更重要的是规划"日子"。为了能稳住搬迁群众的人,安住搬迁群众的心,镇党委、镇政府通过实施产业带动、旅游扶贫、资产分红、生态治理"四个全覆盖"带动贫困群众增收致富。首先是做大一产发展养牛业带脱贫。依托德盛生态养殖专业合作社,采取"合作社+基地+搬迁户"的运作方式,通过资产收益或在合作社务工等方式带动"含水人家"87户每户年增收1000元。其次是做强三产发展旅游业保脱贫。瞄准平型关红色旅游景区客流量大,吃、住、行、游、购、娱需求旺盛的实际,小寨扶贫安置点建成沿街商铺40余套,配套建设红色景观及群众剧院、农家客栈。村民既可参与景区服务，增加工资性收入，又可通过发展农家客栈增加财产性收入，预计两项收入人均年增收5000多元。第三是做实旧村开发促脱贫。资源变资产，将搬迁村含水村原来的1000亩耕地流转给农业公司，发展有机种植业，获得租金和分红收益。第四是做好生态建设助脱贫。实施退耕还林和让有劳动能力的搬迁群众参与植树造林、生态管护，获得政策补偿、务工工资收益。

## 六、坚持规范化管理，做精社区治理"大文章"

按照新社区有新秩序的要求，积极推动物业管理好、环境维护好、文明建设好的"三好"社区的环境建设。根据搬迁群众的意愿，小寨移民新村取名为"含水人家"，在小寨村村两委统一管理的基础上，新成立了含水人家移民小区临时党支部（社区服务中心），救助补贴、证件办理等各类服务事项"全权包办"，提供就业、就学、就医、红白喜事"全无忧服务"；组建了由5个贫困户组成的保洁队，确保环境干净整洁；坚持每月至少举办2期道德讲堂，树立居民新风气，形成社区好风尚。

## 严把政策尺度，突出方法路径，确保"牢守五线"不走样

鞋大鞋小，不能走样。镇党委、镇政府严把政策戒尺，严守搬迁对象精准不越界线、住房面积标准不越标线、资金投入吃准不越底线、项目管理把准不越红线、资金使用卡准不越高压线，确保真扶贫、出成效。

### 一、明确责任压担子

认真开展了搬迁对象精准"回头看"工作。严格落实镇党委书记和镇长、村支部书记和村委会主任"双组长"责任制，镇、村两级层层签订责任状，明确责任人。建立了镇干部包村、村干部包户包保制，确保每个搬迁户都有"包保"责任人，包宣传、包进度、包质量、包入住，一包到底。镇领导带头撸起袖子加油干，扑下身子抓落实，亲自担任施工队长，全过程推进，确保质量好、效率高。

## 二、宣传认识对路子

经过镇、村两级干部挨家挨户认真核实了解，全村主动积极搬迁的11户，摇摆不定的49户，明显抵触的27户。针对这种状况，我镇强宣传重引导，因户施策，"说、带、看"多策并用来提高搬迁户认识。首先是按照"包保"责任制，镇、村干部逐户逐人为贫困群众讲政策、算细账，让他们搬得明白、搬得高兴。其次号召村党员发挥率先垂范作用，带头搬迁，带头落实相关政策，让搬迁群众学有榜样。第三是镇党委、镇政府带领村干部和群众代表赴阳高、天镇及内蒙古等地外出参观考察，用现实说服群众，使他们更新观念，放下包袱，消除顾虑。通过多方式宣传动员，使"要我搬"变为"我要搬"。

## 三、监督管理量尺子

针对项目报批、用地管理、招标采购管理、施工管理等事项，建立了一整套监管制度体系，确保项目运行程序规范，技术标准和质量要求双达标。充分发挥群众的监督作用，推选2名村民代表为质量监督员全程监管，发现问题及时处理，工程验收时每户出一名代表参与其中，确保群众满意度。

# 注重干群同力，发挥联动作用，确保"党建引领"取实效

移民搬迁的最终目的是让贫困群众脱贫致富奔小康。为了让移民群众能脱贫，东河南镇充分发挥基层党组织战斗堡垒和党员先锋模范作用，采取"支部带农户、党员联农户"模式，推动贫困户稳步增收。

## 一、"支部+农户"强力度

全镇13个村党支部以壮大集体经济为抓手，在安置点承接经营了16套商铺，结合实际办起了"红色留念""玫瑰缘""荞这一家子"等独具地方特色的风味一条街。通过"5+4+1"（5份留给村集体，4份分给村内贫困户，1份让给搬迁户）利益分配模式，每个村党支部在带动本村贫

困户的同时,再带动安置点1户贫困户。国庆长假期间,天天游客爆满,每家均接待60—70名客人,切实增强了组织引领助脱贫的力度。

二、"党员+农户"增厚度

对无劳动能力或缺乏经营能力的搬迁户,组建了"党员帮扶团",采取"N+1"模式带动脱贫("N"是指经济基础强、经营能力强的若干党员,"1"是1户搬迁户)。党员根据各自情况,出钱出力,利用搬迁户的搬迁房经营农家乐,实现等额分红,保底增收。现全镇有11名党员成功对接了59户贫困户,第一批"笋样儿""留香阁"等13家农家乐已开业,切实增加了党员带头促脱贫的"厚度"。

青山犹如好风景,绿水激起新境界。如今,小寨易地扶贫搬迁新村——"含水人家"正提振精神、攻坚克难,在脱贫攻坚的道路上步履铿锵,在新时代奔赴小康的征程中昂首前行!今后,在习近平总书记新时代中国特色社会主义思想指引下,今日的小寨扶贫安置点,必将成为明天的"乡村俱乐部"。

# 建新村"挪穷窝" 兴产业"斩穷根"
## ——灵丘县红石塄乡边台移民搬迁案例

红石塄乡边台易地扶贫搬迁点涉及边台、龙玉池、沟掌3个行政村、7个自然村，规划总面积50平方公里，耕地面积2801亩，共搬迁378户913人。其中建档立卡贫困户174户473人。目前，边台易地移民安置点建设进入尾声，村民在入冬前就可住进崭新的楼房，一个承载着无限希望的新村终于建成，望着一栋栋新楼，村民们脸上洋溢着幸福的笑容。

### 高端规划，要让群众住得开心

高端规划，以打造全域有机农业示范基地为抓手，建设桃花沟有机社区，将社区建设与易地搬迁扶贫、平型关国家有机农业公园建设相结合，与美丽乡村建设相结合，与建设特色有机产业小镇相结合，与当地的山水、生态、文化元素相结合，坚持村企合作、综合开发、盘活土地、共创效益的原则，采取"政府+合作社+企业"的模式，政府投入基础设施建设等项目资金，村民出宅基地，企业建设运营保障兜底，实现人力、财力、物力的有机整合。

高标准实施。以有机农业为基础,以旅游观光为核心,加大投入,推进基础设施建设,通过道路、给排水、供电、供气、污水处理及垃圾转运等基础设施配套建设,改善居住环境,提高生活质量,完善服务功能,力争把桃花沟有机社区建成集"教、医、养、游"功能为一体,辐射京津冀地区的康养小镇。

具体实施就是将边台、沟掌及龙玉池3个行政村中7个自然村的378户913人整体搬迁,在边台村建设建筑面积22930平方米的三、四层结构安置楼房,建有50平方米至90平方米不同规格的住房共计378套。项目实施分两期建设,第一期搬迁边台村、龙玉池村及沟掌村,建设观景桥3座、生态停车场1处及生态水系等。第二期建设文昌阁1处、新农村社区、山地艺术社区、三山旅游社区、悬空酒店1座、行车路和车行环岛、四合院和景区入口等。

## 尊重民意,要让群众搬得放心

住惯的坡不嫌陡,故土情结难割舍。用心做好"要我搬"变"我要搬"的工作。

为使搬迁阻力降到最小,乡里成立了建设指挥部,抽调业务精、协调能力强、善于做一线群众思想工作的干部,集中时间与精力,投入到一线拆迁工作中。将任务落实到涉及拆迁的每户、每块地,做到任务明确、时间明确、人员明确。

在制订易地移民搬迁拆迁补偿工作方案时,认真考虑人、房等多种因素,经过广泛征求群众意见,召开村民代表大会,出台了切实可行、符合民意的方案。乡村两级干部通过贴广告、开大会等多种形式,宣传项目建设的重要意义与拆迁补偿政策及法律法规,号召群众围绕工作大局遵纪守法、密切配合。

乡村干部进村入户,结合车河人搬迁后的幸福生活实例,挨家挨户地细心做群众的思想工作。村干部带头迁坟。

为使搬迁过程公平公正，红石塄乡严格落实各项政策，统一执行补偿标准，并张榜公布，让群众监督。

阳光是最好的消毒剂。一切都在阳光下展开，合情合理的举措，赢得了群众的认可和赞许。特别是在房屋补偿上，没有一起上访事件，没出现过难缠户。

## 产业带动，要让群众过得舒心

在边台易地扶贫搬迁中，坚持有机小镇与有机产业同步建设，解决"能致富"问题。

3个村庄成立了全体村民参加的合作社，村民将土地承包经营权流转到合作社，合作社与企业进行股份合作，注册成立农业开发公司，将3个村的耕地及生态资源进行综合开发，打造3个有机园区。以发展沟域经济为主，采用"有机农业＋旅游产业"模式，带动当地村民脱贫致富。

**一、通过种植有机杂粮、蔬菜、苹果、山楂等，打造有机种植园区**

2018年共栽植蜜脆苹果300亩，预计3年后，亩产收益1万元。种植中药材500亩、有机杂粮1500亩。

**二、引入现代养殖技术，打造有机养殖园区**

投资3000多万元，建设占地面积3000多平方米的工厂化循环水养殖场，养殖大西洋鲑（三文鱼）、石斑鱼，建设70米长集养殖观光于一体的观光鱼长廊，发展蜜蜂养殖1000箱，实现科普教育与旅游文化的有机融合。

**三、围绕桃花山景区，打造生态旅游园区**

通过"企业＋村集体＋合作社（贫困户）"模式合作，既增加了村集体的经济收入，村民又有了土地流转收入、务工收入、股份分红、旅游服务收入，在转变为新型职业农民的同时，实现精准脱贫。目前，开工建设了占地5000平方米的生态驿站、100亩的景观长廊。

# 彰显脱贫实效　构筑美好家园
——天镇县城东郊二里畔万家乐移民社区案例

天镇县位于山西省东北端，地处晋、冀、蒙三省区交界处，国土总面积1635平方公里，辖12个乡镇、235个行政村，总人口22.9万人，其中农业人口19.1万人，占83.4%。全县建档立卡贫困人口2.2万户5.17万人，是全省10个深度贫困县之一。脱贫攻坚对于天镇县这样财力物力都相对匮乏的深度贫困县而言是一块尽全力才能啃下的"硬骨头"，脱贫致富对于天镇农民这样面朝黄土背朝天的传统农民来说是一个尽全力才能实现的美好追求（脱贫致富不能是"挡路石"），特别是有些村庄地处偏远，山大沟深，交通闭塞，水源匮乏，整体脱贫难度大。针对这种情况，天镇县委、县政府在充分尊重群众意愿的基础上，因地制宜、科学布局，集中打造65个安置点，对3.12万人实行易地扶贫搬迁。其中，投资4.56亿元集中打造的县城东郊"万家乐"移民新区，堪称移民安置点建设样板工程。

天镇县坚持"六环联动"，统筹考虑"人、钱、地、房、树、村、稳"7大问题，以改革思维破解易地搬迁难题，集中力量打造县城二里畔"万家乐"移民社区，建设集生产、生活、生态、生意、生机以及美化、亮化、绿化、文化、教化于一体的"五生五化"安置点，以此作为优化城乡二元结构、攻克深度贫困的头号工程，探索出一条农村变社区、农民变市民的脱贫综改新路。

## 打造生活功能区

紧扣"人、钱、地、房、树、村、稳"7个问题，在县城东郊二里畔集中建设一个移民小区，项目一期投资2.82亿元，用地229.4亩，建设28栋6层楼、总面积16万平方米，其中住宅14.3万平方米、商业1.2万平方米、公建0.5万平方米，规划安置搬迁户1740户5691人。该项目于2017年8月16日开工，目前正在进行房屋内部装修和小区配套建设，计划2018年10月底入住。项目二期计划投资1.74亿元，占地166亩，建设24栋6层楼总面积14万平方米。其中住房13.2万平方米、商业0.54万平方米、公建0.28万平方米。计划搬迁安置1626户4349人。该项目已完成基础工程，年内建成主体工程，预计2019年底搬迁入住。

## 打造生产功能区

跳出"就移民抓移民"模式，既要兜住易地搬迁的脱贫底线，又要统筹解决搬迁后续生活问题。为此，我们在引进制衣厂、家具厂、黑陶瓷工艺等实体项目基础上，借鉴河北固安"标准化车间"模式，在紧挨移民小区东侧规划用地181亩，建设5万平方米"标准化车间"，由泰瑞集团投资1.3亿元，吸引同煤集团劳保用品加工企业，承接雄安新区劳动密集型产业转移，就近就地解决群众就业问题，确保搬得出、稳得住、能致富。目前，正在进行规划设计。此外，利用光伏产业、门面租金收入，兜底保障深度贫困群众基本生活问题。

## 打造生态功能区

结合全县实施县城绿地系统规划一期工程，抓住全省"在造林任务和资金上继续向深度贫困县倾斜"的有利机遇，坚持"系统规划、高低搭配、见缝插针、彰显特色"的理念，大力推进移民社区周边道路、环区、公园和广场"四大绿化"工程，同步推进园区亮化、美化、文化等公共设施配套，建设绿色生态家园。

## 打造生意功能区

重点念好"三本生意经"。一是依托临街两侧建成的二楼门店，规划建设商贸物流区，打造日用消费品、农副产品商贸带，做好集贸生意；二是依托生产、观赏、销售于一体的黑陶瓷工艺等加工企业，打造国陶展品步行街，既提升文化内涵、风景区建设，又实现经营收益、体现生意价值，做好加工生意；三是依托工厂企业和群众居住多的优势，计划依托职业培训和小额贷款等，帮助贫困群众，发展地方小吃、特色快餐等，做好美食生意。

## 打造生机功能区

围绕推动乡镇职能转变，对20个易地搬迁村的党组织进行优化整合、并村减干，集中成立一个村级党委，实行党务工作县委直管、业务工作乡镇协管"双重领导"机制，探索县乡共建共管社区模式；围绕推动社区服务转变，以社区"去行政化"改革为方向，由曾担任过村两委的干部组建社区义工团队，从贫困户中选聘社区工作者，开展网络化管理、社会化服务，打通服务群众"最后一公里"。

建得广厦千万间，贫困群众尽欢颜。带领人民创造美好生活是我们党始终不渝的奋斗目标，安居乐业是百姓对美好生活的基本勾勒。天镇县东郊二里畔移民社区建设是当地脱贫战场上打得最为漂亮的一场攻坚战，是该县实施精准扶贫、精准脱贫的有力抓手，是天镇如期实现脱贫"摘帽"的保障性工程和关键举措。在中共天镇县委十四届五次全体会议暨经济工作会议上，二里畔易地移民搬迁一期工程入列全县"十大工程"之一。工程开工以来，县委、县政府密切关注施工进展以及工程质量，以对天镇人民高度负责的态度，严格把好质量、安全、进度、人民、历史、责任这"六道关"，努力打造成全省规模最大、标准最高的易地扶贫搬迁小区。举全县之力，做到绿化、美化、亮化、硬化、教化"五化同步"，真正让老百姓享受到党的温暖和国家的关怀。项目竣工后，5个乡镇20个贫困村1万多名贫困群众将告别破窑危房，一步住上好房子，稳步过上好日子，安居乐业双梦同圆。

# 乡村旅游路走出"古堡新姿"
## ——天镇县谷前堡镇白羊口村搬迁案例

白羊口村位于天镇县谷前堡镇，古称镇宁堡，在古代是天镇县境内明长城沿线"八堡一城"之一。该村地处阴山支脉南麓，北与内蒙古自治区兴和县接壤，明长城遗址穿村而过，长城内外遍植杏花，每年杏花花季，整个村子仿佛裹在一团杏花影中，来这里攀青山、登长城、看古堡、赏杏花的游客络绎不绝。2017年以来，该村全面实施易地扶贫搬迁，并依托当地优美的自然风光和厚实的文化底蕴，发展乡村旅游事业，助推该村脱贫致富。

### 老村庄面临的新问题

白羊口村位于天镇县城正北端，距县城13公里，境内东西长10公里，南北宽12公里，辖区面积120平方公里。呈北部高、南部低的态势，最高海拔2100米，是县境内的最高端，当到达北山最高峰时，鸟瞰县域全景，可感受"登东山而小鲁，登泰山而小天下"的豪情快意。全村由2个自然村组成，即白羊口与袁治梁，全村户籍总人口280户680人，五保户有14户,低保户有74户,建档立卡贫困户85户147人。全村耕地面积3600亩,贫瘠缺水,沙化严重,粮食种植以玉米、马铃薯和小杂粮为主,老百姓春种秋收换来的仅仅是果腹之粮。退耕还林面积2500亩,主要种植杏树。2016年,全村年人均收入不足2000元,是天镇县126个贫困村之一。近年来,村中青壮年劳力全部外出打工,老弱病残留守村中,更加使得该村脱贫后劲乏力,如何兴产业促脱贫成了这个古老村庄面临的新问题。

## 乡村旅游为脱贫开路

白羊口村建村年代久,历史积淀深厚,自然风光优美,旅游资源丰富,村内古戏台、古院落等历史遗存较多,特别是村北明代古长城别具特色,是全省首批旅游扶贫示范村,被省住建厅确定为省级传统村落,列入保护名录,发展乡村旅游产业优势得天独厚。2016年,天镇县出台"3445"发展方略,将打造留住乡愁的"天城古镇"作为重要发展方向之一。谷前堡镇抢抓发展机遇,充分挖掘白羊口村文化底蕴深厚,为该村量身打造了一条乡村旅游脱贫之路。在当地镇政府的积极运作下,吸引本村能人宋宝平回村创业,组建山西镇宁堡旅游开发有限公司,大力发展以长城古堡游览、乡村旅游、休闲度假、旅居康养为主要内容的旅游产业。

2017年,镇宁堡旅游开发有限公司紧紧抓住古长城旅游路开工建设的先机,投资270万元,高标准打造了1处农家乐示范项目。农家乐采用仿古建筑风格,凸显着一份古色古香,与古堡杏花相映成趣,目前主体工程已完工,正在加紧装修,2018年10月底就可以投入运营,成为古长城旅游路沿线的第一个旅游村。

农家乐建成后,村里85户贫困户每户每年可实现项目分红500元,并为贫困户提供20个扶贫就业岗位,年人均收入1.5万元左右,可短期内带领村民脱贫致富,也可长久地保障脱贫成果。日前,白羊口旅游产业发展再传喜讯,2018全省重点打造100个旅游扶贫示范村,谷前堡镇白羊口村榜上有名，这意味着该村将获得更多的资金倾斜和政策红利，一条乡村旅游脱贫路正越走越宽。

## 易地搬迁为产业护航

旅游产业要发展，一个干净整洁的环境必不可少，但纵观白羊口村，处处土坯房、破窑洞，外表残破，布局凌乱，村容村貌可想而知。村中街巷都是老旧土街，不单车辆无法通行，路人行走也是"晴天一身土，雨天两脚泥"，虽说文化底蕴厚重，但游客到此往往绕村而行。为彻底改善村民生活居住条件，加快改善人居环境，2017年，县委、县政府投资454.71万元，对该村实施易地扶贫搬迁工程，安置点总占地面积35.55亩，计划搬迁该村居民79户141人。目前，新建移民房已经具备入住条件，正在进行分配入住。

在易地扶贫搬迁工程实施过程中，该村因地制宜，重点把握了三条原则：一是在安置点选址上，重点把握了由"靠山"到"靠路"的原则。在规划该村的易地扶贫搬迁工程时，恰逢省、市全力打造古长城旅游"天路"，当地抢抓这一机遇，在"天路"旁选定安置点，进一步放大"靠路"优势。如此一来，交通更加便利自不必说，还能收到很好的"广告"效益，当游客从古长城旅游由"天路"驱车而过时，该村古香古色的农家建筑和优美的自然风光尽入眼底，使人心生向往，忍不住要到此一游。二是在建筑风格上，重点把握了由"做新"到"做旧"的原则。移民房建筑风格为仿明清古建筑，灰砖青瓦，走兽飞檐，与旧村传统民居色调一致，与长城古堡相得益彰，进一步彰显了当地的历史文化底蕴。此外，该村还环新村垒砌仿长城石头墙5000余米，垛口女墙无不体现出当地古代军旅文化特色，别有情趣。三是在产业配套上，重点把握了从"一产"向"三产"的原则。白羊口村远离城市喧嚣，四周杏林环抱，空气清新、环境怡人，天然泉水傍村而过，村中老人个个身体健康，是当地有名的长寿村，打造康养基地优势得天独厚。结合易地扶贫搬迁工程，当地政府规划重建镇宁古堡，修缮堡墙、古戏台、古神庙，恢复古色古韵建筑特色，通过移民搬迁统一堡内仿古式民居建筑风格，一家一院配有火炕灶台，游客可暂住游乐，也可旅居疗养，甚至可长期租住安度晚年，以清心安逸、健康休闲的生活方式，人与自然和谐相处的方式打造田园养生、康养旅居福地，吸引京津等大城市游客到此旅游养生，为该村乡村旅游再添一把火，有效推动当地主导产业规避土地制约，实现传统农业向旅游康养产业的跳跃发展。

## 经验启示

天镇县将"乡村大振兴、工业大振兴、生态大振兴、文旅大振兴"写入全县发展的总体思路，白羊口村的"文旅脱贫梦"有了"东风"更有了底气。农家乐开业在即，休闲垂钓池、仿古堡门和古戏台已经修建完成，东山采摘园内经济林木长势喜人，春花夏果皆可成景，一个"旅游+康养"的福地正日渐成型。

# 搬迁搬出新气象　脱贫攻坚有力量
——天镇县贾家屯乡塔儿村搬迁案例

天镇县塔儿村地处偏僻山丘区，由于山高坡陡、沟壑纵横、环境恶劣，一方水土难养一方人。脱贫攻坚战打响以来，一项项扶贫惠民政策如春风化雨，滋润着这片干渴的土地，舒展了百姓愁苦的眉头。作为脱贫攻坚头号工程的易地扶贫搬迁工程，如一把"金钥匙"，开启了塔儿村群众的新生活，奏响了补齐奔小康短板的最强音。

**好政策惠民生，故园旧貌换新颜**

塔儿村位于天镇县贾家屯乡西北方向，是一个典型的丘陵山村。全村耕地面积3850亩，退耕还林面积1700亩，以种植玉米、马铃薯、小杂粮等传统农作物为主，常住村人口215户608人。

七沟八梁一面坡，十年九旱收入薄。全村人都住在西沟的土窑洞，爬高下低道路不畅，除了石块便是土，晴天一身土，雨天一身泥，而陈年破窑洞是冬不保暖夏不凉，汛期还会受到泥石流、山洪的威胁，一些随时有倒塌的危险，破旧的寒窑直接影响着村民的日常生活。贫瘠的土地很大程度上制约了生产发展，一年下来，村民除了旱薄地收获的一些粮食，现金收入少之又少。

穷则思变，变从何来？党的扶贫惠民政策洒下阳光雨露，一切都在改变。村两委紧紧抓住国家和我省实施易地扶贫搬迁工程政策机遇，在广泛听取村民意见的基础上，专家调研论证，因地制宜，科学规划设计，制订了整村易地搬迁的扶贫脱贫实施方案。项目申请批复后，立项实施，以易地扶贫搬迁为突破口的脱贫攻坚战第一枪打响了，移民新村选址工地机声隆隆，彩旗飘扬，群众兴高采烈，大力支持参与，个人出资部分不到一周全部筹齐。新建住房每户每间个人出资3000元，政府补贴2万多元，共建成住房583间，180户583名贫困人口彻底告别了土窑洞，住进了砖瓦房，实现了整村搬迁。

有了好房子，还要有好环境，过上好生活。在推进整村搬迁项目实施过程中，村两委积极联系协调驻村帮扶单位，争取资金75万元，全部用于新村硬化、绿化、亮化、美化等基础设施建设和公益设施建设，共硬化街道1.5万平方米，栽植景观树8000余株，建文化广场1个3600平方米，安装太阳能路灯26盏，修复云峰寺、如意塔，铺设通往寺塔台阶200多米，……这些设施的建设和完善大大改善了村民的出行、文化娱乐健身、休闲等日常生活条件。

## 抓党建兴产业，小康路上勇奋进

易地扶贫搬迁工程的实施，不仅点亮了百姓向往美好生活的明灯，更鼓足了他们脱贫致富的信心和决心。塔儿村依托国家扶贫政策，确定了大力发展"光伏发电、养殖产业、劳务输出、特色农业"四大主导产业的脱贫新思路，快速推进脱贫攻坚。

### 一、发展光伏产业经济

争取到国家光伏发电扶贫项目，开发利用荒山荒坡，建成了多村一站式光伏发电站，装机容量300千瓦，年发电量45万千瓦时，每年光伏收益8万元，6万元发放到贫困户手中，2万元积累了村集体经济收入，用于公益事业支出。

### 二、发展分红型经济

引导扶持村民分别成立了4家种养合作社，吸收建档立卡贫困户参与入股。2017年为这4家种养合作社争取到400余万元的扶贫贷款，目前合作社年出栏生猪1000余头，发展养羊1500只，养鸡、养驴、小杂粮加工等产业也蓬勃兴起，有百余户农民获得近30万元的分红收入，为刚脱贫的农户巩固脱贫成果奠定了坚实的经济基础。

### 三、发展劳务型经济

每年向北京、包头、大同等地输送青壮年劳力400余人，从事建筑、装修、家政服务等工作，年增收1200多万元。组织妇女积极参加家政培训，进京当保姆，年人均收入3.5万元。

### 四、发展特色型经济

大力调整产业结构，种植干果经济林，套种党参、黄芪、黄芩等1000亩，建设人工草地700亩。同时不断提升优势产业，发展地膜覆盖玉米500亩，建设优质马铃薯籽种基地600亩，种植谷黍、莜麦、豆类等小杂粮1200亩。

## 树形象开新局，乡村振兴正当时

塔儿村因云峰寺、寺塔山而得名。云峰寺历史悠久，寺塔山钟灵毓秀，如意塔沧桑古朴，有许多美丽的传说。为了挖掘这些自然资源和人文历史内涵，2017年，村委会在传统"六月六"庙会基础上，承办了规模较大的"如意节"文化庙会，活跃农村文化，增进交流合作，扩大招商引资，充分展示了"秀美塔儿村"的魅力与和谐的人文环境，留住乡土人情、民风民俗和本土文化的乡愁。

改扩建后平坦宽阔的2.5公里乡村公路,穿梭着汽车、电动车;2000余平方米的文化墙,宣传惠民政策,普及法律知识,传播德孝文化;净水设备、水冲厕所使村民饮水健康、如厕卫生;村里新建25个垃圾池,安排5名卫生保洁员、4辆垃圾车,清扫拉运主要道路沿线和街巷内垃圾,与农户签订门前"包扫、包集、包整洁"的三包责任制,形成垃圾"户集村运村集中处理"的治理体系。现在的塔儿村成为环境整洁、秩序井然、生态良好、村风文明的新农村。

## 谋长远绘蓝图,移民新村已崛起

整村易地搬迁让塔儿村有了美丽乡村的容颜和质地,为乡村振兴夯实了基础,拓宽了路径。按照村"十三五"规划和美丽乡村建设实施方案,村两委、驻村工作队、第一书记、包村干部正在团结一心,攥紧拳头,在产业兴旺、生活富裕、环境优美、乡风文明等方面阔步前进。

一、打好文化牌,鼓足发展的底气

现在,塔儿村正在做足文化兴村大文章,充分挖掘多元文化资源,运用多种多样手段,丰富文化内涵,创造文化产品,放大文化效应,讲好塔儿村的故事,让先进文化净化心灵,鼓足发展的底气。

二、打好产业牌,增强发展的力气

在巩固壮大绿色种养殖产业的基础上,把旧村复垦地打造成休闲度假景区,适当保留部分有特色和使用价值的古窑洞,其余破旧土窑洞全部拆除,土地实施复垦或生态修复,通过市场化运作,用3—5年的时间,将塔儿村建设成以寺塔文化、民俗文化、休闲观光为支撑,以旧村复垦地为中心、以边坡草地、沟谷林果为补充的生态庄园,年接待能力达到10万人次。鼓励扶持农家乐、旅游服务等项目,让农民收入再翻一番。

三、打好生态牌,集聚发展的人气

以大接杏、小甜果、酸李子等经济林为基础,发展生态观光农业,达到坡有草、沟有林、林有果。游客不仅可观光、采摘、体验农作，了解农民生活，享受乡土情趣，而且可住宿、度假、游乐。通过发展生态庄园旅游和观光农业，让绿水青山变成金山银山。

"长风破浪会有时，直挂云帆济沧海。"搬迁是手段，脱贫是目的。天镇县塔儿村搬迁与脱贫同步考虑、统筹规划，真正实现了搬迁即脱贫的目标，一个美丽的乡村正崛起于晋北大地。

# 边塞古堡展新容　移民新村换新颜
——新荣区堡子湾乡得胜堡村搬迁案例

## 基本情况

堡子湾乡得胜堡村是新荣区2017年两个易地扶贫搬迁集中安置点之一，也是全区美丽乡村建设示点村。得胜堡村位于208国道、京包铁路右侧，毗邻内蒙古丰镇市，距丰镇市工业园区1.2公里，距大同市区35公里，区位优势较好。该村现有人口981户2381人，其中建档立卡贫困户120户246人，目前古堡内居住贫困户99户206人。

该地区旅游资源丰富，以"华北第一堡"得胜堡为首的得胜古堡群坐落于饮马河上游，背依长城，包括得胜堡村、"塞外四堡"之首镇羌堡、全国最大马市遗址四城堡，以及"极边要冲"得胜口等古堡，不仅是我省省级文物保护单位，而且也是中国历史文化名村、中国传统村落。

## 取得成效

得胜堡安置点共建房94套,建设面积4410平方米,搬迁农户94户180人,其中:建档立卡贫困户89户173人,同步搬迁农户5户7人。近年来,随着旅游基础设施进一步改善,旅游知名度不断提升,接待游客人数不断上升。据统计,2017年共接待游客6万余人次,2018年8个月累计接待已达10万人次。易地搬迁集中安置点建成后,发展建设的农家客栈、农家乐饭店、农产品加工和销售中心等,不仅拉动了旅游业和扶贫产业,而且也解决了住房不安全的后顾之忧。

## 主要做法

**一、在建设上突出明清时期自然田园风貌**

1. 在选址上:得胜堡作为历史文化名村,历史悠远、选址典型,居民建筑风格为典型的晋北民居,见证了四百多年的中原和蒙古居住风格的历史变迁,反映了得胜边塞文化。在搬迁点选址和确定建筑风格上必然不能抛开得胜古堡先天优势,应将古堡的风貌和历史文化延伸到新的搬迁点,将古堡与新村融为一体,增强历史文化特色和景观特征,展现中国传统古村落的基本风貌。

在县、乡两级党委政府主导下,大同市设计院专家参考北京交通大学编制的《大同市新荣区得胜历史文化名村保护规划》,到当地多处进行了地理研究和现场比对,充分征求村民代表建议,最终确定了距古堡700米处71亩土地为新村搬迁点,占地71亩。新村四周群山环绕,和"一口三堡"融为一体,完全符合"负阴朝南""背山面水"的选址布局;近处紧连农田和森林,加上青灰色的建筑色调,远远望去,尽显一派古色古香的田园风光。

2. 在建筑风貌上：尽量与古堡的古民居保持一致。在布局上分为3户联排和2户联排的独立小院，街巷整齐，街道主次分明，各住宅之间联系较好。新村分2条南北主街道，6条小街巷。建筑式样为明清时晋北民居风貌两出水式样，建筑结构为砖混一层，房屋院落墙体全部为青灰色的环保砖砌成，屋顶为青灰色瓦块铺成。房屋门窗为灰黄色电熔铝大玻璃门窗，仿古瓦构建屋脊，兽头古瓦构建屋肩，门楼为屋宇式，大门为朱红色铁大门。院内青砖通道，两侧规划为农家小菜地。

3. 在基础设施上：给水工程摒弃使用水塔，采用变频泵供水，减少现代建筑印象，满足游客心理需求。污水工程采用雨污分流，污水通过地下排污管道进入化粪池，雨水通过地表径流汇入雨水收集管道，通过沉淀和渗析，可进行二次利用。电力电信供应系统全部转入地下，保持了建筑群原有风貌。每户每院建一个环保型小旱厕，既卫生又节能方便。

4. 在公共服务上：为方便老年人活动，安置点修建了日间照料中心；为方便游客，修建了公厕；为保持街道卫生清洁，设置了15个可移动垃圾箱。大街小巷安装了27盏仿古太阳能路灯，小巷两旁铺设了人行通道，在北部的3块空地上修建了3个不同风格的休闲、文化、健身广场。整体服务设施体现了绿色、自然、清洁、安静的主线。

5. 在生态建设上：充分利用原有的自然环境资源，综合利用多种绿化手段，突出原汁原味的自然风景特色。在新村周围公路、田间路新栽2000多棵松树，400多米长的丁香带。在村南的森林边缘，栽种了100多棵槐树和杏树。大道两旁种植了槐树、龙爪、金叶榆，小巷两旁种植果树、杏树。广场栽种了立体层次分明的乔木、灌木和花卉。

**二、在帮扶措施上突出提升内在动力**

坚持"扶志、扶智、扶能、扶德"相结合，坚持由精准单扶到群体脱贫，在激发内在动力上下功夫。全村两委成员、有能力帮扶的党员和驻村工作队，在金融、旅游、编织、蔬菜种植、养殖、采摘、外出务工等方面分组编排，充分发挥引领和示范作用，和帮扶对象深度融合，带动多元发展，多渠道增收。

通过帮扶，85%以上的贫困户有了稳定的增收渠道，对老年、残疾群体采取兜底保障。全力推进旅游扶贫带动增收，极大地激发了搬迁群众的致富热情。贫困户中有9户办理了入股分红贷款，有17户办理种养殖业直贷，有10户加入了长城人家（农家乐）合作社，有15户就近在丰镇工业园区务工，有1户发展蔬菜大棚，有2户发展手工编织业，有13户进入乡村清洁清运队。

### 三、在后续产业上多措并举下足真功

搬迁后腾出空院，按照文物部门的要求，积极复原古村落特色，体现明清时期住宅风格及民俗韵味，为发展旅游业打好基础。脱贫措施方面，在"搬（拆）迁协议"中明确：在开发利用旧院落时，以土地入股，原住户可享受土地股的30%股权，为搬迁贫困户脱贫开辟了收入新途径，稳定了脱贫效果。

### 四、在新村治理上体现党建引领作用

村两委筹划制定了《门前卫生责任制》《村规民约》《村级管理制度》等多项制度，开展了"党员先锋活动""堡子湾好人榜""三好家庭""爱我家乡"等活动，新村治理成效明显，党建引领作用突出。

环境卫生由清运卫生队专门负责，每天清路面、清运垃圾，引导搬迁户每天将生活垃圾倒入指定的垃圾箱。树木管理由村护林员负责保护和修剪。新村日常管理常驻一名村委干部，第一书记和驻村工作队积极为搬迁户解决生活生产困难。

# 建美丽新村　蹚致富新路
## ——新荣区花园屯乡西寺村搬迁案例

### 基本情况

花园屯乡西寺村坐落于方山半山腰，处于国家重点文物保护单位北魏方山永固陵景区核心地段，距北魏皇家园陵直线距离不到1公里。地理位置偏僻，经济基础薄弱，基础设施落后，全村共有212户416人，常年在村居住的有51户95人，建档立卡贫困户44户75人。村民常年居住土窑洞，经济收益以种植业、养殖业为主。特殊的地理位置及落后的生活生产条件，使脱贫致富之路显得更加艰难。

### 取得成效

西寺村集中安置点占地面积60.08亩，建房51套，建房面积为2298.16平方米，安置搬迁人口51户95人，其中建档立卡贫困户44户75人，同步搬迁农户7户20人。当地立足旅游资源丰富和比邻万泉河及规划中旅游专线的区位优势，着力解决"如何搬、怎么建、怎么管、靠什么富"等群众最关心的难点问题，创新"旅游+扶贫"产业模式，易地扶贫搬迁工作与景区景点打造有机结合、统筹推动实施，探索出符合西寺村实际的易地搬迁及精准扶贫的路子。利用山多坡广发展养羊，增加农民养殖收入；利用方山永固陵等旅游资源，大力发展农家乐和民俗旅游，增加农民的旅游业收入。

## 主要做法

### 一、完善工作机制，确保搬得出

1. 强化领导，狠抓落实。为了确保西寺村扶贫开发易地搬迁项目顺利实施，打造成集旅游、休闲、商业为一体的旅游综合服务中心，区、乡、村三级都成立了由主要领导任组长、分管领导任副组长的易地搬迁工作领导小组，层层签订目标责任书，形成一级抓一级、层层抓落实的工作局面。落实搬迁双签协议，为搬迁户建立一户一档，按户规范管理；加大公开公示力度，接受社会和群众监督。区主要领导高度重视，多次召开工程推进会议，研究项目推进情况、前期施工手续办理及资金落实情况；区委书记、区长以及分管副书记、副区长等主要领导多次深入集中安置点实地调研、指导工作，解决工程中存在的问题；各乡镇因村施策，因地制宜，紧扣时间节点和任务要求，扎实开展工作。

2. 科学规划，讲求特色。西寺村易地扶贫搬迁项目，根据旅游资源优势和地形地理条件，充分实践了规划有特色、建筑风貌有特色、产业发展有特色。房屋设计方面，在充分尊重村民意见的基础上，本着"文化根植土壤、创新改变农村""保护古朴风貌、传承农村文化"的思路，在保证结构安全的条件下，注重因地制宜，建筑外观及室内设计传承了当地的乡村古朴风貌。外立面采用传统黄泥灰色的建筑立面，结合现有的新材料进行墙面处理等，既实现了防雨冲刷和坚固耐用的效果，又体现了北魏风格仿古文化。建筑勒脚及散水就地取材，采用当地的火山岩片材进行铺贴，与文山景区的外部环境达到协调一致。同时，房院建设错落有致，且村巷街道均以当地石子铺设，整个村庄布局给人焕然一新的感觉。

3. 把握政策尺度，稳步推进搬迁。注重"三条红线"，确保政策落实不走样。一是注重住房面积红线。按照"保障基本"的原则，充分考虑搬迁群众生活方式，统筹设计厨房、卫生厕所等设施，从设计、施工、监管各个环节把关，人均住房建筑面积控制在了25平方米。二是注重建设质量红线。坚持统一规划设计、统一基础设施配套、统一质量监管，严格落实法人责任制、合同管理制、监理制和村民质量监督制度，极大地提高了群众的认同度和满意率。三是注重资金红线。在严控建房面积的同时，合理测算农户建房成本，确保了每户自筹资金控制在1万元以内，没有因建房加深贫困程度。

### 二、消除农民顾虑，确保稳得住

认真落实搬迁后的帮扶措施，重点解决好贫困群众后续生产生活问题，防止住房一建了之，贫困人口一搬了之，确保搬迁一户、脱贫一户、发展一户。

1. 注重设施配套，坚持绿色发展理念。把易地搬迁与美丽乡村、乡村环境提升工程建设相结合，按照"规模适宜、功能合理、经济安全、环境整洁、宜居宜业、量力而行、适度超前"的原则，统筹施策，配套建设安置区道路绿化、水电、通信等生产生活设施，完善医疗卫生、文化、社区服务中心等公共服务网络体系，努力实现新房、新村、新景和新产业、新生活、新发展的目标。

2. 拓宽就业门路，解除搬迁户后顾之忧。为保障每一户搬迁户都有就业门路，区乡村积极为易地扶贫搬迁贫困人口搭建政企用工对接平台，加强与农业园区、电商网店、文旅产品生产加工企业沟通协调，确保搬迁群众充分享受就业机会。一是强化培训，对有劳动能力的搬迁贫困户开展种养殖技术培训、旅游接待、服务礼仪等方面的专题培训，共培训260人次,使他们基本掌握了一定的技能技巧。二是对搬迁贫困户实行就业倾斜政策,建立贫困户劳动力台账,依托安置点附近企业,为贫困户提供创业就业岗位,目前,意向安排乡村客栈、农家乐经营人员20户创业就业条件。三是提供安置点保洁、治安、公路养护员等公益性就业岗位,使搬迁户就近就业,意向安排清洁、园林、治安人员、公益林防护人员12人。

3. 强化后续保障,搬迁户共享政策红利。以社会保障和文化建设增强搬迁动力,以方便就医推进健康关怀,强化完善基本公共卫生功能,围绕"健康扶贫"加快"互联网+健康"信息建设,让搬迁的人享受到健康信息化成果。

**三、盘活旅游资源,确保能致富**

花园屯乡旅游资源丰富,历史文化底蕴深厚,人文景观和历史传说奇特。西寺村易地扶贫搬迁项目安置点就在西寺村慧泉寺东,位于我区唯一一家国家级重点保护单位方山永固陵核心地段。我们本着"保障基本,适度提升"的原则,努力将该村打造成为乡村振兴、文旅振兴、长城旅游沿线特色小镇示范村,并总结出了"五化五建"工作思路。

1. 目标定位特色化,建设易地搬迁示范点。紧紧抓住该村背靠方山永固陵,东望采凉山,西临慧泉寺,长城旅游公路穿村而过的有利条件,大力发展乡村旅游。规划打造极具特色的旅游风情度假村,配套吃、住、玩设施,搬迁户可开办农家乐、农特产品购物点、乡村客栈,建设蔬菜水果采摘园,多渠道实现增收,实现"生产、生活,生态"三生融合,建成全区助力脱贫攻坚和文化旅游融合发展示范村。同时打通西寺村周边旅游景点串联线路,整合资源,盘活资源。探索农旅融合发展之路,不断壮大集体经济,依托种养业、加工业、旅游业、劳务输出等,助力搬迁户实现脱贫增收。

2. 建筑风貌仿古化,建设北魏文化体验村。在村容村貌以及房屋的建筑风格上,我们设计了具有北魏文化元素的造型。既体现景区总体风貌,又迎合了依山就势的特点,使得整个村庄错落有致,还原了历史风貌,形成了文化特色。

3. 投资结构多元化，建设三方合作新模式。在西寺村的建设中，我们采取了贫困户个人、村集体、社会力量三方投资模式，按比分成合作共赢。鉴于资金缺口较大的实际困难，除了上级补助资金、区乡两级力所能及筹措的资金外，剩下的由企业出资，有效解决了易地搬迁资金缺口问题。

4. 村民增收持续化，建设生活富裕小康村。后续产业实行公司化运作，村民既可按股份分成，又可以通过发展农家乐餐饮服务和民俗旅游增加收入，实现持续增收的目标。已发展乡村客栈20家、农家乐20家、区创意布艺加工20家，实现了经营收入和加工服务收入多渠道增收。

5. 美丽宜居舒适化，建设皇家花园休憩站。该村依山就势、登高望远，既承皇家陵园的灵气，又享林海山泉的风光，院落采用低矮下式院墙，不仅是鸡犬相闻，更是邻里互望，达到了"入村沐浴北魏文化，居家品享新荣小吃，煮茶共鉴采凉盛景"的目的。该项目建成后，可实现每年户均增收5万元以上，村集体经济收入每年增收30万元以上，带动周边农户300多户1100人增收，助力贫困户实现脱贫致富。

## 经验启示

西寺村易地扶贫搬迁目标任务是"兴村、兴业、兴人"相得益彰，功能定位是"宜居、宜业、宜游"相映成趣，建设内容是"生产、生活、生态"相互融合，保障措施是"政策、科技、投入"相互给力，推动路径是区、乡、村三级相互联动。

在规划理念上，按照区委、区政府总体规划部署，坚持"立足脱贫、着眼小康、特色风貌、有效落地"原则，实施易地扶贫搬迁、基础设施提升、公共服务完善、特色风貌整治"四位一体"美丽乡村建设。在建筑风格上，因地制宜，既考虑美观舒适，又彰显地方传统，最大化保留了村子原有的建筑特色，特别在新村院落和街巷肌理的处理上，追求传统特色风貌，决不搞整齐划一和排排座的"兵营"，让老百姓看着顺心，住着舒心。在功能设计上，突出当地农村传统建筑特点，在充分考虑群众农牧生产和传统生活需求上，增加现代化生活设施，融入节能、居家、旅游、休闲等功能元素，实现了传统村落改造与现代化宜居的有机结合。在建设过程中，坚持规划、设计、招标、施工、管理"五统一"做法，使用本土材料和拆旧材料新建移民安置点。

# 六棱山下"站"起的新农村
## ——阳高县鳌石乡均田村搬迁案例

均田村地处阳高县境内南部的六棱山脚下,位于乱石村,隶属鳌石乡管辖,是阳高县21个易地移民扶贫搬迁安置点之一。该搬迁安置点总投资3453.43万元,2017年6月开工建设,共建成安置房822间,搬迁安置468户883人,其中安置贫困户411户747人,同步搬迁非贫困户57户136人。均田移民新村的建设,既完成了乱石村整村迁建,又彻底解决了鳌石乡其他8个村210户288人贫困人口的住房安全问题。同时坚持"挪穷窝"与"换穷业"并举,确保贫困群众搬得出、稳得住、能致富。

### 科学规划,强力推进,让村庄美起来

易地移民扶贫搬迁工程是近年来鳌石乡投资总量最大、建设规模最大、受益群众最广的一项民生工程。乡党委、乡政府认真贯彻落实习近平总书记统筹解决好"人、钱、地、房、树、村、稳"7个问题的要求和省委"六环联动"精神、市委"六靠"要求,坚决扛起精准扶贫责任,当好易地搬迁工程"施工队长"。

一是统筹兼顾选址。均田新村占地300亩，紧邻乡政府所在地的鳌石村，南依山而北邻水，地势平坦，视野开阔，环境宜人，立足长远发展，突出生态环保、宜居宜业理念，统筹考虑了各村搬迁村民的生产生活。

二是分类设计院落。认真落实上级要求，坚持"不拔高建设标准，不让群众举债搬迁"的原则，在广泛征求群众意见的基础上，根据搬迁户人口状况设计了三室一院、两室一院和"幸福大院"（为方便管理，对独人独户进行集中安置）3类院落，满足搬迁群众住房需求。

三是完善服务功能。坚持"民居建设、基础配套、公共服务、产业发展"四位一体设计，统筹建设水、电、路、林、网等基础设施和村级组织场所、卫生室、文化广场、娱乐活动中心、日间照料中心、农机服务站、图书室、便民超市、洗浴中心等公共服务设施，做到设施齐备，功能完善。

四是强力推进施工。始终盯住全县2018年底整体脱贫"摘帽"这一目标，自我加压，拿出"白加黑、五加二"的精神抢时间、抓进度。乡主要领导坚持坐镇指挥，现场办公，协调解决施工中出现的困难和问题。2018年3月就及早复工，克服天寒地冻影响，加紧室内装修，通过统筹工序，赢得了时间。到目前，一期工程全部完工，二期工程已完成工程量的90%，10月底前可全部入住。

**抱团发展，延长链条，让产业旺起来**

脱贫奔小康，产业是基础。鳌石乡是一个纯农业乡，但长期以来全乡几乎是清一色的大田玉米，产业结构单一，供给水平低，农民收入微薄。乡党委、乡政府抓住产业扶贫精准到户政策机遇，下大力气调整产业结构，建成了3500亩均田村特色扶贫产业园。

一是林药套种。立足厚实的林果经济基础，用好淡栗钙土宜于中药材种植的资源禀赋，发展寒富苹果3500亩，林下套种黄芪、子母、板蓝根、射干、北沙参、丹参、党参等7种中药材，实现了以药养林、互补发展，做到了项目长效与脱贫时效统筹兼顾。

二是抱团发展。注重培育新型经营主体，成立了均田村子兴种养扶贫专业合作社，吸收392户贫困人口698人进社入股形成了"党支部+合作社+贫困户+产业基地"的经营模式，有效解决了"大市场"与"小农户"之间的矛盾。2017年，通过中药材分红、土地流转、入园务工，均田村贫困人口人均增收4800元。

三是延长链条。组团深入北京新发地蔬菜市场、河北省安国市中药材市场进行考察，引进了冷链果蔬保鲜藏储项目，投资780万元建设了千吨中药材加工"扶贫车间"，变产品为商品，林果、中药材附加值分别增加13.5%左右，并可增加村集体经营性收入7万元左右，提供就业岗位50多个。

预计到2020年寒富苹果进入盛果期后，园区年利润可达1338万元，人年均可分红1.15万元，加上产业分红、土地流转、劳务工资3项收入，可使均田村建档立卡贫困人口年人均收入达到1.63万元。墙里花开墙外香。均田村特色扶贫产业园为贫困人口长期稳定脱贫提供了坚实保障，同时发挥了龙头辐射带动作用。目前，鳌石乡通过专业合作社、种植大户、家庭农场等多种经营主体引领带动，调整产业结构面积达到1.3万亩，占到全乡耕地总面积的23%，转型发展呈现出强劲势头，惠及382户贫困人口1679人。

## 组织引领，文化涵养，让治理顺起来

新村建设靠的是硬投入，新村治理靠的是软实力。均田村建设伊始，县乡村三级就未雨绸缪，把建设村级组织提上议事日程。

一是加强村级组织建设。加强三基建设，开展农村党支部"1+6"创建活动，全面排摸新村党员底数，以均田村党支部为主，吸收周边3个村成立联合党支部，实现了组织共建、事务共商、管理共抓、发展共享。实行两委干部划片包干制和普通党员联系群众服务制度，组织发动全体党员参与村级事务管理。实施大喇叭工程，举办农民夜校，大力培育新型农民，增强自主脱贫内生动力。组建村民搬迁互助组，成立均田村移民搬迁党员干部志愿服务队，义务为28户特困群众搬迁提供服务。

二是大力弘扬乡村文化。紧扣新时代发展需要，完善了村规民约，依靠制度约束，不断增强村民集体观念、致富意识、环保理念。建设"文化墙"1600多平方米，既为村里增添了靓丽风景，展现社会主义新农村新风貌，又弘扬了社会主义核心价值观，传承中华传统美德，潜移默化地教育了村民。大力挖掘传统文化，均田村以乱石村搬迁为主体，据乱石村人氏、北魏史学研究专家、原大同市文联主席曹杰考证，乱石村一带是北魏王朝推行均田制改革的重要区域。移民新村取名均田村，寓意"人人有田种，人人有饭吃"，符合了习近平总书记"脱贫攻坚路上不准一户贫困户掉队"的思想，极大地增强了村民的归属感、凝聚力。

# 镇边古堡显雄风　乡村旅游促脱贫
## ——阳高县长城乡镇边堡村搬迁案例

长城乡是全国唯一以长城命名的乡镇，境内烽台连绵，长城蜿蜒，古朴沧桑。游人来此，春季可踏青探幽，夏季可扎营避暑，秋季可采果尝鲜，冬季可赏雪观景。今年以来，长城乡严格落实习近平总书记提出的"人、钱、地、房、树、村、稳"指示精神和省委"六环联动"要求，按照"易地扶贫搬迁+乡村旅游开发"的脱贫思路，在镇边堡村西规划新建易地扶贫搬迁安置点，整村搬迁6个自然村190户375人，其中建档立卡贫困户146户275人，一般户44户100人，着力解决"一方水土养不起一方人"的问题。

### 科学规划，新村与古堡交相辉映

一是充分体现古色。镇边堡是明代大同镇所辖"内五堡"之一，该村有全国罕见的台地长城以及古堡、烽火台、古大榆树等独特资源。依托这一优势，安置点房屋墙体以蓝砖为主，全部为仿古建筑，力求新村与古堡建筑风格协调一致。

二是配套设施齐全。安置点内建设了总面积768平方米的日间照料中心、卫生室、公共卫生间及澡堂等公共服务设施，投资80万元修建了1500余米的护村坝，投资100万元新建了一座污水处理站，配套建设了集中供暖设施。

三是建立幸福大院。对年老体弱、五保户、患有大病者、残疾人等搬迁人员，采取建设幸福大院集中安置的方式，每户一间房，户内配套卫生间，在幸福大院周边配套建设了卫生室，方便困难群众就医。

四是开展土地复垦。与搬迁贫困户签订了新房搬迁和旧房拆除复垦"双签协议"，对整村搬迁的6个自然村全部实施了土地复垦，共复垦土地235亩。

## 因地制宜，自然与文化相得益彰

乡党委、乡政府立足资源禀赋、当地特色，坚持"完善、传承、转变、规范、拓展"的"五个发力"思路，创新以乡村旅游为主要内容的"1+N"产业扶贫模式，力促镇边堡群众致富脱贫。

一是向完善旅游设施发力。景区内外的街、门、场、台"四位一体"同步建设，实施明清仿古一条街建设工程，新建房屋157间，维修14间，铺设条石路面2700平方米，安装路灯50盏；完成西堡门修复工程和东堡门抢险加固工程；新建休闲文化广场3000平方米；改造二人台剧场，由露天式变成封闭式，为以镇边古堡为核心的乡村旅游奠定了基础。

二是向传承边塞文化发力。为增强景区吸引力，满足游客近距离体验边塞文化的需要，挖掘开发了"登长城、观狼烟、看古堡、点篝火、吃全羊"等形式多样的旅游服务。明清仿古一条街发展特色商铺30多家，长城"半碗水羊肉"更是名声在外，当地旅游接待能力和知名度进一步提升。

三是向转变农民角色发力。统一组织旅游业务知识培训，聘请专业老师对村民进行培训达1000多人次，提高了村民的能力，转变了村民的观念，使村民从过去单纯的农业生产者转变成了旅游经营者、旅游从业者。发展农家乐3家，带动12户贫困户户均增收5000元。

四是向规范经营管理发力。按照"村民＋合作社＋景区"的发展思路，村里专门成立旅游专业合作社，鼓励拥有3间房的搬迁户利用其中1间发展民宿产业，统一出租价格，避免恶性竞争，目前已带动63户贫困户户均增收3000元。通过这种模式，成功地将村民、合作社和景区结成利益共同体，使村民自觉规范经营，主动参与景区维护，实现村民、合作社和景区多赢目标。

五是向拓展增收渠道发力。同步安排多个脱贫项目，使其与乡村旅游互为补充、互为支撑。光伏扶贫带动16户贫困户年可分红2000元；金融扶贫带动24户贫困户年可分红3000元；种植油菜花2000亩，新建年产50万公斤油料加工厂1处，107户贫困户户均增收800元；发展5000亩马铃薯示范种植基地、百亩马铃薯籽种繁育基地，引进1000吨马铃薯储藏窖项目，带动118户贫困户脱贫；建成大型肉用羊养殖场3家，带动74户贫困户稳定脱贫；设置护林员、保洁员等公益性岗位，安置14户31人，每月工资500元。

## 组织引领，党建与扶贫相辅相成

一是党建引领。充分发挥基层党组织的战斗堡垒作用，深入开展农村党支部"1＋6"创建活动，通过组建脱贫致富、劳务输出、矛盾调解、便民服务、文体活动和村务监督6个中心，围绕产业调整、乡村振兴、移民搬迁、技术指导、浇地协调、产品销售、农活互助等方面发挥引领和服务作用，着力提升引领实效。

二是基础支撑。大力实施乡村提质工程，投资310万元，硬化主街道1791.3平方米，硬化巷道和户道9257平方米，道路两侧硬化4600平方米，铺设路沿1594米，铺设污水管道1.5公里，拆除整治院落20处，新建围墙

350平方米，维修墙体200平方米，新建文化工艺墙700平方米、花栏墙250平方米，粉刷墙体300平方米，栽植各种树木280万株，新建广场561平方米，清理"四堆"50堆。依托古堡长城、"黄彦沟"羊肉等特色资源优势，引进了总投资50亿元的万龙国际滑雪场项目，进一步唱响长城旅游品牌，目前正在规划建设中，预计建成后可带动130户贫困户稳定增收。

# 凝心聚力谋搬迁　真抓实干促脱贫
——广灵县宜兴乡上麻地沟村搬迁案例

宜兴乡上麻地沟村地处广灵县南部山区，全村共75户197人，拥有耕地面积1776亩，退耕还林占地610亩。村子坐落在大山深处，交通闭塞，经济落后，农民生活条件极为恶劣。2017年，村集体经济总收入94.7万元，年人均收入4809元。农民收入主要来源依靠种植、养殖和外出务工，是全县较为典型的贫困村。经过调查比对、村民评议、张榜公示等一系列精准识别程序，全村确定35户93人为建档立卡贫困户。

## 合力攻坚助脱贫，易地搬迁谋发展

上麻地沟村的农民世世代代生活在这块贫瘠的土地上，恶劣的生存条件和艰苦的生活环境使他们缓不过劲来，不少村民异地居住，外出打工，真可谓"一方水土养不活一方人"。

为了有效解决这种状况，广灵县委、县政府把易地搬迁与乡村振兴战略、全面建成小康社会相结合，与广大人民群众过上美好生活的获得感、幸福感相结合，坚持以人为本，统筹解决土地、规划、资金等问题，对生产、生活条件和环境特别恶劣的村进行易地搬迁。作为全县深度贫困村的宜兴乡上麻地沟村，正是赶上了这趟车，被纳入了整村搬迁的对象。经过县、乡、村三级组织的共同努力，建档立卡户24户42人在2017年11月顺利搬入了位于宜兴乡屯堡村的新居。屯堡村地势平坦，土地肥沃，水源充足，生产生活条件较为理想。走进村民刚刚入住的新居，宽敞明亮、通风透光、整洁干净，使人感到心情舒畅，村民的幸福感写在脸上，露在眉宇。78岁的村民刘某感慨地逢人便说："俺一辈子想都想不到的事情党和政府给办到了！"

2018年，上麻地沟村整村搬迁项目正在紧锣密鼓地推进，全体村民将全部迁入新居，最终实现他们走出大山，过上"想都不敢想的好日子"！

### "六环联动"做保障，产业谋划稳增收

按照省委的统一部署，广灵县委、县政府在易地扶贫搬迁工作中紧扣精准识别对象、新区安置配套、旧村拆除复垦、生态修复整治、产业就业保障和社区治理跟进6个环节，统筹解决好"人、钱、地、房、树、村、稳"7个问题，取得了较好成效。

上麻地沟村的移民搬迁是按照"两步走"进行的。第一步搬迁牵涉的是2017年全村的建档立卡户24户42人，搬迁过程中，完全按照"四议两公开"的程序进行，得到了全体村民的广泛赞誉。在工程选址上为了不与民争地，他们选择了屯堡村一所废旧的学校遗址，进行科学合理的规划，并且使学校原有的景观树木得到了保留，这种创造性的工作得到了上级领导与群众的肯定和好评。下一步整村搬迁工作将于2018年底前全部完成，实现整村脱贫的目标。

为了确保村民搬得出、留得住，能够安居乐业，必须有比较稳定的产业支撑和可靠的收入来源。为了实现这一目标，乡村两级组织绞尽脑汁，做了大量的调研论证，最后根据村里的具体情况和村民的发展愿望，制订

了科学合理的规划以及后续帮扶措施。一是依托国家退耕还林政策，计划将未退耕的900余亩耕地全部退耕，使全村每年人均收入退耕还林补偿款2295元，既保障了村民稳定的收入来源，又解决了搬迁后人地分离、土地难以耕种的后顾之忧。二是通过庭院养殖的方式，发展散养笨鸡项目，每户养鸡100只，使全村35户农民户均增收1500元。三是依托广灵绿星扶贫攻坚造林专业合作社，承接国家造林项目工程，2018年已有20户20人（其中建档立卡贫困户16户16人）户均增收3890元。四是组织养殖户采取股份制的方式将原有的牛、羊集中养殖，有效地节约场地、劳动力等资源，既不污染环境，又能增加农民收入。五是利用国家75万元的扶贫资金和山西东方物华公司合作发展仓储项目，通过资产性收益分红，使建档立卡户35户93人，人均增收586元，集体收益6000元。六是通过金融扶贫政策，10户建档立卡户享受了政策性小额贷款，每户5万元，用于发展养殖业。七是建设村级扶贫光伏100千瓦电站项目，现在已经发电运行，年底村集体可收入8万多元，既壮大了集体经济，部分资金也可用于村级公益事业。八是整村搬迁后，在搬迁新村投资400万元建设占地15亩的扶贫产业园区1个，目前已与巧娘宫、红棉制衣、利康纸业3家企业达成入驻意向，农民可依托园区发展手工业生产，以增加经济收入。

## 经验启示

移民搬迁是一项综合工程，牵涉面之广、任务之艰巨，在以前的农村工作中从未有过。村民面对即将走出大山的现实，喜忧参半，喜的是生存条件和生活环境的改善，忧的是现有家产土地等资源的处置收益以及后期的发展。一是充分发挥党支部的核心引领作用。充分尊重广大群众的意愿，发扬民主、问计于民，发挥大家的积极性和创造性，通过耐心细致的工作获得广大村民的认同，为整体工作顺利推进打下坚实的基础。二是一定要有比较稳定的产业做支撑。要想让农民搬得出、留得住，生活得美满幸福，就必须谋划产业，通过产业保障农民增收，形成良性循环的发展局面，使农民有可靠的收入来源，提升他们的获得感和幸福感。三是整村搬迁要坚持高点起步、完善配套设施。上麻地沟村2018年的整村搬迁工程配套到位，室内卫生间与室外污水管网相连，村委会、超市、公共卫生室等一应俱全，把一个配套设施齐全的新型农村展现在人们面前，凸显了以人为本的理念，体现了较强的前瞻性。

# 易地搬迁"拔穷根" 采凉山下建新村
——云州区聚乐乡西关村搬迁案例

聚乐乡西关村位于大同市云州区北部，紧靠采凉山南侧。由于地处山区，地势北高南低坡度大，雨季山洪频发，导致水土流失严重，自然条件恶劣。全村共有耕地3360亩，其中水浇地200亩，且耕作层薄，含水性差，加上地下水奇缺，粮食产量低，长期以来，农民靠天吃饭的情况一直没有改变，农民收入微薄，贫困如影随形。全村共有435户1008人，其中贫困户153户335人，低保户71户92人，五保户11户18人。2017年农民年人均收入仅2360元，是典型的贫困村。实施易地搬迁前，全村绝大部分村民居住在土窑洞中，居住条件差，而且不安全。因为贫困，村庄脏、乱、差，青壮年劳动力大量外流，带走了人力、物力、财力，村内破乱不堪的局面更加难以改变。

针对西关村这种状况，云州区委、区政府研究决定，对西关村实施易地搬迁，彻底拔掉"穷根"。2015年起实施易地搬迁项目以来，全村共搬迁贫困户144户314人。使贫困户全部住上搬迁房，实现全村无危房目标。

## 盖新房，彻底挪出"穷窝"

对于一个地处偏远山区的贫困户而言，建新房是过去想也不敢想的事情。微薄的土地收入，除去孩子上学，老人看病，自己生活等开销后所剩无几，盖新房成了一个可望而不可即的梦想。西关村实施易地搬迁项目，村民奔走相告，拍手称快，感恩党和政府对贫困户的关心。

为了把好事做好，各级政府和相关部门精心谋划，周密部署。一是做好计划，分期分批实施。根据贫困户的危房等级，分轻重缓急搬迁，2015年实施80户167人；2016年实施搬迁50户119人，2017年实施搬迁10户20人；2018年实施搬迁4户8人。二是科学选址，拓展发展空间。在选址上，充分尊重群众意愿，在靠近大张公路的村南空地上建房，离学校近，交通便利，为未来发展预留了空间。三是依规施工，严格建设程序。通过落实公开招投标制、施工管理制、资金报账制、工序验收制和质量评估制等施工制度，保证了施工质量。通过易地搬迁的实施，挪了"穷窝"、拔了"穷根"，彻底改变了西关村的整体面貌，为下一步实施乡村振兴奠定了坚实的基础。

## 变村貌，同步建设配套基础和公共服务设施

在新建易地搬迁住宅的同时，在搬迁村同步开工建设基础和公共服务设施。共规划建设主街道3.5公里，配套有下水道、人行道、路沿石，达到平坦整洁。为使村民夜间出行方便，安装太阳能路灯30盏。自来水入户工程也同时配套建设。

为提升易地搬迁村的文明程度，满足搬迁居民文化、体育和养老方面的需要，村内新建面积为500平方米的文化广场2处，安装了体育健身器材10余套；修建澡堂1处，实现了村民不出村就能免费洗澡愿望；新建300平

方米的老年人日间照料中心1处，为贫困老年人老有所依提供方便；新建卫生室1处，并安排村医1名，使村民住有所医成为现实；维修了学校、幼儿园，保证搬迁村村民幼有所教。村内配8名劳动尚好的贫困人口担任保洁员，村内垃圾做到日产日清，同时增加了保洁贫困人口的工资收入。

在硬件实施配套完成的同时，精神文明建设也得到加强。村内建立完善了村规民约，以中国特色社会主义核心价值观为引领，首先规范约束村民行为，提升村民思想观念。为防止村民在婚丧嫁娶过程中大操大办，造成浪费，村内建成公共宴会厅1座，由红白理事会负责管理。对村民举办婚丧嫁娶的行为规定了餐饮标准、人数规模，不得超越，使村民办事既方便又节约，取得村民的赞誉。

## 兴产业，多渠道增加村民和集体收入

村民居住和生活条件得到改善后，增加收入成为当务之急。村两委积极引导村民不断调整产业结构，全村退耕还林面积1740亩，全部享受国家补贴；860亩经济林，全部列为经济林改造提升项目，可享受每亩200元补贴；种植马铃薯和小杂粮的贫困户按照国家提高后的补贴标准享受政策，增加了贫困户收入。

山西省晋商银行扶贫工作队2015年驻村开展扶贫工作以来，进村入户开展深入细致的调查研究，开展"一对一"帮扶工程，与贫困户结穷亲，交穷友，努力帮助村民和集体办实事、办好事，解决村民在生产和生活中遇到的难题。西关村种有大量的玉米、杂粮，且有适宜的水、土、气候条件。通过调研分析，扶贫工作队认为该村宜于发展肉猪规模养殖产业。引入山西新大象集团投资5000万元，兴建现代化规模养猪场，设计生产能力为年出栏生猪1万头，吸收全村贫困户入股参与生产经营。目前该养殖场已入栏种猪200头，吸引贫困人口50人参与管理生产，预计年底可给入股贫困户每户分红3000元左右。

村内规划种植了100亩黄花，有劳动能力的贫困户户均达到1亩黄花。同时猪场的猪粪免费给村民使用，有利于增加地力，提高农产品的有机品质，使该村的黄花产品达到有机绿色食品标准，提高了黄花品质和售价。黄花专业合作社为村社一体化经营，收入归集体，村民能分红，2018年，村集体经济收入达到7万元，一举实现"破零"目标。

## 工作体会和感悟

**一、易地扶贫搬迁，"宜居"是前提**

搬迁前，农民世世代代居住在山庄窝铺，交通不便，房危窑危，生产条件恶劣，就医、吃水、上学都困难。搬迁后，村里的基础设施条件向城市靠拢，街道整洁、绿化美化，有公园、有公厕、有澡堂，出行靠近交通干线，出门有公交客车，新居宽敞、舒适、美观，抗八级裂度的地震，上学、就医、出行、购物都很方便，人居环境大大改善，圆了农民世世代代的住房梦、安居梦。

**二、易地扶贫搬迁，"宜业"是根本**

大同市云州区聚乐乡西关村在易地扶贫搬迁项目实施中，同步规划了搬迁后的产业发展项目，以现代组织模式提升传统农业产业。一是在农村土地基本经营制度不变的前提下，组建龙头企业或专业合作社，通过土地流转，产生了"企业+合作社+农户+市场"的经营组织形式，使一家一户的小农经济向合作化、组织化、市场化的现代经营方式转变，提高了劳动生产率和产品附加值，土地流转金、合作社打工薪金和入社股金，加快了农民增收步伐，提高了一家一户的抗风险能力。该村黄花专业合作社以每年每亩500元的价格从农民手中流转土地，种植黄花，并与农民签订流转协议，一次性付给农民5—8年的土地流转金，土地交于合作社经营，农民流转土地的收入达到或超过种玉米的纯收入，而且青壮年劳力从土地上解放出来后，可以外出打工增加劳务收入。二是农民由过去的单打独斗，转变为由企业或合作社引领下抱团闯市场，发展空间大大拓展。农民还能在企业或合作社打工，使传统意义上的农民变成了农业职业工人，农民收入渠道增多了，由原来的一条腿走路，变成三条腿快跑，脱贫致富的速度加快了。三是农民的观念与时俱进，一家一户"小而全"的经营格局被打破，土地进企业或合作社，畜、禽进养殖园区，住山庄窝铺的搬进中心村，农民的思想观念也跟着发生变化，他们更加关心党的政策，更加关心省市区的大政方针，生活方式、生活习惯也发生了可喜的变化。

**三、易地扶贫搬迁，"宜游"也是出路**

随着城乡居民生活水平的提高，居民出行的愿望十分强烈。西关村发展休闲农业及乡村旅游业前景广阔，对于搬迁农民来说是个新产业。因此，在下一步的规划中，把打造农家乐和特色杏果采摘项目作为吸引游客，发展乡村旅游的一个发展方向。为此，在针对村民的产业创业培训中，专门增加休闲农业和乡村旅游方面的内容，指导创业创新，让农民打开思路，学会新的挣钱门路，兴办吃、住、行、游、购、娱等各种旅游门店，通过加入乡村旅游产业链实现再增收、快致富。

# 党建引领搬迁　产业托举攻坚
——云州区周士庄镇中心村搬迁案例

在"大同八景"之一采凉积雪的采凉山下，有一个崭新的村——周士庄镇中心村。这是几年来，周士庄镇党委、镇政府及东水峪党支部因村施策，持之以恒通过易地扶贫搬迁政策落实建设的脱贫攻坚示范村。

## 基本情况

周士庄镇中心村位于原水峪部队路东，大张公路北3公里处，村庄占地面积151.15亩，规划安置移民329户，目前已建易地扶贫搬迁房屋229户468间，覆盖建档立卡贫困户152户351人，非贫困同步搬迁户77户180人。该村居民以东水峪村民为主，覆盖上庄、散岔、西水峪、三条涧、五十里铺5个村部分贫困户。该村现有村支部、村委会办公场所10间248平方米，配套村级卫生室、活动室、舞台、广场、交易市场、超市、老年人日间照料中心、公厕等基础设施和公共服务设施，生活办公条件便捷，该村以黄花为主导产业，现有黄花340亩，养猪场1处。

## 取得成效

周士庄镇是云州区最早实施易地扶贫搬迁工程解决东水峪村整村脱贫的乡镇,通过易地扶贫搬迁,整合资金,配套产业,落实政策兜底保障,东水峪村脱贫攻坚迈出坚实步伐。

**一、保障民生,解决了影响脱贫摘帽任务完成的住房安全突出问题**

2016年实施105户207人,其中贫困户55户108人,同步搬迁50户99人,共新建住房210间。2017年规划安置96户256人,其中贫困户71户179人,同步搬迁25户77人,新建住房202间。2018年实施28户68人,其中贫困户26户64人,同步搬迁2户4人,新建住房56间。

**二、产业发展,培育了"一村一品"黄花主导产业,形成了种植、养殖、光伏、劳务等多元结合的产业格局**

全村种植黄花340亩,实现了政策兜底外的贫困户人头1亩黄花目标。2016年种植200亩,2017年种植140亩。建成百头养猪场1处,光伏贷款136万元,建成分户式光伏发电站,有劳动能力的贫困户就近劳务,2016年收入5万元,2017年收入14万元。

**三、凝聚人心,进一步激发了贫困户内生动力,也拉近了干群的距离**

中心村易地扶贫搬迁项目的实施,有效调动了贫困户的积极性,自主脱贫的贫困户种植槟果,发展小杂粮,养殖牛羊,2017年有31户贫困户人均收入超越了贫困线,"两不愁、三保障"得到解决,实现了脱贫。中心村易地扶贫搬迁项目的实施凝结着两届党委、政府的心血与汗水,干部转变作风,咬定目标不放松,苦干加实干,一张蓝图绘到底,到今年9月上旬工程建设任务全部完成。9月14日,在中心村举行了2018年易地扶贫搬迁项目房屋分配仪式,东水峪、西水峪、三条涧3村28户搬迁户个个喜笑颜开,告别了土窑洞,看着分到的新房高兴得合不拢嘴,非常感谢党的扶贫政策好,干部群众的心贴得更近了。

**四、示范实践，为全区探索了一条易地扶贫搬迁的正确道路**

中心村易地扶贫搬迁项目于2015年筹划建设，是全区第一个实施的易地扶贫搬迁项目。经过三年建设，规划变成了现实。三年中，遇到了诸如资金整合、人员范围确定、间数面积确定、搬迁工程实施、动员搬迁等等困难，边实施边总结边解决，建设经验为全区易地扶贫搬迁项目实施提供了第一手资料。

## 主要做法

**一、重党建，加强领导，全面推进目标实现**

火车跑得快，全凭车头带。脱贫攻坚工作开展以来，面对东水峪村村级组织软弱无力的状况，包村干部和驻村工作队以党建为突破口，抓党建促转变，抓党建促脱贫。一是认真开展"两学一做"教育活动，坚持高标杆定位，高标准落实，健全和完善了"三会一课"制度，修订了村级班子议事规则、决策程序，建立健全了村务公开制度，强化了村民民主决策制度。二是积极发挥新农民夜校作用，按时组织开展活动，把农民夜校作为宣传党的方针政策、十九大精神、扫黑除恶要求、脱贫攻坚政策的重要阵地。三是严格履行农村党组织书记"四诺四评"制度，严格监督承诺内容，按照年初定、公开亮、季末评、半年议、年终考五个步骤进行，提高了党支部书记履职责任和工作能力。通过党建工作龙头引领，村班子整体战斗力明显增强，脱贫攻坚阔步向前。

**二、重规划，科学决策，牵引易地扶贫搬迁**

东水峪村半坡建村，窑洞破旧，生态条件脆弱，产业发展严重不足，就地安置实现脱贫目标难度大，结合全镇脱贫攻坚形势，经论证并征求意见，确定采取易地扶贫搬迁建设中心村的方式解决东水峪村整村脱贫难题。一是村庄建设规划，在后铺村西北占地151亩，规划中心村建设，聘请专业团队进行了全村整体规划设计。二是搬迁对象规划，按照个人申请、村级初审、乡镇把关、县级审定的程序，严格确定搬迁对象为三类：东水峪村贫困户、非贫困户及其他各村的贫困户。三是产业发展规划，为了实现搬得出、稳得住、能致富的目标，中心村制订了三年产业发展规划，把黄花种植作为主导产业。

### 三、重产业，长短结合，构建特色产业格局

经过两年的实践，中心村走出了一条"发展黄花、生猪养殖、光伏发电、劳务经济"的产业发展道路。一是发展黄花，该村成立兴全顺农牧专业合作社，通过村社一体合作社，两年流转后铺村土地种植黄花340亩，通过加入云州区周士庄镇黄花专业合作联合社，进一步壮大黄花产业。二是生猪养殖，驻村工作队协调资金80万元建设养猪场，养殖生猪80头。三是光伏发电，采取"公司+银行+贫困户"的办法，通过集中贫困户小额扶贫贷款，由山西能投光伏农业发展有限公司为贫困户屋顶安装太阳能光伏发电板并网发电，34户贫困户每户可连续25年年平均收入2000元。四是劳务经济，通过成立富元脱贫攻坚造林绿化专业合作社，承揽生态造林业务增加贫困户收入，2017年承揽业务30万元，2018年承揽业务50万元，贫困户收入不断增加。在驻村工作队的帮助下，有12名有劳动能力的贫困户在附近的天实农牧和盛荣祥鸡场打工，有了稳定的收入。

### 四、重帮扶，发挥优势，扩大驻村工作成效

开展帮扶活动是提升脱贫效果的有效方法。一是包点帮扶。大同市湖东经济开发总公司驻东水峪村工作队积极发挥单位优势，在改善办公条件方面，购置了投影仪、办公桌椅、沙发，共计投资5万元。在发展产业方面，投入扶贫资金145万元，帮助种植黄花，发展生猪养殖。二是联点帮扶。市人大投入扶贫资金90万元助力发展黄花产业。三是社会帮扶。大同县建筑工程有限责任公司和大同市昱阳建筑安装有限责任公司两家施工单位为36户单人单户贫困户捐建住房各1间，价值126万元；大同县大金庄园旅游农业科技有限公司总经理安进（个人）向中心村贫困户捐赠室内装修，价值60万元，61户贫困户室内装修难题得到了解决。四是个人帮扶。帮扶责任人每逢中秋节、春节，个人出资购买米、面、油进行慰问，加深

了与贫困户的感情联系。联系购买种子、化肥，帮助贫困户发展了生产。

**五、重民心，改进作风，提高脱贫攻坚质量**

民心所向就是脱贫攻坚的方向。为了提高脱贫效果，找准工作重心，在全镇脱贫攻坚推进会上，邀请东水峪村贫困户代表吴存河同志讲述贫困户到底需要帮扶什么，得到了与会的镇村干部、驻村工作队员的一致肯定，也进一步明确了脱贫攻坚的方向。在实施易地扶贫搬迁过程中，镇专门成立了领导小组，开展对接活动，解决项目推进过程中遇到的土地、建设、资金方面的难题，监督工程实施，把握工程质量，掌握工程进度，保证按时圆满完成脱贫任务。

**六、重民生，保障兜底，弱势群体一个不少**

按照"五个一批"要求，对于没有劳动能力的"痴、呆、傻、孤、寡、残、病、幼、老"9类人员，严格执行保障政策，落实习近平总书记提出的"全面小康一个都不能少"的要求，3名贫困学生得到资助，178名大病、慢性病患者落实"双签约"，得到医疗保障，106人得到低保、五保保障，中心村政策兜底实现了全覆盖。

## 经验启示

启示一：党的建设是推进易地扶贫搬迁措施落地的根本保障。不断加强的基层组织在脱贫攻坚的关键时刻，引领作用巨大。不断组织活动，加强建设，支部才更有活力、凝聚力和战斗力。

启示二：坚持规划先行是搞好易地扶贫搬迁的重要原则。周士庄镇中心村坚持把规划作为重中之重，按规划建设，按规划发展生产，3年建设持之以恒，成果丰硕。

启示三：整合资金是实现易地扶贫搬迁建设的有效方法。周士庄镇通过整合易地扶贫搬迁、农村危房改造、农村住房抗震加固、林业生态移民等资金为搬迁户新建住房，提高了资金的使用效率，推进了工程建设进度，提高了群众的满意度，同时也减轻了贫困户的负担。

启示四："公司+银行+贫困户"模式，可以有效聚集资金，加快产业发展，降低资金风险，不仅是发展光伏扶贫产业的好方法，同时也是帮助贫困户发展其他产业的好方法。

百村搬迁案例

阳泉市

# 勇于开拓创新
# 从人民利益出发谋思路、定举措
## ——盂县梁家寨乡灯花村搬迁案例

**基本情况**

　　盂县梁家寨乡灯花村，紧临阳五高速梁家寨出口，现有人口87人，41户，其中贫困户11户25人，贫困户占全村人口的28.73%。全村共有低保户11户，其中贫困户7户，非贫困户4户；全村有五保户3户3人。全村耕地面积95.26亩。灯花村地处深山大沟之中，地势崎岖不平，沟坡植被稀少，土壤贫瘠，基础设施薄弱，生产生活条件极差。村民收入以种植业为主，精准扶贫之前，农民年人均纯收入不达2000元，是典型的贫困村，脱贫致富任务较重。

　　2017年，灯花村易地扶贫搬迁项目正式启动并初步建成，灯花村借力易地扶贫搬迁发展旅游产业，脱贫攻坚战正式拉开序幕。

## 主要成效

灯花村易地搬迁项目规划建筑面积28243平方米，建设面积2892.5平方米。工程于2017年4月28日开工，11月底完成全村15栋22户轻钢结构房屋建设。2017年12月19日，梁家寨乡灯花村举行易地扶贫搬迁安置房入住仪式。易地扶贫搬迁安置房特点如下：

**一、房屋设计、建筑理念引领未来**

该房屋具有观赏性、抗震性、抗风性、耐久性、保温性、隔音性、健康性、舒适性。环保节能方面，材料可100%回收，真正做到绿色无污染；全部采用高效节能墙体，保温、隔热、隔音效果好，可达到50%的节能标准。该房屋的设计、建筑模式是住建部门推广的现代建筑结构模式。

**二、解决百姓住房，实现产业发展**

易地搬迁房屋分配方案，既解决了贫困户的住房保障问题，又实现了产业发展，增加了贫困户收入。一家人住在一起，共享天伦之乐，融合了敬老孝亲的传统美德，为乡村振兴打下了良好的基础。

**三、建设美丽乡村，走上致富道路**

产业的发展体现了一种田园综合体的建设，并融入盂县全域旅游及农业发展规划之中，不仅能够实现社会效益、生态效益及经济效益相结合的总目标，而且可以将一产、二产、三产进行融合，全面升级达到整体效益最大化。该项目的建设能够带来可观的经济效益、社会效益、生态效益、产业效益和休闲旅游效益，最终建设宜居、宜业、宜游的美丽新灯花，实现灯花村产业发展、文化传承、乡村振兴，带领农民走上致富之路。

## 具体做法

**一、大胆创新，超前设计**

在易地搬迁项目确定之后，灯花村结合本村的实际情况及经济结构情况，积极贯彻县委、县政府全域旅游的精神，计划将灯花新村打造成一个宜居、宜业、宜游的美丽新农村。经过全方面的调查研究，最终决定采用由谢英俊建筑事务所设计的轻钢结构房屋建设。该房屋为二层结构，一层为村民居住，二层可对外经营，留宿住人。

**二、以民为本，共创家园**

房屋的建设规模和设计基本确定，下一步就是考虑村民的经济承受能力和对房屋的认可度，经全体村民代表会议研究决定，贫困户的住房严格按国家易地搬迁政策标准执行，人均面积25平方米，每户自筹资金不超1万元；同步搬迁户除国家补助资金外，可根据自己的情况选择面积，自行补足房屋的成本价；大多数村民为了节省经济，采取以家庭的形式分配住房，这样全体村民达成了共识，经统计共需建筑22套小二楼。

**三、企业参与，利益共享**

单纯依靠国家的易地搬迁补助资金，是不能够顺利完成灯花村的易地搬迁任务的。于是，灯花村村干部积极想办法，利用自身的优势，到处游说，最终与本村在外发展的山西灯花文化发展有限公司友好协商达成一致，由山西灯花文化发展有限公司注入资金，协助灯花村完成易地搬迁项目。山西灯花文化发展有限公司对村民住房的二层进行统一经营，同时对灯花旧村进行旅游开发。

新建的住房为两层构造、民俗房型，内部装修由山西灯花文化发展有限公司统一设计施工，居住环境达到星级标准，风貌上的设计与精品民宿风格相吻合。灯花村民的新村入住有利于促进梁家寨乡全域旅游的发展，有利于助推灯花村村民尽快脱贫致富。

**四、后续产业，稳步跟进**

为了保证全体村民能够搬得出、稳得住、能致富，灯花村在实施易地搬迁项目的同时，积极发展各项产业，确保村民入住新居后，就能有稳定的收入来源。

（一）建设光伏发电村级电站。灯花村有日照时间长且光照充足的开阔的荒坡地，结合村实际条件，灯花村拟发展280千瓦村级光伏项目。目前该项目一期工程80千瓦光伏建设项目已经建成并网，第二期200千瓦光伏发电项目正在建设当中。

（二）发展水果种植采摘园。2016年已种植30余亩苹果园，正在成长阶段。为扩大灯花村果园种植规模，丰富水果种植品种，灯花村2018年利用荒山荒坡重新平整土地100余亩，栽种包括玉露香梨树、杏树、樱桃树等多种果木2200余株，在绿化美化荒山荒地的同时创造经济效益。

（三）完善生态农业建设。2017年，灯花村与山西灯花文化发展有限公司签订了荒山荒地承包合同，由该公司将灯花村荒山荒地打造发展成灯花村景区生态种植项目。届时，灯花村可借此发展生态旅游配套项目，村民也可就近进入景区就业，从而促进灯花村脱贫工作的推进。

# 易地搬迁把人集中起来
# 规划产业让牛散养出去
## ——盂县西烟镇洪镇村搬迁案例

盂县西烟镇洪镇村位于盂县西烟镇西南10公里处，由5个自然村（自东而西：冀家庄、任家梁、洪镇、外魏家沟、里魏家沟）组成，耕地面积741亩。全村64户144人，其中建档立卡贫困户35户74人（已脱贫9户28人，未脱贫26户46人），计划于2018年整体脱贫。

洪镇村素有养殖肉牛传统，目前全村肉牛存栏达到1000头，但养殖方式落后，人畜杂居，村民居住分散。制约全村脱贫致富的主要问题是饮水、住房和交通问题。洪镇村年轻人都在外上学、工作，留下的村民大都是老人。居住的房子也都年久失修，成了危房。随着脱贫攻坚工作的深入推进，国家针对贫困村的住宅条件也提出了新的要求，也出台了相关的优惠政策。按照易地扶贫搬迁政策，结合本村实际和村民代表会议决议，经县政府批准，洪镇村被确定为2017年易地扶贫搬迁村。

## 易地集中搬迁

洪镇村易地扶贫搬迁集中安置点选址在任家梁自然村,占地面积40亩,建设面积2200平方米,集中安置洪镇村5个自然村61户140人(扶贫搬迁26户46人,同步搬迁35户94人),4人常年不在本村居住,集中安置人数占比97.22%,扶贫搬迁26户全部签订搬迁拆除协议。按照统规自建的方式,规划建设单层住宅39套,每套占地0.3亩,分为36平方米、50平方米、75平方米三种户型,并配套建设村委会办公室、老年人日间照料中心、文化活动广场、集中供水设施、街巷硬化、村庄绿化等,总投资预算约440万元。该项目已办理县发改局备案和县环保局备案手续,已取得县规划局规划情况说明、县国土局用地情况说明和山西省岩土工程勘察报告审查合格书。该项目于2017年9月开工建设,目前已完成主体工程建设,预计2018年10月底完成配套基础设施建设,2018年底搬迁入住。目前该项目资金到位183.4024万元(搬迁先后补助90万元、78.4024万元,前期经费15万元)。

## 基础设施提升

洪镇村是一个极度缺乏水资源的村子。几十年来,除了靠天下雨,村民只能去邻近10里地的脉坡村拉水,解决生活饮水和养殖用水。为解决洪镇村人畜饮水困难,2014年5月村两委会议决定钻探深井一眼。在县政府、县水利局的大力支持下,前后钻井4眼,终于在2017年6月在邻村王甫庄村成功出水,井深558米;2018年铺设送水管道3800米(王甫庄村—任家梁),2018年一事一议项目铺设送水管道1800米(任家梁—里魏家沟);完成集中安置点200立方米蓄水池工程;2018年5月29日送水成功,结束了洪镇村靠天吃水、靠车拉水的历史。水源的充足也促进了洪镇村养殖产业的发展。入村道路已列入县政府2018年道路提升工程计划。

## 后续产业发展

洪镇村利用村庄周边丰富的林草资源,形成了"半散养,半圈养"的肉牛养殖模式。全村共有3个肉牛养殖专业合作社,构建了"养殖合作社+贫困户"脱贫模式。以盂县洪旺肉牛养殖专业合作社为龙头,带动了全村肉牛养殖和贫困户脱贫。洪镇村经村民代表会议决定,村委会将30万元扶贫资金投入到洪旺肉牛养殖专业合作社,合作社每年支付村委会1.8万元,对贫困户(65岁以上)、非贫困户、村集体按6:2:2的比例进行分红,30万元扶贫资金3年后返还村集体;同时洪旺肉牛养殖合作社用工和土地流转必须优先考虑本村贫困户。通过积极落实金融扶贫小额贷款政策,解决扩大养殖资金难题。目前已有14户贫困户通过金融扶贫每户贷款5万元,扩大肉牛养殖规模。贫困户肉牛养殖存栏量从2015年80余头发展到目前的400余头,户均11头。

# 念好"七字经" 跳好"三变曲"
# 平定县富村带穷村带出一片新天地
—— 平定县冠山镇鹊山移民新区案例

一幢幢漂亮的小洋楼,一条条洁净的街巷道,一盏盏明亮的路灯,一排排绿树成荫、鸟语花香的绿化带,以及独具匠心的扁鹊园和文化娱乐广场,让人犹如置身于世外桃源。这美不胜收的生活环境,既反映了平定县富村带穷村易地扶贫搬迁喜结硕果,又折射出了平定县委、县政府念好"七字经"、跳好"三变曲"的做法和经验。

## 富村村民生活无忧虑,穷村百姓日子紧巴巴

邻近平定县城的历史文化名村冠山镇鹊山村依托临近县城的区域优势,不断改革创新,积极探索村民致富的路径,在小康路上发展得风生水起。该村从改善村民的居住环境入手,建成民居小二楼190套,平房37套,单元楼248套,建筑占地面积30000平方米,绿化率达50%以上。水、电、暖、煤气、电话、数字电视等配套设施齐全,公益建筑绿化、美化、亮化也都高标准完成,村民的生活发生了翻天覆地的变化。鹊山村成

为"山西省新农村建设重点推进村",被省中医药管理局授予"山西省中医药文化教育宣传基地",并获得阳泉市美丽宜居示范村称号。2016年鹊山村还申报创建省级美丽宜居示范村。位于平定县城40公里处的柏井镇寨马岭村,全村由7个自然庄组成,总面积4.92平方公里,耕地1137亩,农村居民224户494人,其中贫困户66户120人。寨马岭村由于地处偏僻山区,山高坡陡,耕地破碎,村民居住分散,是一个靠天吃饭的纯农业村。多少年来,寨马岭村人一直沿袭传统种植玉米、谷子等农作物。在平定十年九旱的自然灾害面前,各种农作物产量偏低,加之粮食市场潮"涨"潮"落",农民收入不高,致使全村年人均收入仅2800元,村民的日子过得紧巴巴。

鹊山村与寨马岭村相比,不仅富村与穷村形成了明显的反差,而且人与人之间的生活质量也凸显出很大的距离。在同一片蓝天下,如何缩短富村与穷村的距离,让贫困村的父老乡亲早日刨掉"穷根",走上富裕道路,一直成为平定县委、县政府一班人的"心病"。

**精准扶贫找出路,以人定房建新居**

2015年11月,中央扶贫开发工作会议在北京召开,吹响了脱贫攻坚战的冲锋号,送来了易地扶贫搬迁政策的福音。平定县委、县政府坚持把搬迁脱贫作为打赢打胜扶贫攻坚战役的有效途径和重要举措,本着"政府引导、群众自愿、统筹谋划、务求实效"的原则,在多次考察论证的前提下,精心部署,跟踪督办,将冠山镇鹊山新村确定为平定县易地扶贫搬迁集中安置点。原市委书记陈永奇多次到移民新区调研指导,县委书记申济、县长韩加政亲自坐镇指挥,积极协调相关事宜。平定县严格落实保基本、守红线、人均不超25平方米、户均自筹不超1万元的搬迁政策,高位推进,精心实施,规划建设了鹊山移民新区集中安置点。移民新区占地面积30余亩,新建小户型易地扶贫搬迁安置房385套,面积26125平方米。

建房中严格按照2人50平方米、3人75平方米、4人以上100平方米的标准，统一设计户型，精准对应到户到人。安置项目按照国家易地扶贫搬迁的资金补助标准施工，差额资金由县政府配套解决。在项目建设过程中，严格落实项目法人制、招标投标制、工程监理制、合同管理制"四制"要求，规范施工；围绕对象精准率、项目开工率、投资完成率、工程竣工率、搬迁入住率、群众满意率"六率"目标，强力推进，建成了民生工程、民心工程。为切实做好易地扶贫搬迁安置房分配工作，实现易地扶贫搬迁安置房阳光、科学、合理分配，县委、县政府成立易地扶贫搬迁住房分配领导组，制定了《安置房分配工作方案》，在纪委监委、公证处等13个部门全程监督和参与下，采取阳光抽号、当场公布、领取钥匙的办法，经过严谨细致、条理有序的组织实施，搬迁户欢天喜地迁入新居。

## 挪出"穷窝窝"，搬迁群众无顾虑

2016年，在平定县委、县政府的高度重视和关怀下，祖祖辈辈生活在大山里的柏井镇寨马岭村村民终于盼到了整村搬迁，搬迁54户103名贫困人口，同步搬迁275人。寨马岭村于2017年3月陆续喜迁新居，不仅享受到鹊山村的村民待遇、公共服务和就业机会的待遇，而且还可享受原址土地流转带来的红利，使脱贫攻坚迈出了坚实的步伐。

## 打造产业奔富路，安置就业促脱贫

搬迁不是一搬了之，更不是让搬迁户"住着新房子、过着苦日子"。习近平总书记视察我省时指出，实施整村搬迁，要规划先行，尊重群众意愿，统筹解决好"人、钱、地、房、树、村、稳"的问题。平定县委、县政府认真贯彻习近平总书记系列重要讲话精神，坚持从当地的实际出发，积极探索"优势互补、联村开发、富村帮穷村"的新路子，将鹊山村超前的发展理念和资金潜力与寨马岭村丰富的山地资源和富余的劳动力有机结合，让城里的富村与偏远的穷村在抱团取暖中共奔致富路。

全省攻坚深度贫困现场推进会后，为破解易地搬迁贫困户搬得出、稳得住、可发展、能致富的难题，平定县专程考察借鉴先进县区成功经验，推广"扶贫车间"增收模式，现已引进山西天弘晋腾商贸有限公司新建"平定县扶贫产业示范基地"项目，项目总投资2200万元，建设面积2.3万平方米，建设项目为集成灶及配套的现代化智能家居的研发、生产、销售。该项目一期工程正在积极实施，计划2018年10月份竣工投产，可安排贫困人口150人至200人，二期工程计划2019年8月完工，可安排贫困人口80人至100人。园区建成后每年可带贫增收500余万元，就业劳动力人均年收入可达2.7万元以上，实现搬迁贫困户"有序入住、有技就业"双达标。同时，平定县充分利用安置点鹊山村资金优势、土地优势、地理位置优势，打造建设了商业一条街，大力发展商业、餐饮、住宿、洗车等劳动力密集型第三产业，既为当地村民提供了就业岗位，又为搬迁户搭建起了就业平台。祖祖辈辈生活在大山里的贫困户挪出"穷窝窝"，住上新房子，换了新环境，成了上班族。

寨马岭村贫困户李某某全家4口人，有3人为贫困人口。2016年，李某某搬到了气、电、暖配套齐全的鹊山新村82平方米新居，在帮扶单位阳泉师专第一书记赵全海的牵线搭桥下，他在阳泉师专找到了工作，月收入1200元。女儿在阳泉宾馆就了业，月收入1400元。李某某高兴地说："住上新房子，换了新环境，有了新收入。以前种地一年也就3000多块钱，还舍不得离开'穷窝窝'。如今，家里的土地流转出去了，俺由农民变成了上班族，每天有活干，有钱赚，真没想到这辈子还有这福气，全托党的福啊！"富村牵着穷村的手，发展产业迈新步。

百村搬迁案例 >>>

## 旧村资源变资本，扶贫资金变股金，搬迁农户变股东

寨马岭村整村搬迁后，村民摇身变成城里人；扶贫资金通过投入合作社，资金变成股金；以本村平定县顺发专业合作社为产业主体，采取"市场+合作社+基地+农户"的产业化发展模式，充分利用精准扶贫互助金，利用村里现有场地规划打造一个综合性养殖场，发展散养野猪500头、肉驴70头、羊200只、鸡2000只，达到村有产业、有带动企业、有实施主体和户有项目、有劳动能力的户有养殖技能的"五有"目标。

如何激活贫困村的各种资源要素、激发农业发展的生产力、真正惠农富农，成为平定县委、县政府的一道时代难题。在脱贫攻坚步入深水区时，平定县委、县政府创造性地提出了"资源变资产、资金变股金、农民变股东"的"三变"改革：从推进农村产权制度改革入手，采取存量折股、增量配股等形式，推动农村资产股份化、土地股权化，资源变股权，让沉睡的资源活起来；采取集中投入、产业带动、农民受益等方式，实现资金使用的效益最大化，资金变股金，让分散资金聚起来；通过规模化、产业化、市场化发展，让资金在市场中流动起来，提高农民在土地增值收益中的分配比例，实现增收致富，农民变股民，让农民富起来。

截至2017年12月30日，平定县集中安置了全县核准的"十三五"时期搬迁对象441户1170人，涉及40个行政村，116个自然村，搬出了"穷窝窝"，住进了新楼房，在全省率先实现"三年任务一年规划、两年完成"的目标，提前啃下了"十三五"易地扶贫搬迁"硬骨头"。使贫困农民搬出了"穷窝窝"，住进了新楼房。

# 长治市

百村搬迁案例

大米草

# 易地搬迁旧貌换新颜　产业发展拓宽致富路
——沁源县官滩乡紫红村

2018年7月10日，当清晨的第一缕阳光洒在大地上的时候，紫红村旧村通往新村的大路上，人欢马叫，彩旗飘扬。各家各户将大包小包往各种运输工具上搬。因为这一天是紫红村集体乔迁新居的大喜日子。忙碌的人群中，村支书带领着党员干部在帮助村民李某某搬家具。今年六十多岁的李某某脸上洋溢着笑容，逢人便夸："还是共产党的干部好啊！如果不是共产党的政策好，这辈子想都不敢想能住进这么好的新房。"

## 易地搬迁旧貌换新颜

2017年前的紫红村位于长治市沁源县东北部，距县城45公里，总面积1.5平方公里。曾经是沁源县唯一的省级贫困村，地理位置偏僻，土地贫瘠，信息闭塞，交通不畅，群众一直过着"晴天满身土，雨天难出门"的苦日子。全村91户，户籍人口267人，常住人口123人。该村以传统种养殖业为主，有耕地840余亩，林地7000余亩，弃耕撂荒地400余亩；全村羊存栏300余只，牛存栏47头。全村贫困人口31户80人，是全县唯一的省级贫困村。2017年，在县委、县政府的高度重视下，为加快解决贫困群众脱贫步伐，县、乡党委政府结合群众意愿，于5月份启动实施紫红村易地扶贫搬迁项目。该项目共涉及81户239人，占地总面积65.9亩，总投资1761万元，其中移民房建设资金597万元，配套设施资金1164万元。按照"高标准规划、高质量施工、高速度推进"的要求，该项目分两期建设完成，着力打造精品工程。其中，一期工程为移民房主体建设工程，由长治市建筑规划设计院设计、县建筑有限公司承建，分1人户、2人户、3人户、4人户和5人户五种户型，均严格按照政策要求住房面积人均不超25平方米建设。二期工程为基础设施配套建设，重点解决了水、电、路、暖、网、绿化等配套设施，高标准配套新建了村级卫生所和村级活动场所，完成了街巷硬化工程和长5公里、宽6.5米的通村公路建设，开通了客运班车，基础设施建设得到全面提升。目前，该项目已全部完工并交付使用，村民已喜迁新居，极大地改善了贫困村人居环境，为脱贫摘帽后全面建成小康紫红奠定了坚实的基础。

## 扶贫产业拓开致富路

2017年以来，针对紫红村贫困现状，县、乡党委政府积极谋划、主动出击，多措并举帮助扶持发展产业，确保贫困户稳妥脱贫走上致富路。

一是投入产业引导资金25万元，利用集体闲置土地3亩，建成日光温室大棚3座。目前，大棚年产白灵菇8400余斤，销售额达6万余元。带动全村31户贫困户实现年固定分红498元，11名有劳动能力的贫困人口实现务工增收3000元左右。

二是积极招商引资，2017年与沁丰薯业公司进行合作，公司提供相应的技术和服务，并对农产品进行保底价格收购，有效带动全村30户贫困户76人户均年增收1500元左右。

三是村集体利用县财政注入的扶贫产业资金，以村集体名义与沁源县虬园种植专业合作社合作，采用"村集体+合作社+农户"的模式，在紫红村闲置的荒坡荒山、弃耕撂荒地上种植苦参，目前已发展170亩，可带动31户贫困户在实现年收益分红290元的基础上，两年后户均实现入股年收益4000元以上。

四是抓住国家大力推进光伏产业的有利时机，积极争取项目指标，利用集体3亩弃耕撂荒土地，2017年建成200千瓦地面光伏电站，现已并网发电，该项目预计年收入可达20余万元，可提供清洁电力240兆瓦，收益的46.5%归村集体所有，其余53.5%的收益可带动所有贫困户实现户均增收3400元以上。

五是乡党委、政府按照县委提出的"绿色立县"的总体布局，积极践行五条发展路径，依托紫红旧村独特的旅游资源，大力开发乡村旅游。引进黄土坡旅游开发公司，在紫红旧村发展体验式农业，赏苍鹭、搞垂钓、住农家、观展馆等乡村休闲旅游产业，目前正积极实施设计和规划，乡村旅游产业开发之后，将拉动贫困户30余人就地稳定就业。

## "三难"到"三有"，新村新风貌

搬迁前的紫红村有"三难"：吃水难、种地难、出行难。乡亲们住了几十年的土坯房，其中有一半是危房。2017年底，美丽的移民新村落成，紫红村发生了翻天覆地的变化，水、电、路、暖、网配套齐全，全体村民们欢天喜地搬进了新房，腾出来的旧村旧房大力发展民俗旅游业。如今，村里有产业、有项目、有企业，乡亲们有技能、有岗位、有收入。从"三难"到"三有"，紫红村成了远近闻名的旅游新村、光伏新村、文明新村。如今的紫红村，环境清洁敞亮，百姓安居乐业！

# 下山开启丰收新生活
## ——壶关县百尺镇河西村搬迁案例

## 基本情况

百尺镇河西村位于壶关县东南30公里处,全村共有585户1708人,建档立卡贫困户243户539人,由6个自然村庄组成。自然村交通不便、饮水困难,群众居住、生产生活条件落后,基础设施和公共服务设施薄弱。这些都成为困扰全村发展的瓶颈。为突破全村发展"瓶颈",该村切实把移民搬迁工作作为脱贫攻坚的重要措施和村域经济发展的重大机遇,村两委紧紧围绕"六村并一村、共建小康村"的思路,集众人之智、聚众人之力,大胆实施、攻坚克难,全力推进易地扶贫搬迁项目,对6个自然村226户940余人进行了搬迁安置。

## 取得成效

截至目前,该村2016—2017年度的移民搬迁工程已全部完工,搬迁户全部分到安置房，并实现入住。新华社记者对该村易地扶贫搬迁项目进行了专题报道。

村庄布局更加合理。通过"六村并一村"，改善了基础设施和公共服务配套设施，交通更加便利，住房更有保障，村庄整体布局更加趋于合理，为乡村振兴奠定了坚实基础。

村民更加凝心聚力。通过对自然村进行主村集中安置，提升了村两委向心力，增强了村民的凝聚力，民风民貌得到改善，激发了贫困群众内生动力，全村精神面貌焕然一新。

产业发展更加稳健。通过大力发展多元化产业，集体经济发展更加稳健，带动贫困群众增收更加持续，贫困户脱贫更有保障。

## 主要做法

### 一、因地制宜，合理布局

新村建设采取移民规划和美丽乡村建设规划相结合的方式，在主村东南方向西碣上选址，和主村连为一体。通过土地增减挂钩获得80亩、填沟垫坝获得20余亩项目用地，移民新区达到总占地100余亩，对该村莫掌、西村两个自然村实施整村搬迁，对其他自然村居住环境恶劣、交通条件较差、生活困难的建档立卡贫困人口。同时还配套了秸秆地暖、太阳能路灯等节能设施，还完善了村级卫生所、便民超市、群众文化休闲活动场所等公共设施，初步建成了一个"新河西"。

### 二、规范实施，降低自筹

在实施搬迁过程中，坚持群众自愿、积极稳妥的方针，充分尊重农民群众的意愿，不搞强迫命令，不搞运动式搬迁，努力做到应搬尽搬，实现了自然村整体搬迁。同时严格招投标程序，确保程序合规，严格控制安置住房面积，同步配套基础设施建设和公共服务设施建设，量力而行保障搬迁对象生产、生活基本要求。

在群众自愿的基础上，通过多形式、多样化、多规格的规划设计，充分发挥搬迁户的主动性。群众积极参与工程建设投工投劳，抵扣建房费用，减轻群众经济压力，切实保证了搬迁户不举债搬迁底线。

三、产业支撑，夯实基础

围绕搬得出、稳得住、能致富的目标，大力发展产业项目，促进群众增收致富：一是建成了100千瓦的光伏发电项目，每年集体受益10万元，用于贫困户22户32人受益分红，户均3000元。二是建成了500余亩以壶关旱地西红柿为主的蔬菜种植基地，依法流转土地，利用合作社＋农户的经营模式，规模种植旱地西红柿400余亩，建设农业春秋大棚100余栋，年产蔬菜600余万公斤，年产值达到400万元，可带动贫困人口80户180人，户均受益分红2500元，全村人均增收1000元，从根本上解决了移民搬迁贫困户的生存、生活、生计问题，确保搬迁户搬得出、稳得住、能致富，早日带动全村群众奔小康。

## 经验启示

一是注重移民新区建设与主村衔接。推进村庄集聚化建设，对村庄整体规划建设、降低配套建设成本等有直接利好影响，也有利于下一步乡村振兴实施。

二是注重后续产业的影响作用。在"能致富"上持续下功夫，让搬迁户能够有效增收，是确保搬迁户"不返迁"的根本途径。大力发展后续产业、多元化实施产业项目，能够确保产业项目持续稳定增收。

三是注重土地复垦和生态建设。对搬迁腾退后的土地有效利用，同后续产业衔接，宜耕则耕、宜林则林，充分挖掘腾退土地的利用价值，积极推进生态修复，促进集体经济和搬迁户增收。

# 产业铺开脱贫路　旅游筑牢致富梦
——壶关县石坡乡南平头坞村搬迁案例

## 基本情况

南平头坞村处于壶关县东北部35公里处，距离石坡乡政府所在地2.5公里，全村399户1170人，总面积7.9平方公里，耕地面积357.3亩。2014年共识别建档立卡贫困户226户626人，贫困发生率54%。

## 取得成效

脱贫攻坚以来，在省、市、县各级干部的帮扶和全村群众的共同努力下，协调各方资金，投入300多万元，实施移民搬迁40户153人，把深山里的贫困户搬到了大峡谷的"门口"。到2016年底，贫困人口全部脱贫，年人均收入达到4800元，村集体经济收入突破20万元，实现了整村脱贫。南平头坞村"七彩村庄"脱贫典型被中央电视台、山西电视台、《山西日报》多次进行了专题报道和宣传。

## 主要做法

### 一、固本强基，大力改善基础设施

村两委紧紧围绕省、市、县精准扶贫、精准脱贫的决策部署，把贫困村提升工程作为脱贫攻坚的当头炮、先手棋来抓，投资124万余元改造饮水管网4.2千米，结束了长期饮用旱井水的历史，让家家户户都喝上了梦寐以求的自来水；升级村级公路、硬化巷道、扩建田间道路9千米，实现光纤宽带的全覆盖，安装路灯98盏，建设14个垃圾集中点、4座污水池，铺设污水管道3.9千米，改造旱厕13座，彻底解决了"垃圾乱倒、污水乱排、杂草乱堆"现象；对村级卫生室、幼儿园、小学进行美化；投资90万元新建了文化大院、民俗大院、休闲场所、文化墙等等，整修活动室350平方米；投资70余万元，依山修建了三亭一阁，基础设施明显改善，村容村貌明显改观。

### 二、旅游引领，拓宽群众增收渠道

南平头坞村村两委为了实现贫困户的稳定增收，在充分调研、广泛征求群众意见的基础上，借助太行山大峡谷旅游专线穿村而过的区位优势，将全村依山布局、错落有致的500多栋旧民房全部涂成彩色，把沿路和沿街的主要墙壁画上当地盛产的各种花卉，大力发展农家乐产业和乡村旅游。在公路沿线种植油葵400余亩，陪衬在七彩山庄四周。油葵花盛开期间，南平头坞村宛如花的海洋、花的世界，形成南平花坞，吸引过往游客驻足拍照、就餐住宿达20000余人次，带动100余家贫困户发展农家乐、农家客栈、农家小超市、农家土特产店，户均每年增收3000余元。同时投资50万元，开发杜则沟养生观光园，建设了小吃、土特产一条街、森林氧吧步道、环山自行车赛道、农耕文化体验园、自然野生动物园、民宿小屋等精品项目，形成了集农家乐、民宿、民俗表演、潞绣、山货、旅游产品销售为一体的旅游服务体系,把游客留下来进行消费,带动贫困群众脱贫致富奔小康。搬迁户郭某某说:"自从搬迁到新区后,周边环境好了,游客多了,足不出户就可以挣到钱了,城里人喜欢这里没有一点污染的优美环境和原汁原味的农家饭,大部分游客都会买点土特产送给亲戚朋友。来我家的有很多是回头客,搞农家乐比以前外出打工要强很多。"

### 三、多业并举,带动群众稳定增收

南平头坞村充分利用良好的生态环境,创办了烽火专业合作社,采取"合作社+基地+农户"的模式到村里开发黄花茶加工和农家土酿高粱原浆酒,带动贫困户130多人年均增收近1000余元。村两委还传承发扬潞绣传统文化,投资300万元注册成立长治市潞洲飞蕾手工绣品有限公司,发展民族特色的刺绣产品,累计培训绣工1200余人,年产各类刺绣产品20000余件,带动周边十几个村40余户贫困户增收近5000余元。借助国家大力支持发展清洁能源的机遇,于2016年投资75万元,在村西荒滩地建设了一座100千瓦村级光伏电站,既盘活了闲置资源,又增加了村集体经济收入。光伏电站于2017年初并网发电,通过设置集体公益岗位、发展集体公益事业等方式,为贫困户提供就业岗位,增加群众收入。同时在村两委的推动下,引进了强强种植专业合作社,吸纳了全村25户贫困户入社,采用"合作社+基地+农户"的模式,流转土地1000余亩发展连翘、党参、桔梗等中药材和小杂粮种植,其中流转贫困户土地680余亩,流转费每年每亩为650元,优先吸收贫困户100余人到药材种植基地务工。目前,合作社年销售收入30余万元,带动30余户贫困户年均增收3000元以上,充分保障了贫困户的收益。从进村到出村,沿路两旁的所有坡地全部种植了中药材,家家户户开始酿酒。开花时节花飘香,伴随着酒香,嫩芽初上采茶忙。秋季采摘连翘果,开始出售酿造好的白酒,带动了南平头坞村经济的迅速发展。

## 经验启示

发展后续产业是搬迁户搬迁后能够稳得住和逐步能致富的根本。一是结合区域实际，因地制宜地发展后续产业，宜农则农、宜林则林、宜游则游，充分发挥区位优势，带动贫困群体发展优势产业；二是积极推进"易地搬迁+乡村旅游"模式，有条件的地方，大力发展乡村旅游。通过旅游带动，促进群众增收，坚持"绿水青山就是金山银山"的理念，还子孙后代碧水蓝天；三是要敢于创新、善于创新，一些小举措反而能获得更大的成功，从给房子涂彩到"七彩村庄"的称誉，竟是在不经意间形成的。

如今的南平头坞村已经成为一个远近闻名、人人称羡的"产业兴旺、生态宜居、乡风文明、治理有效"的"省级美丽乡村""省级文明村"，昔日贫困的小山村正在乡村振兴的康庄大道上阔步前进……

# 离开山沟搬新房
——壶关县东井岭乡塔店村搬迁案例

## 基本情况

东井岭乡塔店村位于壶关县城东南方向30公里处,距乡政府3公里,全村380户1077人,全村建档立卡贫困户共260户675人。塔店村共由8个自然村组成,其中牛家背、南岭后两村距离主村6里,南沟、东脑两村距离主村3里。进村路仅1米多宽,交通十分不便;村民生产生活用水靠旱井蓄水,饮水困难;住房绝大多数是土坯房,年久失修已成为危房;由于山区地形施工难度大,一直以来4个自然村都没有通动力电,也没有移动网络信号和有线电视。

为了彻底解决这四个自然村村民的住房、饮水、用电、交通以及就医、上学等问题,确保贫困群众能稳定脱贫、安居兴业,2017年经宣传动员,对这4个自然村的61户118名村民实施易地扶贫搬迁集中安置,其中集中安置贫困户58户111人;同步安置非贫困户3户7人。

## 取得成效

2018年6月,该项目全部完工,搬迁户61户118人全部分房到户,实现入住。

### 一、改善了交通条件

项目由自然村向主村集中安置,安置点选址在大路两边,交通条件得到改观,改变了原先有路不通、出入不便的面貌。

### 二、解决了饮水难题

自来水接通到户,搬迁户饮水得到保障,改变了过去靠井水、雨水生活的历史;搬迁户人居环境得到明显改观。

### 三、破解了发展瓶颈

通过建设光伏电站,发展线椒、旱地西红柿等产业,村集体经济和村民收入大幅增加;通过对搬迁户旧村落复垦和生态修复,将土地集约化管理,实现了对集体资源的高效利用。

## 主要做法

### 一、整合扶贫项目资金,发挥最大效益

按照"用途不变、渠道不乱、集中使用、捆绑实施、各负其责、各记其功"的融资方式,多方协调,将发改、建设、水利、电力、林业、农业、国土等各类涉农资金整合起来,统筹调配,充分发挥资金整体使用效益,走出了一条以扶贫资金为主体,其他涉农项目资金配套为补充的"统筹安排、统一规划、项目拼盘、资金整合、集中优势、重点突破、加快发展"的整合资源推进易地扶贫搬迁的新路子。因塔店村搬迁人数较多,项目资金较大,根据移民搬迁相关政策规定,塔店村移民搬迁集中安置点项目采取统规统建方式,由乡政府统一实施。建设地点位于主村村口和另外

一个自然村（侯山凹）中间闲置地，将主村、安置点和自然村连为一体。既充分保护了农田和耕地，又紧邻省道荫林线，保证了群众出行方便。

## 二、找准切入点，完善基础设施，提升群众满意度

群众可以根据自身条件和实际情况自主选择搬迁方式，最大限度地满足了搬迁群众的主观愿望，大大降低了建设成本，减少了扶贫成本，为扶贫攻坚打下了坚实基础。考虑到塔店村安置人员情况复杂且老人居多，为了保证搬得出、稳得住，所有安置房根据安置人员家庭实际情况进行统筹设计，建设单人单户27户、双人户15户、三人户13户、四人户6户等四种不同户型。整体上统一为二层砖混结构，单人户、双人户集中联排，其他三人户等相对独立隔离。自来水全部接通入户。另外设置3个公共厕所、一个休闲广场，方便安置户日常居住生活所需。

## 三、移民搬迁与产业扶贫相结合，彻底解决群众后顾之忧

为切实解决搬迁户稳得住、能致富的问题，塔店村通过多次研究探讨，制定了一系列帮贫、扶贫措施。集中建设了100千瓦村级光伏电站一座，年收益可达10万余元，深度贫困户每户收入可达3000元；确立了百亩线椒和百亩油葵产业项目，带动全村户均增收1500元；通过产业项目带动，搬迁户实现了持续稳定增收目标，让搬迁户提升了搬迁获得感。同时，针对搬迁户中老年人和伤残大病患者等特殊群体搬迁后的生计问题，将易地搬迁和社会保障兜底政策相结合，对搬迁户符合条件的贫困户全部纳入低保、五保兜底保障，确保他们搬迁后有可靠的生活保障。

## 经验启示

对交通不便、基础设施和公共服务设施落后的自然村实施易地扶贫搬迁，是改善其生产生活、促进其发展的有效途径。搬迁中，一是注重规划选址，选址在主村内安置有利于共享基础设施和公共服务设施，降低了搬迁成本和群众自筹；二是注重后续产业扶持，搬迁户土地便于集约化管

理，通过实施优势主导产业促进搬迁户增收；三是注重旧宅基地腾退和土地复垦，旧自然村整村搬迁后形成集中连片空地，通过土地复垦或生态修复，形成新的增收渠道和项目，为集体经济和贫困户增加收入。

# 聚焦撤庄并村　改善生产生活条件
——平顺县东寺头乡虎窑村搬迁案例

## 基本情况

虎窑村主村位于长治市平顺县东寺头乡西南部，距乡政府所在地3公里，距县城15公里，全村179户494人分居在虎窑、黄花井、小蝙蝠沟、东坡凹、娄斗掌、算盘沟、大蝙蝠沟和小蝙蝠岭等8个自然庄，国土面积14321亩，耕地487亩，主村位于县旅游公路——古石线旁。

除主村外，其他7个自然庄交通落后，2016年搬迁前仍是土石路，羊肠小道，出行非常不便，农副土特产品销售困难；大部分群众仍然居住在三四十年代修建的土坯房内，由于年久失修，极不安全；无学校、卫生所、小商品零销店，电视信号、网络、电话均不通，群众生产生活极其困难。给在外的亲人打个电话、问声平安这样的小事，甚至需要跑几公里山路。2012年开始，在党的移民搬迁政策指引下，一部分思想解放、经济条件好的群众，搬迁至虎窑主村，无能力搬迁，特别是那些老、弱、病、残的群众仍居住在旧村破旧的土坯房内。

## 取得成效

2014年精准扶贫以来，全村共识别建档立卡贫困户65户192人，主要是分居在7个偏远自然庄的群众。

为彻底改善群众生产生活困难，解决基础条件差、公共服务落后的局面，2016年春天，村两委干部、驻村工作队、第一书记多次深入贫困户家中座谈、交流，最后决定在主村2012年建的新区旁建设安置小区。该小区共安置贫困户25户48人，砖混结构，一层平房，严格按照上级有关要求，每人25平方米。当年开工，当年竣工，2017年5月1日，搬迁入住。不仅解决了群众的居住问题，同时极大地改善了他们的出行、就医、销售、购物、看电视、通电话等问题，村干部多年的心结终于解开了。再大的风、再大的雨，也不用担心群众的住房安全问题，再不用为宣传党的各项惠农政策而挨家挨户地跑，更不用担心群众的农副土特产品销售难问题。

## 主要做法

让群众离开祖祖辈辈生活的地方，并不是一件容易的事。尽管在外人看来，山大沟深，交通不便，没有什么好留恋的。但这是祖辈留下的，在这里长大，群众有一份情结在里面。他们担心种地距离远了，在外开支大了，村里人看不起山里人，等等。要想做通群众工作，就得站在他们的角度，为他们的切身利益和困难着想，让他们搬得出、稳得住、能致富，能够与村里人融为一体，快乐幸福地生产生活。

如何解决他们的困惑？一是解决种地距离远的问题。通过退耕还林和改善种植结构，变传统的种植玉米、谷子为种植中药材。尽最大努力在不减少收入的情况下，减少耕种务工次数和时间。二是增加群众收入。通过安排村内的公益岗位如护林员、保洁员、村内务工等渠道，增加有劳动能力的人群收入。对无劳动能力的通过光伏、低保、五保等兜底覆盖；三是关心关爱。村干部、驻村工作队、第一书记，以及村内有威望的人士，多去搬迁户家里走走看看，不仅可以及时帮助解决家里的困难和问题，更重要的是通过感情沟通与交流，让他们能够感到温暖，能够及时融入新村这个大家庭，不会因为搬了家而感到冷清。

## 经验启示

干部重视是易地扶贫搬迁顺利实施的重要保证，只有干部高度重视，项目实施才能得到自上而下的政策、资金的支持，易地扶贫搬迁是贫困群众最重要的脱贫渠道之一，脱贫成本低、投入少，群众易接受，搬迁户积极性高。通过易地移民可进一步带动贫困地区经济社会发展，促进乡村一体化进程。撤庄并村是尽快改善群众生产生活条件的有效途径。针对虎窑村山大沟深、居住分散、条件恶劣、不利于发展的实际情况，要想实现如期脱贫的目标，确保脱贫成效，只有实行易地扶贫搬迁，才能彻底改变贫困群众的生产生活条件，使群众脱贫致富，真正达到搬得出、稳得住、能致富。

# 强产业发展之基　夯移民搬迁之实
——平顺县虹梯关乡芦芽村搬迁案例

## 基本情况

芦芽村地处平顺县虹梯关乡东南部，距县城16公里，全村土地面积2.6万亩，耕地512亩，152户330人分居在12个偏远的自然庄上，生产生活条件恶劣，交通不便。全村建档立卡贫困户125户269人，贫困发生率高。

农田水利设施差，没有主导产业，农民靠天吃饭，产业结构单一，以种植玉米、土豆等农作物为主。

基础设施与公共服务薄弱，村民居住分散；山大坡广，耕地贫瘠。虽然是天然的野生中药材基地，但由于交通阻塞，销售难、价格低，群众种植中药材积极性不高，导致脱贫成本高、难度大。

## 取得成效

2016年，在全县发展全域旅游的大好形势下，旅游公路后石线、崇芦线建成通车，穿芦芽主村而过的公路使人民群众生产生活出行条件得到极大改善，为芦芽村发展奠定了坚实基础，使群众看到了希望。解决分散居住、住房不安全问题成了脱贫的主要任务。干群一心，下定决心，决定实施移民搬迁，撤庄并村，搭上全域旅游开发快车，彻底改变贫困落后面貌。

芦芽新村移民小区建设项目，选址在主村的旅游线上，先后投资650余万元，主要依托移民小区建设，发展农家休闲旅游和中药材种植。一期占地26亩，涉及建档立卡贫困户71户133人，2016年开工，现在已全部搬迁入住；二期占地5亩，涉及建档立卡贫困户10户16人，目前主体竣工，2018年10月底可搬迁入住。同时配套游客中心、洗浴房、停车场等公共服务建设，为发展乡村旅游奠定了坚实基础。

## 主要做法

一是突出小区建设风貌和发展旅游业，特聘请山西省第二设计院专家进行规划设计，一层搬迁户自住，二层建设农家乐。目前已发展高标准农家乐16户，床位40余张，旅游旺季可接待游客100余人，收入6万余元。全村乡村旅游综合年收入达13.5万余元，参与的建档立卡贫困户户均增收1.2万元，从事农副土特产品销售的有6户。

二是结合全县发展的中药材特色优势产业，为带动鼓励搬迁户自主创业、就近务工、就地就业、稳定增收搭建了良好的平台。按照"一村一品一主体"工作思路，充分发挥芦芽村山地广、野生中药材多的优势，形成集中药材野生培育、种植、加工一体化的"公司+基地+贫困户"的经营模式。2016年初，引进振东集团，建设了1.1万亩的优质野生连翘培育基地，当年培训贫困人口120人次，吸收贫困群众60人在基地务工，人均增收3000元；2017年吸收贫困劳动力120人，人均增收10000元以上。通过培育，扩大了野生连翘面积，提升了产量，收益率保底提升10%以上。特别是龙头企业入驻后，稳定了中药材价格，贫困人口由零星采摘转变为规模化采摘。2016年全村野生连翘采摘50吨，按每斤4.5元计算，实现产值45万元，人均增收1250元以上。

三是大力发展合作社，现有"芦进红"扶贫造林合作社，直接带动13人，年均稳定增收5000元。受市场波动和传统农业习惯影响，以前群众缺乏发展中药材种植积极性，种植面积仅有40多亩。为形成规模效应，鼓励建档立卡贫困户积极投入中药材优势产业，制定落实了每亩补贴500元至1000元的具体帮扶措施。发动贫困群众积极响应国家退耕还林政策，努力改变传统农业种植习惯，仅2016年就扶持62户116名建档立卡贫困人口和非贫困户在粮食低产地和空、荒地种植中药材370亩，发放补贴资金15.347万元，人均享受资金补贴1323元，全村中药材种植面积达到410亩。按照每亩收入4000元计算，年增收164万元以上，年人均增收4900元以上，形成了稳定增收的主导产业。同时，为服务中药材产业发展，鼓励群众从事中药材产业的积极性，争取33万元县乡产业扶贫资金，在废弃的村委会旧址，建设了面积为700平方米的中药材加工基地，可实现年加工中药材100吨、产值200万元的目标，带动本村及周边500个建档立卡贫困家庭从事中药材采摘、种植。目前，中药材加工厂已通过招标形式进行承包经营，正积极筹备成立中药材经济合作社。按全村每年采摘50吨、每斤连翘烘干后增加1.5元保守计算，全村每年增加收入15万元，村集体增加收入1.6万元，采摘户人均增收1500元以上。

**经验启示**

　　易地扶贫搬迁，基础设施建设是关键，后续产业发展是保障，提高贫困户可持续发展潜力是抓手。从芦芽村的发展可以看出，如果没有全县的交通发展这个关键因素，中药材产业就不能成为群众的"钱袋子"；如果没有县委、县政府的产业发展奖补政策和帮扶单位的大力扶持，中药材产业就形不成规模效应；如果没有多方位、大角度的培训，不提高群众的自我发展能力和内生动力，贫困户脱贫就无望。总之，只有夯实产业发展这个根本，才能使搬迁户搬得出、稳得住、能致富，从而稳定脱贫。

# 建新村抓产业　重参与强帮扶
## ——沁县定昌镇烟立村搬迁案例

## 基本情况

沁县定昌镇烟立村何家庄（省级深度贫困自然村）自然村位于沁县县城西南2.5公里处，交通不便，耕地面积280亩，全村总人口为25户67人，建档立卡贫困户20户41人。多年来，由于交通不便，群众生产生活十分困难，为推进整村脱贫步伐，2017年，烟立村结合实际，在主村规划建设了移民安置点1025平方米，集中安置20户41人。截至2018年6月底，已全部入住。

## 取得成效

为促进搬迁户搬得出、稳得住、能致富，在建设安置房的同时，同步落实搬迁后续产业。稳得住要求抓帮扶。为确保移民户政策解读理解到位、帮扶到位，烟立村多措并举抓好移民户的帮扶工作。一是定人帮扶。移民贫困户帮扶责任人6人均为副处级以上领导。2017年以来，累计帮助贫困户户均销售土特产1000元，保证了政策宣讲到位、政策落实到位，帮扶工作到位。二是特色帮扶。帮扶责任人张宏伟等3人多方联系，邀请市职业技术学院的技术老师，"理论讲授+现场指导"，手把手传授双孢菇种植技术。让移民户中有劳动能力的13人到村内双孢菇合作社务工，人均年增加务工收入2万元。三是提升内生动力帮扶。2018年6月，烟立村举办第一届农民趣味运动会，移民户积极参与，参加了5个项目的比赛，获得奖品13件1500元，营造了良好的脱贫攻坚氛围，提振了移民户内生动力。同时，移民户通过户容户貌评比、孝老敬亲等活动的开展，在烟立村爱心美德超市兑换积分，积分用于兑换日常生活用品，进一步提升移民户发扬传统美德的主动性。

## 主要做法

烟立村始终将移民户产业发展作为移民搬迁头等大事来抓，着力破解移民户收入增长难题。一是抱团取暖。移民户将产业发展资金58.6万元全部入股吉达食用菌种植专业合作社，抱团取暖壮大特色产业发展。2017年人均分得半年红利440元。2018年扩建双孢菇大棚2个，增加种植面积2000平方米，新建恒温库1座。预计2018年可产生效益15万元，2018年移民贫困户人均分红1100元。二是龙头引领。与县域内的龙头企业沁州黄集团和晋汾高粱公司合作，通过建设高标准农田，发展种植"签单式"沁州黄、晋汾高粱等农作物120亩，实现了"旱能灌，涝能排"，块块都是吨粮田，移民户户均可增收560元。三是抓好旧村资源整合。帮扶单位长治市委办公厅与长治县企业家赵某积极对接洽谈，保留修缮何家庄原有风貌建筑，整合流转何家庄土地，打造乡村旅游和有机农业种植示范基地。现已初步达成协议，2019年先期种植观赏葫芦30亩。烟立村在搬迁工作中注重让搬迁户全程参与讨论决定，镇党委、村两委、驻村工作队、第一书记积极引导帮扶搬迁户做好房屋建设、机能提升、产业发展等事项。广大搬迁户积极参与支部举办的农民趣味运动会、爱心美德超市积分兑换等，精神生活得到极大提升，实现了物质建设与精神建设的互促共进。

## 经验启示

烟立村的易地搬迁工作启示我们：推进易地搬迁工作，要充分发挥移民户的积极性，既要让移民户参与到搬迁工程的建设中，又要结合现有产业基础，让搬迁户参与到产业发展中；更要创新思路。通过爱心美德超市、脱贫光荣户评选等活动，激发移民户的内生动力，切实推动移民政策落地与群众受益同促共进。

# 生态作底建新村　四个同步"拔穷根"
——沁县漳源镇安家岭村搬迁案例

## 基本情况

安家岭村位于沁县城北30公里处，距镇政府10公里。全村辖6个自然村，103户310人，其中建档立卡贫困户42户104人，属市级深度贫困村。

安家岭村移民安置点位于安家岭行政村，项目总占地2.35亩，总建筑面积250平方米，总投资28万元，建设5套安置房。目前，安置点的地暖铺设和水电、门窗安装及内外粉饰已全部到位，已达到入住条件。

## 取得成效

通过实施易地扶贫搬迁工程，安置点基础设施不断完善，群众生活质量显著提高，致富能力明显增强，生态环境得到良性发展，安置点已成为新农村建设的示范点。搬迁群众的生产生活方式和人居环境发生了重大变化，基本实现了搬得出、稳得住、能致富的搬迁目标。在项目建设中，坚持基础设施先行，在安置点埋设自来水管道80米，建成通村公路1.5公里，实现所有搬迁户喝上自来水、用上动力电、走上水泥路、住上安全房的目标。依托基础设施建设，搬迁后人均住房面积达到了25平方米，是搬迁前的1倍多。依托易地扶贫搬迁工程，先后配套建成了60平方米村级卫生室、1000平方米文化活动广场，配备了120种药品、46种医疗器械，极大地方便了搬迁群众的生产生活。

对迁出区（旧村）不适宜耕作的坡耕地和旧宅基地，由村委统一规划设计，结合退耕还林、土地整理、水土保持等项目进行整体生态恢复，种植中药材、油用牡丹等经济作物，有效遏制了迁出区（旧村）水土流失。同时，积极整合农村环境综合治理项目，垃圾进行集中收集清运，使农村面貌焕然一新。

## 主要做法

安家岭村借助党和政府攻克深度贫困的政策，以良好的生态环境为底色，创新实施了"四个同步"攻坚举措，实现了搬得出、稳得住、可发展、能致富的搬迁目标。

首先是坚持新村安置与旧村改造同步。根据安家岭村山大沟深、村多（自然村多）人散的特点，聘请专业设计团队，对迁出区（旧村）和安置点进行了整体规划，先后实施了基础设施提升、公共服务完善、特色风貌整治、美丽乡村建设等项目。结合危房改造对迁出区（旧村）旧房屋面貌进行了改造、美化、亮化，实现了搬迁安置和迁出区（旧村）同步提升，避免了建新村不管旧村、新村美旧村差的不和谐、不协调问题。目前，移民安置房及配套实施已全部完工，搬迁户可拎包入住。

其次，产业扶贫与精神扶贫同步。一是户户有产业。按照政策扶持、合作社带动、个户饲养的方式，安家岭村大力发展黄牛养殖产业，实现了户均一头牛,年均增收3000元的脱贫目标。迁出区(旧村)实施了拆旧复垦项目,复垦耕地100亩,所有复垦耕地全部由贫困户进行中药材种植,可带动贫困户户均增收10000元。二是人人有门路。在确保有产业支撑的基础上,通过实用技术培训、乡村专家实训、外出学习取经,群众发展产业、参加就业的层次不断提升。特别是通过发动外出打工的"能人"带动,带动一批群众组团外出务工,劳务收入成为群众增收的重要途径。三是个个有动力。开展评选表彰"脱贫光荣户""致富光荣户"活动,对评选为脱贫光荣户、致富光荣户的,给予资金奖补,挂上光荣户牌子,极大地激发了脱贫斗志,真正实现了"要我脱贫"到"我要脱贫"的转变。

第三是风貌打造与生态建设同步。在移民新村建设和旧村改造中,该村因地制宜,由乡镇统一指导,自主选择本土建筑工队,既考虑美观舒适,又彰显地方传统,最大化地保留了村子原有的建筑特色;特别在旧村院落的处理上,追求传统特色风貌,让老百姓看着顺心,住着舒心。与此同时,开展"园林乡村"创建活动,动员全村群众实现村绿户绿,先后投入绿化资金15万元,群众义务出工300人次,沿村沿河沿路、房前屋后大规模实施造林种植树木1000余株,绿化面积1500平方米,使全村呈现出处处见绿、满目苍翠的景象。

第四是基础设施与乡风文明同步建设。大力实施贫困村整村提升工程,修通了主干路,吃上了自来水,新建了文化活动广场、街道硬化、排水、路灯、公厕等基础设施工程,基础设施得到极大改善。此外,该村积极倡导文明的生产生活方式,修建了社会主义核心价值观主题文化墙,制定了乡风文明公约十二条,引导群众树立文明新风。特别是通过引导,通过改善村庄面貌,群众自发爱护村庄的积极性得到极大提升,并实行了"垃圾不落地、垃圾分类"管理办法,消除了垃圾围村、柴草乱堆、牲畜乱跑等乱象,打造出一个"大花园"式的美丽乡村。

## 经验启示

易地扶贫搬迁是脱贫攻坚的重要措施之一，因地制宜建设集中安置点，是实施乡村振兴战略的重要内容。安家岭安置点建设在结合现有的自然资源的基础上，充分发挥地方风貌，建成晚清风格的安置点。进入该安置点，犹如游览晚清的后花园，使搬迁入住群众如生活在世外桃源一般。集中安置建设应依山就势，突出地方风貌，为后续乡村战略规划实施夯实了基础。

# 依托"党建客厅"助推脱贫奔小康
## ——武乡县丰州镇代照岭村搬迁案例

在武乡县丰州镇代照岭村村委会小院里,有一间小小的房间,代照岭村的23名党员和339名村民,亲切地称这里为"党建客厅"。

代照岭村,下辖大辛庄、小辛庄、太平庄、青龙垴、代照岭、洞则沟6个自然村,是省级深度贫困村,至今仍有31户85人没有脱贫。面对贫困中的"硬骨头"、攻坚中的"硬堡垒",代照岭村人以"党建客厅"为圆心,点燃了全村人的信心与斗志。一年来,万头猪场建成,小米加工产业初见成效,移民搬迁工程有序推进,高铁建设用工及时对接……代照岭村从基层党组织建设到脱贫攻坚政策实施,从富民产业发展到村务财务公开,从结对帮扶到爱心捐赠,这间小小的"党建客厅",干出了大事业。

## 基本情况

丰州镇代照岭村位于武乡县中南部的山岭上,因周围全是山,像戴着罩一般,起名为戴罩,后改名为代照岭。代照岭位于丰州镇南约10公里处,东临南亭,南起沁县,西至半崖,北接郝家垴。

代照岭村由代照岭、青龙垴、太平庄、小辛庄、大辛庄、洞则沟6个自然村组合而成。全村共有127户339人，其中党员23名，建档立卡贫困户58户158人。全村总面积10060亩，其中，耕地面积1400亩，（红土地占90%）其余为林地和山坡，是个典型的农业村。在脱贫攻坚过程中，坚持将整村搬迁作为重要举措，深入贯彻落实习近平总书记视察山西重要讲话精神，实施"六环联动"，坚持"扶智"和"扶志"并行；同时结合镇村特色风貌整治，新建移民新村让搬迁户实现"安居"，利用产业发展政策保障搬迁户实现"乐业"，多途径、多手段将代照岭村建成生态宜居的魅力村庄。

## 取得成效

在武乡县"十三五"易地搬迁工程中，丰州镇镇党委、镇政府高度重视，镇党委书记带领相关人员对代照岭村多次进行实地考察后，首先将代照岭村列入整村搬迁村名单，2015年县委书记胡坚一行10余人来到代照岭村，通过对本村实地勘察后，更加坚定了代照岭村实施整村搬迁破解深度贫困的信心和决心。按照个人申请、信息比对、村内公示、镇政府审核、县级审定的程序，共确定搬迁对象126户338人，另有一人一户在外买房已自行安置。其中建档立卡贫困户58户158人，同步搬迁68户180人。考虑当地实际和农户意愿，在县城移民安置81户260人，在移民新村安置40户67人，自行安置5户11人。

在县、镇、村各方领导的支持和鼓励下，代照岭村移民新村于2018年5月9日正式开工，为了保证工程进度顺利实施，施工队加班加点，县、镇、村领导不定期监督检查，镇党委书记李珍明更是两天一督查。自开工以来，县、镇、村三级干部牺牲自己的所有休息日深入代照岭村主村安置点进行实地指导，严把施工质量关。施工队的刘监理说，自己经常在外面做工程，从来没有见过一个县委书记和乡镇党委书记对工程如此负责。所以在代照岭移民新村建设中，镇、村干部也很少请假。在各方的努力下8月底主体工程顺利完工，目前附属设施正在加紧完成。

随着移民新村的建设，基础性建设一一得以实现，目前通村3.5公里"四好公路"已建设完成，300米的深井目前已出水。

## 主要做法

整村搬迁工程作为深度贫困村有效脱贫的重要举措，不仅解决了群众安全住房问题，更重要的是改善了搬迁户的生产生活，镇政府高度重视搬迁人口的后续产业发展带动和对自主脱贫的引导，主要采取以下几种做法：

### 一、产业扶贫带动措施

代照岭村本着把贫困群众得实惠作为根本导向：一是合作社带动。组建"生态谷子种植＋小杂粮加工"的合作社模式统筹建立新格局。可带动全村128户，实现户均增收2000元以上的目标。二是定点帮扶。代照岭村帮扶单位是长治市供销社，帮扶工作队全面落实县委"五天四夜"工作法，进村入户，深入田间地头进行政策宣讲、制定措施和实施帮扶。2017年投入帮扶资金9万元用于小杂粮加工房建设。2018年又投资320亩的微生物菌剂40吨，给群众带来了资金和技术双支持。三是政策托底分红。实施屋顶式光伏扶贫共涉及40户67人，其中贫困户17户27人。四是综合保障。全村4名贫困大学生、健康双签约15户，慢性病患者15名、低保户18户、五保户5户实现了资助和救助全覆盖。五是金融扶贫。村内有3户8人贷款5万元入股大山禽业有限公司，每户每年可获得收益4000元。在2018年中，又有15户贫困户申请了小额贷款自主创业。六是投资1.5亿元建设万头猪场，建成后可吸纳农户50余人，目前已投资5000万元。

### 二、就业扶贫支撑措施

一是积极鼓励有志向的年轻人参与就业培训。积极组织全村有就业志向的青年参与就业培训，目前已有20余人参与培训。二是依托太行山实景剧，村内有意愿的贫困户加入到群众演员的行列，每年人均增收5000元以上。

### 三、精神扶贫引导措施

坚持扶贫与扶志、扶智、扶德相结合，致力在贫困群众转变脱贫观念和激发内生动力上下功夫。一是积极开展了农民小夜校。按照县委、县政府"县有大讲堂、镇有讲习所、村有小夜校"的要求，代照岭村坚持每周开讲一次，并组织工作队、第一书记、包片和包村干部积极参与村级小夜校的宣讲工作，力争将最新的扶贫信息让扶贫户知晓。通过开办农民夜校，鼓励和引导了贫困户通过自身努力增收致富，拉近了与贫困户的距离，增进了与贫困户的感情。让贫困户自觉参与到脱贫攻坚工作中来，让贫困户思想由"要我富"转变成"我要富"。目前，小夜校已开办12期。二是推行扶贫超市。投资1万余元建立了扶贫超市，将村内常住户洁家净院、整村知晓等得分按照分值折合成超市积分券，然后可到超市兑换所需商品，以引导搬迁户培养良好的生活方式，以激励搬迁户培养积极的脱贫态度。通过超市积分鼓励和引导贫困户通过自身努力增收致富，达到扶贫与"扶志""扶智"相结合。

## 经验启示

在整村搬迁的探索实践中，虽然摸索了一些做法和经验，也取得了一些成效，但对照扶贫开发新要求和贫困群众新期盼，还有很多不足之处。今后，我们一定要以习近平总书记关于扶贫工作的重要论述为指引，再接再厉，不负重托，尽力为村民铺就一条通向小康的幸福之路。

# 昔日抗敌主战场　今日脱贫绘新景
——武乡县蟠龙镇关家垴村搬迁案例

## 基本情况

关家垴村位于蟠龙镇东南部12公里处，距322省道2.5公里，由关家垴、沙坡、南垴3个自然村组成，全村231户621人。全村劳动力人口（16岁至60岁）共302人，常年在外劳动力人口167人，留守儿童13人，留守妇女38人，村内有低保户21户42人。土地面积3350亩，耕地面积1388亩，林地面积521.7亩，退耕还林面积266.7亩。全村以传统种植业为主，主要种植玉米、谷子、小杂粮等。由于地处丘陵山区，山大沟深，地理条件恶劣，基本还是靠天吃饭。全村共有贫困户133户414人，其中2017年脱贫41户164人，2018年计划脱贫92户250人，将实现整村脱贫。

关家垴村是浸染革命先烈鲜血的地方，威震中外的百团大战"关家垴歼灭战"就发生在这里。为了破坏敌人围剿根据地的阴谋，此次战役我军付出了惨重的代价，对百团大战最后的胜利有着深远的影响。

近年来该村以武乡县茂林种植专业合作社为发展主体，发展干果经济林200亩，露地蔬菜100亩，带动133户贫困户，积极落实上级扶持政策，引进新大象集团，投资2250万元，规划建设占地35亩、年出栏生猪16000头的现代化生猪养殖场。建设年出栏生猪16000头的现代化生猪养殖场。目前，已经与新大象集团签订战略合作协议，采用"龙头企业＋村集体＋合作社＋贫困户"的模式，村民可自主选择贷资入企分红和劳动就业挣工资，猪厂达产达效后每户可增收近万元，养殖厂安排本村剩余劳力13人，合作社成员与村民增收效益明显。2017年以来本村为了促进增收，按期实现脱贫任务，积极发展"一村一品"项目，建设蔬菜及苹果、核桃、油桃采摘园一座，以土地入股形式统一经营、管理。全村有土地使用权的172户农户，已有77户入股，其中有38户贫困户，共整合土地562亩。目前，修整田间道路4000米，种植核桃树4400余株，种植有机谷子500余亩。此外，关家垴处于县乡二级政府的经济规划圈内。近年来，乡党委、乡政府依托邻近县城地域优势，分类优化产业结构，大力发展蔬菜种植及乡村休闲旅游产业。目前已争取扶贫产业资金，基本建成特色水果采摘观光园200亩，计划2018年建设50个现代化蔬菜大棚采摘园，建两座农家乐休闲一体化餐馆，发展乡村旅游产业。

## 取得成效

关家垴村村两委成员始终注重发挥战斗堡垒和党员先锋模范作用，经常组织召开村民代表大会，对国家方针政策进行集中学习，不断提高思想觉悟。对重大事项进行集体表决，实行民主集中制。坚持以"认真、细致、踏实、务实"的工作理念，改善基础设施，完善配套服务，积极争取上级政策资金。投资700万元完成关家垴村92户移民搬迁工程，现主体和配套工程已全部完成，具备入住条件；投资600万元实施移民新村至关家垴战斗纪念碑道路硬化工程；村级标准卫生室已建设完成并投入使用。

该村重点围绕百团大战关家垴、峰垴旧址，修复了关家垴纪念碑，配套完善了附属设施。同时,村两委经多次召开专题会议对受地形地貌以及用地限制、开发条件等因素对拟规划用地、土地流转、利用当地已有的红色旅游资源(如土窑洞30余座独具民族特色的旅游住宿区、关家垴纪念碑等)等问题进行了深入的探讨和研究。武乡县扶贫开发公司为实施主体,采用"公司+村集体+合作社+贫困户"的模式,依托村集体、"群英旅游专业合作社"、村民及贫困户可供开发的"土窑洞"及土地,计划5年时间投资500万元,打造关家垴歼灭战体验区,修复建设关家垴歼灭战陈列馆、百团大战战地医院旧貌、太行山杀敌英雄关二如旧居、彭德怀指挥所及作战雕像等特色旅游景点。对关家垴抗战英雄故事和有关文史资料进行收集整理,开发系列红色旅游产品……丰富红色旅游形式,营造红色旅游氛围,发挥集聚效益。同时,关家垴村正积极申报列入我县红色旅游精品景区名录,使其成为太行干部学院教育教学基地。

项目建成后,扶贫开发公司、村集体、合作社、村民将本着合作共赢的思路,村集体负责辅助管理及综合服务,开发旅游并从中获益,村民主要参与旅游服务,是最大的受益者。通过上述项目的实施实现村集体经济增收,村民生活质量提高,贫困户实现脱贫。

## 主要做法

### 一、特色种植方面

围绕关家垴移民新村,整合现有耕地资源,科学制定种植规划。2018年种植核桃树、新种植渗水地膜谷子375亩,优质谷子种植面积达到640亩,户均2.8亩,户均收入4156元;另外和农业院合作,规划占地50亩,建设20座特色果蔬种植大棚,引进适合关家垴村气候和土壤的新型主流农业品种,聘请专业公司对农产品进行包装推广,打造自己的特色品牌。这里还将依托红色旅游资源结合现代农业种植,配套实施农业观光绿色走廊工程,重点打造以休闲观光采摘、农事体验娱乐、农家乐食宿为主的休闲生态旅游产业。

## 二、规模养殖方面

积极落实上级扶持政策，引进新大象集团，投资2250万元，建设占地面积35亩，年出栏生猪16000头的现代化生猪养殖场。目前，已经与新大象集团签订战略合作协议，采用"龙头企业＋村集体＋合作社＋贫困户"的模式，村民可自主选择贷资入企分红和劳动就业挣工资，猪厂达产达效后每户可增收近万元。

## 三、乡村旅游方面

通过村委提名、村民表决通过等程序，关家垴村成立了由村委主任关红斌同志为法人、村民自愿加入的"群英旅游专业合作社"，主要从事乡村旅游发展及现代农业富民产业系列项目的开发经营和管理，使农户变"单打独斗"成为"抱团发展"，扶贫先扶志、输血变造血，激发群众内生动力。社员可以货币入股，也可以土地入股和物品入股等形式参与分红和经营，这些举措带动了乡村旅游和现代农业发展的有机衔接，切实在旅游拉动、农业增效、农民增收方面发挥了积极作用。

## 经验启示

习近平总书记强调，脱贫攻坚是全党全社会的共同责任，从发挥制度优势和培育践行社会主义核心价值观的战略高度，提出动员社会各方面力量共同向贫困宣战，"构建大扶贫格局"。脱贫攻坚战让贫困群众真正得到更多实惠，走出一条创新发展、开放共享、旅游富民的可持续发展之路。

# 晋城市

百村搬迁案例

# "五个坚持"着力推进易地搬迁
## ——陵川县夺火乡寺南岭村搬迁案例

寺南岭村位于陵川县夺火乡西部10公里处,由寺南岭、大坡阳2个自然村组成,全村共有122户375人,其中建档立卡贫困户72户201人。近年来,在省、市、县各级党委、各级政府的正确领导下,在包村领导、帮扶单位的大力支持下,在第一书记和帮扶工作队的辛勤努力下,该村把易地扶贫搬迁作为贫困户脱贫的重要手段,采取"五个坚持"的工作措施,积极推进易地扶贫搬迁工作,取得了明显成效。投资112万元在寺南岭村修建了易地移民搬迁集中安置小区,对12户23人进行集中安置,5户21人进行分散安置,入住率达到100%。2018年开始组织实施大坡阳自然村拆旧复垦工作,截至目前,签订拆除协议9户,拆除房屋7户。

### 坚持"三统筹",确保搬得出

一是统筹科学规划。紧紧围绕夺火乡红叶风景区建设与寺南岭村旅游发展定位,按照集约用地、生态环保、功能完善、风格统一、价格适中的要求,充分尊重群众意愿,采取一户一院格局,集中修建了13套集中安置房，每户住房面积最大100平方米，最小25平方米，实现了移民搬迁与乡村旅游融合发展的目标。二是统筹项目资金。充分发挥易地扶贫搬迁项目资金的"导向轮"和"黏合剂"作用，统筹整合各类项目资金112万元，实行打捆使用、组装配套，确保贫困户搬得出、不负债。三是统筹安置方式。坚持"群众自愿、区域推进"，动员发展条件好的贫困户就近搬迁，鼓励安置小区内的其他农户同步改善居住条件。目前安置小区已入住贫困户12户23人、分散安置搬迁户5户21人。

## 坚持"三标准"，确保建得好

一是对象认定标准。按照精准识别、精准归类的要求，采取"五步两公示一公告"的办法，通过户申请、村审查、乡核实、县审定的程序，锁定易地扶贫搬迁对象。二是面积控制标准。严格控制贫困户人均住房不超过25平方米，针对搬迁户家庭人口结构，为贫困户提供4种户型选择。三是资金补助标准。对纳入易地扶贫搬迁的贫困人口，按照人均2.5万元的标准，由乡政府通过招投标程序聘请专业施工队进行修建，确保了小区面貌的统一和工程质量的可靠。

## 坚持"三配套"，确保留得住

一是公共服务设施配套。在统一规划建设安置小区基础设施的基础上，配套建设了村级活动阵地、卫生室、文化室、健身广场等，投资5万多元完成移民安置点至许家祠堂501平方米街道硬化，投资4万元在安置小区新建1个公厕，使搬迁户住得更加舒适。二是产业支撑配套。依托资源优势，抓住政策机遇，实施了三大脱贫产业项目，带动了移民户脱贫增收。由陵川县昊杰食用菌专业合作社实施食用菌大棚建设和改造项目，新建平菇大棚5座，维修改造原有香菇大棚15座，为村委上缴股金红利6000

元用于19户贫困户分红,其中移民搬迁户5户;由陵川县寺南岭乡村旅游开发有限公司实施乡村旅游项目,新建乡村旅游接待中心,公司每年向村委上缴3万元用于21户贫困户分红和发展产业;由寺南岭村委实施中药材产业项目,完成大田连翘种植113.5亩,参与农户41户(贫困户35户,其中移民搬迁户11户)。三是矛盾化解调处。针对群众反映搬迁后种地远、运输难的问题,在主村调出30亩耕地,用于集中安置户就近耕种。

## 坚持"四到位",确保搬得快

一是强化物质保障。驻村帮扶单位晋能集团晋城公司统一为集中搬迁的12户贫困户购买了床、火炉、电暖气等生活用品,在冬季到来前还对搬迁户送上暖心煤球。二是强化文化参与。把移民搬迁户的妇女集中起来,成立了全乡第一支女子军乐队和民俗乐队并多次赴陵川、高平等地演出;同时在元旦、春节、元宵节等传统节日,还邀请搬迁户参加"孝老尊亲"元旦联欢会、元宵节联欢会、三八妇女节茶话会,特别是李德胜老师带领戏迷票友走进寺南岭村、邀请市电视台知名主持司剑虹老师讲传统文化知识等活动,使搬迁户感受到了党的温暖和关爱。三是强化教育关爱。举办首届"朝阳"夏令营,开办了"美术写生、传统文化、书法辅导"等课程,让孩子们过上了有意义的假期生活,也让搬迁户融入了寺南岭这个大家庭。四是强化技能培训。为进一步提高搬迁户劳动技能、拓宽劳动力就业路径、促进精准脱贫。2018年以来,寺南岭村先后组织150人次集中参加了陵川县前程职业培训学校组织的食用菌技术培训、县人社局组织的中药材种植技术等培训,受到搬迁户的欢迎。

## 坚持"三举措",确保稳步拆

一是深入调查摸清底数。为稳步推进旧房拆除工作,寺南岭村及时成立拆旧领导小组和评估小组，采取村两委成员包户的办法与拆迁户进行座谈沟通，对他们的财产状况、相关要求进行深入摸排，在此基础上经过村两委集中研究，制定了符合本村实际的易地搬迁拆旧复垦方案。二是多方沟通统一标准。为确保贫困户利益不受损失，领导小组在前期调查的基础上，通过召开党员村民代表及户代表会议征求意见，确定了本村的拆除补偿标准（矸棚房、土坯房每间2000元、砖混结构十年以下每间3000元、十年以上每间2500元、配房每间1000元、倒塌房屋每间1000元、院墙大门2000元、厕所500元、其他附属物以评估小组评估为准），通过逐户现场估价，最终确定了每户补偿标准，并通过村民代表大会研究讨论后在村务公开栏公示，公示无异议后与贫困户签订了拆除协议，奠定了拆除工作基础。三是集中复垦普惠民生。经土地部门现场勘测，大坡阳自然村整体拆除后可开发整理土地15亩，有效解决了占补平衡问题。同时复垦补助资金一方面可以解决整村拆除资金不足问题，另一方面还可以增加村集体经济收入。开发复垦的土地将用于集中实施田园综合体项目建设。

通过实施易地扶贫搬迁工程，寺南岭村搬迁群众的生产生活条件、精神面貌得到了极大改善，通过发展后续产业，有了稳定的增收渠道，幸福感与获得感得到持续提升。

# 全党动员　合力攻坚　搬迁群众展新颜
——泽州县金福苑移民新村案例

抓好易地扶贫搬迁工作，是脱贫攻坚的重中之重。2017年以来，泽州县按照中央和省、市决策部署，先后开工新建了8个易地扶贫搬迁集中安置点，安置贫困群众2762人，贫困群众居住环境得到了明显改善，生活质量进一步提升，幸福指数不断增强，有效地促进了社会的稳定和谐发展。

## 立足实情，坚持规划先行

泽州县易地扶贫搬迁集中安置项目于2017年4月底相继开工。其中，金福苑小区是集中安置点之一，小区位于金村镇金村，紧邻207国道，距离市区10分钟车程。小区新建移民安置楼8栋300套，面积24629.62平方米，现已安置入住289户1044人。小区实施物业化管理，小区周边学校、医院、商业网点等基础设施完善、公共服务设施齐全。通过不懈努力，我县初步探索出了一条住新居、换新业、树新风的可持续发展路子。

县委、县政府在金福苑小区规划理念上，始终坚持"立足脱贫、着眼小康、借力优势、合理推进"的十六字原则，建立了安置小区建设、基础设施提升、后续产业完善和特色风貌突出的"四位一体"机制，实现搬迁安置与后续发展的同步推进。特别是在建筑风格上，因地制宜，既考虑美观舒适，又彰显地方传统，小区建设统筹考虑金村新区建设、工商业中心的区位环境，赋予了安置小区的现代化气息；在建筑细节上，追求传统特色风貌，绝不搞整齐划一和排排坐的"兵营模式"，让老百姓看着顺心，住着舒心；在功能设计上，突出当地农村传统建筑特点，在充分考虑群众农牧业生产和传统生活需求上，增加现代化生活设施，融入节能、居家、休闲等功能元素，达到了安置区建设与现代化宜居的有机结合。

## 立足"全"字，聚力后续发展

坚决把贫困群众得实惠作为根本出发点，全力打造政府、企业和社会共同参与的扶贫开发新格局，全县上下总动员，全党全民参与，实现了有劳动能力的搬迁户产业带动、就业帮扶全覆盖。

一是企业扶贫，实现产业增收。产业扶贫是贫困户脱贫增收的重要抓手，我县积极引导金福地农业专业合作社、东鑫旺农牧业开发有限公司等地方龙头企业对搬迁户实施就业带动和金融扶持。其中金福地农业专业合作社与金福苑小区搬迁户全部签订了产业、就业帮扶协议，实现了有劳动能力的搬迁户1户中有1人通过产业增收。

二是岗位订制，实现就业致富。统筹组织安置区周边60余家企业提供600余个工作岗位，涉及保安、保洁、会计和司机等10余个工种，对搬迁户实施"岗位订制"服务。通过社会力量帮扶，实现了有劳动能力的搬迁户1户中有1人通过就业致富。

三是凝聚爱心，实现生活稳定。积极鼓励引导社会爱心企业参与易地扶贫搬迁工程，多措并举帮助搬迁户实现生活稳定。其中山西天地王坡煤业有限公司为安置小区捐赠350万元；月星商业广场为所有搬迁户每户提供1000元的装修金，帮助搬迁户"装房子"问题；金福地农业专业合作社为金福苑搬迁户提供近50亩菜地，解决搬迁户的"菜篮子"问题；晋城市一站通科贸有限公司为搬迁户每户免费赠送一台净水器，提升饮水质量，解决搬迁户"水管子"问题。

## 经验启示

一是统一规划是做好易地扶贫搬迁工作的基本前提。县委、县政府要承担脱贫攻坚主体责任，始终坚持规划引领，高起点、高站位，将金福苑小区建设与金村新区建设统筹规划，实现搬迁户一次搬迁终身受益。

二是产业就业是做好易地扶贫搬迁工作的重要保障。易地扶贫搬迁既要搬得出，更要能致富，迁入地政府积极为搬迁户创造就业机会、提供产业项目，让搬迁户有事可干、有钱可挣。

三是过上稳定生活是做好易地扶贫搬迁工作的最终目的。要实现搬迁户过上稳定生活，一是通过形式多样的文化活动，帮助搬迁户相互间尽快熟悉，尽快融入当地生活；二是要加强集中安置点管理，真正实现搬迁户"办事有地方、议事有组织、纠纷有人管、困难有人帮"。

# "三聚三化"让搬迁搬出幸福生活
——沁水县固县乡移民新村案例

## 基本情况及工作成效

晋城市沁水县固县乡位于沁水东北部,总面积168平方公里,下辖13个行政村,55个村民小组,全乡总人口2542户7701人。全乡拥有耕地面积2.1万亩,林地面积16万亩。作为纯农业乡镇,固县乡建档立卡贫困户536户1367人,占到全乡总人口的18%。

面对繁重的脱贫攻坚任务,固县乡党委、政府不等不靠、审时度势,以易地扶贫搬迁作为脱贫攻坚的主方向,把握政策、坚持原则、立足实情、敢于突破。投资7000余万元建设易地搬迁集中安置点和后续产业基地,完成204户669人的搬迁任务。一个以"人口集聚、产业汇聚、体制凝聚"为特点的搬迁小区呈现出"标准化、就业化、品质化"的独特魅力,实现了搬得出、稳得住、可发展、能致富的搬迁目标,让党和政府的惠民政策真正落地生根,惠及全乡贫困群众。

## 主要工作做法

### 一、人口集聚，实现标准化搬迁

易地扶贫搬迁难，难就难在怎么搬，往哪里搬？怎么建，资金缺口有多大？怎么拆，群众不愿意如何办？面对一系列问题，固县乡党委、政府在沁水县委、县政府的统一指挥协调下，以最快的时间理清思路，以最大的精力投入工作，建立了搬迁程序标准统一，配套设施标准统一，拆除复垦标准统一的机制，实现了标准化搬迁。

1. 全乡聚一，高起点谋划。作为山区乡镇，固县乡有近200户贫困户住房、交通、饮水有一定的困难。搬，大家愿意搬，但搬到哪里，大家意见又不统一。经过五轮的论证，以及征求部分搬迁户的意见，固县乡党委、政府决心在乡政府的所在地，拿出最好的地块，为全乡13个行政村所有搬迁户集中修建易地搬迁安置点。这样既降低了公共资源建设费用，又防止了自然庄搬到行政主村造成以后二次搬迁的浪费。思路确定后，固县乡党委、政府马上召开了搬迁户工作会议，向每个搬迁户说明情况、讲解政策、签订协议，并及时上报县脱贫攻坚领导小组，一个可容纳700人，集生活、就业、文娱为一体的标准化搬迁小区(富茗小区)开始破土动工。

2. 设施齐备，高标准谋划。如何让农村群众也像城里人一样过上幸福生活？从一开始，固县乡就高标准定位小区建设，实现集中供水、供电、供暖，以及煤层气、闭路、宽带、监控等全部规划到位，并在提升小区的绿化、亮化、美化上下功夫，真正提升群众的生活品位。仅基础配套设施建设费用就达到了400万元。为保证60岁以上的老年人搬迁后的生活有保障，固县乡更是积极争取省民政厅、省扶贫办的大力支持，修建了老年人日间照料中心，一人一天两元钱就可以吃饱三餐，74位老人的饮食问题，得到了有效解决。设施的完备带来的是资金缺口压力，面对资金缺口，固县乡通过上级拨一点、政府补一点、群众筹一点、企业捐一点，弥补了近

700万元的费用缺口，保证了8个月完成工程的建设任务，并通过了验收。

3. 拆除到位，高效率谋划。易地扶贫搬迁另一个难点就是旧房的拆除复垦工作。为打消群众的疑虑，确保搬迁后的生活有保障，固县乡围绕"吃住的成本要低，收入的增长要高"统筹考虑，做到在物业费上进行减免，在就业安置、土地流转上展开工作，让大家心甘情愿搬出来、主动配合拆迁。乡里成立了三个专门小组，挨家挨户做工作，挨家挨户讲政策，让大家心里敞亮、心情愉悦地拆除旧房、搬进新居。全乡更是抓住正在进行的凋敝宅基地复垦、整村搬迁复垦的有利时机，到10月底前，可对350座房屋进行有效拆除，预计带来的复垦土地面积达到90亩以上。

## 二、产业汇聚，实现就业化搬迁

搬迁不是为搬迁而搬迁，搬迁后的生产生活难题也是搬迁工作的重点。所以从搬迁工作刚开始，固县乡党委、政府就把后续产业发展当作另一项重要工作，齐头并进、统筹安排，以"一户一人就业"为目标，打通"搬迁脱贫"工作的任督二脉，实现迁出后能致富的工作目标。

1. 七村联建保就业。就业不是个简单问题，涉及资金、产业以及市场销路等问题。因此，在乡政府的倡导下，全乡7个村委联合组建春晖农业开发有限公司，立足于市场需求高的白玉菇、蟹味菇等食用菌产品，着力发展食用菌的工厂化生产。为降低风险，春晖农业联合当地龙头企业嘉沁农业来保证菌种生产和产品销路；联合在全国食用菌行业里面领先的装备制造厂商江苏爱菲尔，提供厂房设备以及智能化装备。目前投资2800万元的扶贫智能化出菇基地已完成项目主体以及厂房建设，正逐步安装设备设施，实现年底投产。该项目可直接安排搬迁户80余人就业，人均收入可达到2万元以上。产业带动脱贫，发挥出最大的效益。

2. 能人回乡帮就业。易地扶贫搬迁是一项社会性工程。在政府的大力号召下，一大批固县籍在外成功人士，也满怀豪情回乡创业。当地小有名气的服装加工企业百舒康服饰公司苦于场地以及劳动力的短缺。乡党委、政府得知情况后，积极联系相关部门，为其提供现成的场地促成其与55户贫困户确定了就业协议，实现了搬迁贫困户与企业的双赢。常年在固县投资的河南籍人士段女士，看到易地搬迁的就业压力，承包当地土地建起火龙果采摘园，可安排就业15人。安上渔业、VR科技馆等一批当地的小型企业也积极吸纳搬迁户就业。一个可容纳200人以上的小型就业园区正在形成。

3.招商引资带动就业。固县乡把招商引资与脱贫攻坚相结合，与易地扶贫搬迁就业相结合，招商落地与用工相互支撑。目前，由中国能建公司投资1.1亿元的远景风力发电升压站项目已落地本乡，正在建设中；由硕光能源投资3.3亿元的冷热电联产项目，已正式启动。仅这两个大型项目建成后，就可直接或间接安排当地劳动力100人以上，优先安排易地搬迁户已形成共识。在此基础上，还积极联系当地煤层气开采企业中联、中石油、蓝焰等，积极吸收当地贫困户就业。可以说，一个全方位帮扶搬迁贫困户体系已形成。

**三、体制凝聚，实现品质化搬迁**

搬迁小区不仅仅是贫困户集中居住区，更要成为一流的品质化小区。因此，针对群众的各方面需求，固县乡党委、政府换位思考想出路，多措并举找办法，在建设小区物业、土地流转等方面做出成绩。

1.五小场所探索品质化。群众有需求，政府就得想办法。面对搬迁后的生活，投资200万元建设小区的"卫生服务站、便民超市、公共厕所、澡堂、文化广场"5个小场所，真正让老百姓看病有地方，洗澡有地方，买菜有地方，健身有地方，保证了群众各方面的日常文化生活需求。积极争取到文化部门9万元左右的文化健身器材和篮球、羽毛球、乒乓球等设备，更加丰富了群众的文化生活。老百姓高兴地说："搬迁让我们有了从未有的充实和方便，也让我们真正感受到了党和政府给予我们困难群众的温暖，让我们看到了搬迁后幸福生活的希望。"

2.物业管理探索社区化。小区建成后的管理也是令人头疼的一个问题，因此建立了小区物业管理办公室，吸收搬迁群众就业，对小区的水、电、停车、卫生、红白事等方面进行精细化管理。积极探索对60岁以上的老人和低保、五保户实行物业费的减免，出台了多项小区管理制度，宣传到户到人，让大家改掉旧习，适应新生活。目前，正在组建的小区党支部更是拉近了党员和群众的距离，党员接受教育不再奔波，党员活动有了新阵地，通过和日常宣传、义务劳动、党日活动相结合，党员带头、群众参与的义工活动，正逐步走向常态化。

3. 后续跟进探索人性化。搬迁后的问题不断涌现。本着"硬骨头硬啃，攻坚战强攻"的态度，固县乡敢于作为，创新探索。针对部分搬迁户，距离承包土地远的问题，引入了中药材种植企业，逐步进行土地流转，让群众安心生活，打工致富；针对部分群众旧房拆除后的粮食堆放以及生产设备的安置问题，联合当地村委积极探索建设堆粮场和生产工具的安置房，解决了群众的后顾之忧。搬迁后的问题会不断地涌现，但只要我们心里想着搬迁户，多想办法、多想出路，我们的工作就一定能得到搬迁户的支持和肯定。

## 经验启示

一年多的搬迁工作使固县乡党委、政府经历了疑惑、答疑、奋进三个过程。回顾工作，有以下几点启示：

一是搬迁工作要以群众需求为工作方向。无论安置点的选址、配套设施的完善、小区物业的管理，都要着眼于实际，不好高骛远、不随心所欲，使群众了解搬迁、支持搬迁。

二是搬迁工作要以产业发展为工作重点。产业是脱贫的希望，也是搬迁群众增收的希望，没有产业的搬迁，带来的后续问题，会不断地增多，也难以解决。

三是搬迁工作要以政府支持为工作保障。特别是资金问题，政府要给予易地搬迁安置建设和后续产业最大限度的支持，让基层政府心中有底、工作敢推，让群众感到搬迁有希望、增收有动力，才会使搬迁工作真正见成效。

# "挪穷窝、拔穷根" 干群共筑新希望
# 用心干用情帮　易地搬迁惠民生
——阳城县北留镇移民新村案例

易地扶贫搬迁工作开展以来，我们认真践行习近平总书记关于扶贫开发的战略思想和一系列重要讲话精神，紧紧围绕搬得出、稳得住、能致富的目标，积极解决易地搬迁贫困户的生活、就业、环境等问题，使易地搬迁真正成为能够让贫困群众过上幸福日子的"民心工程""希望工程"。

## 基本情况

北留镇共有崇上、章训、南岭、安岭4个建档立卡贫困村，横岭、头南、东河、南庄、西神、北村6个低收入村，共有建档立卡贫困人口883户2445人。在这10个涉贫村中，尤以南岭、安岭、横岭这"三岭"地理位置最偏远、群众住房条件最差，限制了集体经济的壮大，阻碍了村民群众致富奔小康。针对这些制约贫困村、贫困人口发展的瓶颈，我们把易地扶贫搬迁当成打赢脱贫攻坚战的"重中之重"和"关键战役"，提上重要工作日程，分步骤积极稳妥实施易地扶贫搬迁工程。一是深入南岭、安岭、横岭村大力宣传易地扶贫搬迁优惠政策，帮助贫困群众下定决心"挪穷窝"；二是在摸清底数、已经掌握搬迁户名单的前提下，根据搬迁户实际情况，精准设计、高效推进，在壁河村投资930万元建成了2栋6层78套易地搬迁集中安置住宅楼，真正把帮助贫困群众"建新房"落到了实处；三是超前谋划后续产业发展，新上三个项目，在帮助搬迁贫困户"拔穷根"上进行了积极探索。

## 取得成效

### 一、易地扶贫搬迁集中安置住宅楼拔地而起

该工程2017年4月5日开工建设，总建筑面积5975.11平方米，共安置78户243人。2017年9月份竣工，12月20日分房到户，搬迁贫困户全部领到新房钥匙。目前，工程验收基本结束，已有30多户贫困户喜迁新居，其他搬迁贫困户全部对新居展开了装修，预计2018年9月底即可全部入住。

### 二、贫困群众对整个工作流程和分房结果非常满意

国家政策规定每个建档立卡贫困人口要严格按照人均不超过25平方米标准进行建房，而我镇易地搬迁集中安置住宅楼是根据每个贫困家庭的人口等实际情况量身打造的，分别建成25平方米的住宅5套，50平方米的住宅19套，75平方米的住宅22套，100平方米的住宅28套，125平方米的住宅4套，贫困人口人均居住面积基本达到25平方米，既没有突破政策底线又让困难群众最大化享受到扶贫优惠政策，老百姓真正得到了实惠。

### 三、群众搬迁入住后的就业问题得到合理解决

在易地扶贫搬迁集中安置住宅楼动工兴建的同时，镇党委、镇政府就把群众搬迁入住后的就业问题作为头等大事，超前谋划，在壁河村新上了三个后续产业项目，开发出150多个就业岗位，使困难群众看到了就业致富的希望，可以安心搬迁。

**主要做法**

一、深入调查摸底，沟通宣传，确保搬得出

我们从镇机关、镇直单位、企业中抽调素质高、能力强的骨干，组成50人的队伍，深入贫困群众家中，采取调查摸底、座谈协商等多种方式进行沟通，大力宣传国家易地扶贫搬迁政策，积极想法子、找路子破解易地扶贫搬迁难题，逐步使困难群众认识到了易地搬迁对摆脱贫困的重要性和必要性，"树挪死、人挪活，抓住政策好发展"逐渐成为贫困群众的共识。通过深入调查摸底，我们确定了78户易地扶贫搬迁对象并登记造册，签订了搬迁协议书，也拿到了修房盖屋的"定心丸"。

二、精准选址设计，公平公正，确保"稳得住"

一是精心选址。壁河村近年来在美丽乡村建设、全域旅游发展、农业产业化经营等方面都迈出了扎实步伐，一代名相陈廷敬辞官归隐后，康熙皇帝来看望帝师，就在壁河村设立了"临时行宫"，该村为此积极开发《迎圣驾》等文艺节目，把乡村文化旅游作为未来发展方向。考虑到该村的发展潜力，考虑到该村靠近城镇的区位优势，考虑到该村相对完善的基础设施优势，我们精心确定壁河村为易地扶贫搬迁集中安置点，这就为搬迁群众日后的生产生活创造了良好条件。二是精准规划。由于我们在建设集中安置住宅楼之前，预先完整地掌握了搬迁户的名单、各家各户的具体情况和搬迁意愿，这就为从户型、面积、楼层、配套、环境等方方面面服务贫困群众奠定了良好基础。无论贫困户家中有几口人，新房的户型面积都能满足人均25平方米的居住需求，让群众感觉到了舒心惬意。全镇有搬迁意愿的贫困户中有5户孤寡老人，按照国家政策只能修建25平方米新居，我们就在住宅楼规划设计时把这5套25平方米的住宅安排在一楼，避免了他们上楼下楼的不方便。从而使绝大多数的群众真正发自内心地感受到：集中安置住宅楼就是为自己量身打造的精品工程。三是用心服务。住宅楼的水、电、路、讯、气、暖全部配套到位。考虑到贫困户的经济状况和绿色清洁环保的装修要求，镇党委、镇政府为每一套贫困户住宅都安装了太阳能热水器。通过在点点滴滴细节上的"用心干""用情帮"，把党和政府的温暖送到了困难群众的心坎上，更赢得了搬迁群众的满意和拥护。四是公平公正。举行分房仪式时，我们邀请阳城县公证处现场公证，过程透明，有效保障了分房的公平公正，且分房流程在搬迁群众的监督下公开运行，避免了可能发生的纠纷和暗箱操作，从而真正把易地扶贫搬迁这件头等大事、民生实事办成了令各方满意的"大好事"。

**三、超前谋划项目，激发动力，确保"能脱贫"**

我们认真落实易地搬迁后贫困群众就业和产业扶持措施，对搬迁安置点进行有针对性的项目谋划设计，为解决好易地搬迁贫困人口就业问题打下了坚实基础。一是新上金昌钰豆制品加工项目：由阳城县金昌钰鲜豆制品有限公司自筹资金4900万元，占地4500平方米，年产5000吨腐竹豆皮，目前该项目已投入试产，全部建成后可实现年销售收入6000万元，年利润500余万元，解决搬迁贫困劳动力就业60余人。二是新上地天泰洗衣厂项目：由阳城县地天泰后勤服务有限公司自筹资金1300万元，占地2000平方米，该项目今年年底计划再上一条生产线，全部建成后年洗衣能力可达到3万吨，可实现年销售收入1200余万元，年利润350万元，解决搬迁贫困劳动力就业40余人。三是新上农业种植园区项目：支持阳城县信聚牡丹农民专业合作社发展农业园区，种植油料牡丹310亩，种植金银花、精品果树、葡萄300亩，可解决搬迁贫困劳动力就业30余人。通过超前谋划项目、积极配置资源，我们力争让贫困群众这一"搬"，能够"搬出创业就业""搬出安居乐业""搬出和谐家园"。

## 经验启示

**一、易地搬迁要做好"精准施策"**

这项工作之所以能够赢得群众的拥护和认可，一个直接和重要的原因就是准确掌握到了贫困户搬迁意愿、人口收入等第一手资料，使住宅楼成为贫困户个性化居住需求的"私人订制"精品。当初是易地搬迁这项任务是没有先例的，迫使我们不得不深入群众认真做思想工作，但也正是这个迫不得已的措施最终使这项工作取得实效。可见，只有深入调研摸底，才能为精准施策提供重要依据；只有精准施策，才能从细节中体现为群众服务的质量和水平。而最根本的就是要有真挚的为民情怀，一趟趟跑基层，一次次摸实情，正是这份真心真意换来了群众的满意认可，正是这个辛苦指数换来了群众的幸福指数。

**二、易地搬迁要做好"集中安置"**

易地扶贫搬迁针对的是"一方水土养不起一方人"，让困难群众通过"挪穷窝"过上"旧貌换新颜"的新生活。因此集中安置点的选择就成为非常重要和关键的决策环节。要坚持把"城镇集中安置"作为首选模式。我们之所以选择壁河村作为集中安置点，主要考虑就是因为壁河村靠近城镇，可以按照人口向城镇集中、产业向田园综合体集中、土地向适度规模经营集中的工作导向，为将来谋划后续产业项目奠定良好基础。

**三、易地搬迁要做好"安居乐业"**

搬迁只是手段，脱贫才是目标，而产业就是根本。"问渠哪得清如许，为有源头活水来"，只有让搬迁户有了产业发展之路，幸福生活才会成为"有源之水"。我们要做到"扶上马，再送一程"，让易地搬迁贫困人口既"安居"又"乐业"，既"挪了穷窝"又"拔了穷根"。当然，目前我镇仍处在贫困户装修入住阶段，帮助贫困户安居乐业仍然在路上。下一步我们将持续发力，继续扎扎实实做好后续产业服务工作和社区服务工作，让易地搬迁贫困户真正就地就近创业就业、真正稳定脱贫，确保各项扶贫政策落地落实、生根发芽、开花结果。

总之，打赢脱贫攻坚这场硬仗，是全面建成小康社会的现实需要。在这场硬仗中，我们将努力发扬愚公移山精神，全力完成好易地扶贫搬迁和后续产业发展任务，让贫困群众"挪出穷窝窝"，安居乐业奔上小康路，切实提高北留脱贫成效和质量，决战脱贫攻坚的全面胜利。

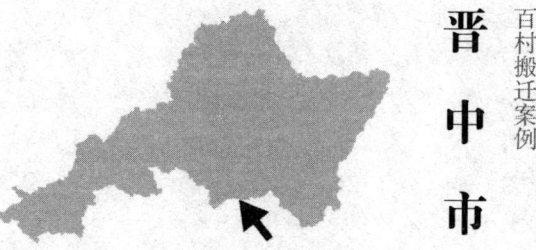

# 晋中市

百村搬迁案例

# 易地搬迁"挪穷窝" 后续产业促增收
## ——榆社县社城镇北河村搬迁案例

易地搬迁是打赢脱贫攻坚战的"头号工程",也是"五个一批"精准扶贫最难啃的硬骨头。2016年以来,社城镇党委、政府致力于对300人以下的偏远村庄实施易地扶贫搬迁,根据村民意愿,将北河村列入整村搬迁,通过签订搬迁和旧房拆除"双协议",精心组织,加快推进,2018年7月搬迁户全部迁入新居。

## 基本情况

北河村位于社城镇西北部,远离交通主干线,是典型的"边、小、散、远"村,位置偏远、交通不便、基础设施落后、公共服务缺乏,上学难、就业难、看病难、出行难,娶媳妇更是难上加难,"一方水土养不活一方人""两不愁、三保障"无法解决,老百姓生活极为困苦,搬迁愿望非常强烈。2016年启动易地搬迁项目以来,该村严格按照易地搬迁相关政策,科学定位,统一规划,合理布局,结合城镇化建设,将集中安置点选址于乡镇所在地社城村,严守住房面积和农户自筹两条政策红线,统一规划建设，配套安置区道路及各类管网，建成农户住房、基础设施、公共服务、产业发展四位一体的新农村格局。

## 喜迁新居，强化管理见实效

截至2018年7月底，在社城镇安置点集中安置的68户159人已全部入住，在县城安置点集中安置的15户47人已全部领取房屋钥匙，正在进行房屋装修，分散安置的1户3人已搬迁至太谷县。为强化对集中安置点的后续管理，社城镇党委、政府与村两委研究制定了"1+3"模式和"四治"机制。

规范"1+3"模式。即"党支部引领+村干部、党员、村民代表"，严格落实"三会一课"制度，着力加强党员日常教育管理和监督；坚持"四议两公开"议事制度，规范村级事务民主决策基本程序，切实做到"公开、透明、公平、公正"。

制定"四治"机制。一是制定村规民约。要求村民摒弃陋习、移风易俗，倡导文明新风尚。二是移民新村建设规范化。移民新村为统建住房，村民在庭院内加建侧屋，必须符合统一规划要求，不得私搭乱建。三是环境整治常态化。入住移民新村，要求村民每日整理屋内、庭院及门前"三包"责任区的环境卫生。四是产业带动促脱贫。加快后续产业发展，激发搬迁户内生动力，提高自主发展产业的积极性，确保搬迁户搬得出、稳得住、能脱贫。

## 产业落地，后续保障稳人心

根据搬迁群众意愿，安置点街牌门号全部以"北河"命名，使他们永远铭记北河"根祖"，长远规划未来"日子"，安心在此扎根。

## 一、坚持种养结合，发展传统产业

一是种植无公害杂粮，提高产品效益。

二是在帮扶单位的扶持下，为每户贫困户补助1250元，发展5只黑山羊，覆盖贫困户64户120人；通过申请扶贫资金，扶持30户贫困户每户发展养羊6只。同时，有7户贫困户自主发展养羊1378只。目前，北河村贫困户羊存栏数达1876只，实现了贫困户养羊"全覆盖"，预计年户均增收4000元，年人均增收1600元。

三是发展笨鸡产业，存栏数达550只，覆盖贫困户16户48人，预计年户均增收200元，年人均增收667元。

四是发展养牛产业，2户贫困户自主发展养牛19头，预计年户均增收9500元，年人均增收2100元。

## 二、准确把握市场，发展新型产业

（一）小龙虾养殖项目。社城镇小龙虾生态养殖示范基地，由社城籍在外成功人士投资建设，是社城镇易地搬迁后续产业园区的重要组成部分。基地占地60亩，建有5个虾塘，总投资约35万元，目前正在种植水草，水草育肥后将投放虾苗。养殖示范基地投产后，将逐步建成集科研、育苗、养殖、种植、深加工、饲料、餐饮、旅游等产业链一体化、集团化运营的现代农业产业园区。项目预计收益：预计年产出2000斤成虾，每斤按市场均价25元计算，年收益预计达37.5万元，每年可为安置点的142户搬迁户每户分红500元，共计71000元。

（二）中药材种植项目。该项目以"公司+基地+贫困户"的发展模式，流转土地210亩，集中连片订单种植中药材，其中：知母175亩，半夏11亩、苍术2.5亩、白芷5亩、白术5亩、防风11亩，不断拓宽搬迁户后续产业增收渠道。以中药材知母为例，每年可亩产6000元，纯收入2500元。同时，中药材种植还可带动附近贫困劳动力参与务工，目前已经吸纳贫困劳动力200余人次，劳务费用达12.6万元，年人均务工收入可增收650元。全镇累计发展中药材种植1320亩，涉及贫困户210户。

（三）服装加工厂项目。该项目通过签订合作协议，由山西宏威安保设备有限公司投资建设,该公司是一家注册资金1000万元的独资企业,以加工、销售警用装备为主,已缴纳20万元投资保证金,计划投资500万元,新建1600平方米厂房,购置150台缝纫机及其他设备。目前已完成图纸设计,先期已选派10名劳务主干至榆次服装厂进行了培训。项目建成后,可提供近150个就业岗位,月工资不低于1500元/人(并缴纳劳动保险),年工作时间不少于330天/人,搬迁贫困户每户每年可增收16500元。

(四)花卉基地建设项目。花卉产业是一项朝阳绿色产业,其市场前景广阔,回报利润较高,且简单易操作、技术性不强,非常适合搬迁户创业发展。同时,该项目用工需求较大,特别是在棚内幼苗定植、移盆、掐头、装车、卸车等程序上用工量较大,非常适宜搬迁户闲置妇女的务工。项目将于下半年正式开工建设,总投资780万元,占地125亩,年育苗200万株,年产值200万元,纯收益可达100万元,用工需求为130余名,仅仅务工收入一项可达30余万元,年人均收益可达2000元。同时,通过我们与市园林局实施订单合作,消除了种植户销售环节的后顾之忧。

通过实施整村搬迁,北河村贫困群众的生存环境及住房、医疗、就学、就业等条件得到了极大改善,他们从此告别贫困,真正实现"挪穷窝、换穷貌、改穷业、拔穷根",从此走向美好幸福新生活。

# 做搬迁群众的"主心骨"
# 给搬迁群众吃"定心丸"
## ——榆社县郝北镇集中安置点案例

郝北镇位于山西省榆社县南部，距县城16公里，全镇总面积206平方公里，耕地面积3.33万亩，全镇29个行政村，总人口13740人。其中，贫困村16个，建档立卡贫困户2340户5605人。全镇易地搬迁涉及353户917人，其中：整村搬迁涉及吴家庄、上石拐、南庄沟、白庄4个村，191户484人，同步搬迁72户203人；插花搬迁87户231人。郝北镇结合实际，将易地搬迁作为彻底改变贫困乡村面貌和贫困群众生产生活条件的"翻身工程"，充分发挥基层党组织战斗堡垒作用和党员干部先锋模范作用，做搬迁群众的"主心骨"，给搬迁群众吃"定心丸"，积极推动易地搬迁工作顺利开展。

### 一、组织引领"重"规划

郝北镇把加强和改善党的领导、发挥党组织核心引领作用贯穿于移民搬迁的始终。镇党委牵头抓总，实行班子成员分片包点制，以易地搬迁村党支部为作战单元，同时整合第一书记、包村干部、村两委主干三支队伍成立工作专班，深入一线，走村入户开展工作调研，在摸透村情民情、尊重搬迁群众意愿的基础上,精准核定易地搬迁对象。同时,科学选址,在交通便利、设施完善、临近工业园区的邓峪村规划建设郝北镇易地搬迁安置点,占地面积36.75亩,建筑面积2.9万平方米,建设规模为6层砖混结构单元楼8栋440套。

## 二、干部带头"提"信心

在易地搬迁工作开展过程中,面对部分群众"故土难离"的观念重,对易地搬迁"迁新拆旧"政策不理解,生活就业有后顾之忧等思想,郝北镇党委坚持把思想教育同解决搬迁实际困难相结合,从统一思想、凝聚共识上下功夫。一是突出易地搬迁干部、群众两个主体,牵头组建"易地搬迁政策宣传队",逐村开展群众培训和政策宣传,大大提升群众对易地搬迁政策的知晓度。二是各村党支部充分发挥战斗保垒作用,先后组织搬迁群众深入集中安置点实地参观,到河南安阳、雄安新区对招商引资企业进行实地考察,激发搬迁意愿,坚定搬迁信心。三是村干部和党员带头签订"双签"协议,带头统一思想、化解矛盾,妥善协调各种利益关系。党员干部的实做实干进一步解除了群众思想顾虑,全面提升了易地搬迁工作的自觉性和主动性。

## 三、暖心为民"抓"服务

在推进易地搬迁过程中,郝北镇以加强党的领导为根本,以服务群众为宗旨,坚持强化"三项服务":一是政策解读服务到户。综合省市县易地搬迁政策,制定出台《郝北镇易地搬迁工作手册》《郝北镇易地搬迁分房办法》,配合政策宣传队,帮扶干部、包村干部和村干部提供24小时上门政策咨询,及时解答群众对搬迁安置面积、自筹标准、产业保障等方方面面的问题,让搬迁政策家喻户晓。二是解决问题服务到户。在全镇深入开展"一个党员一面旗帜"为主题的"亮旗"行动中,各级党员干部"每月一大事,每周一小事",入村抓党建,建阵地,移风易俗,弘扬脱贫攻坚正能量;入户清洁卫生,改善环境,解决实际困难,大大激发了贫困户对美好生活的向往和对脱贫攻坚的信心。三是分房入住服务到户。为确保今年所有搬迁贫困户顺利搬迁入住,该镇成立"爱心先锋岗""装修服党员小分队",提前为行动不便的搬迁贫困户统一协调装修工程队和装修材料、统一联系商家上门安装,降低成本,缩短工期,加快入住进程。同时,镇党委积极联系爱心企业,承诺为按期入住的贫困户赠送一台电视机和洗衣机,把党的温暖和社会爱心送到贫困户的心坎上。

### 四、党建产业"促"发展

在开展易地搬迁工作中,郝北镇坚持"搬迁是手段,致富是目的"的理念,创新党建+产业发展思路,以党建引领特色产业发展,确保搬迁户"搬得出、稳得住、能致富"。党建+光伏产业:充分发挥党组织的引领、带动、协调、组织作用,整合各村集体经济和产业发展资金,利用圪塔滩、云安片区光伏扶贫产业项目收益,为入驻安置小区的贫困户每年分红1000元,确保贫困户有增收。党建+培训创业:镇党委牵头组织各村党支部赴雄安等地开展招商引资,深度对接7户入驻园区企业,积极探索"支部+扶贫车间+贫困户"产业就业模式,组织贫困户从事气球分拣、人工刺绣。目前,已经在全镇及各个整村搬迁村开展培训6期,培训贫困户260人次。同时,各村党支部联合组建脱贫攻坚劳务公司,优先参与华能电厂、工业园区等驻地企业及小区保安、保洁等服务性工作,确保为每户解决1个就业岗位,获得稳定就业。党建+资产收益:由各村党支部牵头整合各村资产资源,用足用活集体经济破"零"资金,鼓励贫困村入股园区企业。大力发挥党支部"双带"作用,引进农业公司、能人大户等经营主体,对整村搬迁村耕地按不低于每亩500元的标准进行流转。同时,镇党委统筹全镇产业发展,为易地搬迁村优先安排退耕还林指标,解决搬迁后村民土地收入不减的问题。通过"党建+资产收益"发展模式,进一步扩大集体收益,让搬迁户共享稳定收益分红。当前,该镇易地搬迁工程正在加快推进,一期工程已基本完工,其他附属工程在2018年10月份全面完工。目前涉及经济适用房安置的已有68户198人分房到户,2018年年底前全镇所有易地搬迁群众将喜迁新居。

易地搬迁是脱贫攻坚的坚中之坚、难中之难,考验着党委政府的担当,更检验着各级干部的作为。郝北镇在"抓党建 促搬迁"思路引领

百村搬迁案例 >>>

下，坚持加强基层党组织建设与促进易地搬迁相结合，干部带着群众干，一级做给一级看，让搬迁群众坚定了信心、激发了动能、鼓足了干劲，真正走出了一条"抓党建促搬迁"的新路子。

# 稳步易地搬迁  发展特色产业
——太谷县小白乡鳌脑村搬迁案例

2018年1月23日,《山西日报》以《石碾小米铺出致富大道》为题刊登了记者阮洋的配图报道,对山西省太谷县小白乡鳌脑村这个山区贫困村在脱贫攻坚中,稳步发展易地搬迁、精心打造石碾小米产业链,帮助贫困户增收的事迹,给予了较高的赞誉。一时之间,鳌脑石碾小米受到社会的广泛关注,鳌脑村的石碾小米也成了畅销产品。

鳌脑村位于小白乡南部,距离小白村约10公里、距离县城30公里,辖4个自然村(鳌脑村、西庄村、天池、榆木凹)。全村现有人口48户118人。2014年建档立卡贫困户40户96人,其中有16户32人参加易地搬迁。

鳌脑村全村耕地面积1175亩,退耕还林800亩,主要以种植玉米、谷子等杂粮为主。鳌脑村地处大山深处,自然风光秀美,民风淳朴,村内和谐稳定,村两委班子团结有战斗力。

鳌脑村由县体育运动中心和财产保险公司驻村帮扶。工作队驻村以后,抱住"决不让一个困难群众掉队"的坚定信念,深入贫困户家中调研走访,摸清底数,因户施策,定下了一条具有山区特色的脱贫奔小康的道路——稳步易地搬迁,发展特色产业。

## 夯实基础，易地搬迁"挪窝铺"

乡村两级和工作队认真落实易地搬迁各项政策措施，经过认真研究政策、外出学习参观、征求多方意见、多次科学论证，最终确定将鳌脑村符合搬迁条件的16户32人搬迁至大道村移民搬迁安置点，这样既可以依托中心村生产、生活便利条件，也可以发展特色产业促进增收。

2017年初，大道村移民安置点动工建设，乡党委政府统筹规划，合理布局，开辟了4个错落有致的平台，设计了便捷通道和公共设施，按照易地搬迁政策，每人不超过25平方米，实现了搬迁户自筹为零的目标，满足了鳌脑村16户贫困户的搬迁需求。

2018年9月，易地搬迁房屋主体全部完工，配套设施也到了扫尾阶段，初步具备分房条件，9月9日在乡政府统一组织下，召开小白乡易地搬迁大道安置点分房大会，贫困户高高兴兴地领到了新房钥匙。搬迁户孟某看着即将可以入住的新房，眼角眉梢皆是笑意，高兴地对乡干部说："党的政策好，共产党好，我才过上了这样的好生活。"

## 后续稳定，特色产业"拔穷根"

从人均收入不足2500元到2018年突破7000元，鳌脑村靠特色小杂粮种植实现了精彩蜕变。该村党支部书记孟玉福自豪地说："因地制宜、因户施策地坚持发展一村一品特色产业，就能把日子过得红红火火。"

鳌脑村地处丘陵山区，日照充足，昼夜温差大，自古就有种植谷子的历史，且以米质个大饱满，色泽金黄，远近闻名。所生产的谷子蛋白质、脂肪、碳水化合物这几种主要营养素含量很高，同时维生素E、矿物质、胡萝卜素、膳食纤维、铁、磷、钾等微量元素含量俱高于其他粮食作物。鳌脑村利用资源和生态优势，坚持做强做优特色小杂粮产业。但要真正把小杂粮产业做大做强，实现产业化发展的良性循环，必须在稳定规模经营、加大科技力度、发展品牌战略等方面做文章。帮扶单位和村两委多次研究，召开村民代表会议，共同确定了打造"鳌脑——原生态石碾小米之乡"的"一村一品"精准脱贫生产思路。要想提高小杂粮商品附加值必须发展加工业。驻村工作队和村干部通过多次前往河北、河南等地进行实地考察，确定了发展石碾小米半自动化流水线加工，并申报了扶贫项目。项目得到了乡党委政府和县扶贫办的认可，8月，和选定的供货方签订了购销合同，10月，机械到位后，全村上下与驻村工作队齐心协力，在最短的时间内按要求高质量地完成了机械安装并投入使用。石碾小米加工项目初具规模，在运营上积极拓宽思路，采用"农户+电商+合作社"的销售模式促进小米增收，运用多媒体、微信平台、电视、报纸等形式进行宣传，2017年底销售小米达到2万余斤。同时积极与太谷县"德美滋"电商对接进行农产品的网络销售。2017年"德美滋"通过电子商务销售石碾小米5000余斤。石碾小米完全保留了小米的营养成分，小米粥浆汤黏稠，色泽柔润，口感俱佳，饮用后唇齿留香，很快受到广大群众的喜爱，也为进一步发展"一村一品"项目奠定了基础；同时贫困户得到了实惠，农业实现了增收。

据初步测算，鳌脑村正常年份谷子产量是每亩600斤，可加工成米480斤，按每斤3.5元计算，每亩收入1680元；现在用石碾加工后，600斤谷子可加工500斤成米，按保守裸米每斤5.5元计算，每亩增收1000多元，鳌脑村每年种植1000亩谷子，可增收10多万元，年人均增收1000多元。

## 党建引领，安居乐业奔小康

帮扶以来，驻村工作队、第一书记认真学习领会习近平总书记关于脱贫攻坚重要讲话精神，组织召开党员会、村民代表会等，认真学习传达习近平总书记重要讲话精神，把党的温暖及时传递到广大贫困户心里。认真

百村搬迁案例 >>>

落实县委《关于深入学习贯彻习近平总书记视察山西重要讲话精神的实施意见》，扎实推进鳌脑村脱贫攻坚。坚持以贫困户真正享受扶贫政策为导向，以贫困人口真正能改善生活环境和提高生活质量为目标，为每一户贫困户把好脉，因户施策，以党建促进基础设施建设。实施产业扶贫、科技扶贫、农村人居环境改善项目等扶贫措施，确保帮扶到最需要帮扶的群众、帮扶到群众最需要扶持的地方，让搬迁户真正达到搬得出、稳得住、能致富。

# 实施整村搬迁　助力脱贫致富
——太谷县侯城乡大峪坪村搬迁案例

太谷县侯城乡大峪坪行政村位于太谷县城东南方向，下辖大峪坪、畅家庄、史家岭3个自然村。目前，总人口122户268人，其中贫困户115户246人；总面积10536亩。2009年村两委主干大力招商引资，引进山西凤翼山庄生态发展有限公司落户。近年来村内形成了"农户+村委会+农业龙头企业"的产业利益联结模式，种产销一体化，以葡萄种植酿酒为主的农业产业布局取得明显成效。2016年，新一届村两委紧抓机遇，改善人居环境，启动实施整村易地搬迁项目。目前，已经基本实现了整村农户搬得出、稳得住、能致富。

## 因地制宜，实施整村搬迁

2016年帮扶单位太谷二中的驻村帮扶人员深入到贫困户了解民情民意。有的村民说"新址选在旧砖厂倒是离旧村近，畅家庄、史家岭两个自然村的村民种地方便，在'凤翼山庄'务工种植葡萄的村民务工成本低"；有的村民说"从村领导和原帮扶单位的驻村工作人员的分析看，大峪坪具有地理位置优势，将来旅游业发展起来，能带动村民致富，所以新址选在离旧村近的旧砖厂还是对村民有好处的"；也有一些村民对新址提出过疑虑：新址安全问题；新址中旧砖窑尚未拆迁、新址内尚有部分村民的土地未补偿，恐影响工程进度。大峪坪村两委因地制宜，出谋划策，合理确定搬迁地。在大峪坪村整村搬迁选址上，村民开始意见不一，经过村领导和帮扶单位驻村工作人员对村民分析利弊，宣传政府治理安全隐患的计划，经反复讨论最后选定易地搬迁安置点新址为旧砖厂，一是较为集聚农户，形成了便于管理的农村格局，二是占用旧砖厂，有效利用了闲置的建设用地，三是安置点离葡萄产业园较近，合理地解决了农户就业距离远的难题。

"贫困户119户249人，实现了整村搬迁，确保农户住得舒适，这是党对'三农'的一项好政策。"村委会主任党玉珍介绍说。

2017年4月18日，是大峪坪整村搬迁工程破土动工的日子，对于大峪坪村民来说是一个激动人心的日子，站在工地旁边，村民们期盼着早日远离那整日担惊受怕的危房之地、憧憬着指日可待的乔迁之喜。

该村整村搬迁项目，在县委县政府的坚强领导和协调下，在省市专家组、巡视督导组的亲切关怀督导下，建设方、施工方、监理方等各主体方各负其责全力奋战，驻村帮扶工作组积极推进，主体保温和外墙刮涂、屋顶彩钢、道路硬化等工程进展有序。在侯城乡政府的组织下，新址分房顺利完成，搬迁户兴高采烈。

## 多渠道"造血"，助力脱贫致富

整村搬迁只是贫困户脱贫的路径之一，而不是代表已经致富的指标。搬迁户搬得出、稳得住、能致富，必须要靠后续产业来支撑。

借力"龙头"搞养殖。结合大峪坪村实际，经村两委成员、村民代表、驻村帮扶人员市场考察，共同讨论研究，进行了效益分析，确定2018

年度实施后续产业项目为"肥牛养殖",项目总资金180.29万元,涉及全村贫困户115户246人;项目通过租用农业养殖企业昌晟农牧养殖基地,租用其养殖圈舍2栋和配套青贮池,同时借助其养殖管理技术和销售渠道,通过集中饲养肉牛的方式带动贫困户增收。目前,项目实施方案正在制定中,预计贫困户年分红可达2000元左右,下一步村"畜光互补"项目实施后,整合资源,搬迁到"畜光互补"项目基地。

职业农民促增收。山西凤翼山庄生态发展有限公司实施的葡萄产业项目落户大峪坪村几年来,大峪坪村村民进行季节性务工,已经受益,另外土地流转和适度规模经营也为农户增收提供了渠道。

村民杨某某介绍说:"以前的山上我们都不愿意回来,特别是作为80后,更不愿意守着穷山过日子,近几年山庄落户到我们村,改变了传统父辈的务农模式,采取公司化的管理,我也成了职业农民,每年的5—10月,我就到山庄务工,按照每天100元的收入计算,月工资收入达到了3000元左右,剩余时间我还能干点自己喜欢的事情,宜居的生活环境也是我选择回山庄工作的原因之一,很不错。"

2018年该公司已经启动了兴建酒厂的项目,厂址就在大峪坪村的土地上,不久的将来,大峪坪村的村民将会有更多收益。

"党的政策好啊,给我们改善了住房条件,还不断地给我们提供增加收入的渠道。2017年我享受了退耕还林补助,还有一笔增收。真是让穷土地变成了金土地。我年纪大了,可是我的土地值钱了。"党某某讲述道,"仅2017年我流转给山庄的土地就给我土地流转费用1500元,平均每亩土地流转费用300元,这对于我这个穷老头子来说,也不少了。"

新产业挖掘发展新动能。大峪坪人与时俱进,开拓创新,积极挖掘现有的资源资产,多渠道促进农民增收。太谷县发展和改革局已于2018年5月14日下发了《关于太谷县大峪坪种养农民专业合作社新建畜光互补项目备案的通知》〔太发改(2018)12号〕,通知中明确指出,新建"畜光互补项目"将落户到侯城乡大峪坪村。项目内容一是"畜",养殖肥羊1万只,羊棚建设面积13万平方米;二是"光",建立年发电量725万千瓦/时的光伏发电站。具体布局是在养殖大棚屋顶安装7万平方米、360瓦高效单晶太阳能光伏组件、逆变设备、并网设备，设计装机容量5.8兆瓦，总投资4500万元，由企业自筹解决。建设期限2018年5月14日到2020年5月13日。该项目对于大峪坪的发展和村民致富有着不可估量的积极作用。首先村民能得到一定数量的土地流转费；二是该项目建成后村民将有了就业的机会，可增加村民的收入；三是25年后大峪坪村将拥有4500千万的固定资产。

## 经验启示

### 一、整村搬迁必须尊重百姓意愿和生活习惯

在大峪坪村的整村搬迁过程中，侯城乡党委、乡政府、大峪坪村"两委"班子把权力交给群众，让群众说了算，让群众做主，决不搞行政命令。在搬迁安置点选择时，村两委主干、工作队了解到村民们喜欢养殖、种菜以及老人不愿意爬楼的情况后，便尊重村民的生活习惯，采纳了村民决定的排房设计方案。

### 二、让村民真正享受到实惠

通过整村搬迁，让村民实现旧房换新房，获得实实在在的实惠。搬迁安置点实现了绿化硬化美化，拥有了健身广场，添置了健身器材，整个村容村貌焕然一新，进一步改善了村民的生活环境，提升了村民的生活品位和质量。

### 三、坚持因村制宜，保障农户后续生活

大峪坪村引进葡萄酒庄，土地流转率达到了70%以上，这得益于其得天独厚的种植条件；借力龙头企业发展养殖业，既避开了自身投资建厂的大投入，也为后续畜光互补项目做了铺垫。总之，所有后续产业的发展为农户解决了后顾之忧，拓宽了增收渠道。

# 长短结合,开辟易地搬迁"新天地"
## ——灵石县静升镇集广村搬迁案例

"阳光集贤苑"小区位于灵石县静升镇集广村108国道西侧,距大运高速公路出口仅1.5公里,周边介休绵山、灵石王家大院、红崖峡谷等旅游景点林立,交通便利,环境优美。如今,经过一年多的易地搬迁攻坚,来自全县9个乡镇近90个村庄的易地搬迁贫困户已经在该小区安家落户,吸纳安置建档立卡贫困群众达195户530余人,是灵石县最大的易地扶贫搬迁集中安置点。

### 创新思路,集中安置见成效

灵石县位于山西省中部、晋中市最南端,是一个典型的山区县。境内汾河一水中流,两岸峰峦叠嶂,沟壑纵横,山地和丘陵面积占90%以上,在一些偏远山区,土地贫瘠,资源稀少,"一方水土养不活一方人"的深度贫困现象一直存在着。"十三五"之初,全县建档立卡贫困人口5968户11817人,分布在276个行政村,1541名贫困人口需实施易地扶贫搬迁。

夏门镇西河底李家圪塔村是位于夏门镇河西北山上的一个偏僻自然小

村落，这里七峁八梁，遍地黄土，干旱缺水，农业立地条件差。贫困户张某某原本有一个幸福美满的家庭，2000年不幸降临到他身上，起初还能行动，从2010年开始下肢无力，生活完全不能自理，年仅46岁的张某某只能在轮椅上度日。十多年来因为看病，他已欠下了十几万外债，这对于一个原本就不富裕的家庭来说无疑更是雪上加霜。

"十三五"以来，灵石县把易地扶贫搬迁作为脱贫攻坚的重中之重，大胆探索实施了"易地扶贫搬迁＋去库存"模式，积极依托县城、中心小城镇存量住房实施易地扶贫搬迁，对特殊贫困户进行易地扶贫安置。具体办法是政府组织房源，并与开发商进行价格谈判，贫困户摇号分房，县财政按国家政策予以补助，并实行统一装修的"交钥匙"工程，搬迁户只要支付户均不超1万元、人均不超2500元的自筹资金，即可"拎包"入住。

张某某家也在易地扶贫安置范围内，2018年4月26日，经过摇号分房、政府统一装修、住房交接等一系列程序，张某某举家由之前村里的危房迁入了政府安置的阳光集贤苑小区。

走进灵石县阳光集贤苑移民搬迁安置小区，只见幢幢楼房林立，环境整洁优美。张某某的新居就在小区C1号楼一层，75平方米，两卧一厨一卫，白生生的墙壁，明晃晃的地砖，厨房、卫生间还贴了瓷砖，有简易的灶台和洁具。

"我家原来住的是祖上留下的老窑洞，已经上百年了，早就破烂得不成样子，一下雨，外面大雨里面小雨。现在可好了，政府帮我搬迁进了新楼房，水电暖、煤气、卫生间，样样都不缺。阳台外还有一块地，闲时还能种点菜。感谢共产党的好政策！"已经入住的张某某精神焕发，逢人就高兴地夸政府。

## 立足长远，后续帮扶"拔穷根"

易地扶贫搬迁的目的是"挪穷窝，拔穷根"，让贫困户脱贫。为了确保搬迁户搬得出、稳得住、能致富，灵石县全面落实后续帮扶举措，协调各中小企业吸纳有劳动能力的贫困户劳动力就近就业，同时强化资产收益及入股分红，允许失能深度贫困人口享受两个以上不同项目的"叠加式"股份分红。

在阳光集贤苑小区这个灵石最大的贫困人口易地扶贫搬迁集中安置点，在县扶贫开发中心协调指导下，通过"公司＋合作社＋贫困户家庭"的模式，广大贫困搬迁户成立了阳光小区合作社，与灵石灵尚绣品公司进行合作，建立了"灵尚绣品扶贫技能培训基地"，对贫困搬迁户免费进行手工编织、刺绣技艺等专业培训。经过培训，技艺合格的贫困群众既可以家庭式自主经营产品，也可以到灵尚公司上班，从事机械化加工刺绣品生产制作。刚刚入住不久的张某某妻子和女儿也参加了灵尚公司组织的技能就业培训班。

灵石灵尚绣品公司是小区所在地附近的一家以纯手工工艺品设计、加工、制作为主营业务的民营企业，2014年成立至今，经过4年多的发展，到现在为止，线上有网上商城、淘宝店、微店，线下有规模较大的批发市场实体店，已经拥有较为成熟的技术和销售渠道，每年的销售额可达上千万之多。2016年脱贫攻坚工作开展以来，该公司积极响应县委、县政府号召，承担社会责任，助力脱贫攻坚。

在阳光小区合作社成立之日，该公司负责人李晓丽曾对采访的记者说："阳光小区是灵石贫困搬迁户最多的一个小区，闲置劳动力很多。今天经过多方努力，成立了阳光小区合作社。今后我们公司将与其加强合作，提供技能培训，提供材料，积极指导有意愿的贫困群众进行手工工艺品制作，并负责回收产品，进行销售。这样就解决了该小区贫困劳力的就业问题。"

目前，阳光集贤苑小区易地扶贫搬迁集中安置点依托地理位置优越、交通条件便利、文化旅游资源丰富、企事业单位众多的优势，在县委县政府、乡镇、村两委、帮扶单位及社会各界的共同努力下，已初步形成了"企业＋合作社＋贫困户"的易地扶贫搬迁后续帮扶模式。该模式根据贫困户实际情况进行精准帮扶,通过发展特色产业和扩大就业途径等多种方式,促进搬迁贫困户就业增收,让他们稳定受益,真正过上安居乐业的幸福生活。

纵观灵石县阳光集贤苑小区易地扶贫搬迁集中安置工作的推进过程,得到的启示是,易地扶贫搬迁必须长效和短效互相结合:一是对于灵石这样贫困搬迁户比较分散的山区县,上级要求"三年任务两年完",时间紧,任务重,必须创新思路,根据实际情况,进行集中安置,实现快速搬迁。二是搬迁必须立足长远,大力发展产业扶贫,广开就业门路,及时跟进后续帮扶措施。总之,易地扶贫搬迁必须长短结合,做到既"挪穷窝",又"拔穷根"!

# 走出大山的"城里人"
## ——和顺县青城镇神堂峪村搬迁案例

神堂峪村位于和顺县青城镇虎峪沟半山腰，距县城50公里，全村户籍人口49户128人，常住人口不足20户，总面积1654亩，耕地面积827亩。2014年识别建档立卡贫困人口29户68人，贫困发生率53.1%，年人均纯收入不足2000元。

一条不足3米宽的蜿蜒小路与外界相连，不通客运班车；没有自来水，常年依靠天然水窖解决人畜饮水；没有村级卫生室，基本医疗得不到保障；没有学校和幼儿园，离村最近的学校相距10多里地；房屋破旧留守老人无力维修，住房安全隐患没有解决；土地贫瘠，祖祖辈辈靠种地为生，是和顺县典型的"一方水土养不活一方人"的"六无村"。"山高坡陡路难行，晴天一身土、雨天一身泥，人畜饮水一个坑，全家洗脸一盆水"是神堂峪村的生动写照。走出大山是神堂峪村人的梦想。

**算好三笔账，完成双签约**

2017年5月，对于神堂峪村民来说是一个纠结的月份。此前，和顺县委、县政府做出这样的决策：对未实施过移民搬迁、村人口在150人以下，且基础设施落后、经济发展滞后、生活条件较差的6个乡镇的41个村实施整村易地扶贫搬迁。面对县委、县政府的这个决策，这个小山村沸腾了。乡干部组织全体村民认真学习县委、县政府提出的"三年任务、两年建设、一次完成；统一划拨土地、统一规划、统一建设、统一安置；在义兴镇串村附近和尧村附近建设两个集中安置点"的部署，村民们对整村易地扶贫搬迁议论纷纷，意见不一。有故土难离不舍搬的，有面积受限不想搬的，有因拆旧复垦不肯搬的，有担心生活没着落不愿搬的。看到这些情况，乡村干部急在心里、好事如何办好是摆在青城镇党委、镇政府面前的重要课题。一个多月的日子里，镇、村干部走东家、串西家，一户一户地了解实情，有针对性地开展了算好三本账、办好搬迁事的活动。一是算好政策账。易地扶贫搬迁是脱贫攻坚期内的重大特殊政策，是有政策窗口期的，特别是贫困户户均自筹1万元的政策存在机遇期，稍纵即逝。二是算好经济账。一方面住房补助贫困人口每人2.5万元，同步搬迁补助1.2万元，补助标准为历史最高；另一方面后续产业配套有保障，搬迁对象能致富。三是算好发展账。搬迁后不仅在基础设施上彻底改善，从农村走向城市，生产环境上发生了质的变化，而且在今后的发展上无论是上学就业，还是社会公共服务、生活质量上有了一个跨越。

　　艰苦细致的算账，老百姓心里明白了，打心眼里感到整村易地扶贫搬迁是一件利国利民的大好事，全村49户128人全部高高兴兴地完成了"双签约"。70岁的贫困户郭某某和45岁的王某某不愿意双签，一个是年龄大担心进城后无收入不愿意离村，一个是在村里养牛担心进城后找不到工作不愿意搬迁。镇、村干部立足实际，为郭某某申请了低保和光伏扶贫，给王某某在易地搬迁建筑企业找到了月薪2000元的务工岗位。王某某主动找到村委干部签订了双签协议，十分高兴地说："一辈子住在这穷山沟，真的是做梦也没有想到不用我自己盖一砖一瓦，就一下子要变成城里人了。"

## 打消多顾虑，高兴搬新家

2018年6月28日，又是神堂峪村村民值得纪念的日子，这一天全县的易地扶贫搬迁主体工程全部如期封顶。神堂峪村党支部书记把这个好消息告诉村民后，村民的你一言我一语打破了小山村的宁静。第二天早上十多个村民代表来到建筑工地来看房子，看到一间间宽敞明亮、漂亮舒适的安置住房心里又泛起了重重顾虑。

——房盖好后，装修怎么办？部分贫困户和老弱病残户为怎么才能住进来发愁，不装修怕别人笑话，想装修手里又没钱。县委、县政府了解到这一情况后，针对易地扶贫搬迁任务重、时间紧的实际，在县财政资金十分紧张的情况下，迅速调整安置房建设计划，投资3400万元对安置房进行简易装修，降低群众搬迁成本，达到搬迁群众拎包入住的要求，铺设了客厅、卫生间、厨房地板砖，安装了防盗门和室内套装门，粉刷了墙壁，为每户搬迁户节约开支费用2.4万余元。神堂峪党支部书记领着村民代表看到样品房后，压在村民心里的石头落地了。老党员李贵喜激动地说："真的没想到，真的没想到，这样的房子我想住，回去我就带头搬！"

——进城后，孩子念书怎么办？这可不是小事，有上初中的，有念幼儿园的，神堂峪村书记白爱国又坐在了镇党委书记郭庆的办公室，郭庆书记把《关于进一步做好易地扶贫搬迁及后续产业相关工作的实施意见》给他看后，说道："你快回村组织学习吧，这个文件里无论是念书就业，还是村级组织活动；无论是后续产业发展，还是搬家种地；无论是男的老的，还是女的小的都安排了……"

——住楼房，牲畜怎么办？神堂峪村12户村民饲养89头牛，他们不愿意把牛卖掉。村民张某某在牛舍看着牛发呆，有时还偷偷掉眼泪。驻村工作队第一书记郝虹把这一情况及时向县有关部门做了反映。一份《关于全县41个整村搬迁村如何发展养殖业》的文件在养殖户中迅速传看。县里在县城附近扩建养牛龙头企业养殖圈舍,农户可以选择和龙头企业合作经营分红,还可以自主经营。这样,农户个个露出了笑脸。村民张某眼含热泪笑着说:"在山里养了半辈子牛,没想到后半辈能在城里养牛了,牛也跟着沾光了!"

——搬迁后,房子怎么拆?拆除复垦好房坏房怎么补,粮食怎么放,农机具怎么办,庄稼、古树怎么护等诸多个疑虑,被提上议事日程。县里出政策、乡里做工作、村里进农户,一一都做了答复,神堂峪的村民更加坚定了搬迁的信心。

## 采取三措施,确保能致富

"搬得出、稳得住、能致富"是易地扶贫搬迁的总要求,也是搬迁群众的愿望。眼看搬迁的日子愈来愈近,神堂峪村的村民又一次躁动了。上百年的村子就要拆除了,祖祖辈辈的乡亲就要分离了,多年形成的生活习惯就要改变了,进城后我们能生活吗?这些再次触动着神堂峪的每个村民。

9月9日,一辆载客40座的中巴车开进了神堂峪,这是青城镇党委、镇政府组织搬迁村群众实地考察的车。在易地搬迁菌菇后续产业园,村民看到投资6900万元新建的1600个大棚拔地而起,像一片蓝色的海洋。走进棚内,平菇菌棒已经摆放在那里,几位面熟的人正在打理着棚子,原来这是神堂峪村分到的36个菌菇大棚,搬迁户户均1个,乡村为了搞好搬迁前大棚的管理衔接,成立了专业合作社统一经营,搬迁入住后再分给群众,由村民自己选择如何经营。村民张某某得知后拉着驻村第一书记郝虹问这问那,算起了经济账。郝虹对他讲:"今年县里给提供的是平菇菌棒,每棚种植3000棒,每棒平均产菇1.8斤,每斤按市场均价2.5元计算,销售收入4.5元,减去3.5元生产投入,每棒利润1元,你今年就能增收3000元;明年县里规划以香菇种植为主,每棚还是3000棒,每棒按1.8斤平均产量和每斤按市场均价5元计算,每棒销售收入9元,减去5元菌棒成本、0.5元上产投入,每棒净利润3.5元,你家增收1万元不成问题。"这话让在场的人都笑了。在易地扶贫搬迁工程的工地上吊塔林立,一座座不锈钢架支起了庞大的厂房,刺绣、服装、仿真花等企业老板正在向参观的村民讲解着工厂的生产工艺流程以及工人报酬。搬迁妇女不用出家门就能找到活干,挣到钱。村民王某某说:"这是专门为妇女建的工厂,我的针线活不赖,平时在家就喜欢捣置鞋垫,一年也要挣个两三千,住进这车间一年赚个七八千的不在话下。"在小区内县劳动就业中心和承揽搬迁工程的几家企业在介绍着企业用工。建安集团董事长白世斌说:"县里规定每承建100平方米为贫困户提供一个就业岗位,只要大家愿意劳动,我一定提供就业岗位。"

### 急群众所急,搬迁落实处

回顾一年来神堂峪村易地扶贫搬迁工作的艰苦实践,我们深感不懈的努力和百倍的付出是做好工作的基础;急群众所急,想群众所想,心系群众,为民请愿是工作的力量源泉;严格落实政策,不断创新发展是工作的不竭动力;立足实际、因地制宜、勤勤恳恳为民办实事是工作的根本目的。

和顺41个村4954人的整村易地扶贫搬迁工程已接近尾声,美丽的安置小区是和顺靓丽的风景线,干净优雅的扶贫工厂是梁余妇女激发内生动力的缩影,整齐壮观的菌菇产业园是清漳河畔有机食品的家园。易地扶贫搬迁改变了和顺,改变了人民。

# 开启新希望

## ——左权县石建乡管头霍家沟村搬迁案例

管头霍家沟村全村26户76人，其中建档立卡贫困人口21户60人，是整村搬迁村，因农业生产结构单一、交通落后等诸多不利因素，当地经济一直处于低下水平，村民只能依靠几亩薄田来维持生计，一些青壮年劳动力迫不得已只好去省城或者更远的地方务工，脱贫致富的任务相当艰巨。对此，县委、县政府及石匣乡党委、乡政府考虑到仅靠现有条件让当地百姓实现脱贫致富的难度极大，于是把霍家沟村组的整体搬迁工作列为"一号工程"，抓民生，办实事，让霍家沟的村民乘上易地扶贫搬迁的快车，使农户"搬得出、稳得住、能致富"。

64岁的村民岂某某说："记忆中，从土地改革到人民公社化，再到土地下户，包干到户，村民整天面对的就是三亩多的贫瘠土地，居住的都是20世纪70年代的土坯房，大多没有卫生间和排水设施，卫生条件差，加之因为年久失修，很多房屋已自然老化成了危旧房。讲起来真够苦，一下雨房顶就会漏，要用桶来装水，风一吹，瓦就往下掉。有的房子不是砖的，就是拿泥巴垒起来，这样的房子就是一个洞一个洞。厕所是自己挖了一个坑，也是拿瓦和泥巴堆上去，周围都是茅草，茅草长到一尺多高，上厕所还怕有蛇。一些年轻人的婚姻大事都成了老大难，姑娘们都不愿意嫁到我们村，因为我们村地理位置太偏僻，距离行政村也较远，连小卖铺都没有，生产生活条件实在是太差了。我活了这么大，从来还没有想过只出1万元就可以居住到县城，并且县委、县政府还根据劳动力状况给咱找工作，很感谢政府，能从根本上解决老百姓的问题，老百姓也舒心。（政府）顾到老百姓的利益，我认为，我们国家如果继续这样走下去，老百姓是有盼头的。"

**搬得出、稳得住、能致富，能住下、可就业、可发展**

一是强化产业发展。优先向搬迁户借贷小额扶贫信贷资金、解决产业发展缺资金难题。霍家沟村大力推进养殖产业，采取集中、分散养殖相结合方式，引导岂某某等12户搬迁户发展肉鸭养殖项目，年户均可实现增收9000余元。针对劳动力弱的8户搬迁户，探索推行"借鸡生蛋"的养殖模式，由专业合作社免费提供肉鸭，手把手开展技术指导，每户搬迁户养殖100至200只肉鸭，鸡按市场价回收，实现了投入低、见效快、效益优，年户均实现增收1.6万元以上。

二是强化就业保障。扎实开展"一学三找"活动，引导帮助搬迁户"学1门劳动技能、找1个转移就业渠道、找1个公益性岗位、找1个创业门路"，年户均稳定实现劳务收入2.2万元以上。组织开展搬迁户就业技能培训，实现搬迁户家庭人口掌握1门以上劳动技能。通过部门帮、干部引、乡亲带等方式帮助搬迁户实现转移就业24人，13名搬迁群众通过民主程序优先纳入道路保洁、护林防火、联防联治等公益性岗位。为解决易地搬迁户搬迁后能就业致富，面向易地搬迁户招收18至45周岁人员，赴江苏培训一至两个月，期间除安排食宿外，一月补助2000元。培训后，从江苏回来直接到左权职中实训基地上班，月工资1600至3000元。

三是强化政策兜底。霍家沟村将20万元财政投入资金部分股权量化到范云珍等9户搬迁户,通过业主、村集体经营,带动搬迁户年户均实现分红3000余元。12户搬迁户利用收入结余、小额信贷资金、产业发展补助资金入股到信得过的企业,按照银行贷款基本利息保底加效益分红的方式从中获利,实现闲置资金变稳定收入。

## 经验启示

霍家沟村在易地扶贫搬迁工作中,统筹各种政策、资源,发挥群众主体作用,探索出一系列新模式、新方法、新机制,让贫困群众搬进了新家园,过上了好日子。

### 一、抓机遇用好政策

易地扶贫整村搬迁,政策性强、牵涉面广、投入大,关键在于整合各方力量、多种资源,充分挖掘既有政策资源空间。霍家沟村明确产业发展方向,用好扶贫给予的各项政策,有效盘活资源。

### 二、以民为本统筹兼顾

易地贫搬迁改变了贫困户的居住地,给贫困户的生产生活条件带来彻底的改变。因此,在实施过程中,必须尊重搬迁对象的意愿和意见,统筹兼顾他们的生活需要和承受能力,避免给他们增添新的负担。

### 三、后续发展培植产业

易地扶贫搬迁首先要解决的是环境与发展的问题,搬迁虽然能摆脱之前的贫困环境,但并不意味着新环境就一定能支撑新发展。只有因势利导,开发新的支柱产业,同时引进龙头企业、专业大户、家庭农场等新型经营主体,成功把搬迁对象纳入产业链条,使他们能够共享经济发展成果,确保"搬得出、稳得住、能致富"。

易地扶贫搬迁是脱贫攻坚的一项重点工作,县委县政府始终坚持"挪穷窝与挪穷业"并举、"安居与乐业"并重、搬迁与脱贫并行,抓紧落实推进各项工作，逐步实现易地扶贫搬迁农户住房条件改善、基础设施及公共服务配套、产业和就业支撑有力，让老百姓真正享受到易地扶贫搬迁带来的好处。

# "挪穷窝"迁新居 老乡圆了"城市梦"
## ——昔阳县界都乡石门村搬迁案例

界都乡石门村位于昔阳县东部,距县城23公里。全村户籍人口197户397人,总面积6.5平方公里,耕地980余亩。2014年识别建档立卡户123户238人,贫困发生率60%,年人均收入不足2000元。由于村子沟多坡陡,村民居住分散,当地老百姓有"九沟十一岭,三十六个庄"的说法。石门村二坡地和梯田居多,且土层浅薄,十年九旱,生态环境脆弱,生产条件落后,村民广种薄收,生活艰难。脱贫攻坚深入开展以来,石门村两委在帮扶单位晋中市煤炭局的协助下,充分调动村民的积极性和主动性,兴产业、促就业、稳民生,特别是针对居住条件恶劣的贫困户,大力实施易地搬迁工程,54户贫困户搬离了"穷窝",迁入了县城的"搬迁楼",过上了城里人的生活。截至2017年底,全村累计脱贫123户238人,年人均收入超过5000元,村集体收入突破2万元,顺利实现整村脱贫。

### 用心加用情,就是让老百姓安心

石门村山高岭深,从村口到村尾,沟长十多里。村民多数居住在地势平缓、硬件设施齐全、公共服务水平较高的石门、计家掌等自然庄，其余村民分散居住在大山深处和土圪梁上，饮水、通讯、出行都存在一定困难，很多房屋依山而建，逢雨季有倒塌的危险。但由于危房改造成本较高，不少老百姓有心无力。加之坡地较多，不利于实施规模化种植和机械作业，改善生产生活条件成为全村亟待解决的问题。

昔阳县委、县政府立足县情，从2004年到2014年利用10年时间，对自然资源匮乏、生态环境脆弱、采煤沉陷、地方病多发的地区实施了撤庄并村和整体搬迁，全县基本消除了整体生存条件恶劣的村落。2016年，针对全县部分村仍存在居住分散、公共服务滞后、改造成本高、产业发展难的问题，县委、县政府在充分调研、实地考察、入户摸底的基础上，通过专家指导、多方论证，充分尊重群众意愿，制定出分层次实施、差异化解决的易地搬迁总方针。把搬迁村范围，确定为常住人口少、远离县城和中心集镇、基础设施和公共服务落后、自然庄多且较分散的贫困村；针对村里经济条件较好、有劳动能力的贫困户，引导其到中心集镇或县城务工经商，分散安置。针对经济条件一般、自主发展能力弱的贫困户，采取集中安置。

石门村村两委和帮扶单位晋中市煤炭局紧紧抓住全县大力实施易地搬迁政策的有利时机，深入贫困户家中宣讲各项移民搬迁优惠政策，特别是对故土难离不想搬、政策差异不愿搬、迁后难活不敢搬3类人群，耐心细致地做思想工作，建立易地搬迁"一户一档"。最终，分散在石门村自然庄、居住条件较差的54户130人，申请易地扶贫搬迁项目。其中2户4人选择分散安置，享受搬迁补助8万元；52户126人采用集中安置，每户自筹不超过1万元，迁入易地搬迁楼。其余农户集中居住在基础设施完善、公共服务较好的村中心。

## 舒心又温馨，老乡爱上了新家

"家里5口人以前住着几眼破窑洞，冬天生火炉，炭贵还不暖和。有时生病还得坐一个小时的公交车到县医院看病，平时全靠养种的5亩地生活，1年的收入除去买炭和看病也就没啥了。自从搬进了安置小区，感觉党的政策真是好，花了1万元就住进了75平方米的新房子，政府还给抹了墙，卫生间和厨房还铺了砖，装修也没花自己的钱，搬上铺盖直接就能住。现在看病也离医院近了，孙子上学也方便了，政府给咱解决了大问题！"石门村的搬迁户马某某住在集中安置小区德润嘉园5号楼。对于第一次住进楼房，第一次使用暖气、自来水、煤气灶、看有线电视的老马来说，生活发生了翻天覆地的变化。从他的窗台一眼望去，绿化带纵横其间，金叶槐掩映下的凉亭、小公园、文化广场、社区超市呈现在眼前。

和马某某一家一起搬进安置小区的贫困户，全县共有2145人。集中安置点选在县城新城区，紧邻207国道，交通便利、基础设施齐全、公共服务完善，北侧与新城小学、初中、幼儿园毗邻，距乐平二中约1.2公里，距县医院约1.5公里，距名仕嘉园在建医院约1公里，上学、就医、购物非常便利。

小区住宅楼按面积大小分3个户型，其中25平方米的住房76套，50平方米的住房270套，75平方米的住房468套。为了减轻贫困户的经济负担，县政府投资1500余万元对已分配的765套楼房按保障性住房标准进行了室内简装。陈某某是石门村的贫困户，他和66名单身老人搬到专门为他们修建的单身公寓，每天仅花5元，就能在小区里的日间照料中心吃到午餐和晚餐。小区内还配套建设一幢综合服务楼，洗浴、理发、文化活动室、图书阅览室等一应俱全，在方便日常生活的同时，大大丰富了住户的业余文化生活。

## 想出法子找对路子,老百姓才能"稳"下来

石门村坡地多,适合种小杂粮。但由于种植零散、产品单一、附加值低,老百姓无法享受到杂粮种植的效益。为了鼓励村民种植优质小米,发展杂粮产业,帮扶单位为村民统一订购了晋谷21号,并购买了谷子免间苗播种机6台,既提高了亩产,又降低了劳动成本,提高了效益。2017年年底全村种植小米近110亩,亩产400斤,每户年均增收2000元。2017年石门村成立了晨之砾农牧农业合作社,119户贫困户每户以1000元股金带资入股。为解决深度贫困户的稳定增收问题和贫困村因缺少资源产业发展难的困局,在县扶贫办的协调下,村两委积极与厚基伟业肉鸡养殖扶贫基地联系,采用异地养殖方式,实施肉鸡养殖项目。晨之砾农牧合作社在帮扶单位的帮助下,筹资15万元入驻基地,探索实施"基地+公司+合作社+贫困户"统筹扶贫模式,公司给社员统一提供鸡苗、饲料、防疫等物资和技术服务,并负责管理和销售,有效克服了贫困户无技术、无场地、无市场的障碍,解决了贫困村由于受土地、水源、人才等因素制约产业发展缓慢的难题。2017年底,晨之砾农牧合作社的肉鸡养殖规模达到2万只,村集体增收1万元,贫困户每户年分红1000元。此外,石门村和北界都村联村建设100千瓦村级光伏电站一座,覆盖贫困户20户32人,每户年增收3000元,村集体收入9000元。21户52人享受金融扶贫,每户2750元。

抓培训也是抓扶贫。村两委把脱贫致富的着力点放在扶志扶智上,抓培训、强技能、促就业,大力提升贫困劳动力的技能素质。2016以来,石门村积极联系人社局、农委、扶贫办等部门,开展厨师、电商、家政、经济林种植等多项专业技术培训10多期,实现贫困劳动力技能培训全覆盖,让不少贫困户带着一技之长走出了大山,圆了自己的"都市梦"。截至2017年底,全村125名青壮年贫困劳力外出务工,年人均收入8000多元。马庆元住在石门村岭沟深处的大道庄,房屋年久失修,村干部和驻村工作

队多次入户做工作让他搬走，老马因为担心找不到工作，一直犹豫不决。"多亏小田跑前跑后给联系工作，现在县城当装卸工，一月能挣2000多块钱，年底还能落1000多块钱的分红！日子有盼头啦！"说起石门村的驻村第一书记田鑫，老马赞不绝口，充满感激。

为保证搬到县城的贫困户住得起、稳得住，除在小区物业管理费、水电费、基础设施维护费给予适当优惠外，还针对有劳动能力的搬迁户，创新实施"六个倾斜"政策，确保县城园林管护、环卫保洁、免费公交、公益性岗位、企业用工、工程用工、营业性摊点向贫困户倾斜。同时，安置小区还引进大寨制衣和厦门仿真花两家企业，在综合服务楼建成专门为贫困户提供就业岗位的扶贫车间，直接带动500多名贫困人口增收，每人每月可获得2500元以上的工资收入。"扶贫车间"让生活在小区的贫困户足不出户，就地就业。

"产业铺就致富路，走出大山天地宽。"如今的石门人信心满满，正在规划旧村复垦开发、长效产业的发展，让搬迁户既能安居又能乐业，让曾经的"穷窝"，变成"金窝""银窝"。

# 运城市

百村搬迁案例

# "六环联动"出实招　易地搬迁见实效
——芮城县陌南镇梧桐小区案例

芮城县陌南镇共有19个行政村，4.6万千人，现有贫困人口313户866人，其中有120户深度贫困户即将告别环境恶劣的中条山区，实现自己的搬迁幸福梦，陌南镇梧桐小区就是全镇"十三五"期间的集中安置点，2018年10月底可全部入住，陌南镇在县委、县政府的正确领导下，坚决执行尽锐出战、真抓实干的总要求，实现了"六环联动"，环环落地，用"六个做到，六个确保"，书写了一个告别大山，引来凤凰栖梧桐的故事。

## 做到搬迁对象识别准，确保公平合理都满意

将"一方水土养不活一方人"的总原则细化为"五不适宜"即：水源不适宜饮用，土地不适宜耕种，房屋不适宜居住，道路不适宜通行，家境不适宜婚娶。按照"四步工作法"，确定了4个整体搬迁村和5个插花搬迁村，共计120户443人为搬迁对象。

陌南镇后滑村、东坡村最有代表性，除了空气适宜，其他方面都不适宜居住，急需搬迁。郭某某作为后滑村的一名贫困户，找个媳妇很困难，好

不容易娶到了还留不住，离了三次婚。父子二人常年生活在窑洞中，窑洞开裂破损、阴暗潮湿，家里破烂不堪。在后滑村实施易地搬迁后，对郭某某来说，最大便利是三个小孩上学方便了，他可以放手去干他的养殖业了。

## 做到安置新区特色新，确保搬迁群众都称心

梧桐小区名字是由搬迁群众起的，说是家有梧桐树，引来金凤凰，有两个方面的意思，一是他们从山里人变成了金凤凰住进了漂亮的梧桐小区；二是说梧桐小区还会引来新的金凤凰。小区规划面积63.5亩，按照一次规划分期实施的原则，共安置搬迁户120户443人，其中贫困户92户316人，同步搬迁户28户127人，一期规划安置2016年搬迁户35户137人，2016年9月底开工，于2017年11月29日交付新房。二期规划安置2017年36户112人和三期规划安置2018年49户194人的安置房于2017年动工。2018年6月完工。扫尾配套工作正在有序进展，三期规划到2018年底之前，均能分房到户入住。在户型设计上，严格按照易地搬迁人均面积不超25平方米的政策规定，设计了2人50平方米、3人75平方米、4人100平方米、5人125平方米共4种户型，满足了不同人口数的户型需求。工作之初镇政府在后滑村遇到了一个软钉子，那就是贫困群众都认为易地搬迁是个好政策，可就是下不了决心，怎么办？经过调研发现群众有四个心愿担心实现不了：一是被安置在角落里，由老的不方便成了新的不方便。二是生活习惯变化太大，不适应。三是无法种地，生活无依靠。四是小区除了房子啥也没有，没人管。阳南镇镇政府抓住群众意愿做了五点：一是选址上让群众称心。在多种方案中，最终确定高速路出口东、镇政府办公楼北，紧临商业街的黄金地段作为易地扶贫搬迁集中安置点。二是配套上让群众称心。除建设必要的水、电、路、管网、绿化、垃圾收集等基础设施外，在小区内还规划有卫生所、超市、广场、日间照料中心、社区服务场所等公共服务设施，太阳能路灯、雨污分流系统也将实施到位。三是小区布局

上让群众称心。根据山区群众的生活习惯,采取了以小院为主,电梯单元楼为辅的建筑格局,规划小区布局。四是建筑风貌上让群众称心。为了能够让安置户更好地享受到搬迁政策带来的获得感、幸福感,在县委、县政府的高度重视和精心指导下,所有建筑风貌都延续了晋南民居六个特点,即:房子坐北面南盖,青砖灰瓦墙上戴;远看白墙颜色亮,近看屋沿女儿墙;房顶坐脊龙头背,房下开的井字门;大红门楼东南建,一年四季保平安。小区内白墙青砖红门楼,灰瓦龙头女儿墙上留,这些画面是晋南人难以磨灭的记忆,让陌南镇的群众在安置新区享受美好生活的同时,依然能够望得见山水,记得住乡愁;同时也使陌南镇作为全国重点镇的内容更加充实,特色更加突出。搬迁群众高兴地说:"原来做后滑人垂头丧气,现在做梧桐人扬眉吐气。"

### 做到旧村拆除成平地,确保政策落实到村里

在2016年启动之初,镇党委、镇政府把搬新拆旧、旧宅复垦等政策,宣传得户户知晓,顺利签订了双签协议。这时又遇到了一个问题,后滑村80多岁老年贫困户群众乡土观念强,不愿意离开自己的草窝,不签协议。怎么办？我们提供各种机会让他们到新区的住宅、医院、集镇实地查看,特别是看到日间照料中心时,他们思想通了。最后双签协议达到百分百,在群众中形成政策定式,那就是搬新的,必须弃旧的,旧院和宅基证,交由集体处置,让群众断了返回的念头,安心在新区居住。

### 做到老院改造换面貌,确保生态修复效果好

陌南镇党委、镇政府把旧村老院复垦的土地以及周边散远的土地纳入退耕还林政策,栽植花椒树。既有生态效益,又有经济效益;既能确保管

护到位,又能解决部分贫困劳动力。

## 做到产业布局有多样,确保人员就业得保障

家有梧桐树,真有凤凰来。"凤还巢"政策帮助我们做到了六个产业项目"三长三短"相结合,"三短"是短期内能有收入,分别是烤鸭面皮加工项目、电子元件加工项目、特色养殖项目;"三长"是能长期受益,分别是特色种植项目、劳动技能培训项目、屋顶光伏发电项目。其中有两个是梧桐小区引来的"金凤凰"。

## 做到党建引领走在前,确保社区跟进治理严

梧桐小区安置户,距原来的村庄较远,再加上集镇原有的四个小区,城镇化加速以后居民逐渐增多,镇党委抢占先机,站在前列,保证党组织建设不断档。在县政府和民政部门的大力支持下,于2017年11月成立了梧桐社区,完成了三项工作。一是组建机构。于2017年年底和村两委进行了同步换届,现在村两委组成人员6名,党员13人。二是建成服务场所582平方米。三是推进六项服务。党员服务、居民议事、便民服务、文化活动、养老服务、综治服务六个中心开始启动服务功能。梧桐社区治理及时跟进,有效解决了人多分散,管理不便的现实状况,实现了社区建设填空白,党建工作走在前。

陌南镇的梧桐故事接近尾声,梧桐小区也将建成了,120户搬迁群众将在梧桐新家过新年。下一步陌南镇党委、镇政府将继续按照改革抢先机,发展站前列,各项工作创一流的总要求,埋头苦干,真抓实干,早日完成脱贫攻坚战的各项工作任务。

# 扶贫有准头　脱贫有盼头
## ——芮城县永乐镇蔡村搬迁案例

习近平总书记强调"要以更加明确的目标、更加有力的举措、更加有效的行动，深入实施精准扶贫、精准脱贫，项目安排和资金使用要提高精准度，扶到点上、根上，让贫困群众真正得到实惠"。在扶贫攻坚工作中，芮城县永乐镇蔡村在县扶贫办、镇党委、镇政府的领导下，主动作为、分类施策，对贫困户实行一户一本台账，一个脱贫计划，一套帮扶措施，利用易地搬迁的好政策，定位扶贫，让贫困户走出深沟告别贫穷；利用扶贫资金的好助手，建设恒温冷库，使村级集体经济收入不断壮大；利用光伏扶贫的好机遇，推广种植油牡丹，为贫困户寻找脱贫致富的路径。通过这些紧贴实际的扶贫措施，让全村60户207名贫困人口逐步实现脱贫。

### 易地扶贫搬迁建设李湾村"新家园"

李湾村是蔡村5个自然村中自然条件最恶劣的一个村庄，原来全村112户村民居住在深沟里，生活环境十分艰苦，家家户户都是沿崖挖建的窑洞，且不说路不好走，待在家里连手机信号都没有。多年来，暴雨引发的高崖滑坡等地质灾害，成为李湾村村民心中永远的伤痛。经过县扶贫办、镇党委、镇政府和蔡村两委干部的共同努力，在国家农村易地扶贫搬迁好政策的支持下，2015年5月，酝酿10年之久的李湾村整体搬迁工程正式启动。此次易地扶贫搬迁工程总造价1700万元，在沿河公路北侧，建设占地68亩的李湾新村。然而，整村搬迁并非盖一座房子那么简单，还有修路、征地等费用开支。新村所占土地面积68亩，涉及曹家自然村28户村民的耕地。经村民代表大会通过，决定按曹家村1亩地换李湾村2亩地的比例进行土地置换。一些村民不愿意进行土地置换，蔡村村两委班子成员就多次上门做工作，讲大义、讲政策，动之以情、晓之以理，最终赢得了群众的理解和支持，确保了土地置换工作如期顺利完成。在建设过程中，村两委干部克服资金少、工期短等种种困难，在2016年10月全面完成了112座设计新颖、结构合理的住房建设任务。之后，村两委多方筹集资金16万元建设了门楼，投资30万元修建了1.5公里排水管道，投资60万元硬化了2500米巷道，对各条主次巷道全部采用太阳能路灯亮化，为全村安装了监控探头，提高了全村的治安防范能力，还新建了文化休闲活动广场和凉亭。

在分房过程中，村两委干部坚持公道，让贫困户、低保户先选择。贫困户王某某仅靠几亩薄田收益，还要照顾上学的儿子，生活拮据，新房建好之后，他仍然没有拿出自己应交的款项，但在分配住房时，村两委干部没有因为他交不起钱就不让他搬迁，而是由村委会垫付资金，帮助他顺利搬迁。在李湾村搬迁过程中，全村112户村民全部实现搬迁，真正实现了习近平总书记要求的"小康路上不能让一个人掉队"的要求。

现在的李湾新村，一排排新建的农家小院整齐划一，农家院落房前屋后，9米宽的马路硬化、绿化、亮化全部到位，正在建设的党员活动中心即将完工。村文化活动广场上，健身器材一应俱全。傍晚时分，村民在欢快地跳着广场舞……李湾扶贫搬迁工程真正让贫困群众搬出了"穷窝窝"，实现了村民们的"安居梦"。李湾新村建成之后，先后迎接了省、市、县三级人大代表的视察和各级领导的检查。

**扶贫专项资金让贫困村有了"新产业"**

永乐镇蔡村两委干部不仅仅将扶贫政策运用在贫困群众的搬迁安置上，还将国家的好政策落实在发展壮大集体经济上来。原来蔡村集体经济十分薄弱，在县扶贫办150万元扶贫专项资金的杠杆撬动下，蔡村投资230万元建设了占地面积600平方米，容量达200万斤的果蔬冷藏库。

2017年3月26日，在芮城县公共资源交易中心，山西东陆建筑工程有限公司中标蔡村果蔬冷藏库基建项目，蔡村果蔬冷藏库建设进入了正式施工阶段，经过土建工程、钢结构主体框架建设、彩钢瓦搭建工程，8月10日，果蔬冷藏库基建工作基本完工。在基建工作开展的同时，运城首信制冷设备有限公司中标果蔬冷藏库制冷项目，目前已经完成了内部保温材料的铺设，凉水池建设、压缩机、冷风机、制冷管道、冷库大门等制冷设备已经安装到位，内墙保温材料铺装完毕，冷库建设基本完工。果蔬冷藏库建设完成后不仅可以解决蔡村周围10公里范围内群众存储桃、葡萄、苹果的难题，而且通过村委会统一管理，统一核算的方式帮助蔡村这个集体经济"穷村"找到致富的新产业，还可以让贫困户在冷库务工，帮助贫困人口实现就业脱贫。

在国家扶贫专项资金的引导下，在镇党委、镇政府的大力支持下，蔡村两委干部创新思路，将扶贫专项资金的作用发挥到最大，带动社会资金参与到扶贫工作中，建设了高标准的果蔬冷藏库，为蔡村壮大村级集体经济和实现贫困人口就业打下了坚实的基础。

**新型扶贫产业为群众找到致富新路子**

芮城县光伏领跑技术基地占地2734公顷，被县委、县政府定位为"农光林光互补示范地",在建设过程中,大力推广种植油牡丹、连翘等中药材,实现光伏发电、农业种植及休闲观光旅游有机结合。蔡村地处二阶台地,土地多为贫瘠的旱地,多年以来,广种薄收,群众收入较低,油牡丹耐干旱、易管理,具有良好的经济效益,永乐镇党、镇委政府和蔡村两委干部商议后,决定依托芮城光伏产业基地,建设蔡村油牡丹种植基地,吸引东方日升能源有限公司投资400万元流转土地150亩建设油牡丹育苗基地,既提高了流转土地群众的效益,也为全村群众调整产业提供了新方向,在建设油牡丹育苗基地的同时,蔡村还吸引外地客商在蔡村流转土地1500亩,建设了油牡丹种植基地。目前油牡丹已经进入采收期,群众在流转土地进行务工,还学会栽植技术,2019年蔡村油牡丹育苗基地将会为光伏基地提供大量优质油牡丹苗木,也为贫困群众增收致富提供有力支持。

"长风破浪会有时,直挂云帆济沧海",在国家扶贫政策帮助下,在县委、县政府和镇党委、镇政府的关心支持下,村两委干部有决心、有信心打赢脱贫攻坚这场硬仗,确保"十三五"期间脱贫任务圆满完成。

# "挪穷窝、拔穷根" 建新村安居乐业
## ——芮城县大王镇磨涧村搬迁案例

磨涧行政村下辖的下方寺、杨岭两个自然村，在历史上是非常富裕和有名的村庄。"先有下方寺，后有永乐宫"就是对这两个村的真实写照，也充分证明了这两个村子悠久而古老的文明。这两个村是芮城县古代著名的景点之一。这里有上千年的古柏树，目前还保留着近百亩竹园苇园。但随着近些年的开发，周边村子打的水井越来越深，致使这两个村严重缺水，再加上交通不便，自然条件落后于周边村子，这两个村的群众都有心挪出这个"穷窝"。

针对群众的搬迁愿望，大王镇党委、镇政府决定对这两个自然村实施同步搬迁，经过精心选址，决定在镇政府所在地新兴村南选址，占地57.84亩。2017年3月开工，7月上旬正式进行房屋建设，可安置贫困户29户68人，同步搬迁56户236人。截至2018年9月，房屋的主体、门楼已全部建成，外墙瓷砖已到位，院内地板砖也铺设完毕，正在铺设地暖管道，工期已经进入最后阶段，按照要求不久便能如期入住。

## 精心组织，认真调研

从2016年8月开始，大王镇镇政府组织相关人员走遍了搬迁村的各个角落，经过多次的调研考察后，通过对广大群众的了解，经过综合考虑、统筹谋划，决定对磨涧下辖的下方寺和杨岭两个自然村进行整体搬迁，科学选择安置点，对工程建设严格进行招投标，认真论证，积极组织实施。

## 注重宣传，广泛参与

决定搬迁后，大王镇始终将群众满意不满意放在工作的首位，坚持以人为本，广泛征求社会各方面的意见，充分听取广大村民的意见，积极发动广大群众参与到搬迁中。公开搬迁的办法，通过挨家挨户的政策宣传，集中对搬迁户的政策培训，使搬迁这项工作的全过程向群众公开。对搬迁原则、补助标准、资金流向、搬迁对象明确进行公示，建立健全民主参与、民主监督机制，解决群众最关心最迫切最现实的问题，广泛接受群众监督。在搬迁宣传过程中，下方寺群众张某某一家三口对搬迁持有怀疑态度，害怕搬迁后续遗留问题多，政府解决不好自己以后生产、生活的问题。为此，镇政府干部和村组干部，多次到其家中，先是对党的各项惠农搬迁政策进行深入解读，使其认为搬迁选址比较到位，搬迁后自己距离未搬迁的家不到5里路，不会影响到正常生产活动，加之每人易地扶贫搬迁补贴2.5万元，自己也不需要买很贵的商品房了，不仅省了一笔不小的资金，而且搬迁之后，他有了新房，手上还会有一些结余。目前房子快完工了，很快就能住上搬迁的新房。帮扶干部又帮他儿子找了对象、定了亲。现在，这户贫困户一遇到人，就说："党的扶贫政策好！"自己不光有了住的，儿子的终身大事也得到了解决，真是喜上加喜。

## 加强管理，确保质量

为了加强搬迁项目的实施监管，提高项目工程质量，在实施过程中，在项目招标、资金管理、基础建设等方面，大王镇始终加强监管力度，认真按照易地搬迁的政策要求，签订施工合同、劳务用工合同和监督监理合同，规范作业，按标准施工。在抓好监管的同时，按照县委、县政府的要求，在确保质量的同时，抓好工程进度，指派专门工作人员长期住在施工现场，对搬迁全过程实施跟踪监督。包工头付某某，接到工程后，按照工期和质量的要求，在资金未到位的情况下，主动垫资。他坚持质量第一，严格按照图纸的要求，按照时间节点，认真做好各个环节的工程任务。

## 科学谋划，聚焦生产

搬迁只是手段，脱贫才是目的，在实施搬迁的前期，大王镇就考虑到搬迁后如何发展生产的问题，确保"搬得出、稳得住、可致富"。首先，村支书宁某某，为了让搬迁后的村民能够稳定增收，在距离搬迁地址不远处，实施槐树育苗项目基地建设，为贫困户的增收发展想门路、找出路、促致富，动员广大村民参与到槐树育苗项目当中。他积极为贫困户想办法增加经济效益，目前已栽植的10多亩槐树长势良好。其次，积极引导群众融入大王镇经济发展中，通过对群众的技能培训，鼓励广大搬迁户解放思想，改变固有陈旧的观念。目前的搬迁户中，在大王集镇上做生意的搬迁户占到近50%，有做铝合金门窗的、有炉炉馍的、有开超市的、有做油糕的等，过去以农业收入为主的农户，逐步改变为多种经营，通过多渠道增加了家庭收入。

总之，大王镇在实施易地搬迁这项工作中，从贫困搬迁村和贫困户的

百村搬迁案例 >>>

识别开始，就严格按照搬迁的政策实施，确保搬出去的群众符合搬迁的条件，符合确认的条件。按照易地扶贫搬迁工程"五线"的要求：严守搬迁对象精准的界限、严守住房面积标线、严守搬迁不举债底线、严守项目规范管理的红线、严守资金使用管理的高压线，不断将易地搬迁这项惠民生的事情做好做实。

# 党建引领促脱贫　易地搬迁"拔穷根"
——芮城县古魏镇王夭村搬迁案例

　　王夭村位于古魏镇北部5公里的中条山脚下，下辖11个自然村16个村民小组，共有农户977户3062人，耕地面积1.1万亩。由于地处山区，自然条件差，经济发展滞后，是古魏镇唯一一个贫困村。全村共有贫困户153户429人。易地搬迁156户560人，其中贫困户搬迁14户41人，五保户、特困集中安置户22户35人，地质灾害搬迁7户21人，同步搬迁37户134人。11个自然村中，地后、滑里、长坡、茨沟、阴北5个自然村地处"三沟四坡"，祖祖辈辈居住在土窑洞里，时常受山洪灾害威胁。茨沟人畜用水要从2公里以外的佛窑村拉运。滑里村民靠天吃水，常年饮用水窖水；进村路是羊肠小道，交通十分不便，村民生产、生活条件异常艰苦。在精准扶贫工作中，镇党委、镇政府始终把王夭村5个自然村村民的困难放在心上，多次召开专题会议研究，决定对地后、滑里、长坡、茨沟、阴北自然村实施整体搬迁，逐年分步实施。工作中，镇、村、组三级干部从长计议，精准施策，凝聚了脱贫攻坚的强大合力。

## 三级书记做示范，集腋成裘"拔穷根"

王乇村既是古魏镇唯一的贫困村，也是全县最大的贫困村，自然条件较差，集体经济薄弱，脱贫任务较重。县委董旭光书记高度重视，以上率下，勇挑重担，亲自包联、亲自包户、亲自谋划；古魏镇党政一把手带领机关干部倾巢出动，人人包联，书记、镇长每人包两户，机关干部每人一户；王乇村党支部制订出实施细则、工作流程、包联农户职责；班子成员分成两组，主动承担难度较大的工作任务，现场研判、晚上碰头、事不过夜，做到了凝心聚力，有效推进。为了解决"谁来扶"的问题，县委及时调整驻村工作队，由小变大、由弱变强，及时撤换第一书记，形成了强有力的扶贫攻坚干部队伍。为了实现"怎么扶"，县政府及时出台优惠政策，把王乇村2016年复垦的60亩耕地指标交易费近千万元，全部投入到王乇村的脱贫攻坚中。先后投资110万元，建设面积1404平方米的果品分拣包装中心；补充投资400万元建设古魏镇集中供养安置中心；整合了省市县级美丽乡村建设480万元、市财政扶持集体经济80余万元，极大地改善了基础设施条件，壮大了集体经济。

## 基层支部为堡垒，啃下拆旧硬骨头

王乇村11个自然村中有5个自然村地处"三沟两坡"，交通差、吃水难、上学难、就医难。对此，党支部从2013年开始实施易地搬迁，共搬迁156户560人。搬迁到位后，由于农户搬迁的时间不同，享受的政策不同，补贴标准不等，再加上老年人故土难离，拆除工作难度较大。对此，古魏镇党委和王乇村党支部精心谋划，严密组织，集中力量仅用8天时间就完成了88户旧宅拆除工作，共拆除房屋45座280间，可复垦土地150余亩。

具体做到了"六个一"：一是始终依靠一个堡垒。打好胜仗，关键在党。旧宅复垦,时间紧任务大,是易地搬迁的难中之难,为了能在最短的时间内尽快推开工作,村支部多次召开班子成员会议,班子成员分成两组,坚持现场研判,尽锐出战,面对困难,认识足、决心大、态度坚定。一班人精心谋划,制定了详细的行动方案确保旧宅复垦工作形成了坚强的领导核心。二是充分发挥一个作用。"我是党员,先拆我的!"一时间,这一掷地有声的语言仿佛变成了复垦工地的冲锋号。"共产党员"这四个字响彻拆迁工地上,党员的先锋模范作用发挥得淋漓尽致。刘乃民,既是一名共产党员,又是地后小组组长,在他的带动下,左邻右舍也先后拆迁。随后,党员刘铁虎、王益民,群众代表罗民刚、刘竹梅,都主动要求先拆自己的房屋、先推自家的宅院,群众看在眼里,服在心里,复垦工作打开了新局面。三是时时坚守一个原则。拆除过程中,党支部严格按照"一户一宅、扩新留旧"的政策,坚持一个标准,一把尺子,不偏不倚,一视同仁,不再给旧宅拆迁户任何补偿。在长坡村拆除中,有两户的房屋被县城人私自买下了,村民组长想把这两户房屋作为公共用房留下,群众不答应,认为这样不公平,支部班子上门做工作,先从这两户开始拆,及时消除了群众的怨气。公开公平使群众心服口服,得到了绝大多数农户的理解、信任和支持,保证了拆迁工作顺利进行。四是处处凝聚一个力量。人心齐泰山移。为了最大限度地发挥村组干部的工作主动性,王夭村由9名村干部、16个村民小组干部、15名村民代表组成了40个人的复垦工作团队,兵分3组,明确到户,责任到人,协同作战,做到人人肩上有担子,个个头上有任务,坚持每天早7点统一行动,晚7点集中汇报,组与组之间展开工作竞赛,大家心往一处想,劲往一处使,集中力量、统一部署、团队作战、快速处置,从而保证了在有限的工作时间内全面完成任务。五是大力营造一个氛围。在拆旧复垦第一天,就采取了机械人力同步进行的办法,一边做工作、一边进行拆迁,机械设施同时跟进,营造了一个"非拆不可"的氛围,让群众感受到了党委、党支部的决心和信心,纷纷主动配合。拆迁工地呈现出了全家总动员、父子齐上阵的动人场面。人扛车拉,机械轰鸣,复垦现场人声鼎沸,轰轰烈烈。六是最终实现一个目标。党支部积极响应市委"凤还巢"计划，及时引进了柴涧籍在外人才王志敏，依托地皇泉景点，盘活复垦后的土地和窑洞，打造秦槐小镇文化旅游项目，既增加了集体经济收入，又带动搬迁农户发展农家乐，增加经营性收入。群众的思想开朗了，个别农户的抵触情绪没有了，纷纷投入到紧张的旧宅复垦工作中，仅用5天时间便实现了和谐拆除、安全复垦，达到了群众满意的良好效果。

### 依托产业保增收，跟党迈上小康路

大项目带来大产业。投资88亿的光伏领跑技术基地落户王夭村，流转土地6000余亩，每年给集体带来30万的收入，给农户带来240万元的经营性收入。在光伏建设中，吸收王夭村贫困劳动力50余人，收入最高达3万元。在光伏维护和农光互补油牡丹种植项目中，可解决贫困户劳动力60余人，每年可增加贫困人口收入4000余元。大产业带来新就业。王夭村党支部及时和山西磐磨庄源农业开发有限公司董事长、古魏秦槐小镇开发商王志敏沟通，计划依托地皇泉景点，大力发展现代观光采摘、旅游、农家乐餐饮业，使复垦后的150亩土地最大限度地提高经济效益。按每亩500元计算，可增加集体经济收入7.5万元，88户310人每户每年可拿到分红收入850元。新实体带来新收入。王夭果品分拣中心可直接解决贫困劳动力60余人，每年可增加收入1万元，为贫困户户均分红500元。镇集中供养安置中心建成后，可容纳五保户、特困户50人，直接解决10余人就业。新改革注入新活力。农村集体产权制度改革后，资源变资产、资金变股金、农民变股东，为搬迁农户能致富提供持续保障，为乡村振兴增强发展后劲。

# 走出大山天地宽　美丽生态变资产
——垣曲县长直乡古垛村搬迁案例

垣曲县长直乡古垛村是一个典型的山区贫困村，受大山阻隔，村民行路难、吃水难、求学难、就业难。随着脱贫攻坚的深入推进，长直乡党委、乡政府紧紧抓住易地扶贫搬迁这一含金量最高、群众得实惠最多的政策机遇，统筹做好搬迁工作与生态开发，实现了古垛村从"一方水土养不好一方人"到"一方资源富裕一方百姓"的华丽转变。

## 基本情况

古垛村全村总面积7.5平方公里，其中耕地面积2475亩，全部是山坡旱地。下辖古垛、八角凹、前南沟、后南沟和虎拔5个居民组，共190户523人，现有党员19人。全村建档立卡贫困户66户190人，未脱贫贫困户42户108人，属2018年整村脱贫村。农民收入主要来源于小麦、玉米和其他杂粮等传统农作物种植，收入来源比较单一。村民居住比较涣散，属典型的山庄窝铺村庄，存在"一方水土养不好一方人"的状况。

古垛村原名土古垛村，过去曾是运城到洛阳、开封必经的茶马古道，曾经是店铺林立，过往盐商、脚夫在此歇脚、饮马，十分热闹，运城的池盐就是经此源源不断运往中原地区。抗日战争时期，国民革命军第十七军在此设指挥部，现在这里仍有十七军将士们抵御日寇的遗迹。

古垛村地处中条山腹地，境内沟壑纵横，四面环山，植被丰富。近年来各级政府对生态环境的保护力度逐年加大，以及易地扶贫搬迁使得人口不断向城镇迁移，目前古垛村基本保留了约5000亩的生态山林，景色四季宜人，自然环境十分优美，经常有豹、鹿、狼、山猪、野兔等野生动物出没，不同季节红腹锦鸡、斑鸠、野鸡等飞禽也常在山林出没。

## 易地扶贫搬迁情况

为了改变全村居住条件差的状况，加快脱贫致富步伐，古垛村响应上级党委的号召，自2016年开始，对未能实现"两不愁三保障"的贫困户进行动员，做工作让他们易地扶贫搬迁，全村共搬迁37户140人（建档立卡114人、同步26人），其中插花搬迁24户90人（建档立卡83人、同步7人）；老虎拔、东坡、窑院、娄家、窑顶、下街、上坡等7个自然村整体搬迁13户50人（建档立卡31人、同步19人）。

根据县政府安排，古垛村的易地扶贫搬迁户分别被安置在惠民花苑、晋海花园、移民新村等县城集中安置点，其中惠民花苑11户、晋海花园17户、徐西小区1户、移民新村1户，投亲靠友7户、自行购房1户。安置小区内环境优美，设施完善，出行方便，极大地方便了贫困户就业、就学、就医等日常生活。

搬进惠民花苑新房的古垛居民组村民沙某某全家获得了17.5万元的搬迁补助。"家里花了不到1万元，简单进行了装修，打扫完卫生，添置点家具就住进来了，和老家的条件相比，真的是一个天上一个地下。"沙某某说，他自己原来居住的地方交通不便，土地贫瘠，自然条件差，有条件、有能力的村民都陆续搬走了。他现在也住在县城了，老沙说，如今孩子读书、老人看病都方便，就业机会也多，对于未来的生活，他充满了希望。

古垛村党支部书记冯小民说，为确保全村的易地扶贫搬迁户搬得出、稳得住、能致富，村党支部、村委会、第一书记、工作队采取多种方式，因户因人施策，确保搬迁户到县城后的生活稳定、收入有保障。他们主要在两个方面着手：一是实施项目，增加集体经济收入，贫困户收益分红。目前古垛村已实施500头养猪场项目、300亩核桃栽植项目和狩猎场资产收益项目，另外古垛荣达种植合作社购置石磨两组，榨油机一套，对古垛村的农产品进行精加工，提升农产品附加值，帮助村民增产增收，促进贫困户稳定脱贫。这几项下来，集体经济年收入可增收5万余元，搬迁贫困群众户均年增收达800余元。二是联系务工，实现稳定就业。对有劳动能力的搬迁群众，帮助他们联系到县城企业和产业园区就业、到公益性岗位就业、培训后外出务工等渠道解决就业。目前全村搬迁户中县内务工55人、公益岗位就业1人、外出务工18人，确保有劳动能力的搬迁户户均有1人以上稳定就业。

### 旧村落开发情况

2016年以来，长直乡积极开发古垛村旅游资源，引进了南山旅游开发有限公司，投资1200万元建成了古垛狩猎场，是运城市唯一的一家集狩猎、休闲、娱乐、游玩、采摘、观赏和动物竞技为一体的康养休闲中心，现有职工46人（管理人员6人，后勤人员12人，导猎员28人），其中贫困户8人。

南山旅游开发有限公司按照"旅游+康养"的方针，保持原生态。经营区域分游客服务区、窑洞住宿区、花海观赏区、野果采摘区、狩猎核心区、野生动物养殖区、动物竞技区、狩猎文化区和红色文化教育区。现在南山旅游开发有限公司又实施了观光旅游住宿建设项目，改造修缮古院落和窑洞，本着修旧如旧的思路，让来游玩的客人感觉到淳厚古朴、回归自然的感觉，对村闲置劳动力就业，也起到了示范带动作用。

南山旅游开发有限公司发展理念符合国家乡村振兴战略，是社会未来发展三大热门产业之一，随着康养小镇业务发展壮大，结合县委、县政府自然村整体搬迁工作，古垛村整体搬迁自然庄其中的老虎拨、东坡、窑院和娄家4个自然庄，按照不改变地域生态、不动古树古石的原则，利用搬迁后废弃的窑洞基地，打造外土里洋、功能齐全、温馨舒适的家庭式民宿窑洞。近期计划启动第一期工程，打造废弃的院落窑洞，共投资75万元，其中自筹45万元、申请资产收益资金30万元，全村群众都可享受分红。

凭借垣曲得天独厚的山林自然优势，结合垣曲县委、县政府"全景垣曲、全域旅游"发展目标，古垛村利用周边资源和县域资源，发展"旅游+康养"产业，可解决当地社会劳动力就业，尤其是带动当地贫困户。随着人们对健康养生的需求愈来愈大，原汁原味原生态农产品消费逐年加大，休闲娱乐是方向，该项目是利国利民的好项目。

# 皋陶古镇新风貌
## ——垣曲县皋落乡皋落村搬迁案例

## 基本情况

皋落村距垣曲县城东南5公里，辖11个居民组730户2118人，其中党员59名，村两委成员7名，建档立卡户251户725人，耕地3580亩，林地3018亩，发展核桃经济林4225亩，设施蔬菜550亩。

2014年全村精准识别贫困户251户725人，贫困发生率为34.2%。通过扶持培育企业发展产业带动116户335人；实施易地搬迁79户320人；签订赡养协议45户62人；发展教育6户20人；纳入社会兜底5户10人。

该村自2014年7月开始实施易地搬迁，共投资3000万元，建筑面积1.8万平方米，"十二五"期间搬迁84户315人，"十三五"期间搬迁79户320人，主要在中心集镇进行安置，为纪念皋陶，安置点命名为皋陶古镇。

## 人文历史

史载，皋落氏者，春秋一侯国也，位于晋都之东，故称东山皋落氏，这就是皋落之名的由来。传说皋落村为皋陶的故乡，皋陶是上古时期伟大的政治家、思想家、教育家，被史学界和司法界公认为中国司法鼻祖，是与尧、舜、大禹齐名的"上古四圣"之一，曾被舜任命为掌管刑法的"士"，以正直闻名天下，主要功绩有制定刑法和教育，帮助尧舜和大禹推行"五刑""五教"。他用独角兽獬豸治狱，坚持公正；刑教兼施，要求父义、母慈、兄友、弟恭、子孝，使社会和谐，天下大治。

皋落村主推皋陶故里的理念，主打宣传皋陶文化。其中主要内容是兴"五教"，即"父义、母慈、兄友、弟共（恭）、子孝"；定"五礼"，即"吉礼、凶礼、军礼、宾礼、嘉礼"；创"五刑"，即"甲兵、斧钺、刀锯、钻笮、鞭扑"；立"九德"，内涵包括人的秉性、气质、品德、才干等许多方面，是目前所知的我国历史上最早考察、选拔公职人员的标准；亲"九族"，即部落联盟核心的亲属部落，部落联盟是一个松散组织，联盟的权威没有可靠力量做后盾是维持不下去的，所以亲"九族"亦是当时历史条件下一项重要的政治策略。

## 搬迁安置做法

皋陶古镇安置点按照"十有、十到位"进行谋划布局，彻底改善搬迁户的生产生活条件，使其充分享受集镇社会公共服务。按照"事情有人办，纠纷有人管，困难有人帮，社区有温暖"的思路，安置点配套设施和公共服务做到"十有、十到位"。配套设施"十有"：党员活动室、业委会办公场所、物业中心、卫生室、幼儿园、警务室、文体活动室、产业就业创业服务点、便民超市、休闲广场等十种设施；公共服务"十到位"：党员阵地到位、产业支撑到位、就业保障到位、物业管理到位、治安联防到位、活动场所到位、议事组织到位、工作经费到位、民调机构到位、困难帮扶到位等十个到位。安置点特别注重外观风貌设计，楼宇整体采取徽派建筑风格，古朴大方。配套建设2200平方米的门面房，供贫困户通过工商服务业增收。同时，为彰显皋陶文化，投资200万元建设了占地20亩的皋陶司法文化园。

## 后续产业配套

为加强后续产业扶持，皋落乡利用距县城近的区位优势，引进扶持了五家农业企业，使搬迁户可以就近务工增收。

一是在蔬菜种植方面，由该村支部书记兼村委主任张刘生创办的鼎诺种养专业合作社投资4200万元，流转土地2250亩，通过签订务工协议，通过土地流转挣租金、就业务工挣薪金、承包经营挣营金、收益分红挣股金、成效良好挣奖金的"五金"增收模式带动86户302人，还可提供季节性务工岗位350个，以帮助搬迁户脱贫增收；在核桃经济林方面，引进了煜耀农林开发有限公司，投资3000万元，主要从事核桃深加工和种植服务，牵头成立了垣曲县核桃产业协会，与11个乡镇生产基地和6个核桃专业合作社签订了长期收购协议，采取合同制签约、现金流交易、保护价收购的形式，带动全县7300余户核桃种植户增收，其中涉及建档立卡户2600余户。另一方面，在核桃加工环节积极吸纳农村剩余劳动力就业，去年以来先后聘用当地贫困人口40余人务工，月均收入3000元左右。

二是在种植业方面，巩固提升舜皇菖蒲酒业，带动贫困户增收，解决周边闲余劳动力300余人，与本村建档立卡户35户117人签订收购协议和劳务合同。

三是在香菇种植方面，成立山西沐风农林开发有限公司，注册资金6000万元，引导农户种植香菇，年可消化香菇3000余吨，带动辐射垣曲周边和毗邻地区的香菇种植业万余农户从事香菇的种植，户均年增收入3万余元，直接新增就业岗位300多人。

四是在苗木和农业采摘方面，成立垣曲盛宝地农业开发公司。该公司发展苗木和休闲采摘，是一家党员干部下乡创业暨一线带富工程创办的企业，年产草莓鲜果2万余斤，培训精品彩色苗木3000余株，产值30万元，可带动周边11余户贫困户脱贫致富。

# 办好山村日间照料中心
# 创建和谐美丽农村社区
## ——垣曲县皋落乡老屋沟村搬迁案例

## 基本情况

老屋沟村位于垣曲县西南，地处中条山腹地，距离乡政府10公里，距离县政府12公里。全村辖12个居民组15个自然村，总人口347户1051人，其中建档立卡贫困户177户411人，贫困发生率39.2%。全村设三个党小组，现有党员29名。国土面积3.8平方公里，耕地面积2850亩，主要种植小麦、玉米、花椒。该村属革命老区、偏远山区、贫困山村。针对全村外出务工人员较多、留守老人较多、照顾老人困难较多的状况，筹资建设日间照料中心，解决留守老人生活困难问题。中心始建于2016年6月，总投资45.6万元，建筑面积392平方米，设施齐全，功能完备，可容纳100人就餐60人休息，完全满足现阶段全村留守老人日间照料。目前，中心入住老人37人，其中低保户、五保户、贫困户27人，外村1人，外乡1人。

## 主要做法

### 一、统筹规划，分步实施

留守老人生活照料需求很多，既有吃饭居住等基本生存需求，也有活动就医等精神文化需求，因此，按照立足当前、着眼长远、统筹规划、量力而行原则，坚持日间照料中心与村卫生室、文化大院、健身广场、便民服务中心、爱心超市等统筹规划，分步实施，先后建成日间照料中心、党群活动中心、便民服务中心、文化展演中心、产业孵化中心和标准化卫生室"五心一室"，为建设和谐美丽乡村奠定坚实基础。

### 二、多措并举，确保运营

筹资建设难，运营管理更难，各难其难。由于收费标准低、运营时间长、村集体经济收入匮乏等原因，中心始终面临运营资金紧张、设施陈旧落后等困难，为此，村两委提出就是砸锅卖铁也要把日间照料中心办下去，哪怕两委干部不吃不喝，也要让入住老人吃好喝好。一是坚持自力更生，勤俭办事。充分发挥、大力弘扬入住老人爱集体、爱劳动的光荣传统，根据每个人的思想和身体状况将其分别编入种菜、卫生、帮厨、管理小组，组织安排他们义务管理日间照料中心、义务种植小菜园、义务打扫环境卫生，呈现出热爱中心、积极参与、无私奉献、共建共享的良好局面。对于热心公益事业、做出突出贡献的，村支两委在政治上给予荣誉，授予"优秀共产党员""好村民"等称号；经济上给予实惠，节日慰问、困难照顾等优先考虑；工作上给予大力支持，大会小会提出表扬，决不让吃苦者吃亏，流汗者流泪。二是积极争取外援，鼓励赞助。老屋沟村日间照料中心为社会各界及爱心人士提供了一个扶危济困、善行义举的宽广平台，凡愿捐钱捐物、奉献爱心者，积极接受，大力表彰。目前，运城市税务局及广大税收干部先后捐款6.75余万元，捐赠健身器材、台球案等折合人民币16万元左右，捐赠衣被等物品2316件；垣曲县慈善总会捐款2万元；共产党员杨宝安捐献8200元建造橱柜，装修餐厅。三是坚持以上率下，多交餐费。驻村帮扶干部、帮扶志愿者按照高于入住老人交费标准30%缴纳餐费，两委主干、驻村第一书记、工作队长开展节日捐献，每逢重阳、国庆、七一、中秋、清明、端午等传统节日，轮流赞助，每次200元，用以改善生活，弥补支出缺口。

**三、拓展范围，开放共享**

2016年9月1日运营以来，始终坚持开放、共享原则，凡自愿入住中心、能够遵守中心管理规定、服从管理、生活能够自理、没有传染性疾病、年龄在60岁以上的老人，不论是本村的，还是外村外乡的，均可入住中心，一视同仁。不少入住老人子女感叹地说："日间照料中心不仅解决了农村老年人的日常生活照料问题，更是化解了很多家庭矛盾，消除了在外务工人员的后顾之忧。"

## 主要成效

**一、解决了全村留守老人的生活照料问题**

日间照料中心完善的基础设施、良好的服务管理、低廉的收费标准，吸引全村留守老人蜂拥而来，争相入住，一时间一床难求。入住老人不愁吃、不愁穿，健身活动有场所，就医看病有保障，看书学习有氛围，初步实现全村留守老人老有所养，老有所医，老有所乐。老人们幸福地说：这里住得比结婚时的新房还好，吃得比家里还好！

**二、解决了全村外出务工人员的后顾之忧**

目前，全村外出务工人员173人，涉及留守老人29户35人，这些老人入住日间照料中心使他们在外放心、工作安心、生活舒心。

**三、化解了很多家庭矛盾**

留守老人生活照料问题是引发家庭矛盾，特别是婆媳矛盾的重要原因。老人入住日间照料中心，形式上是与子女分开生活，实际上消除了很多家庭矛盾，促进了家庭和谐。

**四、促进了脱贫攻坚**

坚持将办好日间照料中心与决战决胜脱贫攻坚相结合，作为解决贫困户"两不愁三保障"的重要阵地，无条件吸收特困群众入住。6年间先后丧失丈夫和两个儿子的孤寡老人陈某某、吴家沟65岁孤寡五保户马某某含着热泪说："要不是日间照料中心，真不知道怎么生活，可能都活不到今天。"

## 经验启示

**一、大力加强支部建设**

党支部是全村的领导核心，没有一个团结战斗的班子，不要说发展，就是正常的管理都难以开展，势必一盘散沙，群龙无首。为此，要特别注重班子建设，以制度求规范，以学习促提高，以谈心促团结，不断增强班子的凝聚力、战斗力。坚持大力表彰先进人物和模范事迹，营造风清气正的工作氛围。每逢七一、国庆、春节等重大节日，召开表彰大会，大力表彰优秀共产党员、模范居民组长、好媳妇、好村民等，增强他们的荣誉感。困难慰问、发展扶持、低保评审、公益岗位等工作，优先照顾先进模范人物，并以制度的形式固定下来，政治上给予荣誉，精神上给予鼓励，物质上给予实惠。85岁老党员惠付荣，不顾年迈体弱，整修荒地18亩，建设日间照中心小菜园。他早晨5点起床，废寝忘食，浇水施肥，精心护理，建成条山最美小菜园。这不仅是义务，更彰显的是觉悟。老支书陈根木，离职不离责，心系全村建设，自觉整修村部门口绿化带，打扫环境卫生，为党员添彩，为党旗增辉。入党积极分子杨保安，致富不忘家乡，情系山区老人，捐款近万元装修日间照料中心，建设10米橱柜，这不仅是能力，更是态度。

## 二、积极发展扶贫产业

消除贫困,改善民生,既是广大群众的热切期盼,更是第一书记义不容辞的神圣使命。为此,他充分利用老屋沟地高天蓝、光照充足、土地肥沃、降水丰富的优势,积极发展扶贫产业,变资源优势为经济优势。一是发展花椒种植。带领村两委成员、困难群众到陕西、芮城、绛县等地考察,采购优质苗木3万株左右,种植花椒1000亩。二是建设光伏发电扶贫项目。筹资11.5万元建设10千瓦光伏电站,办理完善发改立项、国网并网手续,帮助10户贫困户稳定脱贫。三是帮助成立养殖专业合作社,建成800平方米标准化猪舍,养猪存栏500头,直接带动6户贫困户。

## 三、大力提升公共服务水平

坚持扶贫产业规模化、易地扶贫搬迁建房本土化、日间照料中心服务管理公寓化、村级事务管理规范化"四化"方向,奋力建好党员群众服务活动中心、日间照料中心、便民服务中心、文化展演中心、扶贫产业孵化中心"五个"中心。先后建成文化大舞台、日间照料中心、五保幸福小院、健身广场、网络空间、篮球场、图书室、休息室、卫生室、厨房、餐厅,整修村部大门口,结束了村民没有活动场所的历史,极大地改变了老屋沟贫穷落后的旧面貌,树立了老屋沟的新形象。与此同时,坚持精神文明建设与物质文明建设两手抓、两手都要硬。利用春节、三八、五一等重大节日,组织开展"税农联欢会""送戏下乡"等形式多样的文体活动,丰富村民的精神文化生活。

"雄关漫道真如铁,而今迈步从头越"。面对成绩,我们感到骄傲和自豪,展望明天,我们感到压力和挑战。老屋沟村整体上还比较贫困,全村目前仍有78户219人处于贫困状态,他们对美好生活的向往就是我们的奋斗目标,我们将总结经验,乘势而上,奋力将老屋沟率先建成"生态美、百姓富、实力强"的社会主义新农村。

# 三晋迎春第一花　脱贫致富建新家
## ——垣曲县皋落乡岭回村搬迁案例

岭回村位于垣曲县城东南，国土面积6平方公里，辖10个居民组，518户1668人，耕地3131亩，林地2300亩。村支部有党员50名，设7个党小组，村两委干部5人。该村有10个自然村，居住分散，生产生活不便，"十三五"期间共易地搬迁74户305人，自然村整体搬迁涉及满沟、上洼、前岭、小河4个自然村，建设了"舜德小区"中心村安置点，投资1180万元，建筑面积6900平方米。

### 三晋迎春第一花，历史悠久人人夸

岭回村属地名称是"岭后"和"回村"2个自然村的合称，村部所在地为"回村"。据传"回村"是帝尧选贤，平阳至望仙的必经之地。尧禅让帝位，到望仙选贤，邀请舜赴平阳，继位从政。山西方志之九中图标"九男迎舜处"在回村，"九男"指的是尧的9个儿子。在尧年事已高禅让帝位时，派9个儿子，迎舜治理族邑邦国。进宫途中，舜路过此地，人乏马困，驻营扎寨，喂马歇宿。舜很是兴奋，自语"回村"故而得名。

岭回村盛产山桃树，结合退耕还林又连片栽植山桃树500亩，形成了千亩山桃生态林。从2017年起岭回开始举办首届桃花节，以初春花开早的"三晋迎春第一花"优势，吸引省内外近几十万游客慕名而来，观景、赏花、踏青，尽享美丽乡村之美。将生产、生态、生活融入乡村旅游，拓宽农民经济收入增收渠道，"让绿水青山，给老百姓赚得更多的金山银山"。2018年桃花节央视和各省市电视台新闻媒体相继播放；央视环球新闻播放了岭回桃花节盛况，接待游客20余万人，带动农户增收150万元左右。

### 扶贫搬迁建新家，增减挂钩把钱拿

在自然村整体搬迁工作中，按照《垣曲县易地扶贫搬迁拆旧复垦和整村搬迁实施方案》，严格执行"一二三四五"工作法，即坚持一个原则，坚持乡村两级主导，因村施策。实行乡镇统筹灵活处理原则，以乡镇为主体，赋予乡镇自主权，具体问题由乡镇统筹考虑、灵活处理，有效调动乡村干部积极性。持续两个关注，即重点关注拆迁过程中居民临时安置；重点关注搬迁后的生产生活问题，尤其是2人以下搬迁户和老年人安置。做到3个确保，即确保公平公开，在拆旧复垦工作中采取"四议两公开"方式，公示公开、消化矛盾，先易后难，稳步推进；确保资料完善，建立易地扶贫搬迁户"一户一档"，完整记载搬迁农户身份信息、搬迁时间、安置地点、新旧住房状况和产业就业等基本情况；确保信息准确，实现线上与线下一致，线下与实际相符。厉行4个严禁，即严禁一刀切，要求一村一策，因户施策，宜拆则拆，宜林则林，宜建则建，宜耕则耕；严禁毁坏林木，要求保护生态；严禁一户多宅，要求拆旧建新，对实施易地搬迁的农户要收回宅基地证，确保一户一宅；严禁污染环境，要求卫生整治，按乡村环境整治要求妥善处置拆除旧宅后产生的残垣断壁和各种建筑垃圾，确保乡村环境优化。着力5个优先，即优先生态恢复、优先土地复垦、优先乡村旅游、优先生产发展、优先公益事业。

在小河居民组进行拆除过程中,经过党员会、代表会、拆迁群众代表会、居民组会议,对享受扶贫移民政策搬迁的户,迅速拆迁;对无享受扶贫政策的自行搬迁户,以土木结构每间500元;砖木结构每间600元;砖混结构每间700元;灶房每间200元;门楼每个200元的标准予以赔偿,进行拆迁。2018年5月份,对20户53人57间房屋、17间灶房、4个门楼、12眼窑进行了彻底拆迁,可实施土地增减挂项目26.15亩。在整个拆迁中,村两委、党员干部全力为村民搬家具、抬木料、运粮草等服务;驻村第一书记、工作队,乡包村领导全力督阵,电视台、宣传部门进行了现场录拍,村委将实况在村民微信群进行了转发。

## 致富路上笑哈哈,只因党建把根扎

为充分发挥支部对脱贫攻坚的引领作用,按照建设好"三基"凝聚人心、建设好党性对党忠诚、建设好机制共同富裕的思路,推行主导产业发展推进、美丽乡村建设跟进、乡村旅游开发并进的做法,打造农业现代示范园、农耕文化体验园、农业生态观光园、农民创业孵化园"四园一体",使新型集体产业经济组织兴起、一二三产业融合发展,村民土地流转成为带薪种田的职业农民,真正实现脱贫致富。

通过支部精准施策主攻村民增收,党小组创建园地保增收,党员以身示范带增收形成党建带领群众脱贫的合力。建立"比学赶帮"党建微信群,"党员群里多沟通,交流思想互相帮,两学一做管好党,发展路上当先锋"。党员和贫困户结对帮扶,开创"哪里有党员,哪里就有产业,哪里有产业,哪里就有示范带动"的良好局面。

一、产业带脱贫

岭回村以"凝聚社会实力,调动全民发展;发挥民间技能,继承传统资源;壮大集体经济,建设美丽家园"的理念,引进景致苗木公司等28家涉农企业，使村民家家能有人到企业务工，人人可动手做工艺品，务工的贫困户年人均增收5000元以上，使岭回村民"产业来带动，土地胜工厂，农民变班工，收入有保障"。村两委向村民公开承诺："无处务工挣钱你找我，农产品卖不了你给我！"

全村发展干果经济林2000亩，建档立卡户105户参与种植，占建档立卡户的56%；香菇种植基地两个，占地200余亩，参与香菇种植的建档立卡户75户，占建档立卡户的40%；为村民新增200余个就业岗位，确保不能外出的村民能够就近务工增加收入；岭回人走出村门，在全县工艺培训30场次1000余人，其中建档立卡户770人，占培训总人数的71%；村2018年先后举办3场次158人的手工编织培训，建档立卡户有85人参加，占到54%；乡村旅游62户145人。

## 二、社会助脱贫

在生态补偿方面，全村退耕还林面积769亩，建档立卡户有96户享受补贴，占建档立卡户的51%；结合岭回村的桃花产业，2018年新增退耕还林面积560亩，涉及4个居民组159户，其中建档立卡60户，占29%；在社会保障方面，全村享受农村低保49户74人，五保户8人，危房改造39户，全村医疗保险参与率100%；在教育扶贫方面，享受雨露计划5户5人，享受两免一补98户102人。

## 三、赡养保脱贫

村两委以"德孝治村"促"赡养脱贫"，在全村掀起"养老、孝老、争当好子女"的氛围，村两委对全村贫困户中60岁以上老人和子女分户的39户64人提出倡议和要求：老人住房不安全的子女必须安置到自己家中；子女必须给老人交医疗保障金；由老人、子女和监督组3方参与签订的养老协议书存案；不能签订协议书的必须合户；依据脱贫标准人均指标年3300元，除去养老金和其他政策享受外，其剩余款项子女必须交足老人。对没有履行到规定的公布黑名单，予以批评教育，限期整改。表扬一批"好家庭、好媳妇、好子女"，执行"村规民约"，传承孝德文化。

### 四、爱心帮脱贫

岭回村在脱贫攻坚中，为做好社会帮扶助脱贫，创办"爱心超市"。这是一种实现"精准扶贫"的有益尝试，以"救弱济困、传递爱心"为宗旨，架起社会各界与困难群众之间爱心互助的桥梁，搭建经常性社会捐助的平台。

爱心超市商品积分卡用于记录本村建档立卡贫困户及其他有贡献群众平时生产生活中的良好表现，积分卡从7个方面进行积分：主动发展脱贫产业、勤劳致富；积极参加技能培训提高内生动力；熟知各项脱贫政策，服从村两委会和村民代表会议的议决；积极主动自愿参加村集体组织的公益活动和环境整治等义务劳动；自觉爱护公共卫生和村容村貌，不乱倒垃圾、乱堆粪土、柴草等；注重户容户貌，房前屋后干净整洁，讲究个人卫生，言语文明；孝敬赡养父母，按月上交孝善养老基金等。积分卡由村委会统一制作、发放、回收、保存。村民凭积分卡从爱心超市领取物品。岭回"爱心超市"给贫困户以精神和物质双帮扶，大力弘扬"爱心传递，激励奋进""脱贫为责，帮困为荣"的导向。

为巩固脱贫攻坚成果，发挥党组织组织和引领人民群众的组织能力，岭回村村两委横下决心、协力齐心、无私公心、满怀信心地走出了一条产业支撑、项目带动、发挥优势、突出特色的发展壮大新型产业集体经济富裕之路！

# 人杰地灵乐尧村
——垣曲县解峪乡乐尧村搬迁案例

乐尧村位于垣曲县西南，解峪乡政府北部，丘陵地带，下辖木厂洼、放羊坪等16个居民组，25个自然庄，481户1252人，居住涣散。全村共有党员54人，培养对象3名，积极分子3名。党建工作不断优化着党员的年龄结构和自身素质，提高了基层党组织的模范带头作用和基层党组织的战斗力和凝聚力。2018年第十一届村民委员会选举的村委班子共有6人，其中妇女2名，平均年龄39岁；支部5人，其中2人与村委交叉任职，平均年龄42岁。新选出的村两委不仅个人自身素质高而且工作能力强，是乐尧村民的希望和期盼。

乐尧村共有耕地面积5600亩，主导产业有核桃4300余亩、烟叶550余亩。乐尧村准备在"十三五"打造核桃种植加工基地、烟叶基地为乐尧村的收入翻番打好基础。

近年来，乐尧村不断加大旧村改造力度，加大农业设施和基础设施的投入，积极发展村集体经济，改善村民的生活质量，逐步推进新农村建设。通过近几年努力，各项工作名列前茅，村党支部及农业、计生、环境整治等工作分别被评为乡级先进集体。

## 乐尧的来历与历史

乐尧村的历史比较久远,据祖祖辈辈的流传,乐尧村的历史可以追溯到公元前2000多年。众所周知,垣曲又称舜乡,是当年舜帝的故乡,而乐尧村的来历与此有关。据说,当年尧帝走访各地寻找贤能人士,当来到现今的乐尧村地界时,听到了关于舜的事迹,百姓一致推荐舜为贤能人士,舜孝行感天动地。尧帝听后,感到欣慰,因此此地被命名为乐尧村。

乐尧村历史悠久,文化底蕴丰厚。至今乐尧村仍保持着淳朴、优良的民风、村风。百姓敬老爱幼,邻里和睦相处,村两委班子人心齐,全体村民凝聚力强。

乐尧村在民间有"七十二乐尧"的美誉,用来说明乐尧村的地理特点。乐尧村居住较为分散,很久之前有70多个自然庄,经过乡、村党委、政府开展合村并组工作,乐尧村逐渐合并为4个居民组,29个自然庄。乐尧的自然庄居多,是该村的一大居住特点,也是该村实施易地搬迁的一大难点,更是经济发展的制约点。

## 易地搬迁政策好

根据国家易地扶贫搬迁政策要求,让老百姓住上安全住房,并促进村与百姓经济发展,共同富裕,结合本村实际情况,村两委班子经过仔细论证和深入研究,慎重决定实施整村搬迁。

经过"十二五"期间国家易地搬迁政策实施后,此次整村搬迁所涉及户数为96户184人。乐尧村搬迁户主要集中在县城惠民小区、移民新村两个小区,其中惠民小区居多。惠民小区是垣曲县城典型的移民搬迁集中小区,该小区共有22栋楼,可容纳人口5000余人。目前已成立了惠民小区党支部、惠民小区业主委员会、惠民小区红白事理事会等组织机构,设立了安全巡风队、应急队等民间组织。同时，在上级党委、政府的支持下，成立了卫生院、图书室、创业就业基地等。从根本上解决了易地搬迁群众生产、生活、就业、医疗、文化等方面的问题。

易地搬迁政策好，但如何让老百姓"搬得起、稳得住、能致富"这是一个重要的问题。在此方面县委、县政府、乡党委政府和村两委班子想办法、举措施。经过各级党委政府的大力支持，惠民小区成立了创业就业基地，基地中成立了一家制鞋工厂车间，在此上班的均为小区易地搬迁群众，解决了小区部分群众的就业问题，同时增加了家庭经济收入，为更好地打赢打好脱贫攻坚战提供了有力保障。

脱贫攻坚是现阶段的重点工作，脱贫指标中的"两不愁、三保障"是反映贫困户是否脱贫的重要指标。医疗有保障是关系到全体百姓的切身利益。乐尧村的李大爷今年已经70多岁了，之前一直居住在乐尧村，由于乐尧村居民居住比较分散，而村卫生室设立在村里的日间照料中心，距离李大爷家比较远，每次有头疼脑热的时候，需要走几十分钟的山路，看病有点不方便，况且有些药物在村卫生室没有配货，这就需要重新去县城看病、买药。2017年，乐尧村实施了整村易地搬迁，李大爷也参与了此次搬迁。在政府政策的支持和补贴下，李大爷一家在惠民小区购置了一套100平方米的住房，一套易地搬迁住房解决了孙子上学的问题，解决了儿子在县城务工住宿的问题，尤其是在小区建立了乡卫生院后，更是很好地解决了李大爷看病、买药的问题。每当入户李大爷家了解情况、解决困难的时候，他总是激动地说："现在政策真好，感谢党感谢政府。"这就是易地搬迁实实在在所反映的事实，也是易地搬迁实实在在所解决的百姓问题。

## 新城旧村齐发展

易地搬迁政策好，百姓乐，可并不代表原来旧村就一无是处。乐尧是人杰地灵的垣曲县中的一个小村庄，垣曲是舜乡，舜的精神和美德影响着世世代代的垣曲人民。乐尧旧村虽然百姓居住涣散，可人心齐，民风好，大北岭新复垦的扶贫项目——230亩核桃基地就是见证。为了彻底改变乐尧村落后面貌，带领全体村民脱贫致富，乐尧村村两委一直在探索如何在有限的土地上做文章。乐尧村海拔较高，土质层厚，日照时间长，很适合核桃的种植，于是村两委召集各居民代表共同开会商榷，大会整整开了一天。在会上，全村上下，党员群众统一了思想，同意发展核桃种植产业。土地复垦后，除草是个问题，可这又不是个问题，因为党员带头干，群众跟着干，自发地为村集体产业发展添砖加瓦。

乐尧旧村不仅人心齐，民风正，更是山清水秀，景色秀丽。由于易地搬迁政策，很多百姓需要拆掉原来的旧房屋。经过村两委开会研究，并请示上级党委政府后，决定保留部分较好房屋，一是用来为乐尧百姓回村务农、发展产业提供用房保障，二是选定具有当地特色的旧房屋发展旅游产业，做到易地搬迁人走产业不能丢。

易地搬迁搬出了新天地，搬到了百姓的心坎里，群众住上了新房子，过上了好日子。旧村的发展走出了新路子，集体经济上了新台阶。乐尧村两委将继续带领淳朴的乐尧人民，在特色产业的引领下，积极向上，踏实苦干，正焕发出勃勃生机与活力，人心思进，人心思干，各项工作有序推进。民风淳朴、勤劳敦厚的乐尧人在建设生态美、百姓富、实力强的垣曲小康社会的道路上正大步迈进。

# 集中有限资金全复垦　巧用经营补偿安民心
——绛县安峪镇丁家凹村搬迁案例

丁家凹村距离绛县县城17公里，是一个典型的山区旱地梯田村，村里现有95户274人，建档立卡贫困户26户71人。丁家凹村处在山疙瘩上，交通不便，自然条件十分恶劣，种植单一、靠天吃饭，使丁家凹村的经济收入十分薄弱。"十三五"规划期间，丁家凹村被精准识别为易地扶贫搬迁村。

自从丁家凹被确定为易地扶贫搬迁贫困村，工作人员入户详细走访摸底，全面收集每一户村民的搬迁意愿，科学分析、统筹，开展每步工作时，都勤加征求全体村民意见，2017年12月31日丁家洼村完成了易地扶贫搬迁工作，村民们全部心满意足地分散搬迁至安峪镇孙王村、安峪村、冯村、长杆村、仓丰村以及周边乡镇和县城等地，居住条件得到了保障。22户的扶贫搬迁补助资金严格按照规定全部下发，4户特殊贫困户由镇政府集中解决安置住房。

## 脱贫不容半亩闲，竭尽所能早复垦

易地搬迁后，群众最念念不忘的是旧宅基地的复垦。为严守国土耕地红线，科学的旧村拆除复垦应当是由国土部门统一专业规划后，确保城乡建设用地"增减挂钩"，方可在全村统一开展。为了达到增减挂钩的验收标准，从2017年下半年开始，丁家凹村搬迁尚未结束，绛县县委常委会就多次对拆除复垦进行专题研究，并提出全村统一组织实施整村同步拆除，并以县脱贫攻坚领导小组办公室名义下发了《关于易地搬迁后拆除复垦的指导性意见》，对拆除的组织方式、资产处置做出了明确说明。

然而，当前丁家凹村仅有建档立卡贫困户26户71名的贫困户拆除复垦补助款拨付到位，同步搬迁的69户203人没有补助。经过绛县扶贫开发中心和安峪镇政府预估测算，全村旧房拆除的财产补助共计在70万元左右，统一拆除的工程费用在30万元左右。而71名贫困户的拆除复垦补助款有106万余元，这足以在短期内实现宅基地复垦，早日转变为可以增收的土地。

这样的设想刚提出时，不少人担心这项工作的难度。拆迁工作历来带着矛盾问题，足额拨付补助款尚且有人要说三道四，像这样集中部分人的钱分给所有人的想法几乎不可能实现。"等、靠、要"的思想蔓延起来。

然而，县扶贫开发中心主任史红兵道出了问题的紧迫："脱贫不容半亩闲，早一天复垦，一块地就可能有一年的收成。一块地一年不打粮食，贫困户就会再贫困一些。矛盾是留给我们的，带人民脱贫不能怕矛盾，还要战胜矛盾。"在工作内部上下形成共识以后，大家正式进入了"集中有限资金全复垦"的征程。

### 复垦资金不够，经营补偿来凑

群众工作首先要做的还是达成意愿。丁家凹村的贫困户比例较低，只有不到三成，要用三成人的补助款，去办全体人的事，不出所料，许多贫困户不能接受这样的安排，对县扶贫办和镇党委政府的决定不理解，认为自己的权益受到了侵害。几家纷纷要求自行拆除自家房屋，要足额拿到自己全部的拆除复垦补助款。部分贫困户甚至对村集体心生不满，和村集体"对着干"，逢表态必反对，这种阻力甚至蔓延到了村里工作的其他方面。

面对这样的困境，绛县扶贫开发中心结合自身权限，结合《关于易地搬迁后拆除复垦的指导性意见》，为贫困户拿出了经营性补偿措施：一是建议旧屋拆除后形成的土地资产、土地所有权归村集体所有，使用权归贫困户所有。二是县扶贫开发中心对丁家凹村发展产业进行扶持，除去无劳动能力、确定将通过社会兜底脱贫的贫困户之外，其余26户71人贫困户全部纳入林恒扶贫攻坚造林专业合作社。随后，县扶贫开发中心为合作社拨付产业扶持资金50万元。合作社结合自身产业特点，下一步将在拆除形成的250余亩土地上发展松树苗圃，每年带来的收益在70万元以上。

有了这样的政策，贫困户的安全感和信心大大增强，态度一百八十度大转弯。"关了半扇窗，开了一扇门"，丁家凹村的贫困户们对整村拆除复垦再无异议。

### 工作流程全透明，确保群众无异议

达成了所有群众的一致拆除意愿后，旧房拆除工程立即展开。村集体成立了由两委班子、党员、第一书记和驻村工作队组成的房屋财产评估小组，对所有房产进行了逐户评估。大家逐户登门调查，对原有旧房进行照相取证，对迁入的新房也进行照相取证。房屋财产评估结果在全村进行了张榜公示。随后,在群众无任何异议的情况下,丁家凹村两委动员农户,在规定的时间内清理院落及房前屋后的四周树木,腾清房屋内所有物品,把上级拨付的补助款,逐户发放,并当即转移旧房产为村集体所有。旧房拆除的前期工作终于全部完成。

县土地部门无偿帮助丁家凹村进行拆除设计,村集体组织议标,补助款的剩余部分有限,价格一压再压,最终以1400元每亩的价格统一拆除。

至此,绛县丁家凹村在全市率先完成了易地扶贫搬迁后的土地复垦。

丁家凹村由贫困户组成的林恒扶贫攻坚造林专业合作社,种植了200亩大红袍、狮子头花椒,有专人进行田间管理、打药、除草。经专业论证,丁家凹村适宜发展花椒种植的情况下,绛县扶贫开发中心为合作社拨付扶持资金20万元。下一步,合作社将扩大花椒栽植规模,5至7年后成为全村发展经济的支柱产业。复垦后种植的250亩白皮松,也将在几年后成为全村脱贫贡献强有力的经济增长点。贫困户看到了收益、得到了实惠,便能加固对政府工作的信任,增强全面脱贫的信心。绛县丁家凹村用经营补偿复垦,让人们看到,"六环联动"不仅是一环"扣"一环,也可以是一环"促"一环。

绛县扶贫开发中心主任史红兵谈到这段集中部分力量办全员大事的经历时说:"政策是文件、政策是钱。一份文件如何高效执行才能达到预期,一笔钱如何花才能够解决问题,这些都是由各级干部来想办法的。唯有发挥出思考和行动的力量,才无愧于一个岗位的职责。"

# 住小区　干物业　端来"饭碗"劝搬迁
## ——绛县卫庄镇斜曲村搬迁案例

地处中条山腹地的绛县斜曲村，是全县32个建档立卡贫困村之一。村子位于镇政府东北3公里，依山而建，全村的耕地一小半是水浇地，一大半是山地，多数耕地东零西散，土层又很薄，无法进行大面积的经济作物种植。

全村有84户262人，贫困户42户147人，超过总数的一半。人口结构呈现出老龄化状态，加上年轻人全部外出打工，村里常住居民只有20来户。村内没有主导产业，村集体也没有经济收入，全村的日常开支主要来源于政府的转移支付资金。

斜曲村交通偏远，进村道路崎岖，多数村民房屋破旧、墙体坍塌，村内没有教育、卫生医疗等公共基础设施。村民们的孩子上学，需要到几公里外的镇上去，接送不便。部分村民在卫庄镇中心村周边租房居住，以照顾孩子上学。

2016年7月，经县扶贫开发中心和镇党委政府精准识别，斜曲村确系符合"一方水土养育不了一方人"的易地搬迁条件，经上级批准，认可全村实施整体易地搬迁。

## 十家锅灶九不同，村民搬迁意愿两极分化

工作开展伊始，先是对村民的搬迁意愿进行摸底，大家的意愿呈现出了两极分化——在镇上和县城里打工的家庭、子女正在镇上学校就读的家庭都表现出了强烈的搬迁意愿，而家庭成员年龄大、缺劳力的家庭不肯搬迁。

同时，对于那些有搬迁意愿的村民来说，大家的一致意愿是在镇上购买土地建设小院式自建房。在此基础上，驻村工作队和搬迁领导小组在卫庄镇中心村和周边对土地进行了初步考察，发现镇上的土地出让的价格比预算的高，如果强行建设小院，反而可能使村民们贫上加贫。搬迁领导小组和驻村帮扶工作队综合研判，认为在国家去库存政策驱动下，在小区购买现房较为实际。

## 端来"饭碗"劝搬迁，村民产生主动意愿

绛县扶贫开发中心同乡镇政府反复分析搬迁存在难度的原因，在搬迁地周围寻找问题的解决办法。他们采取"六环联动"的工作思路，站在村民的角度换位思考，想到如果搬迁和就业能一并解决，工作开展就会容易很多。他们研究认为，斜曲村虽然贫困，但优势在于距离绛县经济开发区的部分企业、工厂较近，有部分贫困人口劳力尚可，可以将他们联系介绍到这些工厂打工。针对其余年龄较大、劳动力较弱的贫困人口，他们把目光聚焦在了小区的物业上，想到小区的卫生清洁劳动强度不高，对劳动力年龄要求较低，如果原本不愿意搬迁的村民能够在小区物业上就业，能在家门口带来收入，那这些村民搬迁的意愿就强烈多了。

彼时，符合搬迁地标准的小区共有4个，搬迁领导小组和驻村帮扶工作队带着村民到每个小区进行实地查看，综合考量了各个小区的方位、朝

阳、房屋质量等等。最终，博泽佳苑小区在质量、安全等各个方面得到大家认可。搬迁领导小组随即同小区商谈——如果集中在小区内购房，小区的日常的卫生清洁工作必须承包给斜曲村集体。开发商一拍即合。

这下再和村民谈搬迁，就是手里端来"饭碗"了。不出所料，村民的工作好做多了，大家很快达成了搬迁意愿。2017年5月，绛县扶贫开发中心、卫庄镇政府各部门、村两委班子、斜曲村搬迁领导小组、贫困户代表、部分村民代表、驻村帮扶工作队、开发商在镇政府召开了价格听证会，听证会上，大家就房价达成一致意见。最终，斜曲村确定整体搬迁到博泽佳苑小区的贫困户有40户140人，随迁户10户21人，每家每户签订了购房合同，完善了1户1档，仅剩余贫困户2户7人为分散搬迁。

贫困户刘某某祖祖辈辈居住在斜曲村，老房建于半个世纪前，房屋结构至今已经岌岌可危，刘某某家中有4口人，劳动力只有2人，随着近些年身体状况的衰退，田间的劳作已经越来越"干不动"了，有时从田里回村都感到吃力，经济收入也随之减少。整体搬迁到博泽佳苑小区之后，老人每天在楼与楼之间搞卫生，不必干高强度的农活也能增收，生活悠闲。

## 搬得出还要稳得住，调整产业结构是关键

"搬得出"的问题解决了，"物业就业"的经验让大家认识到，光靠"搬"解决不了全部问题，产业就业保障是"稳得住"的重要保障。原先村里的产业结构经济效益不能适应发展需要，亟待调整。

斜曲村的耕地大半是山地，200亩山地于2013年种栽植成核桃经济林，已开始小面积挂果，目前还没有大笔经济收益。核桃经济林过去缺少管理，长势缓慢，2018年以来，驻村工作队积极组织村民，逐户对管理方法及施肥进行指导，确保了核桃树的长势。

连翘是山西绛县境内普遍生长的植物，药用价值高，耐寒耐旱，非常适宜山地种植。每到春天，绛县的中条山中总是开遍了一簇簇金黄的连翘

花。斜曲村的耕地中，山地占了一大半，十分适宜发展连翘种植。

经过药材专家实地查看、论证，绛县扶贫开发中心决定拨付专项资金20万元，对斜曲村的连翘种植予以扶持。2018年3月，斜曲村两委带动全村村民，历经一个多月时间，开垦荒地，完成了300余亩荒坡种植中药材连翘。斜曲村连翘种植的管理模式是村集体统一管理、统一分配。连翘种植可以带动村38户贫困户经济增收，对于非贫困户，村里还将根据连翘的经济收入，按照比例收取部分管理费，村集体也将拥有经济收入。

里册峪是绛县的旅游胜地，山水秀美，一年四季赏花、避暑、赏红叶时游人如织。斜曲村地处绛县里册峪前峪口，是必经之地。待斜曲村整村拆除完成后，村集体还将利用原有土地，进行旅游项目的规划、设计、开发，为游客提供餐饮、住宿、泊车等服务项目。

## 生态修复、安置配套联动，村民搬迁不后悔

从"物业就业"到荒地种药、发展旅游，无不体现出易地扶贫搬迁"六环联动"、环环紧扣的特点，这其中的本质，便是群众的迫切需要，谋长远、谋发展是扶贫的着力点。

不光是产业，2016年以来，斜曲村在村东边山上植树600余亩，成活率95%以上，为几年后旧村绿化生态修复打下了基础。接下来，斜曲村还将完成新村公共设施建设、卫生室和村集中供养房建设，村整体规划和图纸已经完成，和开发商之间土地转让手续基本完成，准备做工程议标，计划于2018年10月前主体工程基本完成，并和开发商达成协议尽快施工。同时，斜曲村将带动贫困户发展养殖业，指引有劳动力的年轻人外出或进入临近的工厂务工。2018年计划在下半年在村种植70亩果树经济林。力争完成贫困村在2018年退出需要的13项指标，摘掉斜曲村贫困村的"帽子"。

做群众工作，就是从群众角度想问题。角色转换了，问题就想通了，办法就有了。

# 搬迁进县城　农民变市民
# 群众生活水平和质量得到全面提升
——平陆县曹川镇曹河村搬迁案例

曹河村位于曹川镇东北部约5公里处，全村6.5平方公里，耕地面积2700亩。共9个居民组，500户1484人，是典型的山区农村，主导产业为花椒、小麦、玉米等，是一个整体贫困村。由于曹河村地处矿区，加之基础设施落后，改善群众住房复杂程度高、难度较大，完善基础设施存在矿区开采后出现损坏的风险，针对这一问题，结合曹河实际情况，在广泛征求群众意见的基础上，曹河村决定进行整村易地搬迁。搬迁过程中，曹河村认真贯彻"乡村振兴"发展战略，按照"六环联动"要求，围绕"怎么去搬迁、怎么能增收、怎么保稳定"3个问题，顶层设计，高端规划，实现了群众"搬得出、稳得住、能致富"的目标。

## 旧貌情况

曹河村由于地处偏远，沟壑较多，环境较差，基础设施配套严重短缺。主要表现为：

## 一、地处采矿区

多年探矿、采矿造成村地质灾害频发，地质塌陷严重，直接威胁村民人身安全；耕地水土流失严重；采矿对村民居住环境造成影响，拉矿车辆，对村民出行安全带来隐患。

## 二、吃水困难

由于地域偏僻，村民吃水条件有限，部分村民吃水仍靠到别处取水，安全用水无保障。居住条件简陋，存在很大安全隐患。需搬迁群众大多住在20世纪六七十年代土窑洞或土坯房中，由于年久失修，大部分群众房屋存在窑洞裂缝，房顶梁、椽朽烂，墙体掉土，时长漏雨，存在很大的安全隐患。

## 三、上学困难，通信网络难以覆盖

曹河村距周边学校都在3公里以上，孩子上学困难，致使个别存在因故辍学，大部分另迁他处觅学。在医疗方面，群众看病不方便，缺钱少药，有些病常常被耽误，错过最佳治疗时间，增加了群众负担，群众身体健康得不到保证。另外文化生活落后，电视、网络等通讯覆盖不到，就地脱贫难度大。

## 基本情况

曹河村易地扶贫搬迁项目，涉及曹河、任岭、下坪3个行政村，其中曹河村为整村搬迁，共涉及搬迁人口1622人，其中建档立卡贫困户138户392人，同步搬迁403户1230人。曹河村建档立卡贫困户124户338人，非贫困户337户1017人；任岭村建档立卡贫困户14户54人，非贫困户16户54人；下坪村同步搬迁50户159人。

项目建设地点位于圣人涧镇王崖村一组，占地26.93亩，规划总建筑面积57098.924平方米，其中地上总建筑面积53055.184平方米，地下建筑面积4043.74平方米。建设2栋12层框剪结构住宅楼及配套道路硬化、绿化、广场、给排水、供电等基础设施和公共服务设施。

2栋地上12层住宅楼，其中1号住宅楼地上建筑面积28595.104平方米，地下建筑面积2179.6平方米；2号住宅楼地上建筑面积23860.08平方米，地下建筑面积1864.14平方米。住宅户型共有5种，具体为24.89平方米、49.16平方米、74.29平方米、99.37平方米、120平方米和125平方米。

基础设施建设方面，硬化道路及场地6200.72平方米；安装3.5米高路灯共36盏，5米高路灯56盏；绿化面积7109.94平方米；新增1600千瓦时变压器1台，综合配电箱1台，架设高压线1000米，低压线1500米，强弱电检查井各18个；玻璃钢化粪池2座；新建大门一座，以及给排水工程。

公共服务设施建设方面，新建一座两层砖混结构公共服务综合楼，其中：老年日间照料中心200平方米，物业用房60平方米；综合文化服务中心100平方米；村级组织活动场所200平方米；公厕40平方米。

项目估算总投资11494.5万元，其中：建安工程费用10125.7万元，包括：建筑工程9298.5万元（住宅建筑工程8392.8万元、地下建筑工程646.9万元、电梯180万元、公共服务设施工程78.8万元），基础设施工程827.2万元（道路及场地硬化93万元、照明工程8万元、绿化工程49.8万元、给水工程19.1万元、供电工程107.1万元、排水工程31万元、供暖工程238.7万元、燃气工程52.5万元、垃圾收集点4万元、地下消防蓄水池14万元、玻璃钢化粪池30万元、挡土墙140万元、围墙大门40万元），工程建设其他费用517.4万元，基本预备费851.4万元。

## 主要做法

一是围绕"精准"要求，确保群众搬得稳。搬迁对象精准，是做好易地扶贫搬迁工作的重中之重。为做好这项工作，曹河村根据搬迁工作要求，围绕曹川镇党委、政府搬迁工作方案，结合曹河实际，制订了曹河村搬迁工作方案，明确了搬迁对象、搬迁人口时间断点，成立了相应的工作小组，组织人员逐户逐人进行核实，确保了搬迁人口精准。根据群众意愿，多次组织村组干部、群众代表考察搬迁地点，经过综合考虑、村两委会议及群众代表会议研究，确定了搬迁地点，做到了搬迁群众满意。

二是围绕"致富"目标，确保群众收入稳。搬迁解决了贫困群众住房问题，如何鼓足群众钱袋子是落脚点。曹河村四措并举，确保群众收入稳步增加。做足土地文章，采取土地流转的模式，将土地集中流转给企业及种植大户发展干果经济林，通过收取租金增加群众收入。搭建就业平台，借助曹河工业园区，吸引企业入驻，优先吸纳贫困群众，确保贫困群众就业有岗位。加大技能培训，争取扶贫培训项目，强化对贫困群众的技术培训，让贫困群众人人掌握一门技术，通过劳务输出，增加群众打工性收入。镇村牵头联系周边企业、超市、饭店，动员部分群众就近务工，确保每一名贫困者都有一份收入。小区内部设岗，加强小区物业管理，设立保洁、管理等岗位，优先选择贫困群众上岗，让群众不离家门就有收入保障。

三是围绕"和谐"目标，确保群众生活稳。在实现群众和谐搬迁的同时，曹河村把社区治理跟进作为重点任务。规划建设了公共服务综合楼，包括老年日间照料中心、物业用房、综合文化服务中心、村级组织活动场所和公厕。充分发挥村两委作用，逐步配套人员设施，建立健全社区管理规章制度，确保群众事情有人办、管理服务不缺位，真正实现群众搬得出、稳得住、能致富的目标。

# 变分散为集中　改穷貌图富裕
## ——平陆县曹川镇崖头村搬迁案例

崖头村位于曹川镇东北10公里处，耕地面积2800余亩，林坡面积1万余亩，其中花椒树栽植面积860亩，是一个整体贫困村。全村6个居民组，324户1004人，就有贫困户99户333人。特别是崖头村王西岭、燕家山、黄龙寨3个自然庄地处偏远、基础设施落后、群众住房条件差，成为制约脱贫攻坚工作的最大障碍。为彻底解决群众住房问题，改善群众生活环境，根据平陆县委、县政府统一部署，崖头村对王西岭、燕家山、黄龙寨3个自然庄进行整体搬迁。搬迁过程中，崖头村根据村情实际，结合群众意愿，严格按照搬迁标准，落实"六环联动"要求，采取"统规自建"的方式，全程群众参与、群众监督，确保了搬得好、搬得稳。

## 旧貌情况

崖头村王西岭、燕家山、黄龙寨3个自然庄地处偏远，基础设施配套严重短缺，不利于长期发展，主要表现为：

## 一、距离主村偏远

王西岭、燕家山、黄龙寨3个自然庄距离崖头村村委会全部在3公里以上,最远的达到5公里。

## 二、基础设施落后

居住地方坡陡、路窄、弯多,道路年久失修,破烂不堪,天晴尘土飞扬,下雨道路泥泞,农产品运销难,群众出行难。没有医疗场所,群众看病不方便。群众住房条件差,大多住在20世纪六七十年代土窑洞或土坯房中,大部分群众房屋存在窑洞裂缝,房顶梁、椽朽烂,墙体掉土,时长漏雨,存在一定安全隐患。

## 三、文化设施欠缺

由于离主村较远,学生上学不方便,通信网络没有覆盖,没有建设相应的文化广场、配备文化设施,群众精神文化需求难以保障。

## 搬迁项目基本情况

崖头村易地扶贫搬迁项目集中安置点,涉及崖头村王西岭、燕家山、黄龙寨3个自然庄130户412人,其中贫困户47户170人,非贫困户83户242人。项目建设地点位于崖头村村委会附近,分南北2块场地实施,北区占地24.77亩,南区占地34.81亩,合39720.2平方米(59.58)亩。项目采取统一规划、群众自建的方式进行建设。共建设小院108座,总建筑面积10475.07平方米,其中:住宅总建筑面积10215.07平方米(庭院面积4270.5平方米),其中安置贫困户47户170人,建筑面积4191.18平方米、同步搬迁户83户242人,建筑面积6023.89平方米;公共服务设施建筑面积260平方米。建筑物基底面积6564.78平方米,绿地面积13561.92平方米,道路硬化面积13750平方米,人行通道(台阶)面积610平方米,文化广场及停车场963平方米。

房屋建设两层住宅小院68座,一层住宅小院40座。建筑户型、面积共有8个，其中一层户型3个，面积分别为24.96平方米、49.92平方米、74.29平方米；两层户型5个，面积分别为74.34平方米、99.32平方米、123.69平方米、148.68平方米、172.72平方米。

项目估算总投资2868.7万元，其中建安工程费用2379.9万元，包括：住宅小院工程1021.5万元，基础设施工程1317.0万元（道路硬化工程178.8万元、照明工程38.2万元、绿化工程40.7万元、给水工程49.4万元、排水工程20.6万元、供电工程93.4万元、管沟8.8万元、污水处理站120.0万元、垃圾收集点4.1万元、消防蓄水池15.1万元、护坡工程522.2万元、安全防护栏工程128.1万元、人行通道工程97.6万元），公共服务设施工程41.4万元（综合文化服务中心11.0万元、便民超市8.8万元、公厕12.0万元、文化广场3.0万元、停车场6.6万元），工程建设其他费用228.0万元，基本预备费260.8万元。

截至2018年9月，35座小院1层已封顶，7座待封顶，10座待支模，15座墙已砌好，基础已做好35座，正在做基础6座。

## 主要做法

### 一、精准识别对象确保搬迁不漏一人

搬迁对象精准，是做好搬迁工作的基础，也是扶贫资金合理使用、安全使用、有效使用的重要保障。为做到精准搬迁对象，崖头村按照县委、县政府要求，根据镇党委、镇政府搬迁工作实施方案，制订了搬迁工作方案，成立了搬迁工作领导组，下设后勤保障、质量监管、安全监督等5个小组。镇党委、镇政府组织镇村组干部进村入户，逐户宣传政策、逐户摸清实底、逐户了解比对，群众提交搬迁申请，在充分尊重群众意愿的基础上，对照搬迁对象要求，经村两委会议研究，共确定搬迁对象130户412人，确保了符合搬迁群众搬迁全覆盖。

## 二、小村并入大村改善群众居住环境

由于搬迁对象绝大多数生活靠农业产业,加之残疾人多、智障人多,离开本土搬迁生活难以保障。崖头村经过集体研究,将搬迁地点确定在村委会附近,分南北两个片区进行安置。选择就近搬迁、小村并入大村,实现了两个目的,一个是既让搬迁群众搬离了旧宅、住上了新居,也符合了群众意愿,没有让群众离开赖以生存的土地;另一个是做到了资源共享、设施共享,让改革发展红利惠及更多群众。

## 三、高端规划设计突出曹川风貌特色

崖头村地处山区,好的规划才能确保搬迁成效。省住建厅对崖头搬迁项目检查时提出,要因地制宜、突出特色,决不能建成"排排坐"。我们严格按照要求,多次对规划设计方案进行整改,经调整通过后的方案,房屋建设因地制宜、错落有致,体现了当地风貌特色。

## 四、务工进入车间拓宽群众增收途径

搬迁解决了群众住房的问题,如何解决群众富起来的问题,县委、县政府未雨绸缪、提前谋划,给项目、给资金,在崖头村原卫生室的地基上,建起了扶贫车间,吸引本乡、本土人才创业,优先吸纳安置贫困群众就业,让贫困人口不出家门就能走上工作岗位,实现本土就业。

## 五、旧宅拆除复垦壮大集体经济收入

按照"六环联动"要求,崖头村与搬迁群众逐户签订"双签协议",搬迁后对旧宅全部拆除,由村集体统一种植花椒,进一步壮大花椒种植规模,在原有基础上建设花椒基地,采取转包等形式,增加村集体经济收入。

# 农民变市民　发展圆新梦
——万荣县西村乡岭西村搬迁案例

万荣县西村乡岭西村位于稷王山半山腰，由2个自然村组成。全村2个居民组，61户174人，总耕地720亩。建档立卡贫困户56户156人。该村是典型的山庄窝铺和雨养农业区，自然条件恶劣，交通不便，信息不灵，资源缺乏，土地贫瘠，农民收入主要靠种植业、养殖业，由于十年九旱，庄稼歉收，农业生产力水平十分低下，形成经济发展的致命瓶颈。"沟深坡陡人居间，U形梯田背靠山，天旱少雨收成歉，劳作一载难过年"就是对岭西村过去的真实写照。

## 走出大山天地宽

岭西村距乡政府所在地9.5公里，距县城20公里，基础设施发展滞后，通村道路坑洼不平，出行不便，久居深山的很多后生难以娶到媳妇。1998年，岭西村曾进行了一次移民，把部分村民从山沟迁移到半山坡，但仍有潜在的山体滑坡的危险。走出大山，成为岭西村农民的迫切愿望。

习近平总书记指出，整村搬迁是解决深度贫困的有效办法。实施易地整村扶贫搬迁，改善贫困群众生存环境，让贫困群众住上好房子，过上好日子。习近平总书记的话说到了岭西农民的心坎上，让岭西农民多年的愿望得到实现。

在脱贫攻坚战役中，万荣县委、县政府根据有关政策，为重点解决农村建档立卡贫困人口生存环境差、不具备基本发展条件、不能享受公共服务、受地质灾害威胁等问题，采取在县城、小城镇、中心村等多样化移民安置方式，让山区贫困群众居有所住。特别是2016年以来，县委、县政府在县城恒泰花苑小区规划出7栋移民楼，安置贫困人口，得民心，遂民愿。岭西村村两委抓住这一战略机遇，积极向县委、县政府及扶贫办申请易地扶贫整村搬迁项目，制定具体实施方案。经过不懈努力，终于在2016年1月，岭西村被县委、县政府确定为易地扶贫整村搬迁村，集中搬迁至县城恒泰花苑14、15、20号楼。

在搬迁工作中，该村统筹各种政策和资源，尊重群众意愿，尊重群众多样化需求，发挥群众主体作用，探索出一系列新模式、新方法、新机制，让贫困群众搬进新家园、过上好日子。为了安全有序地实施搬迁，村两委制定、细化了《岭西村易地扶贫整村搬迁实施方案》，同时，召开全体村民会议，宣读搬迁方案，宣讲移民政策，带领村民到搬迁地选购房屋，村民根据家庭人口、经济状况分别选取70—100平方米面积的楼房，最终签订购房协议。2016年集中搬迁45户129人，同步搬迁2户7人；2017年分散搬迁10户26人，同步搬迁4户12人，全村共享受国家易地扶贫整村搬迁补助款567万多元。到2017年底，岭西村易地扶贫整村搬迁全部到位，入住率达到100%。为减少装修成本，村委会牵头联系，前期改水改电由万荣县德义信水电改装有限公司组织实施，实行"统一选材，统一价格，统一标准，统一质量"。在装潢材料选择上，引导村民以"团购"形式，自愿结合组织购料，获取批发优惠价。该村还与多家装潢公司议价，做到"公平、公正、公开"，实行装潢公司与贫困户双向选择，以优惠的价格、可靠的质量完成大多数搬迁户的室内装修，使岭西村这一千秋万代的惠民工程真真切切地呈现在了贫困户面前。村里还规定，凡乔迁户入住小区,任何人不准借机设宴庆贺、请客送礼,狠刹歪风邪气,弘扬了勤俭节约的优良传统。在选房入住过程中,县扶贫办积极跟进服务,多次进村指导工作,解疑答惑,及时拨付款项,保证移民户按时入住。大力宣传落实扶贫政策,让走出去海阔天空、奔小康道路宽广的观念人人皆知,使人挪活、树挪死的真理照亮贫困户的心田,做到快乐搬迁走新路,高高兴兴奔小康。

## 移民楼里把党赞

走进万荣县岭西村易地扶贫搬迁集中安置点——县城宝鼎南路恒泰花苑,只见一栋栋高楼崛地起,绿化带、微公园、硬化路、文化活动广场等配套设施一应俱全,焕然一新的移民新村呈现出一幅幅美丽的城镇画卷,让人心旷神怡、流连忘返。

"党的政策好,共产党好,让咱看到了生活的希望。要不然,咱怎能住高楼,游小区,天然气煮饭图干净,看电视也有大客厅,冬天再不用为取暖而发愁。"9月15日,县城恒泰花苑15号楼住户、岭西村62岁的贺某某激动地说。笔者见到贺某某时,他正与老伴在家辅导孙子写作业。如今搬出大山后,儿子、儿媳到西安加工麻花,每年收入6万多元。老两口除了照顾两个孙孙上学,作务庄稼、在县城打零工每年也可收入2万多元。移民搬迁不仅使他摆脱了贫困,而且生活一天比一天好起来。

今年47岁的郭某某,妻子患有小儿麻痹后遗症,行走十分困难,在村里根本就没有办法走出家门。他一人耕种着18亩土地,收成微薄。加上一双儿女都在运城职业技术学院读书,导致家里特别贫困。搬迁到县城后,郭某某到汇源果汁公司当装卸工,每月能挣5000多元,不仅还清了外债,家里还略有盈余。2017年下半年,他的两个孩子毕业找工作,扶贫工作队积极联系将两个孩子分别送到江苏省,儿子在苏州市昆山区花桥镇某厂当焊接工,女儿在南通市南洲区金沙镇做美容师,月收入都在

3500—5000元间。

在恒泰花苑20号楼,赵某某一见到笔者,就滔滔不绝地夸赞党的政策好,移民离不了。赵某某今年56岁,全家3口人,耕种着14亩土地,其中种植柴胡8亩、双季槐2亩。由于穷,加之他自己还是肢体残疾人,导致儿子30岁了还未说下媳妇。2016年12月,赵某某举家迁入县城恒泰花苑后,儿子去了北京打工,老伴在县城某饭店当洗碗工,自己则抽空作务庄稼。看着这一家人生活有了希望,给他儿子介绍对象的就有五六个。2018年2月,赵某某的儿子与同在北京打工的新绛女孩定了亲;5月在县城举行了结婚典礼。赵某某的老伴激动地说:"要不是移民搬迁入住县城,咱娃这一辈子打光棍是铁定啦。"

不论走进哪一户,都能感受到易地移民整体搬迁给贫困户带来的新希望、新追求、新生活。

## 产业扶贫看长远

整村搬迁后,地该怎么种?人往哪里流?如何做到搬得出、留得住、稳脱贫、齐致富?万荣县岭西村村两委坚持以搬迁群众稳定脱贫为目标,立足当前,着眼长远,根据当地实际和产业基础,把地理优势与产业发展有机结合,坚持"三步走",助力搬迁户增收加速,稳定脱贫。

摸清家底,确定发展产业。为了保证贫困户走出大山后农村经济更加迅猛发展,该村两委一班人及驻村第一书记和帮扶工作队队员,逐户深入贫困户家中,统计摸底劳动力情况,仔细征求产业发展意见。经统计,该村共有人口174人,其中,有劳动能力的105人、学生23人、幼儿3人、65至70岁的老人23人、70岁以上老年人20人。通过排查摸底,摸清了劳动力及其分布状况,为确定产业脱贫打下坚实基础。

找准路径,确定干什么。摸清劳动力状况后,该村及时召开村民代表会议,经过充分讨论,确定发展3个产业:一是发展以中药材为主导的种植业，重点解决50至70岁留守老人的就业劳动和经济收入问题；二是组织青壮年外出务工，解决贫困群众短期增收问题。三是新建养牛场，解决村级集体收入破"零"和增强贫困户持续增收发力等问题。

开动脑筋，想好怎么干。在种植业方面，除继续巩固扩大中药材种植面积外，由帮扶单位万荣中学出资2万元帮助贫困户购买花椒苗木，并组织帮扶干部进行及时栽植，全村新发展花椒树160余亩。在外出务工上，及时组织贫困户参加劳动技能培训，通过帮扶单位在外校友多方联系，寻求打工机遇。村里共有70多名贫困青壮年外出务工，主要分布在北京、山东、陕西、江苏及周边县市，大多数从事熟食加工、企业打工、交通运输等，年人均收入4万元左右。在发展养牛产业上，该村采取"集体+农户+贫困户"的模式，由村集体入股30%，普通农户、贫困户入股70%，三方入股共计300余万元，成立了"扶民汇"养殖专业合作社，现在存栏大黄牛80多头，预计每年可实现利润43万元。贫困户贺某某激动地说："我家三口人，每年有种植药材、合作社分红、打工等稳定收入6万元以上，脱贫增收保证没有问题了。"通过针对村民实际状况制定的脱贫措施，有效实现了村集体经济收入破"零"与贫困户整体脱贫、稳定增收。

目前，岭西村种植柴胡、板蓝根等中药材360余亩、双季槐120亩、花椒200多亩，初步形成了"以药材种植为主导、养殖、打工为两翼"的产业发展新格局。

**超前谋划求发展**

在易地扶贫整村搬迁过程中，万荣县岭西村两委及帮扶工作队颇受启发，深感自己责任重大，需要今后在相当一段时间里认真思考、研究解决。

启示一：长效和短效相结合，开展产业扶贫，才能保证贫困户稳定脱贫、持续增收。按照"以短养长，长短结合"的思路，一是积极发展周期短、见效快的产业，比如组织劳务输出，安排贫困户50至70岁的老年人在县城附近打零工,确保短期稳定收益。二是积极探索长效产业扶贫发展模式,制定地方特色产业脱贫规划,确保群众增产增收。

启示二:搞好旧村复垦开发。目前,该村已经复垦耕地20余亩,计划发展经济林种植花椒树增加耕地面积和农民收入。农民搬迁进城后,弃之不用的老宅院也是发展经济的一笔财富资源,千万不可忽视。

启示三:引进现代农业机制。完成租地与打工的华丽转身。为了让搬迁户既能安居又能乐业,可引进农业企业发展现代农业,搬迁群众收取地租,在农场打工赚钱,纳入绿色产业链,共享改革发展成果。

# 四个坚持四颗心　　党群同心梦成真
## ——夏县埝掌镇八峪村搬迁案例

八峪村位于夏县埝掌镇东，距离镇区15公里，山大沟深，交通不便，全村总人口48户112人。辖豪沟、七峪、八峪3个自然村，共有耕地1260亩，以传统的粮食种植为主，2014年农民年人均纯收入仅4253元，村集体收入为零。得益于国家扶贫政策和脱贫措施的精准给力，到2017年底，全村11户贫困户全部脱贫，年人均收入突破6302元，村集体经济收入超过1.5万元，实现整村搬迁、拆旧复垦，一举摘掉了贫困村的"帽子"。在工作中，具体做到四个坚持。

**坚持政治挂帅，一颗红心抓服务，让群众自觉紧跟党组织**

一是发挥党员模范作用。成立党员义务服务队和"巾帼志愿服务队"，开展了系列党员服务活动，通过"百名党员联百家，携手同心奔小康"党建主题活动，最大限度地发挥党组织和党员干部在脱贫攻坚工作上的引领作用，多次入户宣传讲解政策，积极开展模范表彰、德孝文化进家门活动，帮扶贫困户主动从思想上转变，励志用自己的双手改变贫困面貌。二是建设带头人队伍。深入开展"大讨论大实践大学习"活动，通过引进来、走出去等培训方式，着力提升村两委干部带头致富的能力。三是创建扶贫集体经济组织。坚持支部推动、党员带动、结对联动，以"支部＋合作社＋基地＋贫困户"的模式成立合作社，由支部书记担任法人，共吸纳11户贫困户参与，实现村集体经济收入1.5万元以上，贫困户收益占33%。切实做到了脱贫工作开展到哪里，党建工作就跟进到哪里，党员干部就深入到哪里。

**坚持统筹兼顾，一颗真心抓移民，让群众搬得舒心、住得安心**

始终坚持把易地搬迁作为解决深度贫困问题的"牛鼻子"，按照"六环联动"的部署要求，坚持"挪穷窝"与"换穷业"同步，将"搬迁是手段、脱贫是目的"的理念贯穿于安置点选址、公共服务配套、后续产业发展和就业扶持全过程，坚持做到"四到位"。

一是整村搬迁到位。始终坚持民生导向，规划优先，按照"三年任务、一次规划、集中建设"的原则，将规划的目标直接面向困难群众关注的热点问题，力求满足不同的移民需求。"十三五"之前共搬迁45户103人，这次搬迁3户9人，实现整村搬迁到位，尊重群众意愿，在中心城镇规划晋南农家小院，实现全部入住。

二是整村拆旧复垦到位。采取由易到难、试点先行、示范带动、逐步推进的办法，推动拆旧复垦工作稳步推进。**细化责任重落实。**自全镇整村复垦工作会议之后，立即安排部署，成立由支部书记担任组长的拆旧复垦专项工作领导组，并抽调精干力量组成3个工作小组，由各自然村队长任组长，群众代表、党员代表为成员，细化任务，明确时限，全面负责房屋评估、协议签订、现场拆迁及矛盾调处等工作。在工作中各小组各负其责，又密切协作，起早带晚，放弃假日，全身心投入到拆旧复垦工作中，确保每天的工作任务事事有人盯，天天有进展。坚持日汇报制，确保当天出现的矛盾问题不过夜，各项工作任务紧张有序推进。试点先行重带动。选择基层组织能力强、腾退工作基础好、腾退土地利用价值高、群众积极性高的八峪自然村先行示范带动，在工作推进中，各村党员、群众代表及部分贫困户发挥示范带头作用，在资金未到位的情况下，自加压力，快速推进，为后续工作顺利推进积累经验、奠定基础。八峪3个自然村共48户112人全部完成拆旧计划，达到了行政村整体拆迁要求，土地整理测量设计工作已完成，和现场施工同步推进。深入宣传重实效。由包片领导带队，发动村两委干部、党员及帮扶队按照"占新拆旧、1户1宅、公开公正、按期完成"的标准，分组包户，逐户动员。在征求民意的同时，针对各村存在的1户多宅、户口迁出、房屋买卖等问题，每个自然村分别组织召开村情熟、威望高、底子清的群众代表、党员代表、搬迁户代表座谈会，在讲解工作任务的同时，集思广益，统一标准，在法律政策许可的范围内，最大程度争取群众的认可、理解和支持。最大限度保障群众的合法权益，引导群众从"不愿拆除"到"主动拆除"。努力形成"全民发动、全员出战"的拆迁复垦的强大合力。通过广泛宣传动员，各户思想认识高度统一，协议签订和拆除复垦同步推进，3个自然村48户2天完成协议签订，5天完成拆除复垦。阳光运行重标准。拆迁安置政策性强，程序复杂，工作量大，又事关群众的切身利益。坚持学透政策，摸透民情、用透心思，做深工作，坚持"一把尺子量到底"，严把尺度关，确保一切都在阳光下运行。通过会议、公示等方式，保障群众的知情权和参与权，严格执行腾退标准、腾退时限。补偿政策公开透明、接受监督，保障群众的财产收益权与处置权，努力做到"复垦前群众乐意、复垦后群众满意"。

三是后续产业到位。按照"宜林则林，宜农则农、宜养则养"的原则，在复垦土地上因地制宜发展特色产业。由政府出资，依托神苗果蔬种植专业合作社，流转土地122亩，发展种植西瓜和蔬菜，通过承包大棚、日常用工、技术培训等方式进行帮扶带动，贫困户年户均增收5000元以上。同时结合山区特色，适合发展养殖，不断扩大集体专业养殖合作社规模，发展现代化养殖，带动村民致富。

四是公共服务到位。与山区4个村成立联合党组织，把党组织建在移民安置点上，实现党员结对包联贫困户全覆盖。建设1500平方米社区管理服务中心，完善卫生室、合作社、图书室、民调警务室等公共服务设施，定期开展各项文化活动，全面提升群众幸福感。

## 坚持增收为本，一颗诚心抓产业，让群众口袋鼓起来

结合山区光照时间长、昼夜温差大，非常适合种植花椒和药材的自然条件，通过向贫困户免费提供苗木、成品收购、党员义务帮扶等措施，新发展花椒种植面积80亩，套种柴胡40亩，使贫困户年增收2000元以上。同时为贫困户免费培训栽培管理技术、发放肥料，邀请专业人才、乡土专家、种植大户、产业能人、新型主体，逐户逐地块传授花椒管理技术，真正做到做给群众看，带着群众干。先后开展花椒种植、牛羊养殖等培训10场次，手工香包制作培训2场次，组织党员干部外出参观学习3次，发放宣传资料2000多份，实地指导120余人次，力求每户贫困户至少掌握3项基础种养技术，切实达到真懂会干能致富。

## 坚持政策惠民，一颗爱心抓落实，让群众真心感党恩

精准施策，先后完成了投资10余万元，对八峪通往七峪的3公里道路进行拓宽并建漫水桥1座，完成了山上通动力电和互联网工程；为4户4人办理金融贴息贷款，为8户10人办理慢性病医疗本，为2户2人办理护林员和保洁员，为4户6人进行电焊等技术培训，解决就业困难。同时开展了节日期间走访慰问活动，为困难群众发放价值近万元的米面油等生活必需品和慰问品，开展暖心行动为贫困户送去了小桌、凳子以及过冬的门帘，帮助贫困群众打扫庭院房屋，开展关心行动为部分贫困户送去了衣服等，开展贴心行动不定期的为贫困群众体检身体，组织贫困群众到县、

镇、村举办的义诊活动处接受免费义诊，方方面面，尽心尽力为村民生活提供便利。

如今，八峪村村民住进了新社区，道路宽敞，房屋整齐，街道明亮，花树飘香，户户有产业，个个有事做，人人有收入，群众生活发生了翻天覆地的变化，进入了新时代，过上了好日子。

# 忻州市

百村搬迁案例

# 建美丽新村　蹚致富新路
——岢岚县宋家沟乡宋家沟村搬迁案例

宋家沟乡宋家沟村是岢岚县易地扶贫搬迁"1+8+N"中8个中心集镇集中安置点之一，也是全县实施特色风貌整治的试点村。2017年习近平总书记视察山西亲临宋家沟之后，更加坚定了他们实施整村搬迁破解深度贫困的信心和决心。目前，宋家沟新村安置入住145户265人，全村现有471户1056人；通过一年的不懈努力，初步探索出了一条住新居、换新业、树新风的可持续发展路子。

### 坚持规划先行，突出"特"

宋家沟村在规划理念上，按照岢岚县委、县政府"1+8+N"总体规划部署，坚持"立足脱贫、着眼小康、特色风貌、有效落地"原则，实施了易地扶贫搬迁、基础设施提升、公共服务完善、特色风貌整治"四位一体"美丽乡村建设，实现了搬迁安置和旧村提升的同步与统一。在建筑风格上，因地制宜，既考虑美观舒适，又彰显地方传统；在拆旧建新过程中，最大化保留了村子原有的建筑特色，特别在新村院落和街巷规划的处理上，追求传统特色风貌，决不搞整齐划一和"排排坐"的兵营，让老百姓看着顺心、住着舒心。

在功能设计上，突出当地农村传统建筑特点，在充分考虑群众农牧生产和传统生活需求上，增加现代化生活设施，融入节能、居家、旅游、休闲等功能元素，实现了传统村落改造与现代化宜居的有机结合。在建设过程中，坚持规划、设计、招标、施工、管理"五统一"做法，尽可能使用本土材料和拆旧材料，新建移民安置房265间5300平方米，翻新改造旧房屋206户，将安置房平方米造价控制在1200元以内，实现搬迁户无自筹拎包入住，最大限度节省了工期、减轻了贫困户负担、提升了群众满意度。现在的宋家沟新村不仅建筑特色鲜明、公共服务配套齐全、基础设施完善，而且成为忻州市唯一的国家AAA级景区乡村旅游点。

## 聚力帮扶增收，重在"实"

把贫困群众得实惠作为根本导向，全力打造"农林种养＋乡村旅游＋服务业统筹开发"新格局。一是定点帮扶。省市县乡各级帮扶队伍全面落实县委"天天到现场"工作法和驻村工作制，进村入户，深入田间地头政策宣讲、制定措施和实际帮扶，特别是省总工会长期以来驻村的大力支持与资助，2018年又投入帮扶资金87万元用于添置农资、改善农业设施。二是企业扶贫。把企业帮扶作为贫困户脱贫增收的重要支柱，先后引导山西薯宴食品有限公司、岢岚祥熙农牧养殖有限公司带动52户贫困户进行务工增收；扶持山西正心圆功能食品有限公司带动580户农民通过沙棘果采摘增收；引进山西好玩旅游集团带动26户贫困户发展民俗客栈等旅游项目，户均年增收2800元。三是合作社带动。组建内置金融合作社，吸收48户村民入股，共筹集发展资金123万元，2017年共分红23300元，并进一步组建蔬菜、造林、旅游、养殖等8个专业合作社，共带动农户184户，其中96户贫困户年均增收5000元以上。2018年"6·21"宋家沟乡村旅游季中，合作社累计接待游客5万人次，创收31万余元。四是政策托底分红。实施光伏扶贫，共联结36户贫困户，年分红3000元；金融扶贫，联结34户贫困户，每户分红4000元。五是综合保障。全村雇用保洁员10名，每月工资800元；17名贫困学生、32名大病、慢病患者实现了资助和救助全覆盖；所有低保及老病残弱孤寡等群体均通过各类政策实现全部兜底。

### 提升内生动力，抓在"转"

坚持扶贫与扶志、扶智、扶能、扶德相结合，在贫困群众转变脱贫观念和激发内生动力上下功夫。一是强化党建引领。将宋家沟村原有党员和新搬迁来的33名党员按照服务功能插花编成5个党小组，让他们分别在内置金融、巧手创业、民俗旅游接待、观光采摘园区互助和结对帮扶等方面充分发挥引领和示范作用，有效促进了新老党员和村民深度融合发展，带动贫困群众多元增收。二是强化激励引导。积极开展"送温暖到户促致富信心，送政策到户促健康发展，送服务到户促干群和谐"的"三送三促"和"把已致富群众培养成致富带头人带头先富，把致富带头人培养成致富党员带领群众致富，把致富党员培养成村组干部带动全村致富"的"三培三带"服务行动，分别建立扶贫爱心超市，设立孝善养老基金，制定生产奖补、洁家净院奖补和劳务输出奖补等系列办法，对贫困群众进行物质激励。三是强化典型示范。以"固定党日""扶贫故事会"为载体，组织全村群众积极参与全县"岢岚好人""三好家庭""好公婆、好儿媳、好儿女""双心双实"评选活动，分别在三八妇女节、五四青年节、五一劳动节等重大节日对表现良好的贫困户进行表彰激励，通过传递正能量，充分激发困难群众"我要脱贫"的信心与决心。

## 经验启示

宋家沟村作为移民新村引起社会各级的广泛关注,思考全村破解整村搬迁难题成效,我们总结出两点重要启示:一是要充分认识扶贫搬迁是一项艰巨复杂的系统工程,全村实施了土地复垦增减挂钩、退耕还林、荒山造林、光伏项目4项工程,用好用足特色农业种植、特色养殖、中药材种植、特色经济林4个补贴办法和光伏利益分配办法,确保贫困群众搬得出、稳得住、能致富;二是要推动党建与精准扶贫工作深度融合,用活第一书记、扶贫工作队、大学生村官等服务力量,用好"五大主题教育""干群一家亲六项活动""党员先锋行八大行动"等载体,推动新旧村民融合发展,使党建与精准扶贫工作拧成"一股绳儿"。

在整村搬迁的探索实践中,宋家沟村虽然摸索了一些做法和经验,也取得了一些成效,但对照扶贫开发新要求和贫困群众新期盼,还有很多不足之处,比如:整村搬迁后对旧村资源开发利用还不够充分,新旧村融合发展上有待提升;产业开发需要进一步加快步伐,特别是乡村旅游才刚刚起步,存在的困难还有很多;招商引资任重道远,一些大项目、好项目相对缺乏是制约乡村发展的最明显短板。针对这些实际困难和问题,宋家沟村将进一步创新思维、挖潜提质、积极改进,继续将再接再厉,不负重托,坚决完成脱贫攻坚任务,与全省、全市和全县一道脱贫。

# 军地同发力　催生新农村
## ——岢岚县神堂坪乡大营盘联村搬迁案例

## 基本情况

坐落在山沟沟里的神堂坪乡大营盘联村，地处晋西北黄土高原中部的岢岚县，山大沟深，十年九旱，土地贫瘠，基础设施简陋，村民只能饮用浅层渗井水，房屋破烂，生态脆弱和深度贫困交织，"一方水土养不起一方人"是这里的真实写照。犹如春风轻拂面，恰似喜雨润心田，大营盘联村正赶上了易地扶贫搬迁的这趟列车。神堂坪乡党委政府和驻地部队经过共同研究，最终将大营盘联村确定为整村搬迁村，包括5个自然村（大营盘村、岔上村、深山塌村、山神庙村、王火沟村）。联村总面积27885亩，共有户籍人口159户365人，其中建档立卡贫困人口36户80人。

## 基本做法及成效

### 一、精准确定搬迁对象，合理进行搬迁安置

按照个人申请、信息比对、村内公示、乡镇审核、县级审定的程序，共确定搬迁对象67户157人，其中团城中心村需安置24户41人，计划在10月份完成装修工程后入住。驻地部队坚决响应党中央和习主席脱贫攻坚号召，把参与当地脱贫攻坚作为一项政治任务来抓，2016年与县委、政府协商确定共建团城中心村，并向团城中心村捐赠200万帮扶资金。

### 二、拓宽增收渠道，落实帮扶措施

为了保证搬迁群众能够搬得出、稳得住，逐步能脱贫，神堂坪乡多措并举。一是保障养殖。首先对搬迁后有意愿继续在村里发展养殖业的14户农户规划了养殖小区，其中在岔上投资231万元规划建设了10户500头牛的季节性养殖场，驻地部队帮扶资金50万元。在大营盘、王火沟为4户1200只羊规划建设了两处养殖场所，按照县畜牧产业扶贫实施方案给以每平方米100元、每户不超2万元的圈舍补贴。二是保障种植。已完成规划特色经济林（小退耕）种植910亩，规划了600亩土豆种植园区，由村合作社组织实施，农户年底按保底每亩200元进行分红。养殖户零星种植饲草及其他作物70亩。三是光伏扶贫。全村无劳动能力享受光伏扶贫的贫困户16户，每年每户3000元。四是金融扶贫。全村享受金融扶贫的20户（其中五位一体8户，每户每年分红4000元）。五是企业代养。全村参加企业入股代养分红的13户，每年每人300元。六是合作社分红。团城中心村农机合作社半价为贫困户服务，并且每年每户分红300元。七是劳务输出。与境内三家煤炭企业和部队基地后勤服务中心对接，为6户贫困户解决了6名务工人员，实现了贫困户劳务输出。八是退耕还林。搬迁村退耕还林后，每户群众享受退耕还林政策性补贴。九是旅游开发。继续和山西山水形胜旅游开发公司进行对接，现除建设用地出让这一块未达成一致

意见外,其余的开发建设项目内容、土地流转费用及方式等均已明确。

### 三、因地制宜发展产业,共同打造魅力中心村

按照岢岚县农村特色风貌整治总体规划,团城村是八个中心集镇之一,由团城村、黑峪村、大营盘村三个行政村组成,三村共有453户1031人,建档立卡贫困户89户198人。中心村特色风貌预算投资839.1405万元。从2017年8月份开始,团城村内的128户居民住房开始风貌整治,新建了中心街广场、文化活动广场、街道硬化、排水、路灯、澡堂、公厕等。目前特色风貌整治工作已基本完成。紧接着,为了稳定增收,神堂坪乡因地制宜建设特色高产高效益园区,在团城和黑峪村试种300亩特色高收益藜麦作物;投资建设特色中药材种植项目,在黑峪村种植中药材1350亩,由岢岚县致远中药材专业合作社具体组织实施种植、管理和收购等相关业务,采用"企业+合作社+基地+农户"的发展模式,统一种苗选购,统一农资调用,统一技术指导,统一出售产品。贫困农户采取土地流转、土地入股、劳务输出等多种形式参与,实现增收;新建500头牛规模养殖场,利用大营盘岔上村区域养殖优势发展特色规模养殖。

### 四、军地齐心协力,扎实推进脱贫攻坚

为解决搬迁后群众的后续产业和人居环境问题。部队出资参与中心村共建项目:2017年由部队出资15万元,帮助村内将闲置的5座蔬菜大棚重新修复。总投资130万元,神堂坪乡扶贫资金30万元,航天系统部投资100万元建设千吨土豆储存窖。项目建成后在满足全村群众需求的同时,还可以向外出租,所得租金除去运营成本外,50%归村集体,50%用于中心村89户198名贫困户分红。

部队出资20万元帮助团城中心村购进整套垃圾处理设备,包括垃圾车1部、垃圾箱15个,目前已经全部到位,对团城中心村的环境卫生治理起到良好效果。2017年由于对村内上水管网的改造,对村内道路造成不同程度的损坏,为了方便村民的出行,部队决定出资145万元,对村口到体育场主干道首先进行重新铺油,目前工程已经完工。为帮助团城中心村幼儿增加营养,让孩子们安心学习,2017年3月,部队资助团城中心村幼儿园

3万元，用于提高幼儿园营养餐标准。款项已经划拨入神堂坪学区账户，2018年此项目正在实施过程中。团城村村口铁路桥由于年久失修，桥面破旧，且路面较窄，过往车辆存在安全隐患，为了保证安全，部队出资47万元对村口铁路桥进行了拓宽维修，重新更换了铁路桥围栏，桥面焕然一新，工程现已全部完工实现通车。为了更好地帮助贫困户增加收入，实现早日脱贫，部队帮扶团城中心村成立同裕农业机械化专业合作社，并购置农机具：1404型拖拉机1台，市场价约18万；旋耕机一台，市场价约1万；刨土豆机（长2.3米×1.8米）1台，市场价约3.5万元，合计22.5万元。合作社和村集体、贫困户、村民建立了利益联结机制。

易地扶贫搬迁，是一项从根本上帮助农村贫困群众脱贫致富的综合性工程，其突出特点是可以实现"输血"与"造血"、外部支持与内在动力的统一。在下一步的工作中，神堂坪乡将认真贯彻落实十九大关于坚决打赢脱贫攻坚战的总体要求，争取驻地部队更多支持，坚持大扶贫格局，做到脱真贫、真脱贫，铆足干劲，策马扬鞭，努力工作，确保团城中心村现有贫困人口如期脱贫。

# "挪穷窝、拔穷根" 蹚出产业脱贫道路
## ——岢岚县王家岔乡移民新村案例

王家岔乡地处岢岚县东部,距县城20公里。全乡总面积85.6平方公里,耕地面积1.06万亩,主要以坡梁地为主,林地面积56155.3亩。全乡现有8个行政村,户籍总人口845户1825人,常住人口592人;精准识别出建档立卡户共331户715人,截至目前已经脱贫159户360人。在脱贫攻坚过程中,坚持将整村搬迁作为重要举措,深入贯彻落实习近平总书记视察山西重要讲话精神,实施"六环联动",着力破解"人、钱、地、房、树、村、稳"七个问题。全面推进党建引领产业脱贫,坚持"扶智"与"扶志"并行,结合宋长城旅游景区旅游开发,对"一方水土养不好一方人"的自然村实施整村搬迁,同时结合乡村特色风貌整治新建移民新村,让搬迁户实现"安居",利用产业发展政策保障搬迁户实现"乐业",多途径、多手段将王家岔建成生态、宜居的魅力乡村。

### "挪穷窝、拔穷根"

"十三五"以来,为了彻底解决边远村庄的脱贫问题,王家岔乡充分

利用移民搬迁政策，实施了朱家湾、闫家村、山神庙和水泉子四个自然村整村搬迁。项目涉及180户397人的房屋拆迁和易地安置工作，截至2017年底，四村全部完成了139处房屋拆除，共计补偿资金308万元；截至2018年5月，完成了朱家湾村和水泉子村的撤并工作，两村162户358人全部迁入王家岔村，并成立了王家岔村联村支部。在此基础上，四个旧村全部实施了土地复垦，在复垦耕地上发展中药材种植。

## 搬得出、稳得住

按照移民安置政策，符合搬迁条件的共有118户264人。根据搬迁户意愿，计划对其中56户160人在广惠园安置，截至目前已安置35户112人；计划对其中48户75人在王家岔中心村安置。移民中心村将被划入宋长城旅游景区总体规划，共谋发展。搬迁户将彻底告别以前医疗教育条件差的局面，适龄儿童可以进入乡镇中心小学就读，医保老人可以享受到卫生院的上门服务；同时乡村两级整合周边耕地保证搬迁户每户拥有1亩自留地；旅游区建成后，公共服务人员优先从搬迁户中录用；造林合作社60%以上人员须贫困户参与，人均可获得劳务收益1万元，保障了搬迁户就业增收；各村原有25度以上坡耕地优先实施退耕还林政策，2018年四村共实施3100余亩造林工程，搬迁户获得直接补助收益186万。在充分尊重搬迁户发展意愿的基础上彻底解决了搬迁户后顾之忧，确保群众"搬得出、稳得住"。

## 可脱贫、能致富

整村搬迁作为深度贫困村有效脱贫的重要举措，不仅解决了群众安全住房问题，更重要的是改善了搬迁户的生产生活。乡政府高度重视搬迁人口的后续产业发展带动和自主脱贫动能的引导，主要采取几项措施：

第一，产业扶贫带动措施。一是乡级小产业分红带动。王家岔乡立足村小、村散的实际，打破村域限制发展联村产业，构建"村级党组织＋企业＋村集体＋贫困户"的利益联结机制。同时利用扶贫周转金174.9万元，统筹三资结余资金63万元，整合其他资金42.7万元，共280.6万元投入小产业运行，形成"1＋3＋5＋N"产业格局，即以宋长城景区旅游为主导，发展油菜、苗圃、沙棘3个特色种植业，水、醋、油、饲料、木雕5个特色加工业，带动餐饮、民俗、骑乘、电商、商贸等旅游服务业。通过产业周转金分红可带动搬迁户38户90人，每户每年可获得1500元分红收益。二是依托县"6＋3"产业分红覆盖项目，有39户享受光伏扶贫，每户每年可获得收益3000元；有40户90人通过五位一体金融扶贫，每户每年可获得分红收益4000元；有17户42人通过林业合作社贷款分红，每户每年可获得收益4000元；有36户97人通过县级产业扶贫，每户每年可获得分红收益1000元以上。

第二，精神扶贫引导举措。一是建立贫困户激励机制，制定了《王家岔乡激发内生动力助力脱贫攻坚实施方案》，从产业发展收益中拿出25万元设立自主发展基金，按"以奖代补、多劳多得"分配原则，有效激发贫困群众的内生动力，通过该项奖励每户可获得平均760元的收益。二是推行"百分制"考核和"爱心超市"计划。常住户从洁家净院、政策知晓、自主创业、乡风文明、制度执行五个方面量化打分，按"个人自评、支部申报、群众测评、专班考评"的方式进行评比，将考核得分按照分值折合成爱心超市积分券，然后可到超市兑换所需商品，引导、培养搬迁户的良好生活方式，以激励方式培养搬迁户积极的脱贫态度。

# 以党建为引领 创新自主脱贫模式
——岢岚县阳坪乡阳坪村搬迁案例

阳坪乡党委在脱贫攻坚中，不断创新党建引领脱贫模式，结合阳坪村易地扶贫村民搬迁入住新居，积极开展"感党恩，树新风"系列创建活动，走出了一条以树文明新风，激发内生动力，促自主脱贫的精神扶贫新路子。

## 基本情况

阳坪村是岢岚在乡村振兴、美丽乡村建设中规划的八个中心集镇之一。阳坪村原户籍人口198户458人，有建档立卡贫困户64户142人。2017年拆迁销号的行政村赵家洼、王兰沟、石盘头三村共迁入198户397人。阳坪村现有户籍人口396户855人，建档立卡贫困户166户344人。全村现有党员51名。

## 基本做法

**一、以"一约四会"为抓手,全力推进村民自治**

为全面推进阳坪乡的脱贫攻坚,乡党委在"两学一做"和"牢记领袖嘱托,我们始终在奋斗"的党日主题活动中,按照县委指示,由组织部指导,动员"四支"队伍,以阳坪村为主阵地,以党建为引领,全面展开"感党恩、树新风"活动,这项活动主要是:

一是成立村风文明自治会。由支部组织全体村民,共推选出由老党员、老干部、群众代表组成的"四会合一"的村民自治会;自治会以洁家净院为突破口,以推进落实乡规民约为主要工作内容,着力推进全村的村风文明、树新风活动,以育风化人,提高村民文明程序,形成新风尚。

二是培育典型,激励村民自立自强,自主脱贫。采取由村民推荐、自治会初审、村两委审定、公布一周的办法,全村分两次共评出25户自主创业模范户、勤劳致富模范户、孝亲敬老光荣户、文明卫生光荣户,由支部统一制作标识挂于大门上,并分别给予100—1000元的奖励,鼓励村民充分发挥典型模范带头作用,对两户口碑特别好的楷模户颁发了"孝感相邻""勤朴传家"的光荣牌匾,以激励更多的人向他们学习看齐。

三是及时把阳坪村成功的做法推及全乡,各村都成立村风文明自治会,开展治愚治懒治脏治野活动,并纳入支部年度目标责任考核中,把治与立有机统一起来,倡导全乡自主脱贫的新风。

**二、以农民讲习所为平台,全面推进扶贫扶志扶智扶德工作**

为把树新风常态化,结合"三课一会"制度,把党员活动室和农民讲习所合并起来,在讲习所党员上党课,给村民讲政策,讲法律,讲科技,讲脱贫典型。不断创新讲习方式方法,利用全乡党员教育在线教育平台,开展农民讲习网,党员干部,"四支"队伍深入田间地头讲,自治会入户进家讲,灵活多样,目前共开展集中讲习3期,累计听讲人数152人,网上线下开展16次，累计听讲人数226人。

### 三、以乡科普e站为基点，用科技助力脱贫攻坚

为使村民掌握更多的科技知识，该乡充分发挥乡科普e站的功能，按农时节令，及时传播种养科技知识、病虫害、疫病防治知识，针对2018年马铃薯二十八星瓢虫严重发生，及时发布防治技术，同时普及常规适用农牧知识及劳务技能，2018年共发送科普知识192条，培训务工人员130人。

### 四、以乡文化站和农家书屋为基地，不断开展群众性的文化娱乐活动

学文化知识活动，由自治会配合，乡文化站牵头，成立村锣鼓队、文艺队，积极开展群众性健身活动、读书活动，并放映电影6场，请县级剧团演出3次，不断满足群众文化生活需求。

### 五、以老干部为桥梁，大力传承自力更生，艰苦奋斗的老区精神

阳坪村现有65岁以上的党员18名，这些党员是村里的宝贵财富。为此，该乡积极走访慰问，并整理这些老党员入党初心、自力更生、艰苦奋斗的精神，号召全乡在脱贫攻坚中要全面发扬光大这种精神，用好这笔宝贵的财富。

## 基本效果

阳坪村自开展"支部+精神扶贫"工作以来，收到了明显的效果。

一是创优了攻坚的环境，不仅更加整洁卫生了，而且赌博、酗酒的不见了，上访告状的没有了，打架斗殴、吵嘴闹邻里不和、家庭矛盾的也没有了，村风家风明显改善，形成了新的风尚。

二是人们的精神面貌改变了。过去人们交流的如何多占便宜或赌博等不劳而获的方法；现在舆情悄然发生了很大变化，人们见面交流的更多的是如何富起来、干起来、动起来。就连一个72岁目不识丁的老人都说："我们再不能背靠墙根晒太阳，等着政府送小康。我们自己奋斗，自己努力过上好日子。"这正是村民观念转变，精神面貌发生变化的一个缩影。

三是自主创业、自立自强的人更多了。在支部和工作队的引导下,群众因地制宜大力发展"四小"产业,有38人踊跃参加了"姐妹织屋",有15户做起了小手工,8户做起了小生意,1户办起了小作坊,1户搞起了小加工,有5户正积极筹建养牛场,2户年轻人正积极发展电商。

四是贫困户脱贫的劲头足了。阳坪村的贫困户中,有劳动能力的97人。现在有6人在村里当了清洁工,有7人当了护林员,有26人外出务工,实现了"搬得出、稳得住、能致富"。

五是党员模范带头作用充分发挥出来了。有4个党员是自治会成员。12名党员自主创业发展种植养殖业,带头致富。为了把阳坪村这一典型做法扩展到全乡,在全乡开展了内生动力大激发、矛盾纠纷大排查、作风大整顿、支部战斗力大提升、脱贫成效大摸底、集体经济大破零、产业发展大推动七项行动,目前前四项已有阶段性成果,后三项正在进行中,将进一步充实、完善,改进阳坪村"支部+精神扶贫"的做法,不断加大带头队伍建设,多渠道发展壮大集体经济,在建立合作社与贫困户利益联结机制上下功夫,灵活应用奖补形式,把扶贫、扶志、扶智、扶德相结合,引导激励贫困户更加自主早日脱贫小康。

## 经验启示

阳坪村以党建为引领,全面展开"感党恩、树新风"系列活动,取得了可借鉴、可复制的做法和经验,给了我们很大的启示。

**一、实现稳定脱贫,关键是激发内生动力**

习近平总书记强调,扶贫先扶志,扶志必扶智。要想打赢脱贫攻坚战,实现稳定脱贫,就必须因地制宜,把物质帮扶和精神帮扶结合起来,也就是把内因和外因相统一,只有这样,扶贫才能达到精准。阳坪村成功的范例,使我们对精准扶贫有了更深刻的理解。

## 二、扶志、扶智要和扶德紧密结合起来

阳坪村在激发内生动力中,先从洁家净院、树文明新风抓起,并大力表彰各类模范典型,以德育人,用身边事教育身边人,收到了良好的效果。所以,激发内生动力,重点是在"激"字上做文章,找准突破口、着力点,是精神扶贫、激发内生动力的有效途径。阳坪村在扶志、扶智、扶德中,充分利用现有农民讲习所、图书室、科普e站、文化活动室等平台,使这些平台真正发挥了它们应有的作用,真正成为宣传党的政策、教育农民、培养农民学技术、学科学、知法律、懂政策的有效阵地,所以要激发农民内生动力,立产立业,扶智扶技也是必由之路,是我们今后做好精准扶贫应遵循的重要原则。

## 三、精神扶贫,必须以党建为引领

阳坪村在促进自主脱贫中,始终坚持以党建为引领,充分发挥了支部的战斗堡垒作用,并通过"感党恩、树新风"系列活动,把群众紧紧地团结在党支部周围,充分发挥党员模范带头作用,以老党员、老干部为主干,组成"一约四会",在党支部的安排下进行具体工作,使自主脱贫始终以党支部为靠山,充分发挥调动贫困户的积极性,使贫困户愿脱贫、会脱贫、敢脱贫,走出了一条"党建+自主脱贫"的路子,这种做法值得在全乡大力宣传推广。

# 尊重群众意愿　发挥主体作用
# 做好易地扶贫搬迁工作
—— 五台县耿镇镇耿镇村集中安置区案例

## 基本情况

五台县耿镇镇易地扶贫搬迁工程，涉及该镇25个居住生活条件落后的小、散行政村，搬迁户共计227户653人。在耿镇村建设集中安置区一座，紧邻忻台线和忻阜高速公路，交通便利，水、电、路基础设施和学校、幼儿园、卫生室等生活设施齐全，是我县"十三五"易地扶贫搬迁七个集中安置区之一。

## 取得成效

耿镇村扶贫移民集中安置区总投资3465.23万元，总占地面积35.41亩，已建成6栋5层245套砖混结构楼房，建筑面积2.3502万平方米。项目于2017年6月份开工，预计2018年10月底竣工验收，年底前具备搬迁入住条件。目前，6栋楼房的主体工程已全部竣工，基础设施和公共服务设施建设正在有序推进。

## 主要做法

### 一、强化组织领导，上下联动齐抓共管

2018年以来，五台县按照省委、省政府"六环联动"要求，始终坚持把统筹解决好"人、钱、地、房、树、村、稳"七个问题作为做好易地扶贫搬迁的根本遵循，在政策宣传、搬迁户识别、安置区建设、旧村复垦、生态修复以及后续产业发展等方面做了大量有益的尝试，取得了显著成效，为实现搬迁户"搬得出、稳得住、能致富"奠定了坚实基础。4月份以来，县委副书记、县长武新亮多次主持召开专题会议和现场办公会，研究部署耿镇镇易地扶贫搬迁工作。县四大班子领导多次深入安置区施工现场督促进度、检查质量、解疑释难，在全方位了解集中安置区建设情况的同时，就如何搞好长远规划、如何抓好工程质量、如何落实工程进度等做了具体指导性意见。耿镇镇成立了党政一把手挂帅的易地扶贫搬迁工作领导小组，设有易地扶贫搬迁办公室，有固定的办公场所和工作人员，对整个易地搬迁安置点建设全过程、全方位、全覆盖跟踪管理监督。县住建局、国土局等相关单位全程支持配合。耿镇镇领导和村两委干部积极响应号召，充分发挥主力军作用，在一线战斗动员，在一线奋力争先，战高温、斗酷暑，全身心投入易地扶贫搬迁安置区建设任务当中，形成上下联动、协同作战的工作热潮。

### 二、大力宣传政策，规范管理高效运作

一是通过集中培训、进村入户了解和现场解答，深入宣传和讲解易地扶贫搬迁政策，严守人均建房面积不突破25平方米，严把实现搬迁建房不举债等政策底线，做到宣传到村、动员到户、明白到人、入心入脑，既使

业务干部熟悉把握了政策,也让脱贫群众准确理解了政策。二是对搬迁户进行精准识别,通过多次了解比对信息、长期公示等方法,进一步核准搬迁对象,确保不漏一户、不落一人。三是出台具体实施方案,从搬迁补助发放、集中安置区建设、后续产业发展等方面强化搬迁政策,并逐项分步落实。

### 三、狠抓产业支撑,多措并举促农致富

易地扶贫搬迁的最终目标是帮扶贫困群众脱贫致富。在规划易地扶贫搬迁移民集中安置方案时,耿镇镇充分考虑搬迁群众就业困难的问题,把集中安置区规划建在乡镇所在地和两条交通要道旁边,统筹谋划安置区产业发展与群众就业创业。耿镇镇结合当地实际,依托山西省百草绿源中药材有限公司中药材种苗基地,采取"公司+基地+贫困户"模式,通过雇用搬迁户打工的方式,可带动贫困户劳动力20人,户均增收22500元,实现了"就业一人脱贫一户"的目标。同时,计划由耿镇镇移民区建成服饰有限公司,在耿镇集中安置区旁建设集服饰、童装、毛绒玩具加工销售一体的扶贫车间,建成后可吸纳280名搬迁人口就近就业增收。在此基础上,该镇以攻坚深度贫困"清零破零"专项行动为契机,在安置区建立社区服务站,一方面建立党员活动新阵地,进一步夯实基层组织建设;另一方面,科学合理设置社区便民服务事项,落实社会救助、劳动就业、医疗卫生、教育、养老等惠民政策,真正实现服务群众"零距离"。

### 四、推进拆旧复垦,保障群众合法权益

为做好旧村拆旧复垦工作,五台县专门组织专业队伍对搬迁户旧村的房屋和地上附着物进行了调查评估,登记造册,为下一步统一拆除、退耕还林奠定了基础。同时,为切实保障群众合法权益,保留了原土地使用者的收益权和村集体资产收益分配权。

## 经验启示

　　尊重群众意愿是抓好易地扶贫搬迁的基本前提。易地扶贫搬迁实践中，可以看到，群众作为受扶对象，影响着资源配置和脱贫攻坚工作的推进过程。各级党员干部逐渐意识到，要坚持群众的主体地位，坚持发展为了人民，发展依靠人民、发展成果由人民共享，既要尊重群众意愿，又要充分发挥干部作用。党员干部在实施易地扶贫搬迁的过程中，通过进村入户了解实际情况、宣传易地搬迁政策，拉近了距离、增进了感情，在充分尊重群众意愿的基础上，精准核定了搬迁对象，切实有效地为搬迁群众解决后顾之忧，为下一步搬迁群众愿意搬、搬得出、稳得住、有事做、能致富打下了良好基础。各级干部在贯彻落实政策过程中，将"搬迁是手段，脱贫是目的"这一指导思想自始至终地贯穿于规划和方案编制的全过程、贯穿于工作推进的全过程、贯穿于考核验收的全过程，有效促进了易地搬迁工作顺利推进。

　　通过干部群众共同努力，搬迁群众日常生活有改善、生产发展有希望、政策落实有保障，精准识别对象、新区安置配套、旧村拆除复垦、生态修复整治、产业就业保障和社区治理跟进"六环联动"目标的实现指日可待。

# 依托景区"安好家" 发展旅游奔富路
## ——五台县驼梁景区黑崖堂移民新村案例

2017年以来，驼梁景区管委会认真贯彻落实省、市、县易地扶贫搬迁工作推进会议精神，因地制宜，结合驼梁景区独特的自然、气候、区位优势，在核心景区旁安置移民，围绕"建房、搬迁、就业、保障、配套、退出"六个关键环节，周密组织、精心实施，确保"搬得出、稳得住、可发展、能致富"，易地扶贫搬迁工作稳步推进，取得了阶段性成效。

## 基本情况

驼梁景区易地扶贫搬迁集中安置点项目选址在驼梁景区黑崖堂村，又称为五台县驼梁景区黑崖堂移民小区，建设地点在五台县驼梁景区黑崖堂村，工程占地60亩，新建88套砖混平房，住房建设面积5275平方米，计划总投资2186.58万元。黑崖堂移民小区安置人员为景区自愿申请移民搬迁的建档立卡贫困户，共可安置本景区黑崖堂村、楼子坪村等村88户211人，均为建档立卡贫困户。住房户型共分5种，其中包括一人户型26套、二人户型29套、三人户型13套、四人户型16套、6人户型4套。88套移民房均为平房,每个户型自带厨房和卫生间,分上下水,污水采取集中处理方式。工程项目由五台县晋兴建筑工程有限责任公司承建。

## 取得的成效

### 一、锁定了搬迁对象

景区管委会对"十三五"易地扶贫搬迁对象全面摸底排查,精准识别,做到应搬尽搬。结合县扶贫办牵头组织的精准识别"回头看"、进一步精准识别贫困人口,组织骨干力量入户开展对象核实,确保搬迁对象识别精准。采取集中安置和分散安置两种方式,2017其中集中安置88户211人。

### 二、完成了规划编制

聘请专业的工程咨询有限公司完成了易地扶贫搬迁"四位一体"规划编制,通过了专家评审,经县政府审批后报省、市备案备查。

### 三、规范了前期工作

科学规范地完成了设计施工图,用地选址、测量及地勘等基础性工作均依规规范有序操作。

### 四、公开择优施工企业

在全县公开招投标,最终五台县晋兴建筑工程有限责任公司中标,并签订了施工合同。

### 五、项目建设正加速推进

目前,驼梁景区集中安置点主体工程已全部竣工,其余各项工程建设正在有序推进。屋顶工程已完成;窗户已全部安装完毕;给排水管道已铺设完毕;院围墙已全部完成;暖气已安装完,保温工程已完成1/3。

总体上看,景区的易地扶贫搬迁逐步进入了正规化轨道,集中安置成为主导,统规统建成为共识,精品社区逐步形成,做到了精准扶贫,改善了生态环境,改变了农村传统发展格局,对山区经济社会发展产生了深远影响。

## 主要做法

**一、政府主导，部门指导，乡镇（景区）主体**

县委、县政府主要领导高度重视易地扶贫搬迁安置点建设，主要领导全方位了解集中安置点的建设情况，就如何搞好长远规划、如何抓好工程质量、如何落实工程进度等做了具体指导性意见。县易地扶贫搬迁领导组组织专人实现全过程、全方位、全覆盖跟踪管理监督。景区领导和村干部积极响应县委县政府的号召，充分发挥主力军作用，当好主人翁，在一线战斗动员，在一线奋力争先，战高温、斗酷暑、抢晴天、战雨天，全身心投入易地扶贫搬迁工作，贫困搬迁户也参与到易地扶贫搬迁工作的全过程，真正形成上下联动、协同作战的易地扶贫搬迁工作热潮。

**二、把握政策，规范管理，高效运作**

一是通过开展集中培训、分层培训和现场解答，深入宣传和讲透易地扶贫搬迁政策，严守人均建房面积不突破25平方米，严把实现搬迁建房不举债等政策底线，做到宣传到村、动员到户、明白到人、入心入脑，使干部熟悉把握政策，让脱贫群众准确理解政策。二是分工协作，大干快干。住房建设由县扶贫开发中心组织统一地形图测量、统一地勘、统一规划设计、统一施工图设计、统一核定价格、统一招投标、统一施工监理、统一验收付款。景区管委会负责住房建设规划选址、对应到户、环境协调、搬迁入住和基础设施配套建设。

**三、因户施策，产业支撑，多措并举**

易地扶贫搬迁的最终目标是帮扶贫困群众脱贫致富。遵照"科学选址、发展产业、就业优先、叠加政策"的原则，景区管委会在帮助贫困户盖好房子、实施"交钥匙工程"的同时，统筹考虑并妥善解决好贫困群众后续生产生活问题，做到"挪穷窝"与"换穷业"并举、安居与乐业并重、搬迁与脱贫同步，把安置区建设同景区建设、美丽乡村建设结合起来，着重在"能致富"上做文章，重点依托驼梁景区核心就近布点，以产业化辐射带动搬迁区群众，依托景区经济带动效应，向旅游服务业发展，解决移民的生计，实现尽快脱贫致富。

驼梁自然风景区位于"晋冀两省四县"（山西省五台县，河北省阜平、灵寿、平山县）交汇处，与世界文化景观遗产地五台山风景名胜区遥相呼应，有其独特和不可替代之优势，为五台优势旅游资源亮点。驼梁景区以密林、云顶草原、金莲花花海为载体，已成为两省四县乡村生态观光自驾游目的地和避暑胜地。景区着眼绿色、生态、有机，着力改善农村生态环境，发展生态观光旅游。集中安置区搬迁贫困户依托驼梁景区的区位优势，利用移民安置房建立农家乐，搞旅游接待，将是很有前景的一项产业。

另外，安置点黑崖堂村建有光伏发电站，所有搬迁户都能通过光伏电站有一定的收益。同时，景区管委按照县里要求对安置点有劳动能力的贫困人口登记造册，定向进行培训，鼓励他们发展种养殖业或者是进行劳务输出，开发土特产品和手工艺产品，拓展农副产品销售渠道和增值链条，以此增加贫困户的经济收入。

## 经验启示

一、科学规划是抓好易地扶贫搬迁的关键环节

必须始终坚持因地制宜、因势利导，充分发挥好交通、区位、产业、生态等优势，科学合理地规划产业布局和安置分布，做到搬后群众有事做、稳收入，达到贫困群众愿搬迁、要搬迁、想致富、能致富的目的，彻底改变原来"山不养人、水不泽民"的现状，才能从根本上防止群众"住新房子，过穷日子"现象发生，确保搬迁群众"搬得出、稳得住"。

二、就业带动是抓好易地扶贫搬迁的重要保障

要将扶贫搬迁与后续产业发展、劳动就业同步规划实施，正确处理好

"住得下"与"富得快"之间的关系。大力实施贫困人口转移就业行动计划，政府公益性岗位优先吸纳贫困人口就业，支持各类合作社、经营户吸纳贫困劳动力就近就业，多措并举消除贫困户"零就业"家庭，实现贫困户户均1人以上转移就业，确保"一人就业、全家脱贫"，才能确保搬迁群众住得下、有事做、能致富。

驼梁景区管委会将继续加强政策宣传和对群众的思想动员工作，引导群众积极主动配合搬迁工作。根据各建设点目标任务及时间节点，继续加强督查调度，强化施工过程和现场管理，在保证安全的前提下加快工程进度和工程质量，确保在时间节点完成工作目标任务。充分结合搬迁对象的实际情况和搬迁意愿，根据各搬迁点的自然资源和有利条件，用好国家扶贫政策，认真落实产业扶持到户措施，让群众搬迁后"稳得住、能致富"。

# 拆旧复垦增减挂钩　走出移民搬迁新路径
——繁峙县东山乡化塔村、宫黄沟村、沟南村搬迁案例

## 基本情况

繁峙县化塔村、宫黄沟村、沟南村三个村，位于东山乡北台顶脚下，户籍总人口172户506人，耕地面积590亩，建档立卡贫困人口78户239人。三村地处山沟，信息不畅，土地贫瘠，耕地稀少，产业单一，发展后劲不足，地质灾害频发，村民住房危旧，就业、就医、就学难，生产条件恶劣，生产水平低下，属于典型的"一方水土养不好一方人"深度贫困村，于2017年被繁峙县政府确定为易地扶贫整村搬迁村。

## 主要成效

习近平总书记视察山西视察忻州时指出，整村搬迁是解决深度贫困的有效办法。东山乡政府在县委、县政府统一部署下，按照《国土资源部关

于用好用活用足增减挂钩政策积极支持扶贫开发及易地扶贫搬迁工作的通知》（国土资规〔2016〕2号）和《山西省人民政府办公厅关于进一步加快推进城乡建设用地增减挂钩促进开发区转型升级助力脱贫攻坚的通知》（晋政办发〔2018〕24号）等文件要求，紧扣精准识别对象、新区安置配套、旧村拆除复垦、生态修复整治、产业就业保障和社区治理跟进等六个环节，用好用活城乡建设用地增减挂钩这一含金量高的政策，推动脱贫攻坚和乡村振兴症结有效破解，整村扶贫移民搬迁拆旧复垦土地增减挂工作收到明显成效。化塔、宫黄沟、沟南三村安置移民54户141人，其中建档立卡贫困户36户102人，同步搬迁18户39人，拆除旧房113户796间11630.14平方米，复垦整理土地127.5亩，通过与山西大地控股土地开发有限公司签订增减挂钩指标转让合同，实现土地增减挂收益1912.515万元（每亩15万元），收益除用于拆旧复垦工作外，还弥补了贫困县在移民后续产业落实、贫困村提升工程建设资金不足的问题。

截至目前，繁峙县深入贯彻落实省委、省政府关于推进转型综改示范区建设和开发区改革创新的战略部署，强力推进整村搬迁村土地实施增减挂钩项目，节余指标签约交易3043亩，总收益45646万元。

**具体做法**

坚持标准与程序并行，深入细致开展搬迁对象精准识别工作，东山乡在充分尊重群众意愿的前提下，按照"个人申请、信息比对、村内公示、乡镇审核、县级审定"程序，精准识别搬迁对象和整村搬迁村；把属于山庄窝铺、公共服务严重滞后偏远的化塔、宫黄沟、沟南三村纳入整村搬迁范围。村两委抓住政策机遇，深入农户大力宣传政策，经个人申请、乡村两级审核公示，精准锁定搬迁对象54户141人。

化塔、宫黄沟、沟南三村在精准确定搬迁户的基础上，依据《繁峙县扶贫开发领导组关于易地搬迁旧房拆除奖补的指导意见》（繁扶组

〔2017〕9号），统筹考虑村内房屋新旧程度、砖木结构、院内附着物等，精准制定旧房拆旧复垦实施方案。将旧房拆除土地复垦奖补资金人均1.5万元统筹整合使用，按房按院按树按人评估奖补。具体工作中全面推行"群众民主参与一评到底，专业服务队伍一管到底，政策标准尺子一量到底，拆旧复垦资料"一档到底""四个一"工作机制。一是规划先行，制定政策标准。在准确把握上级奖补政策的基础上，深入村内对移民搬迁户旧房院一一摸底调查、实地勘测、登记、确认。根据房屋情况、人员构成、拆旧复垦成本等，由村民代表大会通过民主评议的方式研究制定拆旧复垦奖补资金使用分配原则，确定拆旧复垦实施方案；二是组建一支队伍，加强组织领导。每村由一名乡科级干部、一名移民搬迁专职干部、村两委主干以及村内老党员、老干部、德高望重的老同志共同组成一支熟悉政策、办事公道的工作队伍，勘测丈量宅院、评估补偿标准、组织联系机械、集中和登门宣讲解释相关政策；三是坚持一把尺子，公平公正拆旧补偿。严格按照乡村制订的拆迁奖补标准进行核算补偿，"双签"全程公开公示，及时发放补偿资金，确保群众"双签"心悦诚服，资金发放公平合理；一户一档：对每处院落的原始影像资料、拆迁补偿核算表及补偿协议进行归档管理，通过建立户籍档案，进一步保证补偿资金发放的公平、公正、合理有序。土地增减挂钩工作中，国土部门提前介入、提前规划，坚持搬迁村"宜垦则垦、宜林则林、宜草则草"的原则，对村中落差较大、取水困难、道路不畅、面积较小的地方，确定为宜林宜草片区；对土地面积较大、适宜复垦的地方，纳入增减挂钩项目范围。同时探索建立宣传动员、专项调查、精准勘测、招标申请、方案编制、评审批复、节余指标流转、项目实施、项目验收"九位一体"工作流程，实行半月一调度、一月一通报等制度，为拆旧复垦和增减挂钩实时提供坚强的保障。

# 整村搬迁助脱贫　凝心聚力谋发展
## ——定襄县河边镇山底村搬迁案例

## 基本情况

### 一、山底村概况及发展历史

定襄县河边镇山底村位于县城东北部，距离镇政府6公里东南方向的山脚下。北、东、南三面环山，西与青石二村接壤，地势东高西低，属丘陵地区；村内没有学校，没有卫生所，没有党员活动室，没有村委会办公室，没有路灯，进村道路没有硬化，基础设施较差，为典型的贫困村。为了做好贫困村的扶贫工作，根据上级要求，结合山底村的实际情况，镇党委政府决定对山底村实施整体搬迁。山底村共有39户74人，有土地面积3880亩，其中耕地面积880亩（包括2003年退耕还林296亩），荒山荒坡3000亩，耕地中水浇地为100亩，目前有建档立卡贫困户19户34人。

116年前，附近村庄青石、继成、马家窑、五台建安乡凤棲岩等村由于遭受天灾人祸，难以维持生计，陆续搬到山底，用少量的钱买到廉价的土地，辛勤耕作养活家人，便逐渐形成了村落。1969年以前，山底属于自然村，是青石二村的一个生产队，全称是青石二大队第九生产队。1969年与青石二村分开后，因该地坐落于东山脚下，所以取名山底村，一直沿用至今。该地东山上蕴藏青石，可做石雕石刻之原料，以前青石村的石雕石刻原料全部采集于此地，但近年来，因开渠成本高和保护植被等原因，已有二十多年不再开采。村民主要以种植业为生，种植的农产品有玉米、高粱、土豆、谷子和小杂粮等。

## 二、安置点概况

按照人文景光和外观环境设计统一协调的总体要求，镇政府确定了三个选址点供村民们选择，经过对山底村村民的多次考察和商议，最终将山底村整村搬迁安置地点选在紧邻山底村的青石二村西大寺地。该地地形平坦，交通方便，新村用地共计5090.58平方米，整村搬迁共需土地面积3608平方米，剩余1482.58平方米将用于公共道路建设和小广场建设。

安置点建设22户独家小院，全部用于安置山底村的贫困户和非贫困户，可解决22户35人的住房问题，其中一户一人的12户，庭院面积占地为134平方米（约2分地），住房面积为25平方米；一户两人的7户，住户庭院面积占地为200平方米（约3分地），住房面积为50平方米；一户三人的3户，住户庭院面积占地仍为200平方米（约3分地），住房面积为75平方米。

## 主要成效和具体做法

山底村整村搬迁工程主要包括移民新村搬迁户居住房屋的建设工程和相关的道路、广场等配套基础设施，具体内容为安置住房、室外道路、绿化、健身活动广场、供水、供电、供热、排水、排污等配套基础设施建设，工程严格按照审核确定的建筑风貌设计方案施工。规划在安置点主干路两侧安装太阳能路灯，吃水要修建专门的自来水井，自来水入户，厕所为室内的水冲厕所，并修建上下水通道，可排出生活污水，垃圾统一处理，雨水分流，天然气入户，可进行集中供暖。

截至目前，22套安置住房主体工程已竣工，目前正在进行室内、室外装饰，配套设施排水、污水管道已完工，新打深井一眼，用于移民户供水，新安装变压器一座，其他配套设施工程也在有序推进。

安置点整体规划设计充分融合了定襄县当地风貌的景观设计，以青砖蓝瓦为主系列，瓦灰色为主色调，对墙院、街道、屋顶等进行多样化合理工整布局，并且结合当地特色风貌对建筑立面风貌进行了合理布局，街门采用传统核桃木，每个小院设有传统院内照壁，并砌有传统砖砚台，房檐采用仿古砖板瓦，外墙墙面图文以观赏、娱乐、教育相结合，充分体现了当地的文化底蕴，而且每个小院的建筑门窗均为现代材料以及加大门窗，很好地满足了日照功能，院内留有小块土地种植植物以及菜品，供农户食用。

对于户型的设计，结合村民实际需求，对卫生间、厨房等洗漱、取暖、做饭等功能设备进行了合理布局，并设有土炕，适应人们生活习惯的同时也体现了当地的民俗风情。

此外，村口影壁以山西古建特色的砖雕为主，在道路中间的位置放置分类垃圾箱，作为垃圾集中点，在路中间有相对应数量的停车位，以方便外来亲戚探亲方便，在两边绿化区放置了具有怀念意义的石柱以及其他带有农村特色的景观小品，村路中间边门外有部分的绿化，美化环境的同时使空气更加新鲜，在绿化中间安装了相对应数量的健身器材使村民在空闲时间健身强体。

围绕精准识别搬迁对象、新区安置配套、旧村拆除复垦、生态修复整治、产业就业保障和社区治理跟进等六个关键环节细化措施，跟进后续帮扶，确保贫困群众"搬得出、稳得住、能致富"。

一是争取上级扶贫资金9.8万元，安装光伏发电项目12.42千瓦，目前已投产发电，19户34人贫困户全部受益。贫困人员每人年收入300余元。

二是定襄县文山生态农业科技有限公司帮扶发展黑猪养殖业，全村39户74人将全部受益。

三是近期对太原小商品批发市场、义乌小商品批发市场进行考察洽谈，准备进行小商品加工，预计每人每天能完成280个工作量，每人每天收入最少达到15元左右。

四是规划经济林建设和退耕还林项目。目前，对全村村民的耕地进行退耕还林431亩已经开始实施，完成后涉及农户每亩享受补贴500元。吸纳未成林管护员8人。

## 经验启示

### 一、推进整村搬迁工作必须坚持党的领导

在山底村的搬迁过程中，县委、县政府主要领导高度重视，多次到现场调研指导，听取群众意见，与镇村两级一道学习上级政策、研究具体措施，把握推进情况，上级业务部门及时指导，严格把关，确保此项工作推进有序、推进有方、推进有力。镇村两级党组织，具体落实，把握节点，稳步推进，遇到困难和问题，及时分析研究，保证了工作进度不落、方向不偏、质量不差。

### 二、推进整村搬迁工作必须坚持人民主体地位

此项工作目的就是要解决群众生产生活的问题，让全体村民告别以往的贫困、艰苦的生活，过上富裕文明的新生活，感受到改革开放的成果。因此在推进过程中，不论是搬迁的选址、户型的确定、风格的选择，都经过村民代表会、小组会议讨论确定，得到广大村民的高度认可，才去付诸实施，也才能在实施推进中得到村民的大力支持。

### 三、推进整村搬迁工作必须坚持因地制宜

山村人有山村人的生活习惯，直接搬到城里、镇上，对他们来说也许还不太适应。因此，选择既符合上级政策规定，又满足当地群众需要，让村民们既搬得出来，又住得舒服，还生活得习惯，不感觉别扭，能解决实际问题的搬迁地址，就必须从实际出发。关于选址、设计风格等一系列新

问题，镇村两级在充分发挥人民主体地位的基础上，一切从实际出发，从群众的需要出发，从当地现有的条件出发，适度超前，规划先行，推进此项工作。

# 明长城脚下安新家　长城寨村脱贫稳
——神池县烈堡乡长城寨村搬迁案例

长城寨村，境内有明代"野猪口"长城遗址，站在村中仰望雄踞山顶的明长城，绵延数百里，虽为泥土砌筑，历经千年风霜仍屹立不倒，威严神圣。村北边还有古战场遗址——古堡，相传杨家将兄弟曾在此披荆斩棘，自古就有"北有堡、南有寨"一说，"长城寨"因此而得名。该村位于神池县烈堡乡西北，与朔州、偏关接壤，距乡政府15公里，由原南寨、南窑两村合并而成。长城寨村共安置125户344人（其中建档立卡贫困户91户260人，同步搬迁户34户84人），目前安置房已全部分配到户，部分村民已经拆旧迁新开始新生活。

## 基本情况

世代居住窑洞，移民搬迁改变原始穷困面貌。神池县属于吕梁山—燕山集中连片特困山区，烈堡乡南寨村和南窑村就地处这一区域，境内沟壑纵横，水土流失严重，80%以上为山梁薄地，气候高寒冷凉，年无霜期不超过110天。为适应当地海拔高、气温低的自然条件，古往今来，村民祖祖辈辈都居住在传统的土窑洞和石砌窑洞中，居住环境和生活方式较为原始。

户容户貌通常是石头垒的院墙和门洞，院子里用木头、石板搭建的猪圈、羊舍、鸡棚等牲畜圈舍，正面是几间窑洞，新的有十多年历史，旧的有二三十年，窑面上能看到石头一层一层垒砌，土石混合，窑顶上覆盖30厘米的土层用以保暖。窗户矮小、歪扭，窑洞里光线昏暗，如果不贴着窗玻璃看，很难从外面看到窑洞里面的情况。窑洞里洞顶石头呈拱形结构，依次排列，洞顶、墙壁和地面通常用红泥抹平，条件好点的农户家里墙壁刷白，炕边墙涂上油漆，条件差的农户家里墙皮块块脱落、凹凸不平、斑斑驳驳。窑洞通常分堂屋和里屋，堂屋堆放粮食和杂物，大袋大袋的粮食堆成垛，旁边锅头、水瓮、喂食盆，堂屋和里屋中间的墙上开一扇低矮的拱门，穿过拱门进入里屋，首先入眼的就是正对门的锅头、上头一口直径近80厘米的大铁锅，旁边是炕，锅头和炕的连接角落里放着一堆柴火，备着生火用。里屋后墙摆放大平柜和其他简单的生活用品。通常一间窑洞的面积不超过15平方米。

这样原始困窘的落后面貌与新时代中国特色社会主义新农村风貌形成鲜明的对比。2016年，趁着精准扶贫的东风，县乡两级果断决策易地搬迁。

**主要做法**

一是扎实开展前期工作，科学制定搬迁规划。县乡两级坚持"政府主导、群众自愿、有土安置、生活便利"的原则，成立移民搬迁工作小组，进村入户，宣传易地搬迁政策，了解群众搬迁意愿，摸清底数，经过村民自愿申请、村民大会民主评议、公式公告，确定搬迁对象，分户建档，制订工作方案。按照"五统三靠近"原则，即"统一建设、统一标准、统一建筑风格、统一配套设施和公共服务"和"靠近集镇、靠近交通要道、靠近产业园区"进行选址筹划，通过征集民意、实地勘测、仔细论证，确定搬迁地点。南寨村和南窑村两村为烈堡乡的两个邻近村，相距几里地，且两村人口规模均在40户左右，在充分征求村民搬迁意愿后，县乡两级决定采取两个村整村集中搬迁的方式，在其中一个较中心的村选址安置。

二是多措并举，加强移民产业扶持。移民新村建成后，县、乡、村三级本着"搬得出、稳得住、可发展、能致富"的原则，为实现长城寨村如期脱贫的目标任务，在充分征求贫困户脱贫意向的基础上，结合村内实际和国家各项扶贫政策，因户施策制定有效帮扶措施。

养羊产业帮扶带动39户127人脱贫，光伏发电带动32户104人脱贫，生态扶贫带动2户6人脱贫，政策兜底保障14户18人脱贫。

## 取得成效

基础设施全到位，完善公共服务。为有效改善搬迁村民的生产生活条件，提升公共服务水平，把长城寨村建设成为高标准、高起点、多功能的移民新村，项目立足于乡村本来面貌，依山就是对搬迁安置点山、水、田、林、路、房、电进行整体规划，建设带院安置房120套344间，水、电、排污管全部入户，同时配套有村支部活动室、医疗室、学校、便利店、文化娱乐广场、公共澡堂、太阳能路灯、垃圾清运设施等公共基础设施，总投资1793.4万元，占地面积89亩。同时，县交通局申请上级资金新建旅游公路通村，目前正在施工，预计2018年10月底竣工。

安置房建设标准为砖混结构平房带小院，为防寒保暖，在外墙和房顶分别做两层和四层保温层；在户型设计上，按照"一人一间"的建设标准，每间建筑面积为20平方米，根据村民每户的需要，分别设计有1间型、2间型、3间型、4间型小院，建筑总面积7229平方米，其中房屋建筑面积6880平方米。移民新村基本实现了"家住新房、户有产业、环境宜人、生活便利"的目标。

## 经验启示

　　移民搬迁提精神，精神扶贫促脱贫。脱贫攻坚已进入冲刺阶段。面对最难啃的"硬骨头"，一鼓作气打好这场硬战，精神扶贫的作用至关重要，群众的精气神是打赢这场战役最有力的保障。

　　移民新村建成，两村合并后不能再分开叫原来的南寨村和南窑村，自己的村子自己取名，村民们集体商议新村取名"长城寨"。搬进了新家，看着亮堂堂的大正房、宽展展的自家院子，走在平整干净的街上，站在崭新的文化广场，仰望着心中敬畏又景仰的明长城，村里人对新生活充满期待。有人说，"活了四五十年了，没见过大正房，头一次见就住上了"；有人说，"搬进新家，原来不常回来的亲戚也经常回来住，以后村里可要热闹了"；还有人说，"30年没唱过戏，住进新房，全家人都回来看上几天好戏"。他们脸上喜庆的笑容、欢欣的眼神，就是脱贫的信心。大家说，有国家的好政策、有关心我们的好干部，只要自己努力，好好干，以后的生活会越来越好，"好日子是干出来的"！

　　精准扶贫工作开展以来，在县乡两级党委和政府的坚强领导和大力支持下，驻村第一书记、工作队与村两委坚持扶真贫、真扶贫，精准把脉、因村施策、逐户定措，实现了由"大水漫灌"到"精准滴灌"的实质性转变。通过采取项目拉动、旅游带动、整体推动等措施，努力把长城寨村打造成生活空间宜居舒适、生态空间清爽怡人、旅游空间开放共融、文化事业欣欣向荣、人与自然和谐发展的社会主义新农村。

# 建设扶贫产业园区　实现就地就近就业
## ——代县滨河移民新区案例

2017年6月,习近平总书记视察山西时指出,解决深度贫困要有深度举措,从忻州市的实践探索看,整村搬迁是解决深度贫困的有效办法。代县坚持把整村搬迁作为解决深度贫困的最有效办法,按照搬得出、稳得住、能脱贫的总要求,紧扣搬迁对象精准识别、安置点基础设施建设、旧村拆迁复垦、生态环境治理、产业就业保障、社区综合治理"六环联动",着力破解"人、钱、地、房、树、村、稳"等七个问题,坚持规划先行,结合群众意愿,全力推进易地扶贫搬迁集中安置工作。一年来,县委、县政府牢记嘱托,践行使命,走出了一条易地扶贫搬迁产业配套就业安置的新路子。

### 围绕易地搬迁,同步建设园区

代县滨河移民新区是该县目前最大的易地扶贫搬迁集中安置点,总占地540余亩,新区从2013年开始建设,分为北区和南区一期、二期三个移民安置小区,现已建成住房24幢1560套,三个小区已安置住户1050余户，待全部安置后，整个滨河移民区安置规模将达到1560户，约5000人。

为确保易地搬迁"搬得出、稳得住、能脱贫"，滨河移民区规划初期便预留产业发展空地300亩，规划设施扶贫产业园区一处，通过大力引导企业入驻园区，帮助搬迁群众实现就业，稳定脱贫。

为此，县委、县政府不断投资强化产业园区公共配套设施建设，加大招商引资和政策扶持力度，推介外地劳动密集型加工业和物流服务业等产业来我县考察，入园发展，努力推动形成"一枝独秀不是春，万紫千红才是春"的产业集约化发展格局。

习近平总书记指出，深度贫困地区要改善经济发展方式，重点发展贫困人口能够受益的产业，如特色农业、劳动密集型的加工业和服务业等。代县在移民搬迁安置点建设扶贫产业园区。该园区规划占地300亩，总建筑面积17万余平方米，预计总投资2.8亿元。一期占地98亩，总建筑面积7万余平方米，预计总投资1.3亿元，可吸纳近6000人就地就近就业。代县抢抓雄安新区、东南沿海地区产业转移的机遇，积极引进劳动密集型加工企业入驻产业园。杭州剑弘贸易有限公司注册成立代县雁弘纺织有限公司，与上馆、滩上、新高三个乡镇联建联办的富上、富滩、富昕轻纺厂合作，已首批入园。企业投资1800余万元，建设厂房5000平方米，购置各类机器设备364台（组），年可生产袜子3000万双，销售收入4820万元，实现利税670万元，带动230多人就业。

一期产业园区将再建设三层以上20幢6万平方米厂房，项目建成后，可带动和吸引更多的企业进驻园区，并以此为撬点和带动，在全县形成县有产业园区、乡有扶贫车间、村有家庭作坊的扶贫产业格局，进一步拓宽贫困群众增收渠道，加快脱贫攻坚步伐。

**发挥比较优势，聚集发展潜能**

代县滨河新区扶贫产业园存在以下四大优势，极具工业发展潜力。

一是区位优势。代县交通条件便捷畅通，自古就是东西、南北大通道，素有"旱码头"之称。县境内京原铁路、北同蒲复线、108国道、208国道、大运高速、灵河高速纵横交错，大西高铁即将开工建设。全县11个乡镇全部通油路，377个行政村通公路，交通网络四通八达。滨河移民新区位于县城周边，北邻108国道，南靠滹沱河，距高速公路8公里，距火车站5公里，交通位置非常优越。

二是环境优势。滨河移民区基础设施、公共服务设施配套完善，新区服务、环境卫生等管理制度健全，休闲广场、超市、自助银行，生活垃圾、污水处理设施齐全，供排水、供电畅通，绿化、亮化、美化到位，配套建有标准化卫生所、社区服务中心和商业聚集区，民福街、滨河中路已建设完成，滨河东路、发展大道正在建设中，"三纵三横"道路格局即将形成。高标准双轨制幼儿园建成已投入使用，解决了180名适龄儿童入园难问题。滨河移民区单轨制小学也列入建设规划，年内投资开工建设。

三是劳动力优势。2018年底，滨河移民新区住户将达到4000余人，其中男性劳动力1500多人、女性劳动力1200多人，剩余劳动力比较集中。滨河新区产业园建成后，可为园区企业提供大量稳定的便宜的劳动力。这些劳动力在家门口就近就业，既能通过就业获得收入，助推脱贫、照顾家庭，又可为企业节省了一笔不小的食宿费用，有利于企业走上健康持久发展轨道。

四是政策优势。近年来，县委、县政府高度重视滨河新区产业园区的建设和发展，多次出台招商引资优惠政策，鼓励各地企业家和外地发展的老乡来我县投资兴业，目前，已与雄安新区的17家鞋业厂商正式签订了入园合作协议。通过建立发展高效低耗无污染企业，借力发力，互利互惠，促进我县贫困劳动力门前就业、脱贫致富。同时围绕园区产业发展和各类企业用工需求，结合贫困劳动力实际，把劳动力培训个体需求与市场需求结合起来，开展全民技能提升培训，实现劳动力由农民向手工业、轻工业工人的顺利转型。

## 多种利益链接,实现稳定增收

按照"一个产业园、一批贫困户、一条致富路"的思路,构建"产业园+标杆企业+合作企业+贫困村+贫困户"的利益联结机制和"预分红+利润分红+就业收入"的带贫增收机制,带动贫困户稳定增收。一是预分红。为带动贫困户早日增收脱贫,当年按照注入扶贫资金1326.24万元的8%进行预分红,可带动69个村567户贫困户1217人贫困人口获得收入,户均增收1871元。二是利润分红。第二年抵扣预分红后,剩余利润按股分红,第三年按公司实际经营利润进行分红,三年后分红归集体经济组织所有。三是就业收入。公司已招聘员工211人,其中65%来自贫困户家庭,人均年工资可达2万元。

坚持扶贫、扶智、扶志相结合,提振脱贫信心,倒逼"等、靠、要"思想转化,开展劳动就业技能培训5期,涉及移民户200多人,实现了企业机器一转,贫困户脱贫有盼的目标。随着扶贫产业园区的快速推进,预计可提供就业岗位5000余个,实现贫困户门前就业、脱贫致富。

## 政策配套跟进,打造精品工程

代县以配套建设产业园区,加快产业发展步伐,做大做强企业为抓手,为易地扶贫搬迁提供强有力的产业支撑和更多的就业岗位,尝到了甜头。县委、县政府乘势而上,进一步研究配套支持政策,着力打造易地搬迁精品工程、民心工程。第一,人社部门通过大数据,把在外务工有经验、懂市场、有资源、眼界宽的能人调查归类、主动对接,吸引他们返乡创业、就业,整合人才资源,创新发展模式;第二,政府牵头搭建平台,以市场化的手段,强化管理,注重实效,形成集群与跨界相融合的产业链条,变成具有地方特色的产业和产品;第三,在易地扶贫搬迁中,大力发展劳动密集型产业，政府部门在厂房、电价、电商、物流、金融等方面为企业提供全力支持和充分保障，孵化放大，做优做强，既推动地方经济发展，更为搬迁群众提供就业和创业机会。

未来产业园区将坚持把深度贫困地区脱贫致富与改善经济发展方式结合起来，以易地搬迁扶贫户稳定脱贫为目标；以承接东南沿海地区及雄安新区劳动密集型加工企业转移发展为契机；以建设新型产业社区为抓手，坚持"挪穷窝"与"换穷业"并举，着力改善经济发展方式，重点发展贫困人口能够受益的产业，立足滨河新区产业园区四大优势，高起点规划，高标准建设；以新型社区创建和小区环境建设为推手，用足用活各类政策，把滨河移民新区打造成为我县安置规模最大、设施最完善、功能最齐全的大型移民搬迁产业园。

# 实施整村搬迁　实现"黄粱"美梦
——忻府区兰村乡地黄梁村搬迁案例

## 政策带来希望

地黄梁村位于兰村乡西南17公里处,地处丘陵,全村44户94人,占地1800余亩,其中林地108.5亩,荒山荒坡约11亩,耕地527亩(全部为山坡旱地),以种植玉米为主,产业单一,靠天吃饭,属典型的"一方水土无法养育一方人"。群众找不到"改善生活、摆脱贫困、脱贫致富"的门路,只能唉声叹气,怨自己命不好生在这个穷乡僻壤。2015年,中央做出了打赢脱贫攻坚战的决定,将"易地扶贫搬迁脱贫一批"作为新时期脱贫攻坚"五个一批精准扶贫工程"之一,决定用5年时间,把这些贫困群众搬迁出去,彻底摆脱恶劣的生存环境和艰苦的生产生活条件,实现稳定脱贫。脱贫攻坚政策让地黄梁的群众看到脱贫的希望。特别忻府区委、区政府制订了整村搬迁的"3673"行动计划,很具体地把整村搬迁的目标范围、条件、措施做了明确规定,最终实现"搬得出、稳得住、能致富"。兰村乡党委政府在尊重群众意愿的基础上,确定地黄梁实施整村搬迁,通过搬迁实现脱贫。

## 齐心协力"拆穷窝"

地黄梁共有65户涉及宅基地、房屋拆除。拆除搬迁是大事，平时总说生活的艰难，但真要拆除房屋、搬迁离开还真有点舍不得，有的群众还有抵触情绪。针对这种情况，乡村两级干部、驻村工作队进村入户开展政策宣讲，第一书记和村两委班子成员第一时间就召集全体村民召开村民大会，让大家了解整村搬迁政策，把整村搬迁的好政策深入民心，得到了广大村民的认可和支持。

经过摸排，涉及宅基地、房屋拆除共计65户。其中：户口在村，有宅基地、房屋的39户（贫困户28户，非贫困户11户），户口不在村，有宅基地、房屋的26户，空挂户的有5户（没有房产）。宅基地65块26.435亩，窑洞296眼，砖木房39间428.8平方米。趁热打铁，说干就干。会议当天，村民表决通过村两委干部和村民代表8人组成测量组和初步评估组，由他们对全村所有的宅基地和房屋、窑洞进行丈量和评估，决定于次日开始测量工作。不料正赶上下雪，工作人员不畏严寒冒雪工作，用了一整天时间把所有的宅基地和房屋、窑洞测量完毕，晚上全体村民参与对所有的房屋和窑洞进行了初步评估，由于大家的共同参与，对评估的结果大家表示赞同。

2018年4月，整村拆除工作到了关键节点。4月上旬又召开全体村民整村拆除动员大会，把补偿标准及拆除后的有关事宜向大家做了通报，做到人人懂政策、人人知政策，村民心里敞亮了，没有心结了，工作就能开展了。会议当天，由村民重新推荐出办事公道，工作负责的13人作为评议小组成员，成员由村两委干部、村民代表、一般村民组成，由他们对全村所有的房屋再进行评估，评议小组按上级政策精神，一户一户对房屋进行公开、公平、公正评估，评估结果出来，得到了广大村民的认可，现场签字确认，满意率100%，为拆除工作奠定了坚实的基础。

一是第一书记和支部书记首先把易地整村搬迁政策吃透、吃准，发现问题及时处理在萌芽状态，紧密联系乡党委、政府，发现新问题、新情况及时汇报反馈，得到乡党委、政府的大力支持和帮助。村民提出拆除奖补款先到位后拆除的办法，及时向乡党委、政府汇报情况，乡党委、政府在财政困难的情况下，挤出59.0587万元资金先行垫付给村民奖补款。在上级大力的支持下，地黄梁村的拆除工作才能顺利进行。

二是临近拆除，有个别户提出这样那样的问题，给整村拆除工作带来了阻力。不能因为个别户的问题而影响大局，第一书记和支部书记走家串户，以拉家常、交朋友的方式做他们的思想工作，讲政策，讲道理，讲人文，讲大局，把他们的事当作自己的事来解决。

有一低保户老人搬不走，跟我们反应情况是子女多，兄弟几个关系不好，出现了跟谁住，谁来养的问题。我们马上叫回兄弟几个，协调家庭矛盾，通过多次调解，兄弟几个达成共识，高高兴兴把老人接走。

另一户是村里数他家的房子最好，觉得评估的补偿有点低，经过多次协商，同时向上级汇报征求意见，最后达成一致意见，得到妥善解决，为整村搬迁铺平了道路。

三是为了使整村拆除工作顺利进行，拆除当天首先拆支书、主任的房屋，然后是子女和老人的房屋，打消了村民的顾虑，村民要的是公道、公平，只要时常保持一颗"公心"，把握"公心"这条主线，拆除工作就能顺利进行。

## 后续支持"拔穷根"

整村搬迁只是手段，脱贫才是目的。要想"稳得住、能致富"，必须有产业发展、就业创业等后续支持措施。区委区政府明确了维护搬迁贫困户权益"七个不变"，采取了多种措施帮助搬迁户增收脱贫。

## 一、利用奖补手段，激发搬迁户的内生动力

大多数贫困户存在"等、靠、要"的思想，自身发展动力严重不足。地黄梁村在出台了一系列能激发贫困户内生动力的奖补政策，在思想上逐步激励贫困户依靠自己的双手创造美好生活。如自己主动带头进行拆除旧房，并进行复垦，就给予拆除费和复垦费补贴；按时开始装修，就奖励一吨水泥，免垃圾清运费等。

## 二、多措并举，让搬迁户搬迁后无后顾之忧

由于大部分搬迁户搬进城区，给种地带来了不便。为了解决种地难问题，2018年申请26万余元扶贫资金，新建酿酒高粱产业扶贫项目，将不愿继续种植的土地流转回来，务工人员主要由贫困劳动力组成，为群众增收致富打下坚实基础。

驻村帮扶干部在充分征求贫困户意愿的基础，根据每一户的劳动力构成情况，为每一户制订切实可行的帮扶计划。对一些年老体弱、残疾，以及丧失了劳动能力的贫困户进行政策兜底帮扶，全面落实"两不愁、三保障"政策。

产业就业保障方面，一是在怡居苑小区南已规划建设了龙岗生物科技园区，天致医药、嘉信制药两企业已签约，现216亩土地已获批，建成后可安排600余人就业。二是推进搬迁村产业发展，实施旧村开发、土地整治等项目增加搬迁户收入，搬迁户中35%从事种养殖业，51%依靠务工收入，10%社会兜底保障，4%资产收益扶持。三是在怡居苑1—8期33栋楼顶建设1.4兆瓦屋顶分布式光伏发电项目，解决移民户的用电，利用余电上网，解决移民户的部分物业费用，降低生活成本。

## 三、移民小区完善配套措施，跟进社会治理

新区安置配套方面，怡居苑小区水、暖、电、气、路齐全，四旁绿化、草地、草坪等基础设施齐备。周边配套妇幼保健院、中医院、幼儿园、文化广场、活动中心、社区居委会、集贸市场、超市购物等公共服务设施。

社区治理跟进方面，健全工作机制，完善治理体系，实现有效管理。

区组织农委、扶贫、文化、卫计、公安、司法等部门将相关项目及资金与社区建设整合捆绑，促进社区卫生室、警务室、图书室、群众户外文化活动场地、便民店等社区服务网络建设，方便群众生产生活。

**梦想就在眼前**

随着集中安置小区第九、第十期建设完成，搬迁户今年年底或明年初陆续入住，我区"十三五"易地扶贫搬迁集中安置全面完成。移民安置小区怡居苑一——十期东西1200米，横跨两条路，纵横两条街，52幢楼4842户13386人入住，形成了人口相对集聚、环境优美、配套完备的新的城南中心区，成为城南一道靓丽的风景。聚集了人气，也蕴藏了商机，既是我区脱贫攻坚的重要工程，也是项目转型的具体体现，为城市发展增添新的活力。

# "挪穷窝" 白家岭步上脱贫路
——原平市闫庄镇白家岭村搬迁案例

原平市白家岭村位于闫庄镇政府西南5公里处，距县城40公里，全村16户41人，贫困户8户17人（因残致贫2户，因病致贫6户），非贫困户8户24人；低保户5户6人，五保户2户2人。总耕地198亩，都为旱坡地。十年九旱，靠天吃饭，信息不通，交通不便，基础条件滞后，无支柱产业，是典型的山庄窝铺，存在上学难、就医难、吃水难和结婚难，这就是搬迁前的白家岭村。

### "挪穷窝"，迈开致富步

习近平总书记指出，整村搬迁是解决深度贫困的有效办法。实施易地整村扶贫搬迁，改善贫困群众生存环境，让贫困群众住上好房子，过上好日子。习近平总书记的话说到了白家岭农民的心坎上，让白家岭农民多年的愿望有了实现的机遇。

2016年，白家岭村列为原平市整村搬迁村；2017年底，全村16户农民都分到了移民房。

王某某等7户19人在平安小区安置；闫某某等4户17人在石豹沟小区安置；闫某某等5户5人在康馨敬老小区安置。2017年底，8户17人全部脱贫，人均收入由原来的2165元增加到4120元，生产生活环境发生了翻天覆地的变化。搬迁后的白家岭村民，就业比之前方便多了，全村18个劳力有13人外出务工。搬到石豹沟小区的闫某某一家4口，现都在原平城区务工；母女二人在密封件厂务工，月收入每人1500元，全年收入36000元；父子二人在建筑工地打工，月收入每人3000元，一年有7个月务工时间，全年收入42000元，全家工资性收入78000元，家里添置了彩电冰箱等大件家电用品，逢人就讲党的易地搬迁政策好。

### "拔穷根"，种上致富树

按照适合复垦的宅基地全部复垦，不适宜复垦的建议生态修复，采取宜林则林、宜牧则牧、宜耕则耕的办法，积极推进整村搬迁后续工程。白家岭村宅基地腾退面积为10亩，去年全部进行了复垦和生态修复，种植油松树20亩，生态扶贫受益户7户。2017年完成了村庄销号。

### 求发展，关键是产业

白家岭村村主任闫旭云带领4户农户培植辣椒45亩，进行辣椒培植，经济效益明显高于玉米作物；实施消夏、呼氧、休闲养生农家乐增收项目，已接待游客6批100余人次，农家餐馆初见效益，为明年更好地推进农家乐项目创造了基础条件。

## 谋出路，精心划搬迁

2016年列为整村搬迁村后，乡村两级按照省市整村搬迁工作要求，制定整村搬迁实施方案，成立了以党委书记为组长的白家岭整村搬迁工作组，并着专人对搬迁户信息资料整理归档，建立了一户一档案，逐户分析致贫原因，制定帮扶措施，明确脱贫任务目标，2017年底全部脱贫（生态扶贫7户，政策兜底5户，产业发展脱贫4户）。

闫庄镇党委政府按照精准识别搬迁对象、旧村拆除复垦、生态修复整治、产业就业保障的易地搬迁工作部署和要求，在白家岭村以群众满意为基本导向，全方位落实组织举措，不断积累工作经验，完善工作措施，分析工作中的不足，解决搬迁工作中遇到的困难和问题，出真招，出硬招，补短板，顺利完成了白家岭村整村搬迁。

精准识别，坚持民主评议，按照全面摸底调查、征求群众意愿、村乡两级评议公示、县级政府审核公告、与搬迁户"双签"协议的流程，完成了移民户安置。

搬迁组织，包村领导、驻村工作队和第一书记逐户逐人开展工作，确保人口迁转、村庄销号、拆除腾退、土地林地流转和权益保障等有效落实。

保障跟进，按照整村搬迁后帮扶责任人不"搬"的原则，继续跟踪帮扶，为扎实落实每一项重点任务提供有力保障。乡村两级在白家岭村组织开展了新型农民职业技能培训，闫某某等九人实现了转移就业，增加搬迁户资产性收入。

## 经验启示

一是整村搬迁是一项重要的民生工程，是易地扶贫搬迁中解决"一方水土养不活一方人"的有效措施，可以从根本上改变移民户的生产生活环境，为移民户提供了就医就业入学的便利条件，但是整村搬迁必须着力解决好人往哪里搬、钱从哪里筹、地在哪里划、房屋如何建、收入如何增、生态如何护、新村如何管的问题。

二是根据现行政策，整村搬迁政策补助贫困户与非贫困户差异较大，贫困户基本可实现搬迁不举债现象，非贫困户的搬迁成本较大，给整村搬迁工作带来难度。

三是整村易地扶贫搬迁的后续发展力不足。扶贫和可持续发展是决定易地搬迁后，移民户获得更高的生活质量的决定性因素，主要包括移民户的生活质量、生活前景、实际收入等等，搬迁后续产业发展至关重要。

白家岭村的整村搬迁，彻底改变了移民户的生产生活环境，易地搬迁政策真正惠及移民户，也给全市易地移民搬迁工作做了榜样！

# 手牵手搬迁定居　　肩并肩创业致富
——河曲县单寨乡神堂峁村搬迁案例

**基本情况**

单寨乡神堂峁村位于县城东南部，距离县城约58公里，距离乡政府约5公里，全村耕地面积1436亩。全村户籍人口71户188人，常住人口19户37人，党员8名。该村地广人稀，土地贫瘠，气候温凉，昼夜温差大，无霜期偏短，主要支柱产业为农作物种植，农作物有糜子、谷子、玉米、土豆、小杂粮等，农民经济来源仅靠传统农业种植，全村农民收入低。长期以来，由于该村交通闭塞，自然条件恶劣，基础设施差，是典型的"一方水土养不好一方人"的村庄。

为了贯彻落实中央、省、市有关易地整村搬迁工作的文件及会议精神，结合村民意愿，2017年，在单寨乡党委、乡政府的指导下，神堂峁村在做好先期规划、宣传动员的基础上，与村民逐户签订搬迁安置协议、旧房拆除和宅基地腾退协议，实施了整村搬迁（其中建档立卡贫困户搬迁19户39人、同步搬迁52户149人）、旧房拆除、地面复垦，如期实现了人要搬迁、房要拆除、地要复垦的要求。

## 主要成效

### 一、集中安置方式，实现安居

神堂峁村在县城集中安置71户188人，主要针对有县城集中安置愿意的2人户及以上户数家庭，在县城开元路幸福小区集中安置。人均住房面积21.77平方米。

### 二、给予各类补助，促进增收

第一，建房补助。建档立卡贫困人口集中安置建房每人2.5万元，同步搬迁每人1.2万元。已经享受过"十二五"移民搬迁政策的农户，不再享受集中安置建房补助政策，可按照分散安置建房补助政策执行；享受过"十一五""十二五"危房改造政策的不受限制。

第二，对签订旧房拆除协议和宅基地复垦协议并按期自主完成拆除复垦的搬迁户，给予适当奖补，从易地扶贫搬迁共管账户支付奖补资金。县政府根据"按期拆除旧房奖一万""自行完成复垦奖五千"等政策，综合考虑整村搬迁村、插花搬迁村和建档立卡贫困人口、同步搬迁人口等差异化因素，组织制定统一的易地扶贫搬迁对象旧房拆除和宅基地腾退复垦奖补办法。对于整体搬迁村，以乡或者以村为单位，奖补总金额不得突破搬迁安置人口×1.5万元。对于插花搬迁村，以户为单位，奖补金额原则上不得突破搬迁安置人口×1.5万元，特殊情况不得突破搬迁安置人口×2万元。

具体执行标准为：宅基地腾退一宗奖补3000元；拆除砖石窑洞一孔奖补3000元、土窑洞一孔2000元，拆除砖混房每平方米奖补600—800元，砖木房每平方米奖补200—400元，不能居住的房屋减半奖补；牲畜圈、猪圈、羊圈、水窖及树木等酌情奖补。

### 三、保障村民权益，确保乐业

第一，保障搬迁后村民权益。整村搬迁后，村民享有的各种补贴政策不变，转移支付政策不变，脱贫攻坚政策不变，社会保障政策不变。具体为"三个保障"：一是保障搬迁村民的政治权利，二是保障搬迁村民的既得利益，三是保障搬迁村集体的"三资"（资产、资源、资金）不变。

第二，保障搬迁后就业权益。首先，对有劳动能力的易地搬迁人口通过四种方式解决后续产业问题：一是选聘村级护林员3人，年可领取护林员工资7800元。二是乡镇成立扶贫造林专业合作社，吸收8户13人，年务工收入6000元以上。三是安置为县城环卫工人2人，月工资1600元以上；园林工8人，日工资80元；小区物业、保安3人，月工资1800元。四是在龙头企业就业12人，月工资2800元以上。五是为符合条件的4户10人办理了"五位一体"金融扶贫贷款，年均受益7500元。其次，对于无劳动能力的搬迁户31人，通过享受"低保"政策作为保障，年可领取低保金3576元。

**四、开展整村治理，推进产业发展**

整村搬迁后，神堂峪村共拆除旧房222间，腾退宅基地63处，并将腾退出的宅基地纳入土地复垦增减挂钩项目，可复垦耕地90亩，实现土地增减挂钩收益1350万元。

整村搬迁后，神堂峪村实施浅丘陵山区干果经济林种植项目，栽植仁用杏1436亩，人均7.5亩，按每亩第一年补贴300元计算，人均可实现增收2250元。

整村搬迁后，利用拆除的宅基地新建320千瓦的光伏扶贫电站，年均可实现收入30多万元，可确保深度贫困户16户26人每户年增收3000多元。

## 主要做法

乡、村两级在实施整村搬迁的过程中，不断总结经验，及时分析和解决存在的问题，按期完成了整村搬迁全部工作。

一、做好前期规划，打好搬迁基础

整村搬迁的工作思路确定以后，乡政府结合该村实际制定出了《神堂崅村整村搬迁实施方案》，尤其对易地搬迁的实施地点、奖补标准、搬迁程序、产业结构调整、复垦后特色产业等进行了详细的规划，保证了搬迁工作有条不紊地进行。

二、尊重群众意愿，乡村上下联动

实施整村搬迁工作，其主体是农民群众，最终受益者也是农民群众。为了充分发动广大农民群众的积极性，实施整村搬迁前，对制定出的各项规划等充分征求和合理采纳了群众的意见建议，使他们主动参与到整村搬迁工作中来，形成乡、村和搬迁群众上下联动、互相配合的良好工作格局。

三、健全组织机构，明确职责分工

单寨乡成立由书记、乡长任双组长，分管领导、扶贫专职副乡长任副组长，包片领导、包村干部、村两委委员为成员的整村搬迁领导小组。明确分工，责任到人，上下配合，多方协调，全面实施好整村搬迁工作。

四、严格按照程序，有条不紊推进

按照"两协议一表决""两请示、一备案"程序，撤并村委会。"两协议一表决"主要由村级组织完成。村委会都要与搬迁对象签订搬迁安置协议、旧房拆除和宅基地腾退协议；召开村民代表大会表决通过搬迁方案，并留存村民代表签名的会议记录。"两请示、一备案"主要由县乡村三级完成。在完成"两协议一表决"的基础上，村委会向乡政府请示撤销村委会，乡政府向县政府请示；县政府召开常务会，以会议纪要的形式批复。民政部门备案。

五、及时张榜公示，补偿透明公开

搬迁户房屋及附（构）着物补偿核定金额经村民代表（户代表）民主评估签字确认后，结果在村公示栏张榜公示，要在乡政府搬迁工作组的全程监督下由村委会和村级搬迁工作组组织实施。

六、加强督查考核，确保完成任务

按照时间要求，倒排工期，挂图作战，对各项任务进行分解，抓紧推进各项工作。要加强工作指导，加大目标责任考核力度，确保完成搬迁任务。

## 经验启示

### 一、聚焦关切，统筹好才能服务好

搬得出是前提，能发展是保障。通过统筹搬出地和迁入地县乡村三级优势资源，既聚焦了搬迁群众最关切的问题，又找到了解决问题的根本办法，最大化抓好一系列民生政策落地生根，从根本上消除了搬迁群众的后顾之忧，为保障好、服务好搬迁群众后续发展做出了有益探索。

### 二、聚集意愿，引导好才能稳定好

尊重搬迁群众意愿，是落实好移民搬迁"稳得住"的路径和要求。在做好搬迁群众后续服务中，注重从生计发展、民生保障、生产生活习惯等方面，广泛尊重搬迁群众的期盼和意愿，着力在抓增收、抓服务、抓衔接、抓保障等方面想办法、出措施，切实让搬迁群众真切实感受到党和政府的关怀，从而深植起"明天会更好"的坚定信心。

### 三、聚焦优势，用得好才能发挥好

能就业，是搬迁群众留得住的根本性的难题。坚持问题导向，通过多方征求意见和科学论证，选择在区位优势最明显、发展前景最强劲、安居条件最优越、交通便捷的经济技术园区建设搬迁安置点，让搬迁群众一搬就能就业致富，就能享受公平社会服务，就能展望美好前景。

### 四、聚焦长远，谋划好才能发展好

着眼当前，紧盯长远，才能搬出精气神、搬出新生活。河曲县在做好搬迁群众后续发展中，既着眼解决"搬出一户保证有一人就业"和"留得住"的问题，又紧盯长远谋划和鼓励搬迁群众盘活"三地"资源和用活"特惠贷"、小额贴息贷款等优惠政策抱团发展，形成良性致富产业。

# 昆仑滩的美丽蜕变

## ——静乐县杜家村镇昆仑滩村搬迁案例

### 基本情况

在静乐西北部云中山脚下有一个叫昆仑滩的小村子,这是杜家村镇的一个偏僻小村,这里沟壑纵横,出行吃水都困难,生态、生活环境十分恶劣,是一个典型的"一方水土养不好一方人"的深山小村。全村14户人家34人中就有建档立卡贫困户10户21人,其中五保、低保8户9人;全村国土面积8250亩,其中林地2340亩、耕地262亩、荒山荒坡5444亩、撂荒地204亩;262亩坡梁地主要以种植莜麦、胡麻、土豆为主,基本上广种薄收,靠天吃饭;主要经济来源靠养殖;2017年全村人均收入2890元。

### 基本成效

按照静乐县"十三五"移民搬迁规划,2016年,昆仑滩被列入整村搬迁村,在移民搬迁中,镇、村干部和包村帮扶单位全部进村入户,一家一户进行了动员宣传，通过个人申请，逐户核实了村民居住面积、宅基地使用面积、耕地面积、林地面积，并签订了移民搬迁协议，落实了安置方式和安置地点。

在移民搬迁过程中，镇、村两级认真落实"六环联动"措施，统一规划了人退、村退和退耕还林的实施方案，列出了拆旧复垦的计划和期限，对移民户的产业、就业通过光伏收益、森林管护、培训就业等进行综合保障，对集中安置的村民通过移民搬迁安置点配套建设的服装加工厂进行就近就业安置，实现移民户进城后能够"稳得住、能致富"。

到目前，昆仑滩已完成了整村搬迁和拆旧复垦工作，搬迁安置补偿金已全部发放到移民户手中。全村已列入退耕还林160亩，有1户享受光伏收益，有2户享受了森林管护就业，有6户通过专业培训外出打工就业，有5户通过政府搭建的服装厂就业增收。据不完全统计，全村完成搬迁后，2018年人均可支配收入可能超过7600元。村民们高兴地说："昆仑滩村没恐龙，贫困村中最贫困，拆旧建新搞移民，党的政策真英明。"

## 基本做法

在实施易地搬迁中，杜家村镇坚持做到了：

**一、提高政治站位，把移民搬迁作为脱贫攻坚的重中之重**

镇党委、镇政府把易地移民搬迁，尤其是整村搬迁作为全镇脱贫攻坚的重头戏，成立了以镇党委书记为主的易地搬迁领导组，制定了杜家村镇易地移民搬迁计划和年度实施方案，根据搬迁计划，出台了具体的办法措施。根据"六环联动"和破解"七个问题"的要求，结合当地实际，提出了具体的实施办法。同时，涉及移民搬迁的村都成了专门的领导小组，由村两委主干和第一书记、帮扶部门联合组成攻坚小组，明确职责、任务和搬迁时限，形成了镇、村推进移民搬迁的合力。

## 二、进村入户、精准摸排,提升移民群众满意度

在移民搬迁推进过程中,镇、村两级严格按照县委、县政府制订的搬迁规划和镇里的推进计划,组织各工作组进村入户,在尊重群众意愿的前提下,对移民群众现存的资产进行精准核实,同时根据群众的诉求,提出了双方认可的解决办法,根据易地移民搬迁的法定程序,认真依法推进,做到公开、公平、公正,按照时间要求,圆满完成签约、搬迁、拆旧、补偿各项工作。

## 三、放大政策红利,保障移民群众利益,让移民群众搬得高兴、住得安稳

在实施移民搬迁的过程中,昆仑滩村始终把移民群众的利益放在首位,在统筹推进的过程中,综合施策,合力推进,把各项惠民政策全部落实到搬迁户手中。从"人、钱、地、房、树、村、稳"七个问题入手,逐项落实,不留死角,该贫困群众享受的全部享受,保持搬迁后稳定不变,同时,综合应用退耕、森管、光伏、兜底、培训就业、公益优先、产业发展、就近就业等综合措施,确保移民群众在搬迁后能够稳定增收,通过上述措施,让移民群众在搬迁后实现宜居宜业。

任某某祖辈居住昆仑滩村,全家5口人,是精准识别的建档立卡贫困户。2017年搬迁进城入住县城集中安置点杨家山移民小区,分得新楼房123.9平方米,现已搬迁入住。他家搬离昆仑滩后,有20亩地被列入退耕还林,每亩补助1500元。他被选为天保护林员,每年收入6000元;同时扶持发展养羊200余只。女儿在太原就读高职技校,每年享受"雨露计划"2000元补助。爱人享受低保每年2280元,同时在移民安置点门口的服装加工厂打临工挣钱。任某某高兴地说:"今年我们人均收入要突破7000元,全凭党的好政策,让我一家全部脱了贫。"

## 经验启示

昆仑滩村按照"搬迁是手段,脱贫是目标"的根本要求,聚焦增强搬迁户后续发展能力,有效整合各种惠农政策,因户因人精准施策,实现"以产带迁""以业促迁",落实各项保障措施,着力提高贫困群众搬迁入住后的脱贫率,确保搬迁户有产业、能就业。

### 一、提供产业扶持

以"一县一业一园区""一村一品一主体"为抓手,充分利用静乐作为全国电子商务进农村示范县的机遇,对搬迁户中初中以上文化程度的劳动力进行电商培训;依托静乐特色农产品,引导移民户进入电子商务领域创业发展。

### 二、保障移民就业

按照就近就地就业的原则,围绕"一户一人就业"目标,逐户清查核实搬迁户劳动力情况、迁入地就业岗位需求情况,建立企业用工和移民就业需求台账表,对实施整村搬迁的贫困户,实施分类帮扶、因人施策,确保稳定增收。对有劳动能力的采取针对性扶持,一是离土离乡的,结合农村劳动力转移培训,开展"静乐裁缝"等专业技能培训,提升劳动技能;积极购买公益性岗位,用于就业援助和托底安置;新增安置区物业、保洁、保安等岗位向移民户倾斜。二是离土不离乡的,以原乡镇组建扶贫水利水保专业队和扶贫造林专业合作社的方式,吸收一定比例的整村搬迁人口加入。三是离乡不离土的,新增护林员岗位,吸纳就业。

### 三、推动资产收益

实施旧村开发、土地整治、标准农田、小型水利、田间道路、退耕还林等基本建设项目,将保留的安全住宅作为生产用房,组建种植、养殖合作社,推动土地流转,发展规模经营,通过流转土地经营权、股权分红等形式增加搬迁农民收入。

# 易地搬迁"挪穷窝" 多措并举改穷业
## —— 宁武县怀道乡长乙珍村搬迁案例

## 基本情况

宁武县怀道乡长乙珍村位于宁武县东南部,距离县城60公里,平均海拔1700米,年平均气温6.8℃,无霜期120—130天,是典型的高寒土石山区。

长乙珍村全村总人口63户164人,其中建档立卡贫困人口37户104人;总面积3590亩,其中耕地面积830亩,林地面积2700亩。该村土地贫瘠,自然环境恶劣,产业支撑不足,经营粗放、效益低下,农民主要从事传统的小杂粮种植和畜牧养殖,年人均纯收入不足2800元,是典型的"一方水土养不起一方人"的深度贫困村,贫困发生率极高。2016年,根据该村就地脱贫难、容易返贫的特点,宁武县按程序将长乙珍村列入2016年度整村搬迁计划,作为解决该村深度贫困的根本举措,采取五项措施,确保搬得出、稳得住、能致富。

## 基本成效

**一、周密安排,确保工作有规划**

一是精准识别,明确对象。怀道乡政府组织乡村干部、第一书记和驻村工作队深入长乙珍村,严格对照易地扶贫搬迁对象识别条件,按照"宣传动员、贫困户申请、村民大会评议、村委会初审及公示、乡镇审核及公示"等程序,逐户核查,层层把关,全村共精准识别建档立卡扶贫搬迁对象37户104人、同步搬迁对象26户62人。二是制定方案、强化培训。怀道乡按照宁武县"十三五"易地扶贫搬迁总体规划和安排部署,成立了以乡党委书记、乡长为组长的领导小组,制定了《怀道乡易地扶贫搬迁实施方案》和《长乙珍村易地扶贫搬迁实施方案》,先后多次召开专题会,对易地扶贫搬迁工作进行安排部署,确保工作取得实效。同时,对乡村干部、第一书记和驻村工作队进行了全方位的易地扶贫搬迁政策培训。累计共开展专题培训10余次,培训人员200余人次,发放培训资料和政策宣传单300余份,确保了长乙珍村村民对易地扶贫搬迁政策家喻户晓。三是统筹规划,科学设计。尊重群众意愿的基础上,综合考虑搬迁人口入住后就业、上学、就医等因素,结合行政村撤并和推进农业人口城镇化进程,对各类移民搬迁对象安置进行了整体规划。2016年在凤凰镇刘家园村规划建设(回购)了刘家园移民三期安置小区、精准扶贫移民安置小区和圆梦园安置小区等三个集中搬迁安置点。刘家园移民三期安置小区建成15幢住宅楼552套安置房,其中36套安置房安置长乙珍村搬迁对象62户162人(建档立卡36户100人,同步搬迁26户62人),回购了刘家园圆梦园安置小区54套保障房用于安置建档立卡2人户家庭,安置长乙珍村建档立卡搬迁户1户2人。截至2017年底,长乙珍村63户164人全部集中安置,并搬迁入住新居。

## 二、严格政策标准,确保建设不走样

一是严格面积标准。按照统一规划设计的户型图,严格执行建档立卡贫困户人均不得超过25平方米,住房质量经行业部门认定,验收合格后方可入住。长乙珍村建档立卡搬迁户人均住房面积为20.1平方米,无面积超标现象。二是严格资金标准。严格实行补助标准,对集中安置的建档立卡贫困户,按照每人2.5万元进行补助,对分散安置的建档立卡贫困户按照每人2万元进行补助,对同步搬迁户按照每人1.2万元进行补助。县财政加大易地搬迁资金投入力度,确保搬迁户自筹每人不超过3300元、每户不超过1万元。长乙珍村建档立卡搬迁户人均自筹资金1482元,户均自筹资金6046元,无自筹资金超标现象。三是严格质量标准。安置项目竣工后,由住建部门牵头组织建设、勘察、监理、设计、施工等单位负责人,组成了验收组,按照验收程序进行了验收,并及时完善了项目资料。

## 三、完善工作机制,确保群众搬得出

一是领导推动机制。建立易地扶贫搬迁县级领导包村制度,为包村解难题、解困难,推进易地搬迁工作进度,确保顺利搬迁。二是建立奖补制度。为确保建档立卡贫困户早日搬迁入住,建立易地扶贫搬迁入住对象装修期临时安置补助、就业创业帮扶、物业费减免等奖补机制,加大对贫困搬迁对象帮扶力度,切实减轻贫困搬迁对象负担。截至2016年底,长乙珍村所有建档立卡搬迁对象全部落实了帮扶责任人,目前正在加紧兑现临时安置补助和物业费减免政策。三是建立拆旧复垦机制。怀道乡政府按照省市县精神,组织乡村干部、第一书记、驻村工作队与长乙珍村搬迁户逐户签订易地扶贫搬迁拆除"双签"协议,逐户丈量了旧房和宅基地面积,实施完成全村旧房拆除工程,共拆除旧房61户300余间,腾退宅基地面积26.67亩,人均1万元奖补金已全部兑现到户。旧房拆除完成后,长乙珍村加紧实施宅基地复垦工程。2017年底,县国土部门已将长乙珍村已列入2018复垦计划,并编制了2018年城乡建设用地增减挂钩方案。目前,长乙珍村正在平稳有序地推进宅基地复垦工作,复垦完成即可兑现人均5000元奖励。

### 四、规划配套设施,确保稳得住

为解决搬迁户生产、生活等条件,一是完善配套基础设施。在刘家园移民三期小区建设道路2公里,铺设饮水管网2.5公里,架设电网1.5公里,安装10千伏安变压器2台。二是健全公共配套设施。在刘家园移民新村片区新建幼儿园1所、扩建了原有的小学和初中,在刘家园移民三期安置小区新建了卫生院、供热站、派出所、休闲广场、社区服务中心等公共服务配套设施,解决了搬迁群众的入学、就医、健身、治安、供热等问题。三是加强社区管理。在刘家园移民区设立党支部和居委会。移民村党员组织关系迁入当地党组织,参加当地组织生活。人口户籍迁移到迁入地,享受该地与户籍配套挂钩的相关政策。目前,安置长乙珍村搬迁对象63户164人已全部纳入刘家园移民新村社区管理。

### 五、完善后续保障,确保能致富

一是做强做大种养殖产业。由政府按建档立卡贫困户户均投入1.5万,解决项目基础设施建设"水、电、路"和平整土地的"三通一平"工作;充分发挥"金融扶贫小额信贷"作用,与邮政储蓄银行宁武支行、县农村信用联社合作,采取贫困户申请、企业担保、政府全额贴息的模式,按户均5万元集中发放信贷资金,为长乙珍村9户28人贫困户入股新大象生猪养殖项目,2017年底,已实现户均分红3000元。由村干部牵头,吸纳从事种养殖的建档立卡贫困户10户42人,成立了宁武县杰康种养殖农民专业合作社,依托"互贷户用"政策贷款50万元,购买优种肉牛50头;同时以入股分红的模式流转300余亩土地种植饲料饲草,实行规模化、集约化经营。目前该合作社共存栏肉牛60头,预计年底可出栏10头,实现纯收入5万元,贫困户人均增收1190元。二是创建移民扶贫产业园。宁武县委、县政府坚持在保持原有扶贫政策不变的基础上,按照"煤企扶贫、产业保障、园区建设、就近就业"的工作思路,建设刘家园移民扶贫产业园,实现移民搬迁户"门口就业、顾家赚钱"。产业园建筑面积11857平方米,总投资5272万元。采取前两年免房租的方式,引进宏茂制衣、怡玫制衣、博爱家园、电子商务、旅游产品、茶叶制售、食品加工、孵化中心等八个劳动密集型项目入园,吸纳贫困移民690人就业。两年后,将入园项目的房屋租金反哺移民搬迁户,用于降低取暖、用水、用电、物业等城市生活成本。截至目前,宏茂制衣、怡玟制衣、博爱家园、电子商务、旅游产品、茶叶制售、食品加工等七个项目已全部正式投产。已吸纳刘家园移民新村200余建档立卡贫困搬迁对象就业,其中长乙珍村建档立卡贫困人口19名在该园区的食品加工厂、宏茂制衣厂和怡玟制衣就业,实现了一人就业全家脱贫。三是加大政策兜底力度。对于在县城集中安置的年老体弱丧失劳动能力的建档立卡搬迁户13户25人(低保户11户23人,五保户2户2人)由原来的农村低五保变更为城镇低五保,同时叠加光伏扶贫电站收益,可实现户均不低于1万元的稳定收入,确保该群体老有所养,生活安康。

宁武县怀道乡长乙珍村整村易地扶贫搬迁工作取得了阶段性的成效,县乡包村干部、村两委干部及驻村帮扶工作队奋战一线,对推动易地扶贫搬迁的做法深受启发,在今后工作当中认真思考、创新方法、破解难题。

## 经验启示

启示一:坚持"搬迁是手段,脱贫是目的"的基本要求,着力破解搬迁群众后续发展问题,因地制宜、因户施策逐户逐人精准落实后续脱贫措施。对于种养殖大户,采取合作养殖模式集中经营,提高经济效益;对于有劳动能力的搬迁户,在迁入地创建产业园区,引进劳动密集型产业,搭建就业创业平台,让其就近就地就业创业;对于年老体弱丧失劳动能力的搬迁户加大政策兜底力度,同时叠加光伏收益、企业入股分红,确保其稳定增收。

启示二:充分利用原村资源,将闲置资源转化为财富。鼓励移民搬迁后,将原村土地、山林、荒坡等资源流转给能人大户集中经营,发展沙棘林、干果林、中药材种植等项目，搬迁户既可获得资产性收益，又可在企业务工赚钱。

启示三：搬迁工作以搬迁群众为主体，充分调动群众搬迁积极性。由搬迁群众在政策框架内民主制定村级搬迁方案，旧房拆除奖补办法，安置房分配方案等村策，全程参与搬迁各个环节，在搬迁工作中建言献策，凝聚力量，顺利完成搬迁任务。

# "挪穷窝、摘穷帽、断穷根"
## ——五寨县清涟沟经堂寺街办店坪村搬迁案例

行路难、上学难、吃水难、看病难、适龄青年找对象难,"五难"问题曾经像五座大山困扰着五寨县清涟沟经堂寺办事处店坪村的一代又一代村民。沟里仅有一条崎岖山路通向沟外,自然条件恶劣,农业生产条件极差,村庄耕地零星地点缀在林间和山坡上,特殊的地理环境使贫困如影随形。

当"一方水土不能养活一方人",易地搬迁,成为挪离贫困"老窝"、实现脱贫增收、阻断代际贫困的根本举措。五寨县店坪村紧紧围绕"搬得出、稳得住、有保障、可发展"的目标,在实施集中搬迁过程中,坚持贫困群众主体地位,科学规划集中安置点,努力夯实产业支撑,因地制宜,多方施措发展产业,实现全村村民脱贫致富。2017年,全县农民人均纯收入7152元,而店坪村搬迁农民人均纯收入达8300元左右,高出16%;村集体收入达5万元,达到了"两不愁、三保障、一增收"的要求,实现了"挪穷窝、摘穷帽、断穷根"的目标,为全县的贫困村整村搬迁提供了样板。

## 整村搬迁"挪穷窝"

电视、冰箱一应俱全，沙发、茶几、焕然一新。厨房的用具摆放得整整齐齐，地板擦得锃亮，洁白的墙壁上点缀着"年年有余"和"家和万事兴"的红色字样，可见主人对美好生活的珍惜和向往。"过去，一家四口人居住在70年代建起的老房子，生活用水全靠人挑，每到下雨天，屋顶到处开花，家里就像水帘洞……"王某某高兴地说，"做梦都不敢想能住上这么好的房子，自从搬进新家，生活方式完全变了，房子宽敞明亮，有自来水，就连上厕所都不用出门了，两个孩子也能在家门口上学了，城里的生活就是好……"

曾经在大山深处，王某某家是建档立卡贫困户，家里仅靠几亩薄田和季节性采摘野生植物维持生计，现在夫妻俩一个在煤台当装卸工，一个在饭店打工，每月收入在六千左右，四口之家彻底摘掉了贫困户的"帽子"。

王某某一家人的生活变化，是五寨县店坪村所有易地扶贫移民搬迁户的缩影。

原店坪村位于五寨县城东南方向20余公里处，总耕地556亩，林地5222亩；全村163户339人分散居住在村里的山山峁峁和沟沟岔岔。村内基础设施薄弱，生产生活条件极差，道路陡峭崎岖，每逢下雨泥泞不堪，种地、吃水只能靠人背驴驮，群众的生产生活极其困难。

为了彻底改变贫穷落后的现状，原店坪村两委班子与村民代表多次座谈讨论，决定从改善居住环境、完善基础设施入手，全面实施整村移民搬迁。

2003年初，由村委会提出倡议，经村民自愿申请、签订搬迁协议后，确定了全村的搬迁规模。现在的店坪村位于五寨县城清涟河畔，隶属于前所乡清涟村，2003年开始搬迁建设，占地105亩，建成平房220座，硬化街道7公里，不仅配套了水、电、村卫生室、广场等基础设施，实施了上下水管网、道路踏铺、旱厕改造等工程。同时，在2011年还新建了清涟敬老院，目前有60多位老人入住，彻底解决了搬迁后孤寡老人的生活问题。到2017年底，全村所有人员一户不落，一个不留，实现整村搬迁。

**精准施策"摘穷帽"**

搬迁是手段，脱贫是目的。原店坪村村民立足安置地资源优势，通过发展特色农牧业、劳务经济、现代服务业以及探索资产收益扶贫等模式，打出了一套连贯的脱贫致富"组合拳"，确保搬迁群众实现稳定脱贫。

发展特色产业"强造血"。2017年利用安置点移民新村、房顶坡度适宜、光照好等特点及国家相关政策，实施了产业项目户用光伏发电，户均投资2890元，总计实施50户106人，年人均收入达到400余元，而且还是一个没有任何投入的，受国家长久支持的新型能源项目。

抓好生态脱贫"稳增收"。俗话说，"靠山吃山，靠水吃水"。2017年，国家实施新一轮退耕还林，五寨沟总计退耕还林5000余亩，店坪村在村党支部、村委会、驻村工作队的共同努力下，组织成立了欣希扶贫攻坚植树造林专业合作社，当年带动有劳动能力的贫困户16户31人，参与植树造林538.2亩，户均收入达到1万余元。同时，经过多方协调争取，从管涔山森林局五寨林场和环保局为店坪村提供护林员和清洁工等公益岗位30多个，安排给贫困户，帮助他们稳定增收。贫困户贺某某，光棍一人，与其母相依为命，母亲年老多病。他不能远赴外地打工，获得护林员岗位后，在护林工作之余，还顺便采挖药材，捡拾蘑菇，一年靠卖山货收入2万多元。

加强技能培训"促就业"。迁出大山后，土地全部退耕还林，养殖条件虽不如以前，但由于迁入平川，尤其是临近县城，外出务工比以前大大方便了。因此，店坪村党支部提出"一人就业，全家脱贫"的目标，多次组织各类培训，向外输出劳务213人次，其中贫困户占到31%。搬出大山后的薛某某,每年靠打零工为生,仅能维持全家的温饱;2017年,通过技术培训,到煤台工作,月收入达到3000元,完全摆脱了贫困。

落实各项政策"减负担"。贫困户薛某某,有四个孩子,大儿子已经成家另过,小儿子和两个女儿都到了成家立业的年龄,但苦于没有发展资金,家庭经济状况难以改变;2017年享受国家金融扶贫贴息政策,贷款5万元,小儿子学习了汽车修理技术,两个女儿学习了理发技术,外出务工,家庭经济状况有了很大的改变。

移民搬迁后,店坪村村民经济收入实现了快速增长,2009年人均收入1910元,低于全县农民平均水平2660元的29%;2011年人均达到3870元,略高于全县农民人均3810元的1.6%;2017年人均收入达到8300元,高出全县农民人均收入7152元的16%,真正实现了"搬得出、稳得住、可发展"的目标。

## 持续发力"断穷根"

巩固脱贫成果,必须有长远的规划和集体项目支撑。店坪村旧址森林资源丰富,自然风光秀丽,景色优美,气候宜人,搞旅游开发是店坪村未来必然的发展之路。目前,五寨县政府正在与山西五亿农民兄弟有限公司共同开发五寨沟,原店坪村得天独厚的自然资源和地理位置,在五寨沟旅游开发中占有重要地位,将成为店坪村集体和村民未来经济发展的重要途径之一;将通过"资源变资产、资金变股金、农民变股民",把林地、耕地资源作为资产入股山西五亿兄弟农业开发有限公司;通过资产入股得股金,通过土地流转得租金,不断增加村民的收入。

与此同时,近年来,清涟河成了五寨县重点开发区域,进行了梯级蓄水开发,两岸建成了滨河公园。生活在清涟村的原店坪村村民已完全融入了县城周边的生活。店坪村原村落也正在进行环境整治,不久的将来,将逐步消失在绿色森林之中,再无踪迹可以寻觅。这是历史性的大变化,这一变化，昭示人们，在党的领导下，贫穷和落后将永远被埋葬，美好的生活才是人民的常态。

## 经验启示

启示一：搞好旧村复垦开发。得天独厚的自然资源和地理位置，在全县沟旅游开发中占有重要地位，通过"资源变资产、资金变股金、农民变股民"，把林地、耕地资源作为资产入股山西五亿兄弟农业开发有限公司，通过资产入股得股金，通过土地流转得租金，不断增加村民的收入。

启示二：多渠道获得经济收入。通过发展特色农牧业、劳务经济、现代服务业以及资产收益等模式，打出了一套连贯的脱贫致富"组合拳"，确保搬迁群众实现稳定增收。

# 整村搬迁"挪穷窝" 两业并举促脱贫
## ——保德县窑洼乡桃园局村搬迁案例

## 基本情况

桃园局村是保德县窑洼乡"十三五"易地扶贫搬迁实施的十二个整体搬迁村之一。该村位于保德县窑洼乡南部,耕地面积320亩,退耕还林总面积281亩。全村共有8户20人,其中建档立卡贫困户3户7人,村内无供电设施,吃水难,行路难,生产生活条件差,是典型的"一方水土养不好一方人"的地方。2016年,村两委在充分征求民意和各级政府的大力支持下,决定实施易地扶贫整体搬迁。

## 主要做法

窑洼乡党委、政府根据搬迁村生态优势明显、农村建设用地节约集约利用空间大的特点,坚持"六环联动",全面破解"人、钱、地、房、树、村、稳"七个问题,积极盘活土地资源,开发农业种植和畜牧养殖业,实现绿色发展,切实做到挪穷窝与换穷业并举、安居与乐业并重、搬迁与脱贫并进。

**一、强化新区安置配套,共享城市发展红利**

集中安置点选在了县城新城区中心地段,共享城区配套设施和公共服务,避开地质灾害易发区、洪涝灾害威胁区、生态保护区和永久基本农田,靠近城镇和产业园区,达到房产能保值、增收有保障、基础配套好和公共服务强,居民办全面接手、全面负责集中安置区的社区服务工作,配套社区卫生室、警务室、图书室、文化活动室、便民店、金融服务点、物业、日间照料中心等设施。规划新建一所五轨制幼儿园、一所六轨制小学、一所十二轨制初中。依托"扶贫产业园+扶贫车间+电商服务中心",构建"屋顶户用光伏、门口扶贫车间"的带贫格局,全力解决群众生活和后续就业问题。同时,在惠民家园小区专设了乡镇帮扶值班平台,协调各乡镇进行轮值服务,为搬迁群众提供便利,就近解决搬迁户实际困难,实现跟踪帮扶。实现搬迁群众办事有地方、议事有组织、纠纷有人管、困难有人帮。

**二、强化后续跟进治理,实现村退企进民富**

第一,拆旧复垦。根据土地增减挂钩政策,结合搬迁户旧房结构好坏、建筑材料好坏、新旧程度等差异实际,制定出台了旧房拆除宅基地腾退奖补政策,分宅基地腾退、旧房拆除、附属拆除三部分进行量化,给予搬迁户货币化奖补。对部分条件较好的房屋院落,经县政府审核批准可适当保留,产权收归集体所有,作为生产经营管护用房。全乡预计复垦总规模380.85亩,预计新增耕地300亩,分两轮实施。

目前,第一轮涉及6个村,已编制增减挂钩实施方案及复垦报告,完成复垦133.8亩,预计新增耕地100亩。第二轮为6个村,复垦总规模247.05亩,预计新增耕地200亩,已安排外业调查队伍同步启动编制增减挂钩实施方案及复垦报告,方案审批后,享受贫困县未实行先行交易政策,可预支付一定比例的指标交易金额,确保年底前完成。

第二,借地生金。围绕搬迁户"搬得出、稳得住、能致富"的目标,结合乡情特点，立足于产业的集聚与发展，按照易地扶贫搬迁"四个全覆盖"（即整村搬迁退耕还林、光伏扶贫、土地复垦增减挂钩、荒山造林）的要求，选取桃园局村为试点，与五谷香农业发展有限公司达成整村土地流转综合开发项目，采取"整村打包流转，公司综合运营，土地综合利用，农产品综合发展"的模式，让企业来深度参与窑洼乡的脱贫攻坚，致力探索走出了一条可借鉴、可推广、可复制、可持续的生态脱贫发展之路。

保德县五谷香农业发展有限公司在与窑洼乡党委和政府充分论证、认真调研的基础上，与整体易地搬迁村桃园局村签订了整村土地流转协议，在桃园局村兴建了农业综合园区项目。桃园局村利用闲置土地资源出租，收取土地租金，人均年分红3400元，连续14年，彻底解决了村民搬出去生活问题怎么办的问题，实现了企业可持续发展和村民整体脱贫的双赢局面；以农业综合园区为依托，租用周边村贫困户的闲置土地进行大面积玉米、苜蓿等饲草种植，利用养殖场的粪便有机肥进行无公害绿色小杂粮种植；使周边村贫困户和农民的闲置土地资源得到了有效利用，为贫困户提供了就业岗位且有了稳定的收入。

### 三、因势利导塑产业，千方百计促增收

两年多来，窑洼乡始终以"等不起"的紧迫感、"慢不得"的危机感、"坐不住"的责任感，创新工作思路，着力解决好"人、钱、地、房、树、村、稳"等七个问题，努力实现经济、社会、生态三个效益的统一，是窑洼乡易地扶贫搬迁工作的总遵循。对此，窑洼乡始终以"等不起"的紧迫感、"慢不得"的危机感、"坐不住"的责任感，创新工作思路，对标工作要求，因地制宜施策，加大扶持后续产业，突出抓好三项增收措施。一是着力增加搬迁户的财产性收入。有劳动能力的贫困群众继续在原村从事种养产业，作为过渡期收入；外出务工人员和无力自主经营的贫困户把土地集中流转给农业龙头企业、专业合作社从事产业规模经营，贫困户直接收取租金。对试点村桃园局的土地由五谷香农业发展有限公司总体承包，村民在获得租金的同时，还可以旧村土地入股，采取股份分红

的方式，增加财产性收入。二是着力增加搬迁户的经营性收入。对移民迁出村的经济林提质增效增收，有针对性地开展新型农民职业技术培训和护工护理培训，带动搬迁户多元化就业；加大小额贴息贷款发放力度，由县财政贴息，为部分移民贫困户争取贷款，支持移民户因地制宜发展种养加产业。三是着力增加搬迁户的工资性收入。坚持把生态建设与脱贫攻坚结合起来，每个贫困村都要吸纳部分贫困户组建生态造林专业合作社，参与造林绿化工程，同时优先建档立卡贫困户从事林地管护，通过获得工资性收入实现稳定脱贫。总之，窑洼乡将积极探索合作制、股份制、合同制、代种代养制、资产收益制等新的扶贫带动发展机制模式，以加强后续发展能力为导向，提升群众对搬迁工作的满意度，因地制宜探索出更多的整村搬迁新路子。

## 取得成效

一是整体搬迁过程中，老大难问题——旧村拆除和复垦工作取得阶段性成果。此项工作能否顺利开展直接关系着整个易地扶贫搬迁工作的进度和成败。为了打消村民对旧村拆除相关补偿方面的疑虑，村两委负责人、帮扶责任人、第一书记、包村干部和包片领导进村入户动员和宣传政策，村干部率先在村中拆除掉自己的旧房和庭院，以最快的速度进行复垦，从而逐步形成"羊群"效应，从而加快了旧村拆除和复垦工作进度。目前，窑洼乡2016年整体搬迁6个村73户已全部拆除、复垦面积133.8亩。

二是充分利用以奖代补的手段，激发搬迁户的装修入住动力。结合县里出台了一系列能激发贫困户内生动力的奖补政策，在思想上逐步刺激贫困户依靠自己的双手创造美好生活。如自己主动拆除旧房，并进行复垦，就给予拆旧复垦奖补款；按期完成新房装修并入住，就给予装修补贴款。目前，窑洼乡2016年整体搬迁6个村73户已全部入住。

三是搬迁户精神面貌有了很大变化。在旧村时，人们茶余饭后的谈资

百村搬迁案例 >>>

就是如何多占便宜或赌博等不劳而获的方法、途径；入住新居后，由于环境和思想上的转变，搬迁户见面交流更多的是如何找个好工作、如何能致富。搬迁户逐渐意识到，那种背靠墙根晒太阳，等着政府送小康的日子已经过去了，靠自己勤劳双手创造美好生活的时代已来到。这正是村民观念转变，精神面貌发生变化的一个缩影。

# 临汾市

百村搬迁案例

# "两区"同建创新局　易地搬迁富百姓
——大宁县移民安置新区案例

大宁县认真贯彻习近平总书记的扶贫思想，坚持把易地扶贫搬迁作为脱贫攻坚头号工程，积极实施移民搬迁新区和轻工业园区相结合的"两区"同建全力打造基础设施、公共服务、产业配套等功能完善的移民新区和轻工业园区。不断加快脱贫攻坚步伐，同时，切实加强搬迁贫困户劳动技能培训、稳定就业等后续扶持工作，确保群众搬得出、稳得住、能致富。

## 基本情况

2016年，大宁县多方论证，广泛听取群众及相关部门意见，大胆探索，决定采取工业园区与移民新区"两区"同建的新模式实施易地扶贫搬迁。移民搬迁新区位于大宁县昕水镇小冯村，距离县城仅有2公里，交通十分便捷，规划总面积15700平方米，总投资6000多万元。共建设楼房11栋，安置移民搬迁对象162户628人。同时将移民新区与工业园区同步规划，同步建设，相互配套。工业园区总投资5000余万元，总建筑面积

15000平方米,可承接10家企业入园发展,目前已有治诚科技、鑫辉电子等4家企业入驻,有400多贫困人口在工业园区就业,人均收入2800元左右。

2018年,借鉴已取得的成功经验,大宁县又在距离工业园区2公里的大冯村规划新建第二批移民新区,新建楼房25栋703套安置房,可安置贫困人口2089人。配套安装排水、输配电、消防及取暖工程,实施小区内街巷及路面硬化、绿化、亮化工程。在周围1公里内规划建设了县第二幼儿园、幸福小学、山大一院大宁分院、多功能体育场和图书馆、文化馆、美术馆,有效满足了搬迁群众出行、饮水、用电、教育、医疗、文化等需求。

## 主要做法

### 一、坚持"三个精准",确保群众搬得出

一是精准识别。实行书面申请、评议公示、比对审核、核准公告等程序,建立搬迁户、村支书、第一书记、乡镇长、乡镇书记"五方签字"的核准机制,在识别程序上不少一环,在对象识别上不落一人。二是精准规划。按照"以人定房、以户定建、量体裁衣"的思路,规划选址综合考虑区域方位、产业发展、培训就业等因素。在交通便利的昕水镇小冯村工业园区旁建设大宁县移民新区。既交通便利、服务齐全,又可实现贫困群众家门口就业脱贫致富的目标。三是精准实施。坚持把住房面积、建设成本、工程质量和工程进度"四个严控"贯穿安置点建设全过程,确保了群众住好房、不负债。坚持质量与进度并管,严把工程质量、倒排工程进度、严格验收标准,真正把民生工程建成优质工程,放心工程。

### 二、注重"四个同步",确保群众稳得住

坚持搬迁与脱贫同步,安居与乐业并重,以群众需求为导向,想群众所想、建群众所需,注重"四个同步",为搬迁群众提供设施完善的居住

环境、持续增收的发展环境、管理规范的服务环境、文明和谐的生活环境，让群众能安居乐业。一是在安置点完善了水、电、路等基础设施，规划建设了教育、医疗、文化等公共服务设施。有效满足了搬迁群众出行、饮水、用电、教育、医疗、文化等需求。二是实行"扶贫小额贷款"政策，增强了搬迁群众自我发展能力；落实贫困户健康扶贫"13615"政策，有效解决了因病致贫、因病返贫的问题；在落实好各项教育扶贫政策的基础上，成立教育扶贫基金，为二本B类以上的贫困家庭大学生每人每年补助1万元。三是在安置点实行社区化管理引导搬迁户参与群众自治，构建起移民新区自我管理新模式。充分发挥基层党组织服务群众、凝聚人心的作用，维护农民权益、处理矛盾纠纷，确保搬迁群众办事有地方、议事有组织、纠纷有人管、困难有人帮。四是坚持扶贫与扶志扶智相结合，培育和践行社会主义核心价值观，开展了"弘扬传统文化、倡导移风易俗"系列活动，教育引导贫困群众树立起文明、节约、绿色、低碳消费理念，激发脱贫内生动力，让贫困群众能"住上好房子、过上好日子、养成好习惯、形成好风气"。

### 三、学得一项技能，确保群众能致富

搬迁是手段，脱贫是目的。我们始终坚持把易地扶贫搬迁的重点放在脱贫致富上，把搬迁和扶贫有机结合起来，统筹推进整村搬迁和后续发展，在实现"挪穷窝"的同时，实现"换穷业"，让贫困群众由传统农民转变为企业工人，确保了群众能脱贫、能致富。出台就业培训办法，依托大宁县培训就业扶贫基地，积极引导有能力的搬迁群众主动参加就业培训，让他们掌握一技之长，实现脱贫致富。"两区"同步发展模式，不仅解决了搬迁群众的增收难，也解决了企业的用工荒，实现了搬迁贫困群众在家门口培训、家门口就业、家门口致富。

## 经验启示

一是工作创新是破解艰局的关键。脱贫攻坚工作开展以来,大宁县委、县政府认真贯彻落实中央、省、市脱贫攻坚战略,把脱贫攻坚当作最大的政治任务和民生工程,探索出"党建引领、改革创新、产业支撑、技工推动、生态保障"的"五位一体"脱贫攻坚新路径,坚持把易地扶贫搬迁作为破解深度贫困的关键之举,围绕"六环联动"、解决七个问题,从根本上解决"一方水土不养一方人"的问题。大胆创新,探索出一条搬迁户居住在移民小区,工作在工业园区的易地扶贫搬迁新路子,不仅让百姓住上了新房子,而且能鼓起钱袋子,过上好日子。

二是科学规划是稳步推进的前提。在前期规划中,大宁县坚持做到安置地点有地灾隐患的不选、无发展后劲的不选、基础难改善的不选、上学就医难的不选、群众不满意的不选。以群众需求为导向,想群众所想、建群众所需,注重同步推进公共服务体系建设、同步推进各项扶贫措施、同步推进社区服务管理、同步推进社区文明建设,为搬迁群众提供设施完善的居住环境、持续增收的发展环境、管理规范的服务环境、文明和谐的生活环境,全面提升了群众的获得感和幸福感。

# 强化"六环联动" 创建文明新村
## ——浮山县北王乡臣南河村搬迁案例

**基本情况**

北王乡臣南河村位于浮山县城以北4.5公里处,全村建档立卡贫困户106户347人,2018年7月动态调整后,现有贫困户106户349人,其中已脱贫99户336人,未脱贫7户13人。全村辖4个村民小组,3个自然村,共有198户617人。其中四亩沟和桥埝沟两个自然村村民依山势挖土窑洞居住,交通不便,居住条件极差。为了解决一方水土不能养育一方人的现状,按照省委"六环联动"措施要求,臣南河村以"四强化、四确保"为抓手,采取集中安置的方式,分2016、2017两个年度,实施了28户92人的易地搬迁工程,极大地改善了村民的居住、生活、出行条件。

## 主要做法

### 一、强化精准识别，确保不漏一人

为切实精准识别易地搬迁户，臣南河村村委和驻村工作队多次组织召开村两委班子会议、党员大会、村民代表会和帮扶责任人会议，研究确定易地搬迁方案和易地搬迁领导组、排查组和监督组人员名单，确保易地搬迁工作有章可循，有条不紊推进。同时，实施了党员"1+3"和帮扶责任人"1+5"结对帮扶工程，按照每名党员包联3个贫困户，每名帮扶责任人包联5个贫困户的要求，深入贫困户家中，进行集中走访，搞调研、摸实情、建台账，了解真实情况，通过"四议两公开"工作法，及时召开相关会议进行公开评议，拟定初步名单，进行公示，并要求参会人员一律在会议记录上签字按手印，做到全程留痕，公开公正，确保不漏一人，经过多次评议审核，最终识别了28户92人。

### 二、强化规划设计，突出特色风貌

臣南河村在搬迁建设上坚持"保障基本、安全适用"原则，严格落实中央"建房不举债、脱贫有保障"的要求，严守人均不超25平方米住房面积红线，严格控制建房造价和群众自筹资金规模。采用统规自建的模式，由村委会与各搬迁户共同商定，统一设计、统一施工、统一标准、统一质量，在设计上依山就势，错落有致，就地取材，降低成本，在装饰上利用当地传统文化，在外墙上借鉴浮山剪纸艺术创作手法，手绘《弟子规》文化宣传画，弘扬了仁、义、礼、智、信等中国传统文化。同时，积极配套相关基础设施，投资240多万元建起了文化广场、卫生室、农家书屋、文化娱乐活动室等公共文娱场所。拓宽、硬化、绿化、亮化了进村道路，栽植了玉兰、樱花、塔柏等观赏树种，实施了农田水利灌溉、人畜饮水、95户的农村卫生厕所和农村电网改造等工程，村容村貌发生了很大改观，村民的生产生活条件发生了明显改善。

### 三、强化拆除复垦，确保一户一宅

为加快拆除复垦建设进度，村委会按照"宜耕则耕、宜林则林、宜建则建"的原则，统一研究制定了28户拆除复垦方案，由村委会统筹28户的拆除复垦工作。目前，全村已拆除了10户易地搬迁户32人的老住宅基地，复垦了14亩耕地。

### 四、强化产业扶持，确保就业保障

党支部创新发展，壮大村级集体经济，成立了青海光伏发电有限公司和臣南河村农业综合生态开发有限公司，通过发展露地蔬菜和水面养殖等产业不断拓宽增收渠道，2017年村级集体经济总收入达到了15.23万元，2018年预计可达到30万元。在两个公司的带动下，村民积极参加务工劳动，现两个公司已带动全村66个贫困户发展种植业和养殖业。截至目前，全村栽植西红柿、辣椒、谷子和西瓜等特色产业的面积达到了200余亩；养殖农户达到了21户。退耕的407亩耕地全部栽植了梨树、核桃树、花椒树等经济树种，在公司务工的人数达到了20多人，年人均增收3000元。

### 五、强化资料完善，确保有据可查

臣南河村根据上级一户一档的要求，对28户易地搬迁户的档案资料进行了规范整理，做到了有易地搬迁户台账、有贫困户信息、有新旧住房照等基本资料。同时，将易地搬迁户的资料上传到电脑平台，基本上做到了线上数据全面准确，线下工作真实可靠，确保搬迁名单与全国扶贫开发信息系统录入标注一致。

## 基本成效

目前，全村28户92人已全部住进了易地搬迁安置房，集中安置点基础设施完善，村民的生产生活条件明显改善，村民全部有了稳定的产业，基本上实现了搬迁对象搬得出、稳得住、能致富。同时，加强对搬迁农户中的30名青壮年进行集中培训，增强其劳务技能，帮助他们外出创业，待遇有保障，并对其搬迁后的生活生产情况进行跟踪管理，确保不因搬迁而返贫。

## 经验启示

拆除复垦工作一定不能盲目搞"一刀切"，全部封堵或拆除，要根据各村、各户的实际情况，对那些还可以利用价值的窑洞进行重新鉴定，确保宜用则用，宜修则修，做到充分利用，不浪费任何可以利用的资源。

# 搬得出　稳得住　逐步能致富
——古县北平镇贾寨村搬迁案例

古县北平镇贾寨村有498户1301人，耕地面积1100余亩，辖3个自然村，即贾寨、窑沟、窑则沟。2014年建档立卡贫困户127户314人。2017年最后的84户191人脱贫，实现整村脱贫，贫困人口清零。在贾寨村精准扶贫、精准脱贫的路上，窑则沟村易地扶贫整村搬迁必然是浓重而光鲜的一笔。

## "走"出去才能富起来

易地搬迁扶贫是脱贫攻坚的重中之重，是解决"一方水土养不活一方人"的根本举措，是帮助贫困群众"挪穷窝、斩穷根"的关键举措。政策出台伊始，贾寨村村两委班子在上级党委政府的坚强领导下，清醒而深刻地认识到政策的目的、宗旨和对脱贫攻坚的重要意义。时刻牢记绝不可盲目推进，更不可迟滞观望，需认真调研、结合实际、用好政策、稳步推进。

贾寨村总体而言（主要指中心村），交通便利，煤炭和运输产业兴盛，基础设施和公共服务建设较好，广大群众安居乐业。然而窑则沟自然村，远离行政村，交通不便，缺水少地，地质灾害频发，生态恶化，没有学校，没有卫生室，可以说基本丧失了生存和发展的条件。遵循党"小康路上一个都不能少"的号召，全自然村63户152人（其中贫困户51户120人），亟须搬迁。

通过学习、调研、分析、研判，村两委高度一致地统一思想，认识到党中央"易地扶贫搬迁"政策，对窑则沟自然村而言，是最彻底、最有效的脱贫途径，是解决该村贫困人口的治本之策，是"雪中送炭"，是"绝渡逢舟"，是迫在眉睫的必行之举。

## "严"标准才是硬保障

窑则沟自然村易地扶贫整村搬迁村，涉及人多户杂，老幼病残、鳏寡孤独比比皆是。如何让广大群众自愿搬、欢欣搬、平稳搬，把好事办实、办成、办好，成为村两委的头等大事。

"用最严格的制度落实政策，任何人都不能突破一丝政策要求"是村两委的共识。只有执行政策严了，群众才能信任，才能最大限度地减少阻力，才能保障各项工作有序、强力、高效推进。

一是各项标准严。"贫困户人均住房面积不超25平方米，户筹不超过1万元""贫困人口集中安置建房人均补助2.5万元""整村搬迁中确需同步搬迁的非贫困农户人均补助1.2万元"，这是群众最关心的，也是村两委执行最严格的。村两委组织专班逐户逐人核对基本信息、了解各户建房需求、家庭经济状况。村两委班子根据实情，研究建设规格、户型、规模，并多次与群众沟通、商议，最终确定"统规统建、户签协议"的推进模式、各家各户的建设户型以及建设地点等等。群众高度认可，前期工作顺利完成。

二是建设程序严。实行"统规统建户签协议"模式。村两委和推选出的住户代表共同与多家施工方商谈建设方案和费用,通过民主、公开、公平的程序选定了一家大家均认可的施工单位,承担工程实施,做到了价格公道、群众放心。对配套的基础设施户均补助2.1万元,公共服务设施户均补助1.77万元,统筹打包规划设计,由镇政府组织实施,村两委配合,群众参与,通过公开招标的方式确定施工单位,保障工程质量达标,群众满意。

三是拆除复垦严。对实施搬迁后腾出的旧房屋、宅基地及圈舍、草料房等附属设施用地,我们严格按照《土地管理法》的相关规定,在拆除后将宅基地和附属设施占地进行工程复垦。根据政策,对签订旧房拆除协议并按期完成拆除的搬迁户,给予人均1万元奖励;对签订复垦协议并自行完成旧宅基地复垦的搬迁户,再给予人均5000元奖励;对同步搬迁户人均给予8000元的补助;对于个别群众因存在留恋情怀和晚年思归思想,从而总是想方设法在拆除中保留一间或两间房屋的做法我们坚决说"不"。务求做到"须拆的一定拆",务求做到"整院拆除"。截至目前基本拆除完毕,正在实施复垦,预计复垦耕地约50亩。

## "美丽宜居"才是群众需要

"建成一个什么样的易地扶贫集中安置点,建成一栋什么样的住宅"是群众最关心的,也是贾寨村村两委最用心的。

"让群众住得安心、舒适,是我们共同的追求。""建设资金有限,幸福需求无限。用足、用活资金,把有限的资金用到群众最需求的地方。"为此村两委和广大住户以及施工方进行了无数次会商、研讨。在建设中完善,图纸一次次变更,一次次趋向完美,资金使用一次次更精准,群众一次次更满意。

一年后,一个美丽的花园式小区建成了。安置点位于贾寨村中心东200米,第安线公路北侧,占地18余亩,建设总面积5300平方米,容纳63

户152人。二层小楼别墅式、一层小院花园式、单人单间温馨式……各类户型因家庭人口而异，依山傍水、错落有致，门墙均为铁艺，突显时代风范。细节方面以人为本，根据生活习惯为五保户、单身老人建设了土炕，盘了土炉子；小区安装了大型直饮水机，保障群众更加安全健康地饮水；主干道两侧安置了太阳能路灯、绘制了德孝文化和精准扶贫宣传图；小广场安置了健身体育器材；小花园种植了各类花草树木……最重要的是水电齐备的同时，我们还实施了集中供暖和集中供气。偏远山区走出来的贫困户一夜间达到了城市人的居住水准，搬迁群众赞不绝口、笑逐颜开。搬家时，很多户不约而同地贴出了"感谢党感谢国家"之类的对联，感激之情流淌、荡漾在整个小区。

## "持续长远"才是脱贫保障

搬得出、稳得住、可发展、能致富。"要让老百姓高高兴兴、没有负担地住进来，解决搬迁群众的后顾之忧"是村两委的最终目标。

《山西省特色产业扶贫工作领导小组"五有"产业扶贫机制标准》出台。贾寨村村两委积极探索并践行"五有"产业机制，一定要让搬迁户、让所有的贫困户、让广大的村民，全面实现小康。

一是产业明确。贾寨村两委立足周边煤矿较多的实际，全力筹建以煤炭运输为主营业务的专业合作社（古县北平镇贾寨村凯翔农民专业合作社），承揽周边企业运输业务，带动广大农户通过辛勤劳动、优质服务、良好经营，实现产业兴旺、生活富裕。

二是主体明确。将凯翔合作社作为带动脱贫产业发展的主体，政策上支持、业务上倾斜、环境上保障，促进合作社产业发展，实现增收。目前，合作社拥有大型运输车40余辆，轿车3辆，加油站1座，持股晋源洗煤公司10%，总资产达到了2000余万元，年净收入稳定在200万元左右。

三是合作明确。健全完善"合作社+贫困户"的扶贫模式，明确保障

127户贫困户（包括易地搬迁后的贫困户）的股份权益、分红率，以及下一步财政专项扶持资金股权合作与分配等。规范合作社运行管理，保障贫困户稳定受益。

四是增收明确。127户贫困户脱贫增收，以合作社分红为主，基本实现年分红率30%（人均约2000元）；为合作社提供劳务为辅，明确司机、后勤等岗位优先聘用贫困户，工资有保障；村集体经济收入福利分配为补充，保障每人每年不低于1000元。

五是技能明确。牢固树立"将优罚劣、奖勤罚懒"的思想，努力实现有劳动能力的贫困人口能够通过在企业劳动，自食其力、脱贫致富。100余名贫困人口（其中易地搬迁户40余人）通过培训，走上司机、后勤以及周边煤矿工作岗位，人均月收入稳定在2000元以上。

实践证明，窑则沟自然村整村搬迁的群众离开了穷乡僻壤，迁到了靠近集镇、靠近市场、靠近公路、比较适宜居住的地方，住在新房子里面安居乐业，生存环境明显改善——出门行路便利了，子女上学便利了，有病求医便利了，获得信息便利了，寻找就业门路便利了。在村两委探索实践"五有"产业扶贫机制的惠泽下，"有业可从、有企可带、有股可入、有利可获"，真正实现了搬得出、稳得住、可发展、能致富。

# 念好易地移民搬迁"五字经"
# 引领隰县脱贫攻坚"加速度"
——隰县陡坡乡移民安置新村案例

陡坡乡位于隰县东部塬面，距县城35公里，下辖6个村委，26个自然村，全乡总面积约110平方公里，耕地面积3.7万亩，其中梨果种植面积2.3万亩。解家河、后峪两个自然村是陡坡乡现有的两个深度贫困村。这两个村地理位置偏僻，出村要爬十几里坡，坡陡弯多路窄，农产品运不出去，客商来不了。两村均靠山而建，村内农户住房多为土窑洞，属典型的地质灾害隐患区。且两村农户居住分散，村内无学校、无文化活动设施，村内公共基础设施相对薄弱，群众脱贫致富难度较大。

2018年以来，陡坡乡党委、政府针对两村的实际情况，通过深入调研、广泛征求群众意见，最后确定对解家河、后峪两个自然村实施整村搬迁，集中安置，后经县相关部门研究复核审批，同意该项目于2018年实施。项目确定后，乡党委政府高度重视，多次召开会议专题研究，成立了专门的工作小组，制定了搬迁安置方案，用"五字经"推进易地搬迁工程，引领隰县易地搬迁的"加速度"。

一是围绕一个"准"字，精准识别移民搬迁对象。按照县委、县政府

"聚焦再聚焦、精准再精准"的要求，通过"农户申请、村组评议、乡镇审核、县级审批"四项程序。共确定搬迁对象60户203人（其中村贫困户29户88人，非贫困户31户115人），做到应搬尽搬，不掉一户、不漏一人。

二是突出一个"实"字，建好易地扶贫移民新区。在选址上，坚持切合村庄实际、尊重群众意愿的原则，综合考虑交通方便、安全保障、设施齐全、功能完善、环境优美、宜居宜业等因素，做到整村全搬迁、出沟不出村、种地更方便。在设计上，坚持展现乡村特色，突出实用美观的原则。在专程赴岢岚县参观学习的基础上，邀请中国乡建院进行规划设计。安置点建设工程预计9月底完成套内部分工程，10月底完成公共服务和基础设施建设工程，11月份完成搬迁入住。

三是坚持一个"严"字，做到旧村复垦和生态修复相结合。第一是提前签订协议。在易地移民之初，深入动员群众，逐户签订了搬迁安置协议和旧房拆除复垦协议。第二是严格兑现奖励制度。严格按照县拆除复垦方案，认真执行奖励政策，按期完成拆除的，人均奖励1万元；自行完成复垦的，人均奖励5000元；同步搬迁人口的宅基地腾退复垦奖补资金，实施分档次、差异化奖补，人均奖补资金不超过1.5万元。第三是统筹考虑整体规划。结合村情实际，围绕产业发展，对旧村复垦进行整体规划。按照"宜林则林、宜耕则耕、宜建则建"的原则，重点发展以"玉露香"梨为主的梨果业，以古民居、午城黄土地貌为主的乡村旅游，以绒山羊圈养为主的养殖业，以乡村游带动梨果采摘，以圈养羊带动有机梨果，逐步形成河沟青山绿水、荒坡梨果飘香、果畜循环发展的全新产业链条。

四是聚焦一个"增"字，确保群众增收致富。以持续增收为目标，大力发展梨果、养殖、林下经济、乡村旅游四大产业。确保搬迁群众有房、有业、有收入，实现"两不愁、三保障"。在垣面主要依托新区周边300多亩精品果园发展梨果产业，并进一步扩大栽植面积，可带动47户131人持续增收。在林下重点发展谷子种植和肉鸡散养，可带动14户43人持续增收。在旧村重点发展新型农业循环经济，绒山羊圈养产业，可带动40户124人持续增收。充分挖掘旧村独特的午城黄土地质资源和保存较好的古民居，发展乡村旅游产业，可带动7户25人持续增收。

五是紧扣一个"合"字，加强移民新区治理。第一，合并村组。打破原来两个村民小组界限，成立一体化的安置新区管理机构。第二，村社合一。结合集体产权制度改革，以搬迁农户为股民，以旧村复垦土地为资产，成立集体经济合作社，推选理事会，既对集体经济进行全面管理，又对安置新区进行民主管理。实行以"三起"（农民组织起来、资源整合起来、产业发展起来）促"三变"（资源变资产、资金变股金、村民变股民）。

解家河、后峪村坚持问题导向，下足"绣花"功夫，做好"五字经"文章，扎实精准推进易地扶贫搬迁工作，实现了贫困村的群众搬得出、稳得住、能致富，为隰县脱贫攻坚树立起一面"风向标"。

# 整村推进展新貌　易地搬迁促脱贫
——隰县午城镇曹家坡村搬迁案例

曹家坡村位于午城镇南端，属川口村委的一个自然村，南与蒲县毗邻，全村26户76人，其中贫困户18户52人，耕地面积600余亩，全部属于旱地。从现状分析，影响该村脱贫的主要有两方面因素：一方面，住房保障问题。曹家坡村聚居地村民住房大多修建于2002年前后，由于当时技术水平有限，且村民分散修建、没有统一规划，选址不科学，导致近年12户居民的住房地基下陷，住房安全没有保障。另一方面，交通不畅问题。曹家坡村村内耕地均位于王家庄垣，距聚居地5公里，道路为盘山土路，年久失修，一遇雨雪天就通行不便，需绕行10公里至蒲县境地，严重影响了村民的生产效率。再加上村民大部分以种植玉米为主，年收入仅几百元，难以维持生计。2014年，在县委、县政府的大力支持下，村民全部栽植了玉露香梨，脱贫致富有了盼头，但交通不便又成为摆在老百姓面前的一座"大山"。

## 易地搬迁让群众"挪了穷窝"

2017年,乡、村两级政府认真贯彻落实易地扶贫搬迁政策,针对曹家坡村现状,数次组织召开曹家坡村民大会,向村民讲解相关政策,广泛征求群众意见,确保搬迁工作得到老百姓的拥护和认可。在村民自愿的基础上,本着降低建房成本、减轻贫困户建房负担的原则下,易地扶贫搬迁采取统规自建的方式,即项目实行统一规划,由村委通过议标方式确定施工方,移民搬迁户与施工方直接签订建房合同,采取自建的方式实施;项目工程的监理单位由乡镇负责确定,对工程质量和进度进行全程监督。

曹家坡村移民项目总占地面积6.7亩,项目总投资269.4万余元,其中财政补助259.4万元,包括建房补助158.8万元,基础设施和公共服务设施补助100.6万元,村民自筹10万元。在资金使用上,该项目严格按照国家易地移民扶贫搬迁补助标准,建档立卡贫困人口人均住房补助2.5万元,同步搬迁非贫困人口人均住房补助1.2万元,户均自筹不超1万元标准。在项目施工中,严格执行项目基本程序和质量管理制度,全面加强项目质量监管,确保建成群众的民心工程、满意工程。该项目共建房屋50间,房屋建筑总面积1250平方米,安置搬迁户26户76人,其中贫困户18户52人,同步搬迁户8户24人,让群众彻底"挪了穷窝",换了新居。

## 基础提升让农村"换了新貌"

鉴于村里道路年久失修、基础设施落后的局面,镇党委、镇政府积极申请扶贫专项资金,先后完成了曹家坡村饮水上塬工程、曹家坡村用电线路改造工程、配套广场巷道新建工程,基本的入住条件已经达到。目前,通村4.8公里道路硬化工程已完成前期的勘查、规划工作,年底前即可完工。基础配套和服务设施的进一步完善,为曹家坡村脱贫致富奠定了坚实基础。

## 产业发展让村民"拔了穷根"

按照搬得出、稳得住、可发展、能致富的原则,结合曹家坡村实际情况,制定了长期紧抓梨果产业,短期发展林下经济、务工增收保底的措施。多次邀请果业局、科技局专业人员对曹家坡村村民进行果树管理培训,提高村民玉露香梨管理水平,加速梨果产业发展。今年,又对玉露香梨林下种植辣椒、高粱等低秆作物进行了补贴;同时,按照县林业局、交通局的相关政策,为移民安置点配齐了护林员、护路员。村民经济收入有了稳定来源,夯实了农民增收支撑体系,彻底摘掉了群众的"穷帽子"。

曹家坡村易地移民搬迁工程的成功,不仅为隰县脱贫攻坚积累了经验、提供了模板,也为实施乡村振兴战略起好了步、开好了头,更重要的是在曹家坡村树立起了党的形象、凝聚起了党心民心,增强了贫困群众脱贫的信心。

# 搬新家"挪穷窝" 贫困群众笑开颜
## ——古县永乐乡大井沟村搬迁案例

## 基本概况

古县永乐乡大井沟村位于太岳山区深处,沟壑纵横、梁峁耸峙、远离城市、交通不便、土地贫瘠、农业生产基础薄弱,总面积28.5平方公里,耕地面积4521亩,92户292人,传统农业以种植玉米为主。建档立卡贫困户27户75人,现已脱贫15户50人。

大井沟村居民以山东、河南逃荒移民为主,由于山大沟深、交通不便、信息闭塞,导致村庄经济、社会发展滞后,成为永乐乡经济、产业、文化发展滞后的村庄。村民分散居住在陈家岭、常新庄、大井沟、柏树凹、新家岭、裴庄、古路巴7个自然村,全部居住在阴暗潮湿的土窑洞,人畜吃水困难,生产生活条件极为不便。

在精准识别易地扶贫搬迁对象和确定安置资源的基础上,以习近平总书记精准扶贫的战略思想为指导,把易地搬迁项目建设作为大井沟村扶贫工作和加快经济发展的重要举措。全面推进党建引领产业脱贫,坚持"扶智"与"扶志"并行，结合乡村旅游开发，对"一方水土养不活一方人"的自然村实施整村搬迁。同时，利用产业发展政策，有序开展农业结构调整，引导贫困户种植中药材、小杂粮等高效农业，确保搬迁群众搬得出、稳得住，实现长期、稳定脱贫致富。

## 主要成效

大井沟村移民新村集中安置农户58户197人，其中建档立卡贫困户25户72人。

如今的大井沟村，宽广的文化广场坐落于新村入口处，为人们提供了一个休闲、娱乐、活动的场地；三两座休闲亭子点缀其中，青灰色的文化墙彰显着传统文化的传承；一座座整齐雅致的院落镶嵌在青翠的山林之间；屋顶湛蓝的光伏板熠熠生辉，一个焕然一新的移民新村静默地呈现出新时代美丽宜居乡村的新面貌。

### 一、村容村貌焕然一新

摆脱了过去脏、乱、差的居住环境，水、电、路等基础设施得到全面改善，村民生产生活条件得以显著提升。消融了过去因路途遥远产生的隔阂，农闲时节，村民互相走亲访友，建立起更为和谐友善的乡村风尚。

### 二、贫困户精神面貌得以改善

打破了过去人们因消息闭塞产生的因循守旧的生活生产模式，人们愿意放弃传统的玉米种植，尝试发展种植新作物，在政府引领下，通过流转土地发展种植柴胡500亩。同时，贫困妇女积极参与手工品制作培训，利用闲暇时间，自主增加家庭收入。

## 具体做法

### 一、搬得出——政府引领新路子

实施整村搬迁,首先要做的是打破思想的壁垒。开展思想工作的初始,大多数村民一方面对易地扶贫搬迁抱着半信半疑的态度,不相信、不理解国家为什么要帮助修房子;另一方面不愿打破自己现有的生活,很多村民在那里生活了几辈子,已经习惯了那里的一切,且赶超求进思想不强,不愿意离开土生土长的故土。

在摸清村民诉求之后,乡党委政府迅速成立易地扶贫搬迁工作组,分组包片、逐门到户,责任到人宣传党的扶贫政策。工作人员以跑断腿、磨破嘴的耐心走遍大井沟的沟沟洼洼,坚持抓住重点,以点带面,耐心工作。

大井沟古路巴自然村村民胡某某感慨地说:"乡里的干部顶着太阳、摸着黑地为我们做思想工作,都是为了我们好呀!他们六次到我家,我这大脑才算开了窍!"

工作人员以润物细无声的工作,得到了群众的理解和支持。在集中安置工作中,充分尊重搬迁群众不愿离开本土的意愿及依靠耕种满足生活需求的基本诉求,实行政策宣传和民主决策。

经过多次实地考察和集体研究讨论,最终决定在陈家岭和新家岭两个自然村各修建一个易地扶贫搬迁集中安置点,将全村村民纳入搬迁范围。经过民主评议决定,搬迁项目按"统规自建"方式实施,以保障基本安全适用为原则。这一举措,较好地消除了搬迁群众"故土难离"的乡土情结,群众不离乡不离土,能很快适应新的环境和生活习惯,搬迁户迁出后稳定率较高。

### 二、稳得住——凝心聚力有力量

为了切实搞好易地搬迁工程,确保项目有计划、有组织地实施,乡党委、乡政府凝心聚力，从大局出发抓落实。

一是做好任务落实。同步规划旧宅基地拆迁、旧村复垦、生态修复等，与农户签订了搬迁协议和腾退协议。将任务落实到村、到户、到人，通过图片、影像、文字资料等形式建立档案造册登记。重点对搬迁人口进行各年度动态调整，稳妥做好建档立卡与非建档立卡人员、新搬迁和旧搬迁政策的衔接工作，及早做好矛盾化解。

二是切实加强领导。成立以乡党委书记、政府乡长为组长，包村干部、工作队、派出所、财政所、林业站、水利站、国土所、电管站等站所主要负责人为成员的领导小组，负责易地扶贫搬迁项目的组织、规划、技术指导、质量监督和日常事务管理。

三是督促检查指导。乡主要领导经常深入迁出区和安置点指导工作，协调解决建设中遇到的重大问题和实际困难。分管领导和各站所负责人定期不定期深入建设现场督促抓进度，严格按照设计方案抓施工，确保了项目建设的顺利开展和工程质量的稳步提高。

四是听取群众意见。为打牢项目建设的群众基础，乡政府始终把"群众满意不满意、赞成不赞成、答应不答应"作为项目决策的依据。广泛征求搬迁群众意见，使易地搬迁项目建设既符合项目建设需要，又最大限度地满足搬迁群众的主观愿望，采取了建档立卡贫困户、同步搬迁户近亲属合建一院，既节约了土地，又确保了建档立卡贫困户面积和自筹不超标。

三、能致富——"挪了穷窝摘穷帽"

依托村庄自然资源优势，坚持与旧村开发、村庄撤并相结合，对7个自然村、500余亩土地进行特色种养殖、乡村旅游、民宿文化等后续产业综合开发。

科学规划开发利用旧村宅基地和土地，对迁出区进行土地平整、土壤改良，按照不同的开发形式，分步拆除旧村山庄窝铺。建设规模种植园区、养殖园区，发展家庭农庄，加强农民专业技术、技能培训，建设旱涝保收的标准农田，提高耕地综合生产能力。

大力推进农业结构改革，鼓励村民种植白芍、柴胡等中药材。白芍不仅作为中药材具有很大的市场价值，而且在开花季节极具观赏价值。目前，集中安置点周边已种植白芍500余亩。实施宜林宜草开发和恢复性生态保护建设，利用大自然资源优势，发展全县最大的红叶观赏景点。

引入市场机制，发展乡村旅游，建设山地自行车基地，培养骑行文化，丰富城镇居民业余生活。结合自身特点，修复一座古建筑，一座避暑山庄，建成了"春看黄花、夏听松涛、秋赏红叶、冬观雪景"的四季旅游目的地，从而促进人文与自然的完美融合。发展生态土鸡养殖基地一个。通过产业结构调整，有效带动贫困户脱贫致富，促进农民增收，有效地巩固了脱贫成果。

# 易地搬迁"拔穷根" 产业扶贫奔小康
——永和县打石腰乡响水湾村搬迁案例

脱贫攻坚工作开展以来，打石腰乡在永和县委、县政府坚强领导下，在各职能部门和各级驻村工作队的有力帮扶下，在各级领导关怀支持下，紧紧围绕抓党建促脱贫攻坚工作思路，立足乡情实际，以产业脱贫为抓手，多方激发内生动力，建立易地搬迁长效工作机制，初步探索出了一条住新居换新貌、干新业促增收的可持续发展路子。

## 基本情况

打石腰乡位于永和县城西24公里处，东临芝河镇，南毗阁底乡，北界南庄乡，西与陕西省延川县隔河相望，占地面积111平方公里，16.65万亩，耕地面积37749亩（其中基本农田5196亩，人均0.96亩），传统产业以农业为主，经济林以红枣、核桃为主，农作物以玉米、杂粮为主，养殖业主要以养牛、羊为主。全乡辖8个村委41个自然村43个村民小组，共有2002户6061人。全乡有9个党支部，其中：乡直机关党支部1个、村委支部8个，共有党员281名。

打石腰乡响水湾回购安置点，位于县城东，共计搬迁户27户137人，涉及冯家山村、冯家圪村、郭家山村、李家垣村、马家岭、于家圪村、郑家垣村等7个村。

## 主要做法

### 一、深入调查摸底，精准确定搬迁对象

为扎实做好易地搬迁工作，打石腰乡成立了以党委书记为组长的领导组，负责统筹协调全乡易地搬迁各项工作，解决突出问题。由乡包村干部、驻村工作队、村两委主干、第一书记及党员村民代表组成调查组，走村入户，深入到贫困户家中，开展摸排工作，初步确定搬迁对象。按照个人申请、信息比对、村内公示、乡镇审核、县级审定的程序，共确定响水湾回购安置点搬迁户27户137人。

### 二、实施后续产业，确保贫困户增收致富

为使搬迁户住得进、能增收，人心稳、生活好，打石腰乡以产业脱贫为主抓手，多方招商引资，引进河北瑞益服饰有限公司，在易地搬迁点附近建设分公司，实施精准扶贫服装产业项目，采取"党支部+基地工厂+加工分厂+贫困户"的扶贫模式，通过制定"以项目带业务、以订单促发展、以就业帮扶贫"的帮扶计划，探索以服装产业扶持贫困户的新模式。通过吸纳27户贫困家庭人员进厂务工，年人均平均工资收入不低于2万元，彻底解决了易地搬迁户后续生产生活问题。

### 三、落实帮扶措施，提升贫困户获得感

省、市、县、乡四级驻村工作队，紧紧依靠村党组织，帮助村两委成员理清发展思路、建强基层组织、推动精准扶贫、提高服务能力和提升治理水平。山西省粮食局包联5个村委贫困户，开展了集中走访慰问，发放了脸盆、毛巾、洗衣粉等生活物资300余套；永和县委组织部通过座谈交流、集中学习、养殖技术培训、入户走访、发放农资、送医下乡等形式，

有效地推进了冯家垛村脱贫攻坚工作；永和县信用联社、永和县城市管理执法大队深入辛舍果村开展"三日合一"送温暖活动，制订发展养殖产业脱贫计划、开展了现场交流、实地考察养殖基地、走访慰问送温暖等活动；永和县司法局深入郑家垣村开展普法宣传、扫黑除恶等政策宣讲活动；永和县妇幼保健站深入于家垛村发放洗脸盆、洗衣液等生活用品，讲解健康扶贫政策，开展"两癌筛查""孕前筛查"等活动。

**四、发展壮大村级集体经济　提升为民办事能力**

一是制定增收目标。结合乡村实际，制订年度发展壮大村级集体经济实施计划和方案，在去年郭家山、郑家垣、马家岭3个行政村村集体收入破5万元的基础上，今年计划8个村全部破5万元。二是发展光伏发电项目。我乡200千瓦光伏发电项目，实现了8个村全覆盖，目前正在安装调试。经初步核算，每200千瓦光伏电站年平均发电量为226400千瓦时，按现行标杆电价每千瓦时0.85元计算，年可获得运营收入19.244万元，预计每200千瓦光伏电站可帮扶34户稳定脱贫，剩余收益作为村委集体收益。三是依托合作社增收。采取"党支部+合作社+贫困户"模式，利用政府切块扶贫资金，帮扶支持发展服装厂、养蝎子、养驴、养牛、养猪、红枣加工等具体项目，取得的收益按一定比例给村集体、合作社、贫困户三方进行分红。马家岭村委组织新建民益种养殖合作社，利用政府扶贫资金80余万元，实施养驴、养牛项目，每年给村集体分红5万元。

实施易地扶贫搬迁，是一项从根本上帮助农村贫困群众脱贫致富的综合性民生工程，实现了"输血"与"造血"，外部支持与内在动力的统一，彻底解决了"一方水土养不活一方人"的问题。在下一步的工作中，打石腰乡将认真贯彻落实十九大关于坚决打赢脱贫攻坚战的总体要求，坚持精准扶贫、精准脱贫，注重扶贫同扶智相结合，积极发挥各级驻村工作队帮扶作用，不忘初心，牢记使命，砥砺前行，不断激发贫困群众内生动力，确保贫困群众如期脱贫奔小康。

# 易地搬迁住新居　旅游脱贫享尊严
——永和县阁底乡东征村搬迁案例

## 基本情况

阁底乡位于县城西南33公里处，土地面积156平方公里，耕地面积6.3万亩，辖15个村委43个自然村4102户11962人，其中建档立卡未脱贫户918户2629人，贫困发生率21.98%，是贫困山区、革命老区、红色热土。乡党委下设1个苹果产业联合党委、1个旅游产业联村党委、1个机关党支部、1个财贸党支部、15个农村党支部，共有466名党员。

乡党委按照县委"抓党建引领，促脱贫攻坚、促改革创新、促乡村振兴"的安排部署，积极探索"党建引领、党员带动、聚焦难点、精准发力"的思路，以脱贫攻坚统领经济社会发展全局，扎实推动各项工作健康有序发展。

东征村是红军东征纪念馆所在地、是全县红色文化底蕴最深厚的地方、是阁底乡发展最快的村委。该村位于阁底乡西部2.5公里处，辖东征村、下退干村、小坪村3个自然村，全村275户808人，土地面积1.22万亩，耕地面积3000亩，林地面积2600亩，主导产业为旅游（农家乐）、光伏发电和苹果产业。全村有建档立卡贫困户162户494人，2015年建档立卡"回头看"确定贫困户92户257人，2016年脱贫28户98人，2017年实现整村脱贫。全村有党员33人，其中女党员5人，流动党员16人，65岁以上人口占55%。2017年村集体经济收入35万元。

## 主要成效

东征村委在乡党委、乡政府的正确领导下，把易地扶贫搬迁与"一村一品一主体"产业扶贫有机结合，在"三支力量"的帮扶下，因村制宜，依托当地丰富的旅游资源——红军东征永和纪念馆，实施易地搬迁与旅游产业"两轮"驱动，让易地搬迁贫困户参与旅游开发，确保搬得出、稳得住、能致富，迈出脱贫攻坚的新步伐。

## 具体做法

### 一、发动力量宣传政策

严格按照《"十三五"时期易地扶贫搬迁工作方案》（发改地区〔2015〕2769号）文件要求，由下乡工作队、第一书记、包村干部、村两委干部组成易地扶贫搬迁工作小组，召开村民大会，向建档立卡贫困户宣传易地扶贫搬迁政策和初步安置方案，听取大家意见建议，走村入户，挨家挨户向符合条件的建档立卡贫困户讲解扶贫政策和保障措施，动员大家早日明确搬迁意向，做好搬迁前的准备工作。

### 二、科学规划选择安置点

东征村安置点在交通便利的旅游路边，紧邻红军东征永和纪念馆，依托红色旅游带动产业发展。该工程占地21.4亩，建筑面积1486.95平方米，可容纳20户63人，共有5个户型，43平方米的7套、73.6平方米的4

套、96.99平方米的6套、98.7平方米的2套、112平方米的1套，该工程分前后两个院，前院长120米、宽11米，后院长120米，宽15米。现搬迁工程主体已完工，正在积极推进后续工作，村民在2019年春季可以入住，即将彻底告别祖祖辈辈居住土窑洞的历史，住上宽敞明亮的平房，室内有自来水、卫生间，屋前有水泥路，有公共活动广场，彻底改变了人居环境。

### 三、依托红色旅游资源

围绕"党建+"模式，找准着力点和结合点，大力发展以旅游开发为主的主导产业，助推脱贫攻坚与乡村振兴融合发展，探索出了东征村易地搬迁贫困户增收三条路径。

1. 党员干部培训基地。2017年，新建了党员干部培训基地，今年6月底投入使用。该基地依托以黄河文化、红色文化、绿色文化为主的旅游资源，充分发挥旅游产业联村党委优势，按照联村党委主导、村委举办、贫困户参与的模式，为受训单位提供个性化培训内容。运行两个多月以来，已初步形成了适应基层实际的干部培训体系，打造了主题党日班、党性实践教育班、红色文化体验班等多个班次，已承接10余家单位1200余人次的委托培训，实现营业收入75万元，联村党委下辖的5个村（阁底、东征、石家湾、马家湾、奇奇里）集体经济收入达32万元（东征村为27万元），带动100余户贫困户户均增收3000元。目前，培训班次已排到11月底，还有15个班次1200余人将来基地受训，预计村集体增收约36万元，贫困户户均增收约3200元。

2. 农家乐经营。农家乐的开发经营是发展乡村旅游的重要内容。目前全乡已运营农家乐126户190孔，正在建设86孔。东征村已运营92孔，正在建设16孔。去年，东征村农家乐采取"支部+旅游+贫困户"的模式，农户以自家窑洞作为资产进行入股，将"资产"变"股权"，由政府出资按标准对其进行改造，建成后交由党支部统一管理，农户获得收入后，农户与村集体按8∶2的比例进行收益分配，这种发展模式不但为当地农民转换角色和脱贫致富提供了条件，而且还探索出了发展村集体经济的新路子，实现了农民和集体"双增收"。2017年农家乐收入35万余元，村集体从中分红7万元。今年,我们创新思路、聚焦脱贫,将"资源变资产、资金变股金、农民变股东"改革思路运用到农家乐发展中。对东征村现有的92孔农家乐窑洞宾馆,采取"支部+公司+合作社+农户"的模式,将农户窑洞农家乐作为资产进行入股,由公司统一经营管理,每住宿1人农户可获收益30元;入股农户中的剩余劳动力愿意到农家乐打工的人员,可优先录用到公司工作;合作社统一制作特色纪念品提供给入股农户进行销售,所得利润归农户所有;公司对游客反馈评价连续优秀的务工人员,将从利润中给予绩效奖励;逐步形成"入股分红、务工收益、销售盈利、绩效奖励"四种收入分配模式,截至目前,农家乐收入2万元,村集体从中分红4000元。同时,我们按照"一院一特色、一院一精品、一院一故事"思路打造了1处精品农家乐庭院。目前该农家乐庭院已收入5000元。

3. 香包制作及纪念品开发。我们在东征村"乡村e站"内出售香包、旅游纪念品和农副产品,增加群众直接和间接收入。对香包的制作,已组织培训5次,有200余人通过学习掌握了6—8种香包制作工艺。通过"党建+公司+合作社+农户"的模式,村委党员干部和致富能人适时发起成立了锦绣东征手工艺专业合作社。目前已与运城嫘祖文化布艺公司合作完成了5万个香包的加工制作,为38户贫困户带来1.5万元的务工收益,第二批10万个香包正在紧张有序的加工制作之中。在旅游纪念品开发方面,与临汾好运来礼品公司合作,开发制作了龙盘、银币、黄河泥娃、毛主席像章、车挂、剪纸、老虎枕头、黄河奇石、黄河石画等旅游纪念品,在纪念馆周边及农家乐内销售,目前共带动群众61户(其中有41户贫困户),群众赚取差价,增加了经营收入。农副产品方面,我们把全乡各村的特色农副产品集中收购到"乡村e站"进行出售,主要有蜂蜜、红枣、核桃、花椒、酸枣面、蒲公英、茵陈、赤焰椒、赤焰南瓜、珍珠米、豆面、黑木耳、香菇、巢蜜、枣花馍等,并与淘宝网、永和各街网等电商平台合作,进行网上销售,解决了农副产品销售难的问题。

## 经验启示

一是阁底乡进一步践行习近平总书记搬得出、稳得住、能致富的脱贫目标，得到了上级的高度认可。阁底乡政府把东征村搬迁贫困户依托旅游产业加强搬迁后续扶持的成功经验推广到前冯家腰集中安置点。搬迁户可通过流转原有耕地、参与发展旅游产业、发展苹果种植等产业3种途径来增收，人均年收入6000元至8000元，其余青壮劳动力则通过自谋职业、技能培训、自主就业、种植药材等方式实现分散就业。

二是阁底乡政府积极宣传国家以及各级政府关于易地搬迁政策，推广成功经验，进一步为搬迁人口定政策、谋福祉，鼓励各搬迁户积极响应党的好政策，振作精神，积极参加各种技能培训，掌握一技之长，实现自谋职业、自主就业，增强搬迁户的获得感、幸福感。

# 整村搬迁谋出路　产业扶贫帮致富
——永和县南庄乡后苏家山村搬迁案例

## 基本情况

南庄乡位于永和县西北部的黄河岸畔，西与陕西省延川县隔黄河相望，北与石楼县接壤，南与本县打石腰乡相邻。境内梁峁起伏绵延，沟壑纵横不断，是典型的黄土高原残垣沟壑区。由于土地条件差，导致农业生产效益低，不稳定。贫困面广，贫困程度深，是国家重点扶持的贫困乡之一。南庄乡下辖8个村，为48个自然村，总面积104平方公里，耕地面积6万亩。90%以上是25度以上坡地耕地，以栽植红枣树、核桃树为主，经济林基本全覆盖。全乡红枣面积4.2万亩，167万株，枣树大多有20年左右的树龄。核桃面积1.2万亩。红枣裂果霉烂问题得不到有效解决；种植粮食作物产量非常低，经济效益不高，导致部分群众未能脱贫。

## 主要成效

永和县南庄乡红崖渠村委后苏家山自然村土地贫瘠、条件恶劣,是典型靠天吃饭的"山庄窝铺"。

红崖渠村村委在乡党委、乡政府的正确领导下,把易地扶贫搬迁与农村"一村一品一主体"产业扶贫有机结合,在"三支力量"的帮扶下,因村制宜,依托当地农业龙头企业永和县浩民红枣专业合作社,采取整村搬迁与合作社产业"两轮"驱动,让易地搬迁贫困户进入合作社务工,确保搬得出、稳得住、有事做、能致富,迈出脱贫攻坚的新步伐。

## 具体做法

### 一、宣传政策

严格按照《"十三五"时期易地扶贫搬迁工作方案》(发改地区〔2015〕2769号)文件要求,由驻村工作队、第一书记、包村干部、村两委干部组成易地扶贫搬迁工作小组,召开村民大会,向建档立卡贫困户宣传易地扶贫搬迁政策和初步安置方案,听取大家的意见建议,走村入户,挨家挨户向符合条件的建档立卡贫困户讲解扶贫政策和保障措施,动员大家早日明确搬迁意向,做好搬迁前的准备工作。

### 二、选择规划安置点

易地搬迁安置点选择在交通便利的328省道边,安置点分A区和B区。A区占地3830.39平方米,新建一层住宅17户,总建筑面积1150.02平方米。B区占地10936.06平方米,新建住宅21户,总建筑面积1300平方米,道路及硬化面积2450平方米,安置后苏家山村、白家山村、白家腰村3个自然村45户127人,其中后苏家山村是整体搬迁村。现搬迁工程主体已完工,正在积极推进后续工作,村民在明年春季可以入住,即将彻底告别祖祖辈辈居住土窑洞的历史,住上宽敞明亮的平房,室内有自来水、卫生间,屋前有水泥路,有公共活动广场,彻底改变了人居环境。

### 三、发展龙头产业,带动贫困户就近就业

在实施易地移民搬迁的同时,与脱贫产业同步规划、同步实施。永和县浩民红枣专业合作社位于南庄乡红崖渠村,2009年8月在永和县工商局登记注册,是当地农业龙头企业,致力于红枣产品的开发生产,是一个集收购、储藏、加工、销售一条龙的红枣企业。但由于受场地小、规模小、设备陈旧、资金不足、带动力不强,难以发挥产业带动效应。为了改变现状,第一书记、扶贫工作队在乡党委、乡政府的支持下,多次向市、县有关部门争取项目、争取资金,先后协调筹集资金99万元,采取"合作社+农户"的模式扩建永和县浩民红枣加工专业合作社,合作社社员发展到51户,社员出资总额达到80多万元,扩建厂房3500平方米,购买烤房5套,新建冷库150平方米,马牙枣炉10个。目前,合作社拥有800平方米符合食品安全法和环保的现代化加工车间,有200平方米冷藏库和500平方米的成品库,有化验室和产品研发室,还有5个全自动双循环烘干房,加工品种有自然枣、马牙枣等6个品种,年加工量300多万斤,极大地解决了枣农卖枣难的问题。可吸纳有劳动能力的贫困户80人就业,每人年均增收1万元左右,可使搬迁群众稳定增收,真正实现搬得出、留得住、可发展、能致富的目标。截至目前,已收购红枣35万斤,解决了村民卖枣难问题,同时有移民新村贫困户38人在浩民红枣合作社打工,日均收入120元左右,年均增收1.5万元。

合作社理事长辛清平介绍道:"合作社一共带动我们村14户贫困户,非贫困户13户,一共带动38人,这些都是固定工人。除此之外还有装车的、拉枣的还能带动十几人到二十人,这些也都是固定工人。咱合作社全是计件工,男劳力加工一斤连洗带烤带出炉的红枣6分钱,一人平均一天挣一百二三十块钱。女劳力按箱算,装一箱4毛5分钱,一斤大概9分钱,一天能挣90元到110元,多劳多得,按劳分配,一般每月月底付清工资。"

## 经验启示

一是南庄乡进一步践行习近平总书记提出的搬得出、稳得住、能致富的脱贫目标,得到了上级的高度认可,南庄乡政府把后苏家山搬迁贫困户依托合作社脱贫致富的成功经验推广到郭家村和高佛腰集中安置点。郭家村集中安置点搬迁户,参加永和县鑫源种植合作社,带动贫困户养殖麻黄公鸡。乡政府安置部分搬迁户从事保洁、护林等工作,人均年收入6000元至8000元,其余青壮劳动力则通过自谋职业、技能培训、自主就业、种植药材等方式实现分散就业。

二是南庄乡政府积极宣传国家以及各级政府关于易地搬迁政策,推广成功经验,进一步为搬迁人口定政策、谋福祉,鼓励各搬迁户积极响应党的好政策,振作精神,积极参加各种技能培训,掌握一技之长,实现自谋职业、自主就业,确保搬得出、稳得住、能致富。

"长风破浪会有时,直挂云帆济沧海"。易地搬迁的人们正借十九大召开的东风,信心倍增,苦干实干,加快脱贫攻坚步伐,努力致富奔小康。

# 扶贫开发显真情　　易地搬迁助民富
——永和县桑壁镇桑壁村搬迁案例

## 基本情况

桑壁镇位于永和县东南，距县城35公里，与大宁隰县相邻，全镇总面积183平方公里，辖13个行政村，44个村民小组，1998户6129人。目前，全镇有建档立卡户526户1396人，贫困发生率由之前的28%下降到21.78%，未脱贫人口为119户262人，精准识别易地搬迁户62户150人。

桑壁镇面对贫困人口多，扶贫地域范围较广的客观实际，镇党委、镇政府认真按照县委、县政府开展精准扶贫工作的要求，与第一书记、扶贫工作队、村支书相互对接扶贫情况，创新思路，强化举措，狠抓落实，强力推进脱贫攻坚工作，确保脱贫人口实现"两不愁、三保障"，积极探索"党建引领、党员带动、聚焦难点、精准发力"的思路，以脱贫攻坚统领经济社会发展全局，扎实推动各项工作健康有序发展。

桑壁村委位于桑壁镇政府所在地，东面与署益村相邻，南靠狗头山，西与护国村衔接，北面与侯家村衔接。流域面积25平方公里，有耕地5100亩，其中：经济林3100亩。辖2个自然村，5个村民小组，共有410户

1376人，其中：贫困户有201户550人。桑壁村支委共5名，其中支部书记1名，副书记1名，委员3名；村委共3名，其中主任1名，副主任1名，委员1人。桑壁村党支部共有党员54名，其中女党员11名。

桑壁村主导产业农业以玉米为主，经济林以核桃为主，人均收入3800多元。村集体经济收入以集体光伏收入主。贫困户依托春播农机合作社增加经济收入，安装屋顶光伏55户，户均增收5000元，移民搬迁户27户64人，全面改善了村民居住生产生活条件，计划2018年底整村退出贫困村。

## 主要成效

桑壁村村委在镇党委、镇政府的正确领导下，把易地扶贫搬迁与"一村一品一主体"产业扶贫有机结合，在"三支力量"的帮扶下，因村制宜，通过"贫困户＋合作社"的模式，带动贫困户利用种植业、养殖业、销售加工业、劳务输出等带动贫困户脱贫，帮助贫困村增加集体经济收入，确保搬得出、稳得住、能致富，迈出脱贫攻坚的新步伐。

## 具体做法

### 一、宣传政策

严格按照《"十三五"时期易地扶贫搬迁工作方案》（发改地区〔2015〕2769号）文件要求，由驻村工作队、第一书记、包村干部、村两委干部组成易地扶贫搬迁工作小组，召开村民大会，向建档立卡贫困户宣传易地扶贫搬迁政策和初步安置方案，听取大家的意见建议，走村入户，挨家挨户向符合条件的建档立卡贫困户讲解扶贫政策和保障措施，动员大家早日明确搬迁意向，做好搬迁前的准备工作。

### 二、选择规划安置点

桑壁村安置点在交通便利的县道路边，临近桑壁河、镇政府。该工程占地2473.7平方米，建筑面积1078平方米，可容纳21户43人，建设内容为住宅工程，按照自然村的迁出户数、人口情况及迁入地环境条件，计划按户型进行安置，即：1人户6户，2人户10户，3人户3户，4人户2户，共21户。现搬迁工程主体已完工，正在积极推进后续工作，争取村民在今年年底入住，彻底告别祖祖辈辈居住土窑洞的历史，住上宽敞明亮的平房，室内有自来水、卫生间，屋前有水泥路，有公共活动广场，彻底改变了人居环境。

**三、在易地扶贫搬迁后续产业发展上，提前谋划，因地制宜，综合施策，确保贫困户搬得出、稳得住、能致富**

一是在安置住房屋顶上安装分散式光伏发电，增加贫困户收入；二是积极对接我镇永之和种植合作社，有劳动能力的可以进入合作社参加工作。优先考虑雇用安置点贫困户，对贫困户进行劳动技能培训，引导贫困户进行转移就业；三是易地搬迁安置点临街，二层可居住，一层可以做商用，发展服务业、餐饮业等产业，切实增加收入。

**四、"易地搬迁+光伏产业"扶贫模式带动贫困户脱贫致富**

易地扶贫搬迁与产业扶贫是相互促进、相辅相成的关系，把两者有机结合起来，是贫困户改善生产生活环境、实现稳定脱贫的有效手段。搬迁安置点新房修建完成后，采取"贫困户+政府扶持+企业贷款"方式，贫困户只需出资2000元，即可在屋顶建设分布式5千瓦光伏电站，县电力公司负责购买农户入网电量，实行以户为单位，"一户一卡"的发放模式，前五年户均年纯收益可达5000元左右。

## 经验启示

一是桑壁镇进一步践行习近平总书记提出的搬得出、稳得住、能致富的脱贫目标，得到了上级的高度认可。桑壁村集中安置点搬迁户，参加永和县永之和种植合作社，签订长期劳务合同，带动贫困户创收。乡政府安置部分搬迁户从事保洁、护林等工作，人均年收入6000元至8000元，其余青壮劳动力则通过自谋职业、技能培训、自主就业、种植药材等方式实现分散就业。

  二是抓好一切工作的关键在人，关键在落实。桑壁镇加强基层党组织建设，发挥基层党组织和共产党员的战斗堡垒作用、先锋模范作风，加强村两委主干、第一书记、驻村工作队这三支队伍管理，强化镇机关效能建设，要求机关干部做到知责、尽责、负责，切实发挥好党员干部的主观能动性，在脱贫攻坚的征途中，撸起袖子加油干，每项工作一定走在前、干在先，为全镇人民交一份满意的答卷！

# 搬迁实现安居梦　多措推开增收门
—— 乡宁县尉庄乡仁义村搬迁案例

习近平总书记在视察山西时指出，"整村搬迁是解决深度贫困的有效办法"。乡宁县尉庄乡仁义村根据省委"六环联动"破解七个问题的具体部署，把实施整村搬迁作为实现脱贫的关键之举，稳步推进搬迁，分类抓好产业就业，有效解决了群众的长久发展问题。

## 基本情况

仁义村位于乡宁县城东南方向10公里处，辖仁义、牛皮岭、山西岭、冯下凹、白家山、南塔、大坡7个自然村，总面积9.59平方公里，耕地面积2169.1亩，总人口219户696人。仁义村地处黄土残垣沟壑区，地质灾害滑坡区，群众居住分散，交通不便，饮水困难，且大多居住在土窑洞中。2014年识别建档立卡贫困户187户584人，贫困发生率84%，全村人均收入1560元，村集体经济收入为1.8万元。脱贫攻坚战打响以来，根据仁义村的实际情况，全村委7个自然村分别于2016年和2017年被确定为整村搬迁对象。村两委一班人在县委、县政府和尉庄乡党委、乡政府的正确领导下，心往一处想，劲往一处使，立下愚公志，要啃硬骨头。以易地扶贫搬迁为主抓手，牢牢把握"搬迁是手段，脱贫是目的"的根本要求，坚持"六环联动"，认真选址，确定了仁义新村和仁和新村两个集中安置点，其中仁义新村集中安置仁义自然村84户270人，仁和新村集中安置其余6个自然村113户380人。到2017年年底，两个新村全部建成，所有搬迁户全部入住，全村人均收入3800元，村集体经济收入4.8万元，累计脱贫180户591人，贫困发生率降至1.5%，贫困村的"帽子"被彻底摘除。

## 主要做法及成效

### 一、以党建为龙头，强化"三基"建设，着力打造脱贫攻坚的实干家、硬队伍

仁义村始终坚持以党建引领易地搬迁工作，强化"三基建设"，建强"一线"队伍，充分发挥基层党组织的战斗堡垒和党员干部的先锋模范作用，建强组织，夯实基础，提升能力，为做好易地搬迁和脱贫攻坚工作提供了坚强的组织保证。一是强化思想引领，定期组织开展学习教育活动，将党员干部的思想统一到党的十九大精神和习近平总书记扶贫重要论述上来，统一到脱贫攻坚政策上来，以党建带扶贫、以扶贫促党建，着力提升村两委班子的凝聚力和战斗力。二是发挥党员干部带头模范作用，村党支部书记带头吃住在工地，白天走访入户，察看工程进度，晚上召开会议，解决发现的问题，以务实担当的工作作风发挥领头雁作用，带领全体党员干部在"5+2""白+黑"的工作中，坚决啃下易地搬迁这块硬骨头。三是加强党员队伍建设，在村两委换届中，把带动能力强、有知识、有技能、愿为群众办事的优秀年轻党员选进村班子，积极为脱贫攻坚出点子、找路子、谋措施，充分发挥示范引领作用。四是创新"党建+"模式，以党建+合作社、党建+返乡创业、党建+新村建设等模式，推进了工程建设和产业发展，提升了脱贫攻坚成效。

## 二、以搬迁为抓手，围绕新村建设，着力改善贫困群众生产生活条件

一是科学规划选址，通过召开村民代表大会，层层审查把关，确定了整村搬迁方案，聘请专业机构技术人员科学选址，由村集体牵头进行统一规划，然后交由搬迁户自主建设，基础设施和公共服务设施由村委统一规划、建设。二是统一地基平整，乡宁县地处山区，平地难找，由于仁义村地质灾害比较严重，选址更加困难，地基平整要挖山填沟，工程量大，资金投入也比较大，群众一家一户实施不现实，经村民代表大会研究决定，集体统一进行地基平整，村两委干部克服重重困难，县委、县政府及时给予大力支持，拨付专款100万元，对资金缺口兜底，推动了工程顺利实施。三是强化管理监督，为确保工程质量，村委吸纳搬迁户代表成立质量监管小组，同时聘请专业监理人员，全程进行工程质量监督，严格规范施工，并定期组织开展工程质量巡查，及时发现问题并纠正整改。四是坚持统规自建，村委统一设计图纸，出台3套修建预选方案，召开搬迁户代表会议研究确定，由搬迁户自主选择施工队，以合建、自建等多种方式进行修建。五是基础配套跟进，在基础设施和公共服务设施建设上，坚持"保障基本，够用适度"原则，充分听取村民代表建议，由乡、村审核敲定，确定修建水、电、路、暖、网、文化广场、卫生室、绿化亮化等配套设施建设内容，保障了搬迁群众的基本生产生活需要。六是坚守搬迁政策，严守搬迁对象精准界线、住房面积标线、自筹资金底线、项目管理红线和资金使用高压线，确保易地搬迁各个环节合规合法，符合政策要求。

## 三、以脱贫为目标，着力夯实贫困群众增收的基础

为了实现贫困群众搬得出、稳得住、能致富，村两委以产业发展为基础，多渠道、多途径促进贫困群众增收。一是选准项目。根据土地结构和地势地理差异状况，充分征求群众意见建议，因地制宜选择产业项目。二是建强主体。采用"企业+合作社+贫困户"的模式，依托潞安集团，成立了山西岭绿佳源种植专业合作社，与贫困户签订合作协议，发展油用牡丹435.5亩，带动贫困户24户92人增收；采用"合作社+贫困户"的模式成立睿成种养专业合作社，与贫困户签订入社协议，集体发展中药材柴胡

434.66余亩、栽植花椒树146.4亩，带动贫困户88户324人增收，栽植樱桃树105亩，带动贫困户29户124人增收；成立牧羊垣养殖专业合作社，养殖能繁母绵羊，带动贫困户增收。三是组织培训。组织开展农村致富带头人培训、护工培训、新型农民职业技术培训、产业技能培训、电商培训等，组织贫困户近百人到襄汾县、枣岭乡、陕西合阳县产业基地实地参观学习，增长见识，提升本领。四是细化落实。在实施中农户根据自愿选择种植项目和种植规模，村两委统一进行土地平整等基础性工作，统一联系苗木和种子，并聘请专业人员实地指导，贫困户自主进行栽种植和后期管理，实现了资源共享、优势互补，形成了产业规模，降低了市场风险。五是外出务工。通过贫困户技能培训全覆盖，使每个有劳动能力的贫困户都能获得一技之长，通过外出务工财政补助政策，使每名务工贫困人员都能享受资金补助，提高了务工积极性，全村一半以上劳动力利用新村便利条件在县城和外地常年务工，三分之一获得稳定务工收入，人均增收1.5万元。六是多措并举，建成100千瓦村级光伏电站，年收益10万左右，60%资金用于扶持建档立卡贫困户，增加贫困户收入；与农商银行和主体企业签订"牵手贷"协议，与云丘山等龙头企业签订"股加贷"协议，推动金融扶贫和资产收益扶贫，带动37户137人增收；通过吸纳护林员、保洁员带动19户72人，通过政策兜底，保障了51户93名无劳动能力者的基本生活。

**四、以群众满意为宗旨，实现安居乐业，真正激发群众脱贫奔小康的内生动力**

村民王某某，居住的土窑洞在2010年因年久失修倒塌，村委腾出一间办公室临时解决他的住房问题。身患严重疾病的他，完全失去了生活的信心，2016年享受易地搬迁政策，安置在仁义新村，修建了100平方米的新房，这两年扑下身子务工，提及搬迁后的感受，他高兴地说："再不干就对不起党和政府，对不起国家的好政策了。"

村民加某某，2009年自发修建平房4间，2013年地质灾害山体滑坡倒塌，全家人不得已到县城里租房居住，一回村看到旧房就愁容满面，修房子的饥荒还没还完,就没房子住了。2016年享受易地搬迁政策,安置在仁义新村,修建了125平方米的房屋,年底入住新房,高兴地说:"这下好好挣钱给娃娶媳妇,要不是党的好政策,这辈子哪能再修起这么好的房子。"

山西岭自然村的常某某,早年家庭条件差,一直未婚,年龄大了经人介绍娶二婚妻子带回两个孩子,儿子到谈婚论嫁的时候,人家一打听到是山西岭村就没有下文了。2017年享受易地扶贫搬迁政策,安置在仁和新村,今年4月份搬进新家,5月儿子结婚,夫妻俩现在见人就笑,高兴得嘴都合不拢。

如今,随着居住条件的改变,村民们的生活方式也在悄然发生变化。早晨,广场上有晨练的人群,白天,大家各行其事,傍晚,广场舞成了必修课,一切都像在城里的小区一样。仁义村的搬迁真正圆了村民们的安居梦、脱贫梦,村民加某某乔迁新居时新房门上的对联道出了全体村民的心声,上联:"喜迁新家依仗国策无限好;下联:乐居新宅全赖基层干部勤;横批:诚谢党恩"。

## 经验启示

从仁义村实施易地搬迁、发展产业、推动就业、促进增收、实现脱贫的工作实践,我们深刻体会到:

**一、必须坚持党的领导,加强基层组织建设,为贫困村脱贫致富奔小康凝聚领导核心**

中国共产党是我们各项事业的领导核心,尤其在农村,在脱贫攻坚的主战场,没有坚强的基层支部发挥核心领导作用,凝聚人心,聚合力量,破解难题,各项工作将一事无成。在仁义村实施易地搬迁克服重重困难的过程中,正是有了以党支部书记加建荣同志为首的一班人,日夜操劳、秉公办事、不计得失、公而忘私,一心扑在工作上,为群众着想,为村集体谋利益，从而赢得了群众认可，赢得了社会赞誉，使原先困难重重的易地搬迁工程得以顺利实施，群众如期入住，各项指标达到"两不愁三保障"标准，顺利实现脱贫。

**二、必须确立群众主体地位，发挥集体决策作用，为农村发展集人心、聚合力、增动力**

任何时候，群众都是事业发展和工作推进的主体，这个主体作用发挥得好，农村的各项工作推进就顺，效果就好。否则，就会出现矛盾，上访频繁，工作推进迟滞，人人气不顺，处处有怨言。几年来，仁义村正是时时处处注重发挥群众的主体作用，调动全体村民的积极性来凝聚人心，形成合力。村里的各项重大决策全部由村民代表大会表决通过，村里的各项收入开支全部公示，自觉接受群众监督。易地搬迁选址，村两委拿出了几套方案，在村民代表会上集体讨论；建设方式，上会表决；产业发展种什么、养什么，放在会上让大家决定。每一项决策，都让群众实实在在地感受到是为自己着想，从而实现了村两委和全体村民思想上、行动上的同频共振，推动了各项工作顺利高效开展。

**三、必须激发群众的内生动力，把要我干变成我要干，才能实现脱贫的稳定、持续、长久**

仁义村开始实施易地扶贫变迁，并非一帆风顺，群众不理解，故土难离，不愿搬迁，硬是乡村干部反复上门挨家挨户做思想工作，说服引导，最终达成共识。只要解决了思想障碍，干就不是问题。地基平整规划好后，各家自主修建，各把各的关，各操各的心，好像火车入了轨，十分顺畅。原来有一些贫困户由于居住条件差，收入门路少，子女的婚姻问题都不好解决，一些年长的光棍汉没有心劲，破罐破摔，好吃懒做不干活。实施搬迁以后，居住条件变了，生活环境改善了，交通方便了，同时反复接受技能培训和各种形式的教育引导，又有各种养殖补贴和务工补贴政策，家家户户的劲都卯起来了，种的、养的、进城打工挣钱的，各有去处，发自内心的笑容呈现在脸上，一些不良的生活习惯逐渐收敛，贫困户调动起来的积极性，激发出来的内动力，为持续稳定脱贫提供了保证。

仁义村的巨变既是乡宁县坚决打赢脱贫攻坚战的一个缩影,也是仁义村发展史上的涅槃新生。迎着新时代和煦的春风,仁义村将进一步推进易地搬迁各项后续工作,巩固提升脱贫成效。幸福的仁义人将和全县人民一道彻底摆脱贫困,阔步迈入全面小康。

# 政策暖民心　铺就幸福路
——安泽县府城镇原木村搬迁案例

原木村是位于府城镇最西的一个村，整村坐落于山顶上，与古县接壤，辖5个自然村，地处偏僻，一条山路盘旋而上，坡多弯急，信息闭塞，资源困乏，全村共有47户100人。其中建档立卡贫困户24户63人，耕地470亩。

## 易地搬迁富民策

原木村地处府城镇最西，交通不便，基础设施发展严重滞后，青壮年大都外出务工求学，只在农忙时回村种种地，村中大部分为老弱病残、妇女，在收获季节手搬肩扛，生产极大不便。若村民有生病时，就医还需要到县城，路程大概要一个小时左右，闭塞的交通给原木村村民的生活带来了极大的不便。

自从国家易地扶贫搬迁政策实行以来，让原木村村民看到了走出这个山沟沟的希望。针对原木村的实际情况，在充分了解村民意愿、多次摸排、科学分析的基础上，原木村村两委抓住这一战略机遇，积极向镇党委及扶贫局申请易地扶贫搬迁项目,制定具体的实施方案。遵照"先易后难、稳步推进"的原则,宣传先行的办法,争取百姓的支持,稳步推进整村搬迁进度,解决贫困群众的后顾之忧。

经过村两委的努力,原木村24户建档立卡贫困户、15户同步搬迁户全部签订了"双签"协议,并于2016年完成搬迁8户25人,2017年完成搬迁31户64人,拆旧复垦完成6户,复垦总面积2.8亩,拆旧复垦工作正在积极推进中。

## 科学选址助脱贫

在集中安置点选址时,就充分考虑到了后续产业发展问题,坚持安置点向城镇集市、美丽乡村建设点和产业发展条件好的地方靠拢,桃曲村是中南铁路的站台之一,紧邻高速公路,又位于县城周边,有着得天独厚的区位优势和环境优势。

桃曲移民新村,于2013年由发改局立项批复,交通便利,区位优势明显。一期工程占地面积25亩。桃曲移民新村修建1、2、3、5号楼,共计164套移民搬迁房。桃曲移民搬迁安置127套,剩余37套。其中,府城镇2016年安置易地搬迁建档立卡户14户,2017年安置16户。同年8月份通过整合建档立卡贫困户新建一幢70套住房的6号楼,坚持住房面积标准。以人均25平方米为"红线",设计标准户型41种,供搬迁贫困户选择。严格建筑方案和施工设计审查,严格按图施工和验收。总投资716.5万元,于2017年11月主体工程全部竣工。对于无劳动能力、无子女、无安全住房的建档立卡户,镇党委、镇政府通过回购三层框架结构商业用房的方式,集中供养63户84人,项目总建筑面积为2050平方米,其中,25平方米户型共48套、50平方米户型共13套、75平方米户型共2套,公共餐厅一间面积25平方米,公共文化活动室一间面积25平方米,公共医疗室一间50平方米。按镇级养老院标准对其进行改造,并配套建设餐厅、文化活动室、医疗卫生室等公共服务设施。每个居住房内都配有卫生间、电视、衣柜等，养有花草，环境干净舒适温馨。为了照顾老弱病残人员，还专门加装了电梯一部。易地扶贫搬迁政策大大改善了贫困户的生活环境，为发展提供了便利条件。

## 挖潜增效抓产业

整村搬迁了，还有很多后续事情要做，如何能实现搬得出、稳得住、能致富这一问题摆在了村民面前。只有扎实做好产业，才能扎根集中安置点。基于这一认识，镇党委、镇政府和原木村村两委广辟增收渠道，拓宽致富路径。

一是采用"公司＋基地＋农户"和"合作社＋农户"的形式，让村民把土地以股份形式入股，在公司或合作社打工。二是宽领域培训。镇党委及原木村两委积极与县人社局、扶贫局等有关部门对接，聘请专家、技术人员，分门别类、因人而异进行针对性培训，真正使受训者入脑入心，成为懂技术、善经营、会技能、能致富的多元性人才。邀请"田专家"深入田间地头进行"点餐式"培训，增加培训的趣味性，知识传授更加通俗易懂。核桃是原木村的特色产业，但由于土地贫瘠，种植技术有限，虽然亩数较多，但是产量一直上不去。通过聘请专业技术人员在田间地头进行技术指导、专业嫁接，核桃产量稳步提高。村民张某某，种植核桃树30亩，亩均收入可以达到2000多元；村民张某某，养蜂40箱，每箱收入200元，养羊60多只，年收入可达3万余元。此外，原木村的24户建档立卡贫困户每户均种植了油用牡丹，共种植48亩，也为其脱贫致富提供了很大的支持。

通过整村搬迁的实施，原木村村民的生产生活条件得到了极大的提升，加快了他们脱贫致富的步伐。下一步，原木村村两委将继续探索实践，充分认识易地扶贫搬迁的长期性、艰巨性和复杂性，勇于正视困难、攻坚克难，认认真真、扎扎实实做好易地扶贫搬迁工作，助力全面小康社会的建成。

# 古庄变新村　　搬出新希望
——汾西县僧念镇古庄村搬迁案例

汾西县古庄村是僧念镇的一个小自然村,全村共有64户179人,地处偏远,交通不便,位于典型的黄土高原残垣沟壑地带,立地条件差,有900余亩地,而且都是山坡地,祖祖辈辈依靠小农经济为生。整个村庄依山势而建,村民居住分散,从山顶的第一户到山沟底部的最后一户人家,足足有六七里远,邻里相互走动不便。村内基础条件落后,饮水困难,村民吃水仅靠沟底一口小水井,山顶上的住户挑一担水需一个小时,遇到天旱还经常缺水。进村一条盘山土路,而且狭窄陡峭,开车进村不到固定地方不能掉头,不到固定地方不能会车,"不是古庄人,不敢(开车)古庄行",遇雨雪天出行更加困难重重;因条件落后,村民就医、上学难,娶媳妇更是难上加难。

### 喜迁新居笑开颜

脱贫攻坚战打响以后,僧念镇党委、镇政府充分征求广大群众的意见,结合精准扶贫政策,决定实施整村易地移民搬迁工程。发挥村两委班子及"三支队伍"等力量，反复召开搬迁村民代表及群众大会，严把搬迁人口识别、安置选址、规划、设计等关口，全面细致做好搬迁前期工作。

首先把好选址关，在充分征求群众意见的基础上，把新村选在紧邻麻寺公路的垣面上，崭新的柏油公路从村口穿过；新建了集中供水工程，自来水全部入户，彻底补齐了基础设施先天不足的"短板"。其次，把好建设关，移民新村历经8个多月工程全部完工，总投资535万元，建设总面积3800平方米。共建安置住房138间，公共用房14间，地基全部为建二层的地基，为脱贫后群众安置房续建留有余地。在政府出资供地、保障前期费用的前提下，安置住房全部简装到位，农户不用装修即可搬迁入住。2018年元旦，古庄村民在这个特殊的日子集体迁入新居。俗话说得好，"穷三担，富三船"，真要彻底搬迁，还真不是件容易的事。村两委干部、驻村工作队员提前分头做群众思想工作，了解存在的困难。僧念镇镇政府统一为搬迁户做了大红"囍"字厚门帘，既温暖了家，又取当地住新房"暖房"的习俗，祝福搬迁户吉祥平安。搬迁当天，僧念镇党委书记、镇长亲自为村民搬家。村民付某某高兴地说："刘书记、侯镇长亲自为我们抬家具，我活几十年头一次，搬得痛快！"

## 搬迁搬出大变化

古庄村过去没有公共服务设施，仅有的三间校舍也因小学撤并不再使用，破败不堪。新村同步配套建设了日间照料中心、图书阅览室等，存有各类书籍1000余册，暑假期间每天有几十个小朋友在图书室看书。"去图书室看书是过去想都不敢想的奢侈事。"村民陈某某高兴地说。除此之外，还修建了文体活动场所100余平方米，新设健身器材12件，安装了太阳能路灯。镇文化站为移民新村选派了广场舞教练，手把手教村民跳广场舞，每天晚上，80%的村民都要到文体活动场所娱乐休闲。"过去满村找不下一块巴掌大的平地，现在我们也有了大广场，共产党就是好。"89岁的郭某某逢人就夸。村内建起了文化墙，公示栏，制定了村规民约，新村不但构建了舒适的人居环境，而且极大地繁荣了农村文化，提升了村民的整体文化素养，移民搬迁搬出了新希望。

## 特色产业谋发展

搬得出、稳得住、能致富，在建好新居的同时，他们在产业发展上做文章。核桃种植业是当地的传统产业，但规模小，品质差。在政府的倡导下，大力发展核桃经济林产业，去年新增优质核桃林400余亩，成活率97%以上；高枝换优原老旧品种林200余亩，核桃经济林面积达到600多亩。全村64户，户均经济林10余亩，盛果期预计年产优质核桃5000余斤，年均收入3万余元。

同时，在核桃加工业上做文章，成立了众兴核桃园专业合作社。投资200万元，建设了核桃深加工车间300余平方米，引进核桃油、琥珀核桃仁加工生产线两条。年可加工生核桃30吨，年产核桃油、核桃仁20余吨，产值400余万元。可提供就业岗位30余个。合作社不但能消化本村的核桃，还能消化加工相邻地区的核桃，可安置周边群众30余人，就业村民在加工厂务工也可获得一定收益，实现就业增收稳定脱贫。

## 经验启示

易地扶贫搬迁，是脱贫攻坚中最难啃的硬骨头，能否好事办好，取决于搬迁前期工作的扎实与否。我县在脱贫攻坚战中，积极探索，攻坚克难，取得了一定的成效，也得到了一些经验启示：

一是群众充分参与是抓好易地扶贫搬迁的基本前提。群众是搬迁的主体，搬迁工作的成败关乎群众能否安居乐业，以解决搬迁群众的生活、就业等问题为重点，了解群众所盼所想，站在群众角度思考问题，积极发挥群众搬迁的主观能动性和自觉性,才能确保搬迁工作推进快、见效早。

二是科学选址是抓好易地扶贫搬迁的关键环节。充分考虑政治、经济、文化、社会、个人等诸多方面的因素,科学合理选址、规划产业布局和安置分布,达到贫困群众愿搬迁、有事做、稳增收的目的。

三是注重产业扶持。引导搬迁群众由小农经济向专业合作社规模化发展转变,鼓励能人大户牵头成立农业专业合作社,有效整合搬迁户承包土地,搬迁户通过土地留转收租金或资源变资本入股分红等方式增收致富。

# 易地扶贫搬迁换新颜
——吉县柏山寺乡官庄村搬迁案例

## 基本概况

"三天无雨苗发黄,一场大雨冲沟坡",这就是原先柏山寺乡官庄村的真实写照。该村位于吉县县城西南部,距县城26公里,是典型的黄土高原残垣沟壑地区,共有7个自然村8个村民小组,403户1261人。官庄村自然条件差,全村4200多亩耕地,分布在四沟三梁的黄土高坡上;居住条件简陋,基础设施落后,公共服务匮乏,全村祖祖辈辈居住在四分五散的土窑洞内,存在着不同程度的安全隐患;交通条件落后,全村山高路远,唯一的通村道路坡陡弯急,缺乏维护,一遇下雨天就会泥泞不堪,影响村民日常出行。多年来,受干旱缺水的条件制约,村民过着靠天吃饭的日子,一直在温饱线上挣扎。2014年建档立卡初期,全村共有贫困人口172户469人,贫困发生率为37%,属典型的"一方水土养不活一方人"的贫困村。

## 主要成效

为彻底改变生产生活环境，2016年以来，官庄村积极响应县委、县政府的号召，集全村之力，以西掌自然村为主，以官庄、月庄、花青岭、柏山寺4个自然村为辅，总投资1800余万元，实施了易地扶贫搬迁工程，建设了"一主四辅"5个集中安置点。总占地面积达2.66万平方米，建筑面积7675平方米。共安置了110户260人，其中，建档立卡贫困户86户172人，同步搬迁24户88人。同时，实施了基础设施和公共服务配套建设，全村水、电、路、网等基础设施实现了"全覆盖"，客运班车、行政村卫生室、活动室、文化广场、便民中心等公共服务实现了"全配套"。

通过易地扶贫搬迁集中安置，官庄村村容村貌发生了翻天覆地的变化，村民住进了美丽宜居的新农村。村民形象地编了一段顺口溜："土地平，道路通，果花香，山坡青，人人饮清水，户户住新房。"脱贫户张某某自发地书写了两副对联："精准扶贫及时雨，官庄旧貌换新颜"，"喜庆乔迁感谢党的恩情，入住新房全靠政府帮忙"。

目前，官庄村群众的生产生活条件大为改善，苹果产业和花椒产业也是"芝麻开花节节高"，保障了群众收入稳定。2017年，全村实现了脱贫退出；2017年10月，官庄村西掌安置点在全省对标提升现场会上进行了展示；2018年元月，官庄村易地扶贫搬迁工作在山西新闻联播和临汾市电视台进行了连续报道；典型做法先后在《山西晚报》《临汾日报》等报刊进行了宣传推广，社会反响良好。

搬迁户文某某，现年70岁，体弱多病，是全村出名的穷汉懒汉。易地扶贫搬迁前，一直居住在老村的几孔土窑洞中，一到雨天雪天，无法进出，与外界隔绝。老伴因为突发脑出血，落下了后遗症，全家生活雪上加霜，举步维艰。易地扶贫搬迁后，他零自筹搬进了新家，改善了居住环境。同时，村委协调让他干了保洁工作，一年补贴6000元，让他看到了希望,激发了热情,有了干劲,精神面貌焕然一新,还自发研究土蜂养殖。两年来,土蜂蜜销售火爆,甚至有外地人前来寻购,年收入达到了1万多元。住在宽敞明亮的房子里,老人笑得格外开心:"没有国家的好政策,没有村委和驻村干部的帮扶,我做梦都想不到能过上这么好的光景!"

搬迁户张某某,现年48岁。易地扶贫搬迁前,居住在老村的地窨院,出门就爬三条坡,交通非常不便,三孔土窑洞也年久失修,靠木头柱子支撑,随时都有坍塌的危险。2014年,因屋内电线老化意外失火,烧掉了全部家产,陷入贫困。易地搬迁后,他住进了新房子,而且果园就在家门口,养护管理更加方便。他积极参加县上组织的技术培训,刻苦学习果树种植管理知识,一门心思从事苹果种植,通过科学精细管理,他家的苹果产量及商品率都大幅提升,7亩果园每年收入达到7万元。他还不忘回馈乡邻,当起了村里的苹果技术义务指导员,带领西掌村里120余户果农一同摆脱了贫困,过上了幸福富裕的美好生活。

## 主要做法

在实施易地扶贫搬迁过程中,官庄村采取"一主四副"的空间布局,根据"基础设施突破,产业发展优先,生态保护并重"的原则,围绕"五个保障"提升易地扶贫搬迁工程整体效果,真正实现了搬得出、稳得住、能致富。

**一、围绕"宜居宜业"有保障,抓规划**

结合自然村地理条件,统筹规划集中安置点位置,合理布局水、电、路、网、排水和公用场所等基础设施;结合村情实际,规划建设红白理事会、文化广场和卫生室等公共服务用房;结合群众生产生活需求,在严格控制建设面积的同时,为每户设置农机具停放、农作物晾晒等功能区,确保搬迁安置点"设施齐全,功能完备,宜居宜业"。

## 二、围绕"质量安全"有保障,严监管

聘请临汾市尧天监理公司负责工程监理,确保质量达标,施工安全;组织村民监督委员会和搬迁户代表,成立工程监督小组,对搬迁工程进行全程监督,确保群众满意,群众认可。

## 三、围绕"建设资金"有保障,降成本

坚持"包工不包料",由工程实施领导组统一购料,统一结算,节省材料成本;坚持"对内不对外",优先由本村有资质的工程队承包,本村村民参与施工,降低建设成本,实现了贫困户搬迁"零自筹"。

## 四、围绕"产业发展"有保障,促增收

坚持因地制宜,结合村现有耕地条件,在垣面平地支持发展苹果产业;在垣边坡地支持发展花椒产业,大力推进后续产业配套。目前,全村共平田整地400余亩,新增苹果树种植面积300亩,新增花椒100余亩。2017年,全村的苹果树种植总面积2600亩,达到了人均2亩,村民人均果品收入达到5000元以上,累计带动困难群众122户368人实现了脱贫致富。

## 五、围绕"基础配套"有保障,提品质

结合美丽乡村建设,持续加大基础设施和公共服务设施配套建设力度。2016年以来,累计投资800余万元,实施村组道路硬化9.5公里,田间道路硬化2.2公里;修建综合性文化活动场所2处,安装体育器材7套;建设标准化行政村卫生室1所,修建垃圾池7个,公共卫生厕所7个,村里开通了客运班车,163户接通了有线电视,18户接通了互联网,全村家家都通上了电,用上了自来水,享受到了便利的公共服务,日子越过越甜美。

## 经验启示

政策落实是易地扶贫搬迁顺利实施的"硬杠杠"。政策好,更要落实好。易地扶贫搬迁是脱贫攻坚中到户资金最多、扶持力度最大、群众受益最快、脱贫效果最显著的一项惠民富民政策。要严格落实建房补助、基础

设施和公共服务设施配套、建新拆旧和土地复垦奖补政策,严把建房面积和自筹资金不超标,切实解决群众住房安全问题,改善生产生活条件,让群众实实在在感受到党的温暖,享受到政策的实惠。

规划引领是易地扶贫搬迁的"方向标"。规划在工作推进中,有重要的引领和导向作用。规划前,要充分考虑到,实施易地扶贫搬迁工程,不仅要满足物质需要,还要满足精神需求;不仅要关注数量,更要关注质量;规划中,要统筹安排和长远规划,哪些人搬,往哪里搬,怎么搬,搬迁后生产生活怎么安排,将来如何发展;规划后,要集中力量,把握节奏,控制成本,保证质量,抓好规划目标任务落实,让群众"住得安,住得稳",真正实现"安居梦"。

产业配套是易地扶贫搬迁的"金钥匙"。实施易地扶贫搬迁工程,不仅是要解决群众的住房安全问题,更要解决群众搬迁后的产业发展稳定增收问题,否则就是无源之水,不能长久。我们采取"搬迁跟着产业走,模式跟着意愿走,标准跟着规定走,工期跟着任务走,干部跟着服务走"的思路,将易地扶贫搬迁和产业发展相结合,探索推广了"行政村就近集中安置,建移民新村安置,依托小城镇或工业园区安置,依托乡村旅游安置,五保集中统一安置和分散安置"的"5+1"安置模式,完善产业配套,强化技术培训,不仅解决群众"住房安全无保障"的难题,而且帮助他们发展后续产业,让群众在"搬新家"的同时,发展产业就业,保障了群众的稳定脱贫和持续发展。

# 思路一变天地宽　易地搬迁换新颜
——蒲县薛关镇常家湾村搬迁案例

蒲县常家湾村位于蒲县薛关镇往西10公里处,由5个自然村组成,包括堆圪塔、曹家庄、皮条沟、常家湾、张庄,全村281户859人,其中贫困户109户346人,总耕地1461亩。该村属典型的黄土高原沟壑区,尤其是堆圪塔与曹家庄农户均居住在沟中半山坡,出行极为不便,基础设施改善极为困难,农户以种养为主,但需上坡到垣。交通、饮水,文化场所等基础公用设施建设困难,成为制约当地群众多年生产生活条件改善的关键因素。易地搬迁是唯一的出路,是大势所趋。

## 搬迁,民之所盼

都说"一方水土养育一方人",而在常家湾堆圪塔、曹家庄村,这句话根本说不通,两个村子坐落在大山山腰,这里生存环境恶劣,土地贫瘠,陡峭曲折的进村路更是村里贫困的"万恶之源"。走进村子,半山腰上的村庄住着零零散散的住户,映入眼帘的是这座不像村庄的村庄。村间道路陡峭、狭窄,房屋陈旧、低矮,杂乱无章,显得格外荒凉。

常家湾堆圪塔村组常住人口15户47人，居住比较分散，大多数处在山沟里，路都为土路，生存比较艰难。一是到了农忙收割季节，村民就开始发愁，交通不便导致粮食不好收储，更不好出售；二是解决饮水问题投资大，不好解决；三是村民原来全部居住在土窑洞里，部分土窑洞倒塌不能居住，只能父子几家人住在一起，且住房为不安全住房；四是住房全部没有院墙，院外就是沟，存在较大的安全隐患。

过去多年，村民们在深山里住着简陋房屋，行路难、吃水难、孩子上学难、增收致富难，生活处处不方便。直到2016年易地搬迁政策出台，经多次召开村民大会，坚持"交通便利运输方便，基础设施便于修建，后续产业便于发展，粮食收割便于储存，安全住房确保解决"的原则，常家湾村委在充分征求搬迁户意愿的基础上采取集中安置和分散安置相结合的方式，最大限度地做到从群众的意愿出发。一是采取统规自建的方式修建堆圪塔搬迁集中安置点，安置15户47人。为节省开支，村民们投工投劳，最终建设了集中安置居民房15座。二是采取分散安置的方式搬迁至乡镇所在地、中心村，安置了7户30人。通过易地扶贫搬迁，大家都感受到了"迁"出来的幸福，让村民搬得情愿，搬得舒心。

## 搬迁，民之所幸

73岁老人刘某某激动地说："多亏党的政策好，不仅没花一分钱住进了新房，还帮我有残疾的儿子办理了五保，给了我们一家活下去的信心。"刘某某一家原本住在曹家庄村两间走风漏雨的土坯房里，儿子智障，妻子脑出血、不能自理，生活极其困难，房屋因年久失修，早已破烂不堪，屋漏偏逢连阴雨，2016年一场意外的大火又将他们的房屋烧毁，彻底失去了生存的基本条件，也使他们本来就困难的生活雪上加霜。易地搬迁政策让他们一家看到了生存下去的希望，充分考虑其家庭的特殊情况，镇村干部在征求本人意见的基础上，积极协调安置地点，仅仅用了两个月的时间就让他们一家住进了宽敞明亮的新房。

今年39岁的李某某,其妻患有心脏病,家庭开支全靠耕种几亩地和在村里的养牛场打工,收入微薄但看病花销却很大,两个孩子正在县城上学,并且由于兄弟姐妹多,一直没有住房,只能在牛场借住,生活压力特别大。享受易地搬迁政策后,他们家搬到了集中安置点,再不用为住房发愁了,生活条件得到了极大改善,妻子的病情也有所缓解。村委积极协调,为其申请贷款5万元,入股养牛合作社,由打工人员变成股东,并鼓励其发展特色种植业,种构树11亩、梨树5亩,同时为其提供护林员岗位,使其家庭年收入超过3万元。

老人白某某拉住笔者的手,动情地说:"易地搬迁真是个好政策,不仅房子问题解决了,路也好了,吃水也方便了、也安全了,文化活动也多了,老百姓的钱袋子也越来越鼓了。"据了解,老人的丈夫两年前去世,同村居住的儿子曾患脑梗,长期不能从事体力劳动,平时虽独自生活,但因吃水不方便,时常需要儿媳照料。老人和儿子一家同时搬入了安置点,水的问题解决了,儿子的身体状况也有所好转,儿媳才得以放心地外出打工,月收入2500元,生活条件得到很大改善。

从与每一户搬迁户的交谈中,都能感受到他们享受易地搬迁政策后发自内心的喜悦、满足和幸福。

## 搬迁,民之所获

搬迁后,怎样实现搬得出、稳得住、能致富?蒲县常家湾村两委立足当前,着眼长远,致力于带领搬迁群众实现稳定脱贫,结合当地实际和地理优势,采取"抓三线",助力搬迁户增收致富奔小康。

一、抓好产业帮扶

一是鼓励搬迁户贷款发展种养殖业,17户搬迁户共贷款80余万元。二是在原有核桃等传统作物提质增效的基础上,大力发展构树、中药材、梨树、小杂粮等特色种植业，现搬迁户已种植构树36亩、中药材23亩、梨树70余亩、小杂粮30亩。三是依托养牛合作社，带动搬迁户发展养牛业，现有肉牛20余头。四是入股常家湾集体产业养猪场。现共有8户入股，每户入股3000元，享受年底分红。

### 二、抓好转移就业

一是鼓励搬迁户外出打工就业，目前共有14户26人在本地或外地务工，年人均劳务收入均在2万元左右。二是协调解决就业岗位，目前共安置4人为护林员、交通劝导员，协调1人在养猪场打工。三是安排有培训需求的18户搬迁户参加养殖、种植技能培训。

### 三、抓好精神扶贫

常家湾村始终坚持物质扶贫和精神扶贫并重，在大力推进产业帮扶、就业帮扶的同时，注重从精神层面教育、鼓励、引导、培训搬迁群众，坚定主心骨，立下脱贫志，提振精气神，谋划致富路，过上好日子。文化广场的修建丰富了搬迁户的业余生活，营造了浓厚的文化氛围。

## 搬迁，思之所得

易地扶贫搬迁是脱贫攻坚"五个一批"的头号工程，更是扶贫政策中最大的惠民政策，也是贫困群众最迫切的愿望。我们在实施易地扶贫搬迁的两年多时间里，即严格落实政策要求，又坚持结合当地实际，统筹考虑贫困原因、群众意愿、产业发展、就业改善等综合因素，狠抓精准搬迁和后续发展两个关键，在集中安置点的选址上坚持"两靠四进五不选"，工作中有所思、有所得。

### 一、坚持"两靠"

即靠近产业、就业基地。鼓励搬迁户从生存和发展环境较差的地方搬到产业基地或者产业发展、方便就业的区域，核心是解决了搬迁户的增收问题。

## 二、坚持"四进"

即进城区、进集镇、进中心村和聚集点。尊重群众意愿，搬迁户从偏远的自然村搬到县城、乡镇所在地、中心村，从而解决了搬迁后群众生产、生活、就业、创业等问题，在享受到便捷的基础设施和公共服务的同时，通过务工就业融入县城、集镇。实现"村民"变"市民"转变。如乔家湾乡乔家湾村地处矿区，群众搬迁后更多地就近就地就业，从事第二、第三产业增收。

## 三、坚持"五不选"

即有地灾隐患的不选、基础难改善的不选、上学就医难的不选、无发展后劲的不选、群众不满意的不选。我们在易地搬迁的选址上，坚持"五不选"，充分考虑"挪穷窝、拔穷根、换穷业"，整体布局，在完善基础设施、提升公共服务、加强产业配套，解决就业安置等方面持续跟进、确保搬得出、稳得住、能致富。

百村搬迁案例

# 吕梁市

# 移民新发展　荒山变"金山"
## ——交城县洪相乡广兴村搬迁案例

洪相乡广兴村圪洞坡组，是一个远离交通主干线的偏远村落。多年来，因为村子没有学校、缺水少电，出入仅有一条羊肠小道，极大地限制了村民的各项发展。从2000年开始，很多年轻人陆续离开家乡，常住人口仅剩下10余位高龄老人，这个百十来人的村子日渐萧条败落……

### 易地搬迁增希望

2016年，随着交城县"十三五"易地扶贫搬迁规划的制定，洪相乡广兴村圪洞坡组迎来了新生。5月26日，村民康某某带着妻儿返回圪洞坡，万响挂鞭噼啪作响，"咱们村要整村搬迁啦……"的欢呼声响彻这个"出入基本靠走，通讯基本靠吼"的村庄。留守老人颤巍巍地聚拢，脸上充满了喜悦。

村组长康广金是感受最深的，因为只有他不间断地行走在这条与外界唯一贯通的羊肠小道上，只有他最早学习到关于易地扶贫搬迁的政策文件，只有他最清楚圪洞坡组早就需要这样的发展契机，而移民搬迁正是圪圪洞坡组自中华人民共和国成立以来享受的最大的利好政策。

2016年8月,康广金再次返回村里,同行的还有广兴村包村领导、县交警队帮扶队员和广兴村委主干。他们在村里显眼位置张贴易地扶贫搬迁宣传材料,挨个进入留守老人家中,宣讲移民政策,逐一核对村民户籍人口及贫困人口数量、常住人口数量,并对圪洞坡组的整体村落房屋情况逐一梳理,登记造册。

从这天以后,圪洞坡组的村民陆续返回家中,这些在外租住的村民,第一次发现这个村子也有了魅力,第一次从心底泛起了留恋,多了几分不舍。

## 搬迁入住谋发展

2017年12月27日,洪相乡组织圪洞坡组村民在梁家庄安置点开展了分房仪式。大家依次排队抓阄,每确定一户房号,就爆发出一阵欢笑。大家议论更多的是谁家的楼层好,羡慕的是抓阄人的运气,讨论的则是怎么来装修,多会就能入住。寒风瑟瑟,却挡不住圪洞坡人对美好生活的向往。

村民康姓兄弟俩怀着激动的心情打开房门,满眼是已经刮白的墙壁。已经供暖的家中,将寒冷驱逐在门外。他们对新生活已经有了初步规划,弟兄俩掰着指头细数着多少年租房的不易,计划着尽快开始装修,争取在过年前能实现入住,也好让子女回来过个团圆年。

2018年5月,再次见到康姓弟兄俩,他们正在满头大汗地帮助小区装修住户搬运装潢材料。他们联合梁家庄集中安置点已经搬迁入住的群众,自发组织成立了"劳务服务小队",吸收搬迁群众40余人,为小区搬迁、群众装修提供物料搬运、秩序维持、垃圾清理等劳务,适当收取费用,基本形成了"劳动服务公司"的雏形。用他们的话说,住上楼房了,村里的旧房已经拆了,补偿得还挺满意,耕地租出去收一点租金,不能再像以前一样，没事就闲着，得好好挣钱生活，都是农民，都有一把子力气，挣点辛苦钱贴补家用，不能再给党和政府添麻烦了。话语中，透露着满满的幸福和自信。

## 拆旧复垦新规划

2017年10月，随着发动机的轰鸣，圪洞坡组的旧房拆除工作启动。村民们都在拆除前夕将家中物品转运到临时住所，整个搬运工作洪相乡党委、乡政府全程免费提供车辆，确保村民财产不受损失。拆除现场聚集着很多村民，他们忙着与旧宅照相合影，也监督着整项拆旧工作；而在另一边洪相乡政府工作人员忙着丈量拆旧面积，清理建筑垃圾，为复垦工作开展做好准备工作。

洪相乡党委书记曹仙刚介绍：圪洞坡组耕地和荒山荒坡已经全部流转到金利农林专业合作社，耕地585亩，每亩每年租金120元，不适合耕种的荒山荒坡3000余亩，合作社已经足额支付了流转租金，并且基本形成了复垦后开发规划，准备栽种核桃树苗的同时将裸露地表实现林木覆盖。

## 生态还绿要效益

2017年10月底，除合作社因生产需要留下4间房屋、护林员值守用房2间以外，其余房屋全部拆除，完成复垦面积30余亩。

金利农林专业合作社根据圪洞坡村组地形，在洪相乡党委、乡政府大力支持下，紧抓易地扶贫搬迁"六环联动"要求，切实考虑解决易地扶贫搬迁中"人、地、树"的问题，邀请林业专家就地势地貌进行勘测，制订了苗木栽种计划，并于2017年11月初开始全面启动还绿工程。合作社雇用圪洞坡组农户20余人，日工资80元，参与建设与苗木栽种工作，先后投资40余万元拓宽进村道路8公里，投资2万余元维修高灌设备，确保栽种苗木能够浇灌。合作社征求搬迁群众意愿，适度保留了原有经济苗木，在村组外围及道路沿线栽种株高1.5米油松4000株。在复垦土地栽种纸皮核桃树3000株，流转耕地栽种纸皮核桃树500亩，间隔种植油用牡丹100余亩，荒坡绿化栽种0.8米油松2万株。到12月底，基本完成生态还绿工程，绿化总投资达到200余万元，圪洞坡村民土地流转收入7万余元，荒山荒坡村集体收入1万元，贫困户20余人务工收入6.5万元左右。

洪相乡政府与金利农林专业合作社配合农经部门将复垦耕地进行了确权到户，无偿将复垦耕地中30余亩栽种苗木赠送给搬迁群众，确保搬迁群众权益得到保障，三年后得到苗木收益。村民耕地与村集体荒山荒坡的流转，使得搬迁户离开后土地收益不减，村集体收入实现破零。

2018年春季，合作社继续加大投入，雇用机械新增荒地开发接近500亩，雇用圪洞坡组贫困户在苗木未覆盖区域种植玉米、谷子、马铃薯，并对已经栽种的苗木展开灌溉管护，同时修缮合作社生产工具保留用房，最大程度地延长圪洞坡组搬迁户的劳动时间，确保搬迁群众能够多一点收入。

## 经验启示

在交城县委、县政府的大力推动下，圪洞坡组搬迁群众已经全部入住新居。通过合作社的努力，圪洞坡组已经全部完成生态复绿工程。如今的圪洞坡，满眼苍翠，朝气蓬勃。护林员大叔最爱说的一句话：那一片核桃树是我的，3年以后挂果了，我也是个"地主"了，坐着就能有收入。随着交城县旅游大通道的开工建设，隐藏在大山中的圪洞坡，也将迎来它再次发展的第二次机遇。到那时候，圪洞坡春季有牡丹花可看，夏季可以避暑休闲，秋季有丰收硕果，冬季油松绿色一片，必定美不胜收。

# 强化党建引领　助力整村搬迁
## ——交城县岭底乡塔梭村搬迁案例

岭底乡塔梭村位于交城县北部山区，距离县城30公里，全村共有人口178户465人，其中贫困人口69户194人，党员30名。自2016年塔梭村被列入岭底乡易地扶贫搬迁整村搬迁计划以来，岭底乡党委、乡政府高度重视"三基建设"，坚持以党建引领，脱贫攻坚，特别是易地扶贫搬迁工作，充分发挥乡党委和村党支部在脱贫攻坚工作的积极作用，持续推动基层党建工作下沉，终于在2017年实施了整村搬迁，全村百姓成功离开了以前"穷窝"，全部搬迁至洪相乡安定村康乐佳园小区，迈入了新的生活。

## 强化队伍建设，打造脱贫攻坚有力引擎

坚持把全面加强基层队伍建设作为脱贫攻坚的"牛鼻子"。

### 一、切实加强村两委班子建设

重点抓好村党组织书记队伍。在换届选举工作中，塔梭村在岭底乡党委的指导和帮助下，坚持外引、内育相结合，把选优村两委负责人作为抓党建促脱贫攻坚工作的重中之重，提前部署换届村前两委班子综合研判，

坚持扩大视野选人。同时，岭底乡党委依据现实表现对时任村两委干部建立"留、转、下"档案，根据县委组织部建立的后备干部库，以坚持跟踪管理、坚持人岗相适为原则，全面做好村两委班子成员选拔任用工作全程纪实。现任塔梭村两委班子能力突出、团结一致、踏实肯干，为脱贫攻坚工作的开展奠定了良好的基础。

### 二、区分村情精准选派包村干部

塔梭村青壮劳力流失严重、人居环境较差、农村基础设施薄弱，是典型的脱贫攻坚难点村、重点村。为此，岭底乡党委坚持精准扶贫原则，细致研判塔梭村村情，有针对性地选派了杜慧琴同志包联塔梭村，并实行机关支部和村支部党建联建，坚持"一人帮扶、全乡参与"。杜慧琴同志在岭底乡任主任科员，基层工作经验丰富，在塔梭村整村搬迁、土地复垦、后续规划方面提出了许多建设性意见，帮助塔梭村焕发出了新的生机。

### 三、深化驻村帮扶单位职能

在县委组织部和县下乡办的安排下，由县国有林场包联塔梭村，并选派常向前同志担任塔梭村第一书记，负责塔梭村的驻村帮扶。工作中，岭底乡党委坚持具体问题具体研判，定期会同驻村帮扶队伍研究解决塔梭村整村搬迁工作中存在的问题，有效推动了搬迁工作的开展。搬迁结束后，常向前同志更是主动落实主体责任，积极参与塔梭村移民搬迁后续管理，确保了整村搬迁后续工作的稳定。

## 强化技能培训，夯实脱贫攻坚能力基础

一直以来，岭底乡、村两级十分重视干部能力提升，把基层干部技能培训摆在突出位置，坚持"学做结合，以做促学"。

### 一、提高政治站位系统学

按照县、乡安排，岭底乡塔梭村抓紧抓实政治理论教育，邀请县党校校长王瑞成多次为本村党员干部开展新党章辅导，部署党支部常态化学习

党的十九大精神,专题重温了习近平总书记视察山西重要讲话特别是视察吕梁重要嘱托。在持续开展政治理论学习的基础上,组织召开了"不忘初心"大讨论,切实增强了党员干部坚定"四个意识"的政治自觉、思想自觉和行动自觉。

二、围绕脱贫攻坚深入学

2018年上半年,塔梭村两委主干和第一书记分别参与了5月下旬在中国人民大学举办的脱贫攻坚和全域旅游研修班、在县扶贫办组织的4期干部脱贫攻坚专题轮训班。岭底乡党委也坚持每月以会代训,组织各脱贫攻坚重点职能单位的业务骨干,深入乡村巡回培训,推动了各项扶贫政策落地生根。

三、依托红色资源持久学

塔梭村两委严格按照县委组织部《红色基因传承工程方案》,重点围绕革命战争年代被中央誉为"钢铁走廊"的红色交通线、毛泽东同志批示推广的晋绥八分区"挤敌人"斗争、日顽眼皮底下创造的"红灯市场"等专题,大力发掘身边的革命文化,并组织全村30名党员赴延安老区观摩学习,进一步坚定党员干部带领群众脱贫致富的信心。

## 强化后续管理,筑牢脱贫攻坚坚实保障

为了切实保障塔梭村村民后续生活,塔梭村两委采取了一系列措施,全面巩固搬迁成果。一是重建村两委办公场所。因塔梭村实施整村搬迁后旧村已无村民居住,塔梭村两委于洪相乡安定村康乐佳园小区重新购置办公场所,装修出了全新的便民服务大厅,配备了齐全的办公用品,村级服务能力全面改善。二是合理规划旧村产业发展。在土地复垦的基础上,塔梭村将旧村土地进行了统一安排,划分为乡土文化体验区、家禽生态养殖区、无公害小杂粮种植区和生态林地保育区四大块,为旧村产业形成了良好的发展规划。规划的形成将充分利用旧村土地,依托塔梭村有利的自然条件,深化农文旅产业结合发展,力争将塔梭村打造成全县休闲游憩的

"后花园"、绿色生态的"大农场"。三是超前规划移民新村发展。主要通过移民搬迁点附近安置就业、贫困户入合作社务工就业、灵活自主创业就业等方式，帮助全村贫困户致富增收。以合作社务工就业为例，由村内能人大户成立扶贫造林专业合作社，吸纳27名贫困人口加入合作社，通过植树造林劳务用工等方式，可保障每人每年收入不少于1.2万元。

## 经验启示

脱贫攻坚既是一项长期的战略任务，又是一个非常重要的经济和社会发展问题，也是一项从根本上改变老百姓命运、实现增收致富、惠泽子孙的民生工程。岭底乡塔梭村深刻地认识到这一点，在实施易地扶贫搬迁工程中，始终坚持以党建为本，尊重群众意愿，全体干部齐心协力拧成一股劲，齐心协力谋发展。相信在塔梭村全体干部的不懈努力下，塔梭村脱贫攻坚工作将大见成效，尤其是衔接乡村振兴规划后，将真正焕发出新农村发展的勃勃生机。

# 创新工作思路　引领易地搬迁
——交城县县城移民新区案例

交城县地处山西省中部、吕梁山东麓，辖6镇4乡150个行政村，总人口23万，总面积1822平方公里。作为省定贫困县，全县"十三五"时期有贫困村73个，建档立卡贫困人口1.18万户2.93万人，贫困发生率35%。交城县实施易地扶贫搬迁工程涉及洪相、岭底、西社、水峪贯、会立、东坡底6个乡镇，96个自然村1413户3782人，同步搬迁1013户2468人。

## 搬迁总体思路

交城县委、县政府深入贯彻党中央、国务院脱贫攻坚总体部署，将易地扶贫搬迁作为打赢脱贫攻坚战的关键举措，围绕"挪穷窝与换穷业并举、安居与乐业并重、搬迁与脱贫同步"总目标，立足大县城发展战略，将易地扶贫搬迁作为拉大城市框架、开发全域旅游、发展中心集镇、修复山区生态的重大契机，统筹考虑后续产业发展、群众居住习惯、公共集中配套等因素，摸索总结出三种安置方式、"六个一"工作方法、实施产业发展"6133"战略，通过移民搬迁实现城乡共同发展、助推乡村振兴。

在城区天宁镇梁家庄村新建集中安置点，安置5个乡镇建档立卡贫困人口2621人。目前，2016年和2017年任务主体工程完工，已全部分房到户，入住率70%；2018年任务主体工程已完工，9月底分房到户。

东坡底乡充分尊重群众意愿，坚持"就亲就学就医就近"的"四就"原则，一期工程回购天瑞小区住房76套，已全部分房入住；二期工程新建住房170套，9月底分房到户。

岭底乡塔梭村创新合户安置方式，回购住房68套，整村427人搬迁到卦山景区腹地安定村康乐小区，已全部分房入住。

## "六个一"工作法确保顺利搬迁

易地扶贫搬迁从根本上解决了山区贫困人口生计问题，也是促使山区、城区、园区协同并进，实现生产、生活、生态融合发展的根本出路。交城县精心组织、创新推进，以和谐搬迁为目标，以减轻群众负担、便利群众生活、消除群众顾虑为重点，扎实做好搬迁服务工作。

守住一条底线、算好一笔经济账、配齐一套基础设施、保障每户至少一人就业、制定一套管理机制、建立一套兜底保障为主要内容的"六个一"工作法，严控人均不超25平方米标准、严守户均自筹资金不超1万元底线，能免则免、能补则补，让群众买得起、住得好。

坚持党建引领帮助融入新生活。在梁家庄小区设立党群服务中心、便民服务站、乡镇联络站、就业培训站、志愿者服务站、卫生站等"一中心五站点"，充分发挥党组织凝聚人心、服务群众的功能；同时在各安置小区设立便民服务中心，搞好户籍、社保、就医、入学等政策衔接服务，真正让群众融入新环境、建设新家园、开启新生活。

凝聚社会力量提升搬迁归属感。充分发挥公益顺风车、志愿者协会等社会组织作用，保障每一户搬迁群众有一名志愿者结对，及时解决搬迁户生产生活困难。引导社会帮扶力量成立孝心基金，激励搬迁群众敬老、爱老，切实消除搬迁老人养老顾虑。组建成立"爱心超市"，在降低群众生活成本的同时吸引搬迁群众参与志愿服务，增强自我认同。

**拆旧与发展结合，"1379"谋划新篇章**

一是"1379"工作法引导自愿拆除。严格按照省市"六环联动"、统筹"七大要素"的政策要求，摸索出了拆旧复垦"1379"工作法，确定"县统筹、乡主体、村实施"一个思路；坚持"严控补偿标准底线、乡镇灵活处理、工作容错机制"三个原则；围绕"人、钱、地、树、房、村、稳"七个重点环节；强化"规划先行、整合资金、一村一策、精准评估、奖补激励、资产管理、后续帮扶、提高补贴、宣传到位"九项措施，率先启动拆旧复垦工作。每个村组建一个拆旧复垦攻坚组，包乡镇县领导驻村推进。

整合资金2300万元，第一时间切块拨付到11个试点村。坚持一村一策、一户一策，聘请专业评估公司精准评估，实行差异化奖补政策，对带头拆除的给予额外奖补。与山西大地控股公司签订复垦协议，用足用活土地增减挂钩政策。搬迁群众养老补贴在市政策的基础上，县财政再补200元，达到每人300元。截至目前，拟定拆除的45个自然村，已完成拆除26个，上报复垦土地指标500亩，9月底计划全部拆除后可复垦耕地970亩。

二是开发式复垦确保搬迁不失利。交城县委、县政府坚持"开发式"复垦思路，引导社会力量和搬迁户参与旧村开发，复垦后的耕地和旧村闲置资源充分发挥出应有的脱贫效益，借助全县产业发展"6133"战略，实现扶贫、生态、经济、旅游等多重效益的综合叠加，确保搬迁不失利。洪相乡圪洞坡组在拆旧复垦后，将土地流转给金利农林专业合作社用于发展核桃经济林，形成了"流转土地挣租金、劳动务工挣佣金、分红受益挣股金"三种收益方式，搬迁户户均增收3000元。水峪贯镇张家庄村整村拆除后，采取"公司+村集体+合作社+农户"模式，种植高原圣果沙棘520

亩，搬迁户户均增收1520元，实现"一个战场"同时打赢生态治理和脱贫攻坚"两场战役"的目标。

三是稳定就业促进扶志又增收。以搬迁群众积极参与为重点，多渠道解决贫困农户"进城后干什么"的问题，变"输血式"扶贫为"造血式"、参与式扶贫，既富"口袋"又富"脑袋"，增强搬迁群众安全感和自我认同感。按照依托园区企业就业、建设扶贫车间就业、劳务输出就业等模式确保搬迁群众顺利就业增收。建立企业用工和群众就业双向台账，周边农业工业园区、农村淘宝店、文旅产品企业和公益性岗位安排就业3000余人；建设了扶贫车间服装加工厂，可为搬迁群众提供130个就业岗位，月保底收入1500元，达到"在家就业好，兼顾老和小"目标；因户施策开展护理护工、驾驶执照、手工编织、农业技术等多方位、多角度"点餐式"技能培训，向北京、太原等地劳务输出贫困群众167人。结合"交城创谷"电商平台开展"精准扶贫电商高级研修培训"，涉及18个贫困村的18名创业致富带头人，为扩大电商扶贫奠定坚实基础。

## 经验启示

喜看今日交城山，易地搬迁战犹酣。让祖祖辈辈受苦受困的老百姓"搬出穷窝、拔掉穷根"是向中央、省、市及全县人民许下的庄严承诺，县委、县政府将严格贯彻落实易地扶贫搬迁上级政策，对标先进找差距，对照目标抢时间，进一步用好政策，突破瓶颈，主动研判，形成经验，闭环推进，苦干实干，圆满完成易地扶贫搬迁任务，确保2018年如期"摘帽"。

# 特色风貌突出彰显　产业助推脱贫攻坚
——临县城庄镇移民新村案例

城庄镇易地整村移民搬迁项目位于城庄村东，距镇政府2公里。工程占地139亩，建筑面积20770平方米，规划建设了依山临水、背风向阳的晋西北黄土高原窑洞式民居，共163个院落，478孔窑洞，分100平方米、75平方米、50平方米、25平方米的四种户型。配套建设有幼儿园、宴会厅、医疗室、便民服务中心、商业服务设施、公园、社区活动场所、村史馆等，实行集中供水、供热、供气，新修、修缮了护村坝、进村道路，实施了街巷硬化、绿化、亮化，共安置李家焉、刘家村、杨家沟、甘川沟、周家沟5村162户477人，其中建档立卡贫困人口138户384人。工程于2017年3月中旬启动，2017年9月底主体工程竣工，2017年11月成功举办了城庄镇五村易地移民搬迁"五和居"分房大会。

## 科学规划选址，打造示范亮点

尊重搬迁群众意愿，严把精准识别关，科学规划选址。一是对搬迁村进行了严格筛选、严格把关，最终将该镇位置最偏僻、条件最艰苦的李家焉、刘家村、杨家沟、甘川沟、周家沟5个自然村确定为整村搬迁对象。5个自然村中，户籍人口最多的是杨家沟村组，也只有69户186人，最少的是周家沟村组，仅31户66人。二是对5个自然村的户籍人口进行了全面彻底摸排，除去近年来已在外地购房置业的外，确定可搬迁人口177户463人，其中，建档立卡贫困人口71户185人。三是广泛征求群众对安置点选址的意见，组织村民代表、贫困户代表外出考察，提出多个方案，逐一对照比选，最终选址确定在镇政府所在地城庄村，该村交通便利，紧靠工业区，与县城毗邻，群众普遍较为满意。

### 突出乡土风情，再现田园风光

新村建筑风貌上，该镇高起点规划，高标准建设，突出乡土风情，打造民居特色，最大限度实现宜居安居。一是尊重民意，结合地域特色，吸取传统建筑精华确定总体建筑风格。镇党委政府组织镇村干部深入群众进行了广泛的调研走访，多数群众希望移民房出行方便，光照充足，像原来的老房子一样既美观大方又冬暖夏凉，"看得见山，望得见水，记得住乡愁"。于是在县委、县政府的指导下，将易地整村移民搬迁项目总体建筑风格确定为晋西北特色黄土高原窑洞式民居风格。二是聘请山西省城乡规划设计院对项目进行专业设计，县、镇政府安排专门人员与规划设计人员深入当地农村、中国历史文化名村——碛口等地认真考察研究晋西北黄土高原窑洞式民居特点，吸取其中精华，融入整体设计理念。坚持依山就势、错落有致、和谐自然，不搞"排排坐"。三是在设计中突出美丽乡村建设理念。具体设计过程中，坚持体现特色、注重细节。

### 提前房户对接，确保拎包入住

前期规划和建设过程中，该镇始终将搬迁村群众所需所求放在第一位。建筑面积上,严格按照每人25平方米的标准执行,根据搬迁人口家庭情况,分为100平方米、75平方米、50平方米和25平方米四种户型,在开工前实现房户对接;设施配套上,建设了村级活动场所、便民服务中心、老年日间照料中心、幼儿园、村级卫生室和商业服务设施等,实行全村集中供水、供热、供气,特别是新建住房达到了卫生间配置到马桶、厨房配备到面板的标准,确保搬迁群众实现拎包入住。

对不愿在集中安置点安置的"五保"等特困户,符合条件的,通过在乡镇安置点建设敬老院或日间照料中心、公租房建设方式,进行集中安置和供养。对一人户的贫困搬迁对象,在本人自愿的基础上通过三种方式解决。一是鼓励其与同村子女、实际赡养人或监护人并户。并户后,不是建档立卡贫困户的一方,按同步搬迁补助标准进行补助,但产权并谁归谁;二是投亲靠友。双方必须签订赡养协议,经乡村两级审定后方可进行同步搬迁或投亲靠友。三是货币安置。

**实行挂图作战,推进项目建设**

整自然村搬迁是一项系统工程,搬迁项目能否顺利实施、按期建成,直接影响着其他环节工作的深入开展。为此,省、市领导多次实地调研指导,省委办公厅对口帮扶工作组全程参与指导督促。县里成立了指挥部,由县委书记任总指挥,县人大常委会副主任任副总指挥,专门驻守一线指挥作战,县发改、国土、环保、住建、农业、农委、扶贫、林业、水利等相关部门为成员单位,实行挂图作战、销号制度。乡镇党委书记、乡镇长承担易地扶贫搬迁主体责任,负责组织动员、推进实施;施工单位实行多点施工、24小时作业。对项目建设进度,实行一日一报告制度。搬迁项目2017年3月13日启动以来,第一周就完成了征地133亩、迁坟144座的硬任务。70天完成了近2万平方米的房屋主体工程及其他公共服务设施主体工程。截至目前已分房到户并入住。

## 拓宽增收渠道，实现稳定脱贫

为确保搬迁户"搬得出、稳得住、可发展、能致富"，该镇积极探索"易地搬迁+产业发展"致富路径，大力发展种养、林业、旅游、劳务四大产业，拓宽增收渠道，实现稳定脱贫。在移民搬迁项目建设的同时，城庄镇配套建设的40亩恒温大棚也同步开工，引进栽培草莓、葡萄等，发展观光农业。引导贫困户加入周边村猪、鸡、牛、羊养殖和香菇栽培等合作社，使26户贫困户利用5万元小额扶贫贷款通过"带资入社"模式，每户每年获得4000元保底收益；在生态造林增收方面，对5个搬出村耕地及旧宅基地全部实行退耕还林，栽植以核桃、杏树为主的经济林，通过政策性补贴、造林管护收入及林果直接收益，搬迁人口人均年增收3000余元；在观光旅游增收方面，依托恒温大棚种植草莓、葡萄，南山新建的220亩连片梨园，东部曹家岭水库及原始森林、西部大渡山及紫金山等自然风光，引导鼓励搬迁户积极发展旅游产业，增加旅游收入；在劳务输出培训方面，对搬迁户进行了护工护理等定向培训，以提高技能和劳务增收能力。与当地企业签订用工协议，或通过劳务中介机构外出务工，为搬迁群众提供就业岗位，增加劳务收入，确保搬迁一户、稳定脱贫一户。

# 多措并举谋搬迁　精准到户促脱贫
## ——临县白文镇曜头村搬迁案例

　　白文镇曜头村易地扶贫搬迁脱贫攻坚示范工程位于曜头村北端湾掌地段，该工程占地170亩，预计总投资7330万元，建筑面积37970平方米（含文化、卫生、商业、服务等公共设施4710平方米），其中安置房建设规模33260平方米，计划对曜头、宋家圪台、赤普浪3村312户915人实施移民搬迁。该项目由山西省城乡规划设计研究院规划设计，山西省六建集团有限公司承建，于2017年3月22日开工，目前主体工程已全部完工，室内附属装修完成90%以上，2018年9月底前全部竣工。

### 提高站位抓攻坚，结合实际创特色

　　易地扶贫搬迁是脱贫攻坚的头号工程，是脱贫攻坚最难啃的"硬骨头"，是脱贫攻坚的重中之重、难中之难、坚中之坚，是脱贫攻坚"挪穷窝、拔穷根"的治本之策。白文镇曜头村易地扶贫搬迁脱贫攻坚示范工程是县委、县政府认真贯彻落实中央精准脱贫方略和习近平总书记扶贫开发重要战略思想，按照省委、市委决策部署，统筹移民搬迁、生态建设、产业扶贫等政策，集中力量打造的集移民、生态、产业为一体，具有晋西北特色的"冬暖夏凉"窑洞式易地扶贫搬迁脱贫攻坚示范工程。面对这一惠及民生的大好工程，镇主要领导高度重视，统一思想，提高站位，责任上肩，立说立行，在充分调研、尊重群众意愿的基础上，打造出具有晋西北特色的"冬暖夏凉"窑洞式易地扶贫搬迁项目工程。

## 五位一体新模式，后续产业做保障

为确保搬迁户搬得出、稳得住、可发展、能致富，采用"政府建平台、企业找市场、合作社经营、贫困户参与、银行做保障"的"五位一体"易地扶贫搬迁产业扶贫托底模式，规划新建了1500亩的现代农业富民产业园区（990亩饲草种植、510亩设施农业），带动搬迁户增收致富。具体为：县政府统筹整合各类涉农资金，通过土地流转，统一规划建设510亩设施农业园区（食用菌大棚270亩280棚、蔬果大棚240亩260棚）。政府采用公开竞标方式，委托给山西新民能源投资集团逸园农业开发有限公司经营管理5年（委托租赁价格为：食用菌大棚每棚每年7000元、蔬果大棚每棚每年3000元，由政府负责土地流转、农业设施以及水电路等基础设施建设），由公司负责拓展销售市场，试验示范种植，并实行托底价回收模式，提供技术服务、管理销售。合作社以平价方式向公司租赁设施大棚，吸纳搬迁户参与经营，搬迁贫困户通过银行5万元小额扶贫贷款解决经营资金问题，政府给予全额贴息，基本形成了"12345"产业发展格局。"1"即一种带动模式：建立了"政府建平台、企业找市场、合作社经营、贫困户参与、银行做保障"的"五位一体"易地扶贫搬迁产业扶贫托底模式，带动搬迁户增收致富。"2"即两种经营方式：采用"合作社+贫困户"模式，由能人大户牵头，吸纳325户搬迁户参与，组建了联曜、逸园、志强3个香菇种植专业合作社和曜丰、富民2个蔬菜种植专业合作社，通过分户和合作两种经营方式，带动搬迁户增收（分户经营就是搬迁户租赁大棚自主经营，合作社统一管理服务。合作经营就是不愿意承担自主经营风险的搬迁贫困户，可利用5万元小额扶贫贷款带资入社，由合作社集体经营，贫困户实现保底收益和务工收入）。"3"即三种产业：食用菌、果蔬、饲草。发展食用菌大棚270亩280棚、蔬果大棚240亩260棚、饲草种植990亩（饲草玉米870亩、饲料大豆120亩）。"4"即四种增收渠道：一是经营性收入。每个食用菌大棚年可实现纯收入2.4万元，每个蔬果大棚年可实现纯收入1.5万元。二是资产收益。贫困户以5万元小额扶贫贷款带资入社，在合作社集体经营中，贫困户每年可获得3000元的保底收益。涉地搬迁户可实现每亩1500元、年土地流转收入。三是劳务收入。搬迁劳力可入园打工，每日获得70至100元劳务收入。四是财政转移收入。财政对贫困种植户，每棒补助1.2元。贫困户5万元小额扶贫信贷给予全额贴息。"5"即五种统一管理方式：产业园区实行统一规划、统一建棚、统一菌棒供应、统一技术指导、统一销售。

## 产业带动显成效，脱贫增收全覆盖

新建产业园区见效后，20%的设施大棚用于企业试验示范种植，80%的设施大棚用于搬迁群众种植经营，按食用菌每棚纯收益2.4万元、蔬果每棚1.5万元测算，仅食用菌、蔬果两项产业年可实现纯收入800万元以上（搬迁群众经营部分）。通过5个专业合作社带动312户搬迁户人均年增收7500元，形成家家有带动产业、户户有增收项目，312户搬迁群众产业带动增收实现全覆盖，确保搬迁群众搬得出、稳得住、可发展、能致富。同时，按照"乔灌混交、三季有花、四季常绿"的标准，高起点规划、高标准建设，实施了核桃、山桃、油松、香花槐、连翘等生态造林1560亩。同时，加强山水田林路综合治理，水电路讯网集中完善，科教文卫体全面配套，加快建设设施完善、功能齐全、环境优美、文明和谐的美丽宜居示范村，力争打造成吕梁山区易地扶贫搬迁脱贫攻坚示范点。

## 经验启示

易地扶贫搬迁，搬来了幸福新生活。贫困户搬迁后，基础设施明显改善，生产生活提档升级，家家户户住上了新房子，过上了好日子。5个专业合作社带动312户搬迁户人均年增收7500元，搬迁群众真正实现了出深山寻幸福、迁新居奔富路。

# 实施易地扶贫搬迁　助推脱贫"摘帽"攻坚
——临县兔坂镇南局则村搬迁案例

南局则村是一个典型的深度贫困村，地处临县兔坂镇北部黄土山沟深处，距镇上15公里，全村总人口41户180人。该村地理位置偏僻，村民出行不便，基础设施滞后，公共服务缺失，自然条件恶劣，种植结构单一，普遍靠天吃饭，村民收入较低，主要生活来源以种地和外出务工为主。特别是夏天雨季来临，通村道路逢雨就断，村内移动信号弱和外界沟通困难，给村民生产和生活带来极大不便。穷山恶水难留人，因此大部分村民选择背井离乡，外出务工，在村长期居住的三四十人大部分是老弱病残，因老年人劳动力丧失，行动不便，生活难以自理，无法正常下地劳作，直接导致有地无人种的局面。穷则思变，针对南局则村贫穷落后的现状，只有紧紧抓住国家易地扶贫搬迁这一政策机遇，下定决心"挪穷窝"，才能从根本上改变贫困落后的生活。

**结合实际思出路　易地搬迁换新貌**

易地扶贫搬迁是脱贫攻坚的头号工程，是加快深度贫困区脱贫"摘帽"的治本之策。要"摘穷帽、拔穷根",出路只有一条——扶贫搬迁。如何搬?搬到哪里?搬了如何稳得住?现实问题考验着兔坂镇党委、政府。面对南局则村贫穷落后的实际,镇党委政府高度重视,提高认识,精心谋划,夯实责任。2016年,镇党委、政府科学选址,谋划发展后续产业,决定在镇政府所在地兔坂村灾后重建空闲土地上实施全镇易地扶贫搬迁工程,通过土地征用、设计规划、地质勘测等环节,2017年4月开工修建6层砖混结构楼房7栋,占地22.88亩,总建筑面积34715.56平方米。2016年度的48套安置房如期完工。2018年1月,来自南局则村、高家圪棱村的46户165人住进了新房。

### 后续产业作支撑,脱贫致富奔小康

搬迁是手段,脱贫是目的。为了让搬迁群众增加收入,镇党委、政府决定在安置点周边发展肉驴养殖。2017年5月由返乡青年牵头成立了新希望农牧有限公司,公司位于临县兔坂镇兔坂村,注册资本1000万元,占地90余亩,主要以肉驴养殖为主,并与山东东阿集团达成合作意向,引进德州驴、黑毛驴等优质驴种进行饲养、繁殖。

公司规划利用三年时间以"企业+基地+农户"的形式,打造1万头规模的肉驴养殖基地。项目第一期投资2017年已全部完成,其中包括:土地的征用平整、厂房的建设以及1000头驴种的选购、饲养等,共计投资1800余万元。

公司依托兔坂镇养驴传统,借助兔坂的驴"粉嘴粉眼"这一俗语,在县委、县政府和兔坂镇党委、镇政府的关心、支持下,以"企业集中养、农户家庭养、企业回收驴、群众奔小康"为宗旨,大力发展特色肉驴养殖产业。通过母驴繁育、驴驹饲养每年可实现出栏2000头,经济效益十分可观。同时,以用工、入股分红、家庭养殖、玉米秆、谷草秆、牧草种植等灵活多样的形式带动当地贫困群众实现增收致富。

公司在全镇范围内大力鼓励合作社以及个户进行肉驴养殖，进而实现家家户户养驴，家家户户致富的目标，真正把养驴打造成为兔坂镇的一张新"名片"，有力助推全镇乃至全县的精准扶贫工作。下一步，可发动兔坂村易地移民搬迁安置点100余户搬迁户，通过申请5万元金融扶贫贷款带资入企的形式，每户每年获得分红收益4000元。

同时，在安置点北面山坡上实施了3兆瓦光伏发电项目，占地70亩，该项目以"政府＋企业＋农户"的模式，由镇政府牵头，委托公司负责承建以及后续的运营、管理，以混合经营的形式，将该项目20%的收益用于促进、带动村集体经济发展，将项目50%的收益用于易地搬迁群众。3兆瓦光伏发电项目每年预计收益400万元，除去项目运营成本可实现纯盈利300万元。其中，收益的50%用于贫困户的脱贫，可直接带动兔坂村易地扶贫搬迁安置点为主的深度贫困人口500户1200余人的增收致富。

## 旧村拆除再利用，土地复垦创收益

解决群众搬得出、稳得住、可发展、能致富问题是我们面对的首要问题，但是旧村拆除利用、土地复垦、生态修复也是我们面对的重要课题。南局则村贫困群众住进新房后，都说不愿意回旧村了，房子宽敞明亮、生活条件便利，他们积极主动签订旧房拆除协议，商议旧村如何开发利用。该村沟深坡长，土地复垦能新增加1000多亩土地，直接增加了村民的收入。在此基础上，结合实际，充分利用原村现有资源，下一步计划大力发展养殖业。相信在党的惠农政策的支助下，南局则村村民凝心聚力、勤劳上进，在脱贫致富的康庄大道上越走越远。

## 经验启示

搬出穷窝窝,迎来新生活。实施易地扶贫搬迁后,肉驴养殖可带动200户600人增收,人均年增收4500元;拆除5村复垦土地1000亩,预计每亩收益30至40万元,土地复垦收益达3至4亿元,实现人均可增收8000元,真正能实现搬迁群众搬得出、稳得住、可发展、能致富。

# 三个"确保"示范　引领整村搬迁
——石楼县小蒜镇闫家山村搬迁案例

闫家山村为石楼县小蒜镇蓬门村委下辖村,位于乡镇以东15公里处,县城30公里外,交通闭塞,自然条件恶劣,基础设施薄弱,至今水、电、路、通信等基本生活设施尚未开通。2016年县委、县政府经过大量调查摸底,借助实施易地扶贫整村搬迁的有利契机,将该村确立为石楼县首批整村搬迁村,按照"搬得出、稳得住、能致富"的总体思路,通过安居与乐业并重、搬迁与脱贫同步的新举措,为石楼县的整村搬迁提供了典型示范。

## 政策引导、设施先行,确保搬得出

镇村两级充分尊重群众意愿,以实际举措回应民声关切,积极吸纳群众参与,接受群众监督,尊重群众的知情权、参与权。向贫困户深入宣传易地扶贫搬迁政策,做到"三个讲清楚",即易地扶贫移民条件讲清楚,在初始确定搬迁户时,使贫困户明白自身是否符合享受易地扶贫移民的相关政策,从源头上化解了一部分想搬迁但不符合条件的贫困户的情绪;政策支持讲清楚,对于每一户搬迁户,该享受的搬迁补助标准,能够选择的住房面积等都一一对接进行了解释，同时还采取粘贴明白卡的方式，确保搬迁户心知肚明，不存疑惑；安置措施讲清楚，对每个安置点周边的学校、医疗以及产业规划都进行了详细的说明，使搬迁户选择安置点有的放矢，充分尊重了搬迁户的意愿。

同时，安置点的建设方面严控户型标准、严控建房成本、严控自筹资金，坚决守住"户均自筹不超1万元"底线，协调国土、住建、发改、市监等部门，在政策范围内，对开发商用于安置移民的土地费用和其他各类行政性收费给予减免，在安置点建设过程中，最大限度减轻移民户的负担。村民担心住不好，就按照"先安置、后拆迁"的思路，高标准建设了2017年度石楼县易地扶贫搬迁安置点——龙山水岸。该安置点可安置全县2017年度所有移民搬迁村民。贫困户平均每户扶贫搬迁补助资金6万元，加上土地增减挂钩补助政策，闫家山15户搬迁户个人可零负担搬迁，2018年7月底已进行房户对接，年底可全部搬迁入住。

### 完善配套、保障就业，确保稳得住

不仅要让搬迁群众"住得好"，还要"住得稳"。龙山水岸安置点一期工程完工后即将开始实施绿化、亮化、安防工程，配套建设超市、卫生室、红白理事厅等社区公共服务设施，实现暖气入户、天然气上楼、饮用水达标和环卫保洁市场化。大力完善周边校园建设，方便搬迁户子女上学。同时，根据龙山水岸设计，一层架空层引进制衣加工厂，为搬迁户创造就业岗位，实现了贫困户不出小区就能上岗就业。

### 多措并举、产业开发，确保能致富

只有解决了经济收入来源，搬迁出的村民才能真正安心生活。"脱贫是阶段目标，致富才是根本目的。"乡镇党委、政府为树德枣业有限公司在龙山水岸安置点附近提供了有利的地形，建立了综合特色农产品和红枣深加工企业，年可转化红枣原料8000吨，核桃、小米等特色农产品原料700吨，可提供就业岗位200余个，同时优先收购搬迁户的红枣、核桃等，可带动一部分贫困搬迁户稳定脱贫。设立社区"扶贫车间"，计划在龙山水岸一层架空层建设服装加工车间，可提供200余个就业岗位。闫家山村8位女青年已开始技能培训，待工厂开工后即可上岗就业。

### 综合施策、勇于破题，确保示范效应

闫家山村作为我县整自然搬迁村第一个实施拆除复垦的村庄，通过积极探索经验，突破瓶颈，为我县拆除复垦工作起到了排头兵的作用。一是出台了《石楼县易地扶贫搬迁拆除复垦工作流程》，并在全县范围推广实施；二是通过"一切扶贫工作到支部"的工作方法，由村党支部领办组建了造地合作社，以合作社的形式把搬迁户组织起来进行拆除复垦，在造地合作社示范带动的基础上，石楼县委、县政府计划在每个村都成立一个造地合作社，重点吸收搬迁贫困户参与，实行"支部＋造地合作社＋贫困户"的机制，通过贫困户自己拆旧、自己复垦，获得稳定的务工收入，使搬迁户从只享受政策补助变为自愿拆旧复垦，实现由"要我拆除复垦"到"我要拆除复垦"的转变，确保拆除复垦工作任务的有效落实。三是通过对原有及新增耕地、林地的承包经营权交易方式获得的收益为搬迁户创收。四是通过复垦面积转为城市建设用地指标进入跨省交易平台，交易收益按一定比例返还于搬迁对象，以激励移民拆除旧房。

### 经验启示

搬迁是手段，脱贫才是目的。坚持搬迁与脱贫同步，为每个搬迁户谋划切合实际的脱贫措施，确保其稳定脱贫才是根本。

# "支部+合作社"走出易地扶贫搬迁新路径
——石楼县裴沟乡集中安置区案例

近年来，石楼县聚焦"绿色生态立县、红色旅游兴县、特色产业富县、脱贫攻坚强县"发展战略，以"一切扶贫工作到支部""一切扶贫工作项目化"的工作方法，扎扎实实推进易地搬迁等各项扶贫工作。地处石楼北部的裴沟乡土地贫瘠，基础设施落后，自易地扶贫搬迁工作开展以来，乡镇党委、政府积极响应国家号召，将乡镇辖区内8个极度贫困自然村404人确定为整自然村搬迁对象。在充分尊重群众意愿的基础上，结合县委、县政府"十三五"时期易地扶贫搬迁规划，走出了一条易地扶贫搬迁新路径。

### 党支部领办合作社，切实把移民移出来

坚持"一切扶贫工作到支部"的工作方法，以支部为主，牵头做好移民的各项工作。一是精准核定搬迁能力，依托支部，针对不同年龄段的搬迁户，进行逐户识别，逐级审查核定、分类施策，特别是针对失能、弱能

孤寡老人，和贫困搬迁户直系亲属进行并户安置，既保障了老人的生活，又圆了老人的安居梦。在搬迁贫困户中45岁以下占搬迁贫困户总人数的75%，46至65岁人口占22%，66岁以上占3%，可见45岁以下青壮年农民为贫困户移民搬迁的主体。二是精心推进拆除复垦。由村党支部领办组建了造地合作社，以合作社的形式把搬迁户组织起来进行拆除复垦，在目前部分造地合作社示范带动的基础上，计划在每个村都成立一个造地合作社，重点吸收搬迁贫困户参与，实行"支部+造地合作社+贫困户"的机制，通过贫困户自己拆旧、自己复垦，获得稳定的务工收入，使搬迁户从只享受政策补助变为自愿拆旧复垦，实现由"要我拆除复垦"到"我要拆除复垦"的转变，确保拆除复垦工作任务的有效落实。目前已拆除自然村2个，年前完成6个村的年度拆除复垦任务，其余村庄2019年全部实现复垦复绿。三是精心做好宣传教育。每个村都要求支部带头，针对问题、解剖麻雀、化解难题，同时县、乡、村三级党员干部结对帮扶贫户，向贫困户深入宣传易地扶贫搬迁政策，做到易地扶贫移民条件讲清楚、政策支持讲清楚、安置措施讲清楚，对每个安置点周边的学校、医疗以及产业规划都进行了详细的说明，使搬迁户选择安置点有的放矢，充分尊重了搬迁户的意愿。

### 党支部领办合作社　切实把生态绿起来

推广新模式，全面推广"党支部+造林合作社"的模式，明确规定，造林合作社必须由村党支部领办。实行"全覆盖"，一村建一社，全县造林合作社达到132个，实现所有的行政村造林合作社全覆盖，所有造林合作社村支部领办全覆盖。推行新机制，建立了社员进入、退出的动态管理机制，积极吸纳有参加意愿、具备劳动能力的贫困户，并探索吸纳部分"边缘贫困户"参加造林合作社，有效提升了贫困群众林业建设的参与度。取得新成效。"党支部+造林合作社"切实把建设绿水青山的过程变成群众致富增收的过程,变成集体经济破零并发展壮大的过程。全县在2017年实施了6万亩退耕还林、3.7万余亩荒山造林和2万亩经济林提质增效的基础上,2018年再实施生态建设工程35.1万亩,其中退耕还林14.5万亩、退耕还草2万亩、荒山造林9.5万亩、经济林提质增效9.1万亩。

西山村党支部组建造林合作社,全村18名移民搬迁户全部入社,通过参与合作社造林务工,每人收入都在1万元左右,同时合作社上交村委承包费用1万元,实现了村集体经济破零。

### 党支部领办合作社,切实把产业兴起来

以金鸡、银狐、善农三个县级产业为龙头,支部带头领办产业合作社。在县级产业方面,"金鸡计划"建设80万只蛋鸡的规模养殖场,打造全省最大的蛋鸡养殖全产业链。由北京德青源公司租赁经营,每年按固定资产的10%支付850万元租金,用于贫困户资产收益分配和其他精准扶贫工作,可带动石楼3000余人脱贫。目前,20万只青年鸡已进场,北京德青源公司已经支付今年首期租金200万元。"银狐计划"以发展狐狸、水貂特种养殖为重点,打造特种养殖全产业链,王家畔基地一期建设工程已经完成,已引进并繁育种貂2.5万只,2018年将全面完成10个示范基地的建设,3年可达100万只养殖规模,可带动贫困户1000余户。"善农计划"以发展养蜂为重点,引进了深圳企业投资成立山西善农蜂业有限公司,注册"甜蜜网事"品牌,进行了地理标志认证,带动了"蜂农工匠"236户(其中移民搬迁户76户),蜂群11610箱,产量达700余吨。在村级产业方面,着力培育新型经营主体,在实现"造林合作社"行政村全覆盖的基础上,以"党支部+造林合作社"的模式为主,全县共组建养殖专业合作社348个,种植专业合作社139个,沟域治理专业合作社105个,农产品加工及销售专业合作社42个,农机服务专业合作社147个。合作社的逐步壮大为移民搬迁户的产业就业提供了有效的保障。贺雨生书记

高兴地说:"我不愁我们裴沟乡的易地扶贫搬迁户迁入新居后得不到产业帮扶和就业岗位。"

## 经验启示

"党支部+造林合作社"是我县在整体推进脱贫攻坚工作过程中易地扶贫搬迁工作的探索模式,还需要不断总结经验予以完善,还需要不断激发群众脱贫增收的活力和动力,走出具有石楼特色的易地扶贫搬迁新路径。

# 统筹易地搬迁与生态扶贫
# 实现群众增收和生态增绿
——兴县蔡家崖乡张家梁村搬迁案例

　　张家梁村位于兴县蔡家崖乡北部，距乡镇所在地蔡家崖村3.5公里。全村耕地1718亩，人口140户430人，常住人口47户79人，种植、养殖和务工为农民主要收入来源。2014年建档立卡贫困户47户182人，2014至2016年脱贫16户54人，2017年村民人均可支配收入3872元，截至目前仍有贫困户31户128人，贫困发生率为29.8%。

　　该村地理条件差，生态环境脆弱，水土流失严重，大部分耕地为坡地，广种薄收，靠天吃饭；村内道路曲、狭、陡、窄，出行困难；村容村貌落后，有9户贫困户居住在无法改造的危旧房里；公共基础设施滞后，没有幼儿园和小学，有26户（其中贫困户16户）村民因孩子上学在一二〇师学校附近租房。

　　为了让搬迁户既能安居又能乐业，村里进行了统筹谋划，根据村庄自然条件、贫困现状及扶持政策，张家梁村按照"1+4"脱贫模式（整村搬迁"一种方式"，生态脱贫、产业脱贫、金融扶贫、劳务就业"四项配套措施"），全面组织实施各项工作。整村搬迁规划分两期实施：一期已搬迁

18户48人，二期计划搬迁48户210人，其中贫困户24户105人，同步搬迁户24户105人。

## 整村搬迁，拎包入住

张家梁村全村140户430人整村搬迁。2016年一期移民搬迁18户48人，自主搬迁30户41人。2017年搬迁90户339人，分别迁入3个安置点，张家梁村二期移民新村安置48户207人（其中贫困户18户75人），已分房到户，8月底前全部入住；北坡村移民新村安置16户67人（其中贫困户8户37人），已分房到户，正进行室内装修，4户6月份入住，其余12户8月份入住；柳叶沟移民工程安置26户65人（其中贫困户2户5人），8月份分房到户，年底前全部入住。同时，敬老院安置2户2人。

张家梁村移民新村和北坡村移民新村户型为80平方米，全部安置4人及以上农户；柳叶沟移民工程有50平方米和67平方米户型，分别安置2人及3人的农户。安置房平均成本1500元/平方米，贫困户每人建房补助2.5万元，同步搬迁农户每人建房补助1.7万元。目前，所有搬迁户都签订了搬迁协议、拆除旧房协议和复垦协议，拆除旧房每人补助1万元，农户自行复垦每人奖补5000元。按80平方米户型4人的贫困户计算，共补助16万元，扣除建房成本12万元，其余4万元可用于购买室内用品，全村搬迁户人均住房面积符合政策要求，贫困户均可实现"拎包入住"。

## 产业扶贫，夯实基础

该村以搬迁群众稳定脱贫为目标，立足当地实际和产业基础，结合退耕还林，新栽核桃大苗750亩，其中贫困户47户286亩；种植林下中药材450亩，其中贫困户47户260亩；种植绿色谷子150亩，其中贫困户47户84亩，实现了增收产业全覆盖。林下中药材采取"合作社＋贫困户"模式，由兴县巨兴种养专业合作社负责回收，每公斤1.8元保底回收，保底亩产500公斤；绿色谷子采用"公司+贫困户"模式，由山西晋绥农林综合开发有限公司以高于市场价0.05元的价格订单收购。初步测算，林下中药材和绿色谷子可为贫困户人均分别增收960元和334元。

## 生态脱贫，实现双赢

全村退耕1650亩，其中贫困户47户393亩，每亩政策性补助5年1500元，贫困户人均年增收661元，实现了退耕还林贫困户全覆盖。村里统一组建了扶贫造林专业合作社，共有20户87人，其中贫困户14户76人。退耕还林工程由合作社统一组织实施，参与造林的13名贫困户人均获得工资性收入7200元（每人每天120元，人均60天），目前人均预付1000元。

## 金融扶贫，收益分红

落实贫困户小额贷款政策，采用"政府+信用社+企业+合作社+贫困户"五位一体模式，由本村绿园种养合作社统一组织，每户贷款5万元，入股兴县清泉醋业有限公司，实行收益分红，每年每户保底分红3000元。目前已分红到户，实现了金融扶贫、资产收益贫困户全覆盖。

## 劳务就业，技能增收

组织动员全村52岁以下有劳动能力的贫困户26户41人，分批参加全市组织的护理护工培训和其他就业技能培训。目前，已培训护理护工8人，就业4人，月收入2500元以上；安排公益性岗位5人，其中护林员4人，保洁员1人，每人年工资3000元。贫困户中有17户19人实现了劳务就业。

与此同时，积极探索村集体经济壮大和生态旅游发展路径。一是用好土地复垦政策。整村搬迁后拆除复垦，置换出20亩的用地指标，进行土地交易，可获得100万元以上的交易收入。二是发展集体经济。组建旧村开发公司，利用旧村条件较好的两处宅院发展农家乐、农耕文化体验等乡村旅游项目，与蔡家崖红色旅游融为一体，形成"红色旅游＋生态旅游"的旅游模式。三是扶持合作社发展。引导鼓励培育新型农业主体，创建集体经济合作总社，推进农业供给侧结构性改革，完善绿园种养专业合作社、青山造林专业合作社发展机制，把扶贫资金折股量化为贫困户股权，增加贫困户资产性收入。建立"三统一"运行机制，由本村合作社对核桃经济林、林下经济、绿色杂粮、生态旅游等方面，进行统一服务、统一经营、统一管理，提高组织化程度。

## 经验启示

第一，选址选择周边有学校、退耕还林区、相关企业等配套基础设施的区域。

第二，通过产业发展和参加造林合作社务工带动搬迁户增收致富，统筹解决搬迁群众上学、就业等问题。

第三，大力实施搬迁群众转移就业，支持学校、企业吸纳贫困劳动力就地就业，多措并举。消除了搬迁户"零就业"家庭，确保一人就业，全家致富。

# 挖掘红色历史资源　易地搬迁脱贫致富
——兴县蔡家崖乡北坡村搬迁案例

蔡家崖乡北坡村位于岢大线与忻黑线交汇处，距县城8.5公里，紧邻乡镇所在地蔡家崖村。全村共145户423人，全村耕地面积620亩，林地28亩。曾是中共中央原晋绥分局所在地，具有光荣的革命历史。北坡村移民安置点是革命旧址修复保护和移民搬迁相结合的示范工程，是旧村得到修复保护、新村功能设施配套完善、搬迁村民依托红色旅游资源和后续产业同步脱贫的范例。

**科学规划，分步实施**

依据北坡村的历史沿革，结合本地经济发展实际，科学部署项目规划，于2013年3月开工建设的移民安置一期工程，主要是中共中央晋绥分局旧址北坡村历史风貌修复工程的配套项目，用于晋绥分局旧址居住村民的搬迁置换，项目总投资2418万元，共建成安置房7排52套，建筑面积6460.44平方米，搬迁安置42户171人，现已全部入住。2017年3月开工建设二期工程，是县委、县政府深入贯彻落实精准扶贫、精准脱贫政策的重要举措。全乡9个自然村39户贫困户187人搬迁，同步搬迁7户32人。

## 历史修复，置换搬迁

2013年中共中央晋绥分局旧址（北坡村）历史风貌修复工程全面启动，对在晋绥分局旧址居住的村民，全部实施了搬迁置换，共搬迁安置42户171人。移民房结合晋西北民居风格，每套住房均有独立的院落以及供水、供暖、供电、室外照明、室外道路、排水等配套设施。同时，按照《山西省红色旅游实施方案》，实施了旧址项目修复保护工程，按照保护革命旧址、传承红色文化、带动发展红色旅游产业的原则，对原有旧址进行了全部修复，全部青砖铺路、石孔窑洞、砖瓦建筑，形成了统一的晋西北民居风格。

## 精准扶贫，易地搬迁

北坡村紧邻蔡家崖村，中共中央晋绥分局旧址和晋绥边区革命纪念馆是县委、县政府重点打造的晋绥边区首府旅游区4A景区，巨大的红色旅游发展潜力，有效带动了贫困群众的增收致富。为此，2017年县委、县政府按照精准扶贫、精准脱贫的要求，启动了北坡村二期移民工程，共解决全乡9个自然村39户贫困户187人易地搬迁，同步搬迁7户32人。在移民工程实施中，整体建筑设计因地制宜，坚持以现代建筑风格与晋西北建筑风格相结合，与革命遗址历史风貌相匹配。移民房主体分为上下结构，可分别安置2户，前后都有独立庭院，配套建设1500平方米的健身、休闲广场，并实施安全饮水、给排水、排污、道路硬化、供暖、天然气入户等基础服务设施，形成了与一期工程一致的风貌。

## 挖掘资源，共谋发展

围绕生产发展、生活富裕、生态良好的理念，深挖本地红色旅游资源，形成产业发展与环境承载相适宜、生活改善和生态保护相统一、历史文化传承和现代发展相融合的发展模式，全村形成四大功能区：一是晋绥分局旧址红色旅游区。中共中央晋绥分局旧址整体修复完工，各项布展、功能完善启动后，形成晋绥历史红色旅游参观区主要景点，形成本地红色旅游产业，在接待各地游人旅游参观的同时，可以为当地村民设置各类旅游公益服务岗位，有效解决富余劳力就业问题，增加劳务等收入。二是居民安置区。以打造美丽乡村为抓手，着力提升安置区居住环境，配套水、暖、电、路、幼儿园、卫生室等附属设施，形成功能齐全，具有现代生活气息的高标准住宅区。三是农家乐体验区。依附本地红色旅游资源优势，开发利用旧村窑洞，发展特色餐饮、住宿等庭院式服务业，积极扶持发展"农家乐"，促进贫困人口增收。四是商业经济区。依托交通便利的地理优势，建设餐饮、商业、服务一体的商业经济区，鼓励引导当地村民自主发展本地特色小吃、土特产销售、旅游纪念品制作、小手工业等产业发展。通过充分发挥独特的红色资源优势，大力发展红色旅游文化产业和具有地方特色的服务业，推动北坡村建设全县文化旅游示范村。

## 党建引领，助推脱贫

在全面实施移民搬迁工作的同时，本村村两委不忘加强基层党建。"群雁高飞头雁领"，北坡村村两委班子充分发挥党支部的核心领导作用、党员的先锋模范作用，加强移民新村基层管理建设，实行村干部轮流坐班制，每天至少有一名村干部值班，负责处理日常村务，服务群众办事，化解矛盾纠纷。同时，扎实开展"孝老爱亲""勤劳致富""诚实守信"和

"抵制迷信、破除陋习"等活动,倡导了文明新风,净化了村风民风。充分利用红色资源优势,着眼红色旅游景区远景目标,在村党支部的引领下,推行"支部+专业合作社+贫困户""党员致富能人+贫困户"等先行先试模式发展产业,通过党员的示范带动,电商产业在本村逐步发展壮大,带领全体村民继续发扬晋绥精神,向着建设历史文化名村、红色旅游景村、美丽宜居乡村、文明富裕新村的目标阔步前进。

北坡村选址依托周边红色旅游景点(晋绥边区革命馆、北坡旧址、红色旅游一条街)给予我们的启示:在安置点选址时可结合当地特色产业,不仅拓宽了搬迁户就业渠道,同时使得搬迁户经济收入增加,让搬迁户更容易实现搬得出、稳得住、能致富的目的,真正解决了搬迁群众的后顾之忧。

# 强化党建引领　助力整村搬迁
—— 兴县瓦塘镇常申村、上虎梁村搬迁案例

瓦塘镇常申村、上虎梁村属于后石门村委的两个自然村，常申村户籍人口235人，长期在村居住36人；上虎梁村户籍人口187人，长期在村居住38人，两村共有建档立卡贫困群众95人。两村均居于陡坡半山腰，交通极不便利，吃水十分困难，手机无信号，更没有网络，农业是村民的主要收入，25度以上坡耕地占总耕地的90%以上。2015年农民人均可支配收入为2630元，属于典型的深度贫困村。

### 整村搬迁，拎包入住

常申、上户梁移民新村占地25亩，共建125套房，总建筑面积9823.89平方米，为二层砖混结构，设计户型分别为25平方米（12套）、40平方米（18套）、70平方米（44套）、90平方米（3套）、110平方米（19套）五

种。新村配套建设便民服务中心、文体小广场、公厕、绿地等公共实施，设计新颖，有发展乡村旅游的前景，工程于2017年9月开工，目前新村房屋已全部分房。

**加强三基建设，推动旧村拆除复垦**

加强农村基层组织建设，强化党员模范带头作用，是推进农村各项工作的根本措施。2017年，利用农村基层组织换届选举契机，镇党委、政府进一步强化了后石门村村两委班子，增强了班子的凝聚力和战斗力，党员干部带头，逐步进行摸底调查，总结群众存在的困难，及时给予一定程度的帮助，有力地推动该村易地移民搬迁和旧村拆除复垦工作。该村移民搬迁工程截至目前已全部分房到户，正在开展旧村拆除复垦准备工作。按照县政府的安排，该村采取先评估、再动员拆除的程序。预计2018年10月底可完成两村拆除复垦工作，实现村出林入、人退绿进的目标。

**加强政府补贴政策，着力推动生态治理**

对签订旧房拆除协议和宅基地复垦协议并按期完成拆除复垦的，按照搬迁对象人均1.5万元的标准，统筹奖补资金。根据建设规模、房屋结构、使用年限、常住在村、季节性居住和长期在外居住六种类型，实施分档次、差异化奖补。原则上搬迁农户签订拆除腾退复垦协议后，腾退旧房一个月内宅基地证统一交回村委会，由乡镇国土所、农经站对房屋、宅基地四至坐标进行测量形成档案（含影像）资料。由村委会组织在一个月内完成旧房拆除复垦工作。旧村宅基地应优先复垦为耕地，鼓励优先发展经济林，增加农民收入。同时，按照"宜林则林、宜草则草、宜耕则耕"的原则开发利用旧宅基地，并确权到户，赋予搬迁农户相应的承包经营权，与其他土地享受同等权益。优先纳入永久性公益林建设，增强生态效益，实现人退林进。造林后林权统一归集体所有。加强林木管护，实施整村搬迁后，对有劳动能力、符合护林员条件的贫困人口，就地转化为护林员。

## 加快搬迁入住，制定奖补政策

为加快瓦塘镇常申村、上虎梁村拆除复垦工作顺利进行，加快搬迁户入住，制定了以下奖补政策：

**一、拆除补偿、奖励兑现（2018年10月10日前）**

搬迁户签订旧房拆除复垦协议的基础上再签订拆除补偿协议，根据搬迁户房屋附属物实行差异化补助，补助标准以具体评估折价和奖励标准为准，原则上人均奖补不超1.5万元，如有个别情况具体对待，所需资金由县扶贫开发投资有限公司统一下拨到乡镇，由瓦塘镇镇政府按照评估价兑现给拆迁户。

（一）建档立卡搬迁户和同步搬迁户

在签订房屋拆除协议和补偿协议后，30日内腾空原住房的，按户给予适当奖励，标准如下：

1. 在10日内腾空的，按评估确定的拆迁补偿金额的15%奖励；
2. 在20日内腾空的，按评估确定的拆迁补偿金额的10%奖励；
3. 在30日内腾空的，按评估确定的拆迁补偿金额的5%奖励；
4. 在30日外腾空的，不予奖励。

（二）非搬迁户

整村搬迁村中有房的非搬迁户（未享受搬迁政策，早期自行搬迁，多年不在村居住），在签订房屋拆除协议30日内腾空原住房的，按户给予适当奖励，标准如下：

1. 在10日内腾空的，按评估确定的拆迁补偿金额的25%奖励；
2. 在20日内腾空的，按评估确定的拆迁补偿金额的15%奖励；
3. 在30日内腾空的，按评估确定的拆迁补偿金额的10%奖励；

4. 在30日外腾空的，不予奖励。

（三）同步搬迁户在搬迁补偿基础上（享受乡镇集中建房或分散安置购房补偿人均1.2万基础上），具备住房条件的房屋每平方米再奖励50元，非搬迁户在拆除复垦补偿基础上，具备住房条件的房屋每平方米再奖励120元；建档立卡搬迁户不再给予奖励。

二、过渡安置补偿及搬家补助标准（10月15日前）

房屋租赁每月每平方米（主房面积以评估公司测算为准）15元，从签订补偿协议算起，给予6个月过渡期房屋租赁补助；搬家费用：每户一次性补助3000元，从签订补偿协议开始计算，10日内腾空的，给予补助，10日外搬迁的不予补助。

## "五位一体"新模式，后续产业做保障

加快推进深度贫困自然村整体搬迁是落实习近平总书记重要讲话精神的政治任务，是解决"一方水土养不好一方人"问题的根本办法，是改善深度贫困群众生产生活条件的重大民生工程。2016年底瓦塘镇将常申、上虎梁村确定为"三山"整村移民搬迁范围，新村选址采用小村并大村，就近移民安置于工业园区周边。在整村移民搬迁的同时，同步实施退耕还林1250亩、中药材种植160亩及光伏发电，也可就近到铝厂务工就业安置，实现"五位一体"移民搬迁新模式。村民搬迁后有稳定收入，可如期脱贫。

# 坚持"六环联动" 实现和谐移民搬迁
——岚县岚城镇阳湾王家村搬迁案例

## 基本情况

岚城镇阳湾村位于岚县县城西北处，距县城16公里，由阳湾小组、王家村小组、东沟小组、西坡小组4个村民小组组成。全村总面积为20422.53亩，其中耕地面积3215亩。全村共有220户650余人，劳动力420余人，外出打工250余人。建档立卡贫困户74户254人，建档立卡贫困人口占全村总人口的41.1%。农民收入来源主要是传统种植业，主要种植玉米、马铃薯、小杂粮等农作物。

其中王家村户籍人口30户102人，建档立卡贫困户6户28人，耕地面积600亩，2017年被确定为整村搬迁村。王家村土地面积多、耕种条件艰苦，水利基础设施欠缺，农业产业化程度低，民生欠账较多，且居住偏远，交通不便，情况复杂多变，任务格外较重。

## 主要做法

坚持"精准识别对象、新区安置配套、旧村拆除复垦、生态修复整治、产业就业保障、社区治理跟进""六环联动",倾力破解"人、钱、地、房、树、村、稳"等七个问题,签订拆除复垦协议,细化奖惩措施,完善配套政策,确保贫困户搬得出、稳得住、能致富。

针对移民搬迁量大、面广、偏僻、分散的实际,在镇党委书记任组长、镇长任副组长的易地移民搬迁工作领导组的基础上,以整村移民村为单位,成立了移民工作组。在移民搬迁户的确定、移民搬迁安置自筹款的缴纳、移民搬迁后拆除复垦奖补政策的落实、移民户后续产业的发展等方面明确了时间表,把握了各项具体工作的关键环节。

### 一、注重政策的宣传

岚城镇把有关移民搬迁的政策宣传工作放在极其重要的位置,通过召开座谈会、代表会、动员会等多种渠道,深入开展移民政策宣传和干部培训教育。让村组干部吃透政策,确保宣传政策不走样,执行政策不变调,使群众知晓政策、理解政策,接受政策,主动支持配合移民搬迁工作;对移民思想不通,理解政策有偏差的,采取上门服务,面对面宣传、解读移民政策,直到移民理解政策,支持移民搬迁为止。这些为按期完成搬迁任务,确保移民工作顺利开展创造了有利的先决条件。

### 二、注重关键环节的把控

移民搬迁关系到移民群众的切身利益,对拆除复垦奖补资金的核算、实物指标的测量、移民人口的认定、旧房面积测量和划分都非常严格。在每一项指标调查结束后,都要及时进行公示,接受群众监督,并做好公示管理,对移民提出的疑问,进行当场回复或限期回复。在移民指标核定时,移民反映最多的婚进婚出人口问题,我们严格按照政策执行,绝不乱开口子、绝不优亲厚友,原则范围内让移民利益最大化,原则范围外的用政策做解释，为移民搬迁工作营造了公平、公正、公开的移民工作氛围，赢得了移民的理解与支持。

### 三、注重思想层面的沟通

俗话说"故土难离"，尤其是在村常住的老年人，用他们的话说就是"等死的人了，埋也要埋在这儿，老辈子人都在祖坟里，移出去，连埋的地方也没了"。镇党委政府一班人经过认真分析，在事前走访慰问，解决移民关心的热点、难点问题，通过走访和交心谈心，认真倾听移民呼声，了解移民生产生活情况和思想动向，及时解决他们的生活困难和思想疑虑，拉近了与移民之间的距离，消除了移民搬迁后的顾虑。

在做好大量基础性工作的前提下，岚城镇仅仅用两天时间就基本完成了王家村小组的拆除工作。第一，做好前期测量、摸底工作。在拆除之前，岚城镇组织工作人员对腾出的旧房屋、宅基地及圈舍、草料房等附属设施进行了实地测量，掌握了移民搬迁户基础数据；第二，制定好拆除方案。根据测量数据，结合上级奖补资金和移民户旧房面积、房屋新旧程度、房屋结构等情况，召开了移民户会议进行协商研究，按照统筹分配复垦奖补的原则，因户制定不同的奖励标准，制订出具体的拆除方案；第三，结合实际，逐步推进。根据拆除方案，结合移民户居住情况，与移民户签订了拆除奖补协议，对具备拆除条件的10户进行了统一拆除，剩余3户在分房到户后予以拆除；第四，做好易地扶贫搬迁后续产业发展工作。按照岚城镇易地扶贫搬迁后续产业发展扶持政策，结合移民户自身条件和发展意向，确定了移民户后续产业；第五，结合拆除工作的顺利推进，及时将拆除后面积进行了复垦。部分移民户的地上建筑已经倒塌，仅存石料基础，为了彻底进行复垦，我镇结合实际，对这部分移民户也提出奖补措施，经移民户大会讨论通过后，将这部分移民户的地下基础部分进行了拆除，保障了复垦工作的顺利实施。

## 工作成效

### 一、改善了移民户的生存环境

从偏远山沟搬迁出来，彻底改善了群众恶劣的生存环境，不但居住条件更加优越，而且配套设施更加完善，公共服务更加到位。移民群众搬进新居，能够用上天然气，洗上热水澡，从根本上实现了安居，为加快脱贫致富创造了良好的条件。

### 二、改变了传统的生产生活方式

移民群众分散经营的传统生产方式，受到了城镇化的辐射和现代文明的熏陶，更多地接受了新知识、新观念，整体生活水平得到较大提高。

### 三、提高了移民群众素质

断了"穷路"后，从外部形势上迫使移民户消除等、靠、要的传统思想，从内部思想上产生致富脱贫的主观能动性。

### 四、节约了大量的土地

移民群众集中安置后，腾出了大量的土地。王家村土地复垦新增耕地将近50亩，将拆除面积纳入城乡建设用地增减挂钩，促进了土地资源集约高效和可持续利用。

### 五、密切了党群干群关系

移民搬迁政策是贫困户享受到的最直接、最丰厚的政策待遇，贫困户切切实实得到了实惠，切身感受到了党和政府的关怀。可以说，这项工作的开展，使党群干群关系更加融洽、更加密切。

岚城镇通过政策引领，移民户心中享受政策底清数明，推动了移民户思想上的积极靠拢，形成了移民搬迁思想被动变主动；通过宣传发动，形成了浓厚的整村搬迁氛围，"拔穷根、断穷路"的思想意识进一步在搬迁户中固化；通过后续产业扶持，打消了搬迁户的后顾之忧，逐步消除搬迁

百村搬迁案例 >>>

户等靠要的思想，增加了脱贫致富的内生动力；通过移民户全程参与易地移民实施过程，阳光操作、全程公示，做到了公开透明搞移民、和谐稳定促搬迁。

# 因地制宜兴产业　妙把村庄变"金山"
## ——中阳县车鸣峪乡弓阳村搬迁案例

中阳，因"河之阳兮川之中"而得名，地处山西省西部、吕梁山脉中段西麓，系国家重点扶贫开发县。全县辖5镇2乡100个行政村（居），总人口15.6万，其中农业人口10.2万。经过贫困户建档立卡、回头看、再回头看、核查整改四轮精准识别，目前，贫困村由2014年的37个减少到2个，建档立卡贫困户由7969户20918人减少到354户714人，贫困发生率由20.5%降到0.7%。

## 基本情况

弓阳村作为整村搬迁的示范村，移民搬迁工作开展以来，给弓阳村带来了脱贫致富的新契。经过县、乡两级政府的多次考察和实地走访，考虑到移民搬迁户的实际情况，车鸣峪乡党委、政府决定在弓阳旧村附近设立就近安置点，把弓阳等七个自然村全部进行移民搬迁，给老百姓创造更宜居的生活环境。弓阳移民新村依山傍水，建于风光优美的上顶山脚下，建筑用地80亩，共建成特色移民房122套，安置晋州营、王山底等7个自然村225户609人,其中建档立卡贫困户150户402人,同步搬迁户75户207人。移民新村于2017年5月正式动工,仅8个月时间全部建成完工,移民户全部搬迁入住。

## 主要做法

### 一、领导高度重视,组织稳步有序

车鸣峪乡成立易地搬迁领导小组,实行易地搬迁联席会议制度,定期研究解决易地扶贫搬迁工作定期研究解决工作中出现的新情况、新问题。乡、村层层签订责任状,把责任部门、责任人、搬迁措施、搬迁时限、技能培训、转移就业、后续扶持等内容纳入责任管理范围,层层细化分解工作任务,建立搬迁帮扶责任机制,确保安置点、迁出村、搬迁户都有县级领导、乡镇领导、村干部负责到底。同时,成立了易地扶贫搬迁工程督查小组,对移民安置点开工率、竣工率、投资完成率、入住率等进行督查,对发现的问题及时进行通报,勒令整改,确保移民工程保质保量按时完工。

### 二、宣传广泛深入,移民摸底精准

为了更好地完成全县的易地扶贫搬迁移民任务,乡政府利用电视、微信、网络等媒体进行了易地扶贫搬迁公示公告。县、乡、村及驻村第一书记入村入户,对移民搬迁户进行摸底调查,精准识别,做到应搬尽搬,不掉一户,不漏一人。同时,充分尊重移民户意愿,通过自主自愿选房,确定住房面积,确保移民户人人都能有一套自己满意的住房。

### 三、政府合理主导,市场运作规范

2017年,按照省"六率"要求,围绕全县"三年任务两年完成"的总体目标,做出规划部署,积极推进。弓阳移民新村采取中心村就近集中安置方式进行,在搬迁中,政府只起主导作用,不参与项目工程建设。乡镇负责监管,村委与开发商协商购房事宜,移民户自行与开发商签订购房合同。在公平公正原则下，全程市场化运作。

**四、工程进度加快，资金拨付及时**

2017年中阳县易地搬迁移民工程进度很快，为了确保移民工程按时完成，县扶贫办和县扶贫开发公司根据安置点工程进度的实际情况，召集乡镇负责人、乡镇财会人员和安置点负责人进行现场拨款联签，确保扶贫资金及时拨付到位。

**五、社会管理到位，产业就业稳固**

县委组织部牵头，民政局、乡党委配合，由村党支部按照社区管理方式，重新制定相关规章制度，实行移民区村民自治组织管理。同时，移民新村按照依山而建、错落有致的总体思路设计布局，依托周边丰富的旅游资源和文化资源，着力打造独具特色的旅游移民新村，同时按照"香菇+养牛""光伏+旅游"的总体思路，配套移民搬迁后续产业。一是着力打造旅游民宿、农家乐，将新村建成上顶山旅游风景区第二接待中心，把老百姓的安居房建成发家致富的产业房；二是依托协鑫20兆瓦集中光伏电站，建设绿色蔬菜大棚、香菇大棚60个；建设8亩连体玻璃钢采摘大棚1个，带动移民户发展特色农业，并提供就近就业岗位；三是流转移民搬迁户土地，打造上顶山"十里翘花园"，种植连翘中药材500亩，实现旅游观光、药材种植双增收。

**六、企业帮扶得当，移民入住保障**

为了回报社会，造福家乡父老，中钢公司自愿出资捐助4500万元，对易地扶贫搬迁安置房进行简装或发放装修补助，切实减轻移民户入住成本，提高入住率，解除移民户的后顾之忧，为中阳县脱贫"摘帽"注入了新的力量。

## 经验启示

**一、领导重视是易地扶贫搬迁的重要保证**

易地扶贫搬迁项目的实施，只有得到领导高度重视，才能得到自上而下的政策、项目、资金的支持，保证项目的顺利实施。而且，只有领导的重视，才能将各部门工作重点、责任目标统一起来，使土地流转、资金整合、人力调配、跟踪服务、后续建设、持续发展等诸多问题得到协调解决。

**二、就近移民是易地扶贫搬迁的重要形式**

就近移民具有土地流转相对比较容易、移民成本低、总体投入少、群众易接受、移民积极性高等特点。

**三、企业帮扶是易地扶贫搬迁的亮点**

易地扶贫搬迁的难点是入住问题，中钢公司自愿出资捐助对易地扶贫搬迁安置房进行简装或发放装修补助，切实减轻移民户入住成本，提高入住率，解除了移民户的后顾之忧，实现了搬迁群众搬得出、稳得住、能致富。

下一步，继续完善提升新村公共服务设施配套和村庄绿化、亮化水平，借着乡村振兴的春风，把绿水青山变成老百姓的"金山银山"。

# 一方山川一方情　易地搬迁天地新
## ——方山县峪口镇柳树塌村搬迁案例

方山县深入贯彻落实习近平总书记关于扶贫工作重要论述和视察山西重要讲话精神，把易地扶贫搬迁作为最大的政治任务、最大的民生工程、最难啃的硬骨头来抓，坚持"六环联动"要求，紧扣"人、钱、地、房、树、村、稳"七字方针，按照"611"工作思路全力推进整村搬迁、土地复垦工作，取得了较好成效。

## 基本情况

方山县整体地势为北高南低，两山夹一川。东部依偎吕梁山主峰关帝山；中部地势平坦，北川河贯穿南北，土壤肥沃，交通便利，古称"米粮川"；西部为黄土高原沟壑山区，植被稀少，干旱缺水，交通不便，立地条件差，群众生产生活困难。全县辖5镇2乡、169个行政村，总人口14.75万。其中，贫困村118个，建档立卡贫困人口总规模20164户51861人，截至2017年底还有贫困村21个、贫困人口5425户12516人，贫困发生率为10.94%。我县将"一方水土养不起一方人"的破、小、散、远深度贫困村纳入搬迁范围，沿209国道、北川河沿线4个镇规划布局了7个集中移民安置点，搬迁贫困户2443户6747人，同步搬迁人口1110人。2017年实现入住1149户3132人。30个整自然村搬迁人口958户2659人，已完成村拆除14个。

峪口镇柳树塌村位于方山县西部沟壑纵横的山区，隶属于周家山行政村，全村总面积210亩，常年干旱缺水，土地十分贫瘠，地理位置偏僻，基础设施薄弱，公共服务缺失，出行道路破损，生产生活条件异常艰苦。总人口26户71人，贫困户21户55人，零星分散居住在黄土高原的山上、沟里。长期居住在村的仅有6户11人，且均为60岁以上的老人，其余人口常年在外务工。

## 主要做法

方山县创新易地扶贫搬迁工作思路模式，峪口镇柳树塌村的搬迁拆除复垦工作采取全县统一的"611"工作措施，着力解决搬迁安置土地复垦中"人、钱、地、房、树、村、稳"七个方面的问题，确保搬得出、稳得住、能脱贫。

### 一、一主一辅、科学规划，确保安置政策惠及民生

为解决移民搬迁复垦不彻底的问题，我县采取集中安置为主、分散安置为辅的办法，防止贫困群众领取移民补助后实际不建房的问题。峪口镇柳树塌村经过逐户走访宣传政策和征求意见，21户55人选择集中搬迁的方式，迁入峪口一期集中移民安置点，县政府配套建设水、电、路、暖、网及幼儿园、卫生室等公共服务设施，其余人口根据个人实际情况选择了自主分散安置。

### 二、一户一档、精准识别，确保搬迁人口应搬尽搬

乡村两级干部和帮扶力量多次进村入户核实搬迁对象，核对线上线下数据，对所有搬迁户建立一户一档，并在全国扶贫开发信息系统内进行标

注，确保线下搬迁户和线上标注人数一致，做到精准识别、精准管理，扣好了精准搬迁的第一粒纽扣。

### 三、一区一图、精心施工，确保工程质量建设进度

峪口一期集中移民安置点根据区域位置和搬迁户意愿，为峪口镇柳树塌村搬迁户定制了6层楼1座。通过延长施工时间、加大施工密度、施工队轮换作业加快工程建设，2017年11月底实现了竣工交房。由县财政出资，按照户均5000元的标准，为安置房配套地板、室内门、厨卫洁具等必要的生活设施，达到拎包入住条件。

### 四、一村一策、精心组织，确保拆旧迁新绿化复垦

对峪口镇柳树塌村搬迁26户村民的房屋、院落及附属设施由专业评估公司进行了两次复核和补充评估，共拆除房屋103间。组织民意调查和村民听证，逐户上门签订了拆除复垦协议26份和安置协议21份。聘请专业机构编制了土地复垦实施方案和拆除复垦施工设计，已复垦耕地10.5亩，可全部用于土地增减挂钩指标交易。峪口镇党委成立了易地扶贫搬迁领导小组，并针对该村难搬迁难拆除的3户贫困户，成立专门工作组进驻。

### 五、一进一出、发展产业，确保扩大就业稳定脱贫

一是同步跟进产业，在峪口一期安置点建起半边天服装加工厂，吸纳该村6名搬迁户从事服饰、手工艺品加工，计划与北理工合作在该安置点布局1个扶贫车间，引进北航孵化器"绕线圈"扶贫产业。二是同步输出就业，对峪口镇柳树塌村搬迁群众有针对性地开展了肉牛养殖、中药材种植、建筑装潢等新型职业农民培训6期，峪口镇新星冶炼有限公司等企业优先安排48名搬迁贫困劳动力务工。

### 六、一上一下、党建引领，确保管理跟进服务到位

一是工作重心下沉，职能部门和峪口镇等工作力量深入搬迁安置点，同步推进基层党建和社区治理工作，建设了党员活动站、乡镇联络站、便民服务站、文化活动室、医疗卫生室、物业管理室，正在筹建便民平价超市、扶贫爱心超市、金融服务网点、日间照料中心。二是帮扶工作跟上，坚持"帮扶措施增加，帮扶力量加强，帮扶力度加大"三条原则，职能部

门上门服务,深入开展社区服务和精准帮扶,帮助解决就业、发展产业、宣传落实政策。

## 工作成效

通过"611"措施,大力实施易地扶贫搬迁和整自然村拆除复垦工程,搬迁户过上了县城居民的生活,真正实现了搬得放心、住得舒心,过得开心。

### 一、人居环境得到改善

该村16户老百姓住上了称心如意的新房,喝上了安全干净的自来水,过上了小区"六通"和硬化、绿化、亮化、净化、美化、文化"六化"的舒适生活,享受上了集中供热、集中供气的便利条件。看病出行、购买物品更加便捷,通信网络更加畅通,精神生活更加丰富。

### 二、后续保障得到增强

教育、卫计、公安等有关职能部门持续跟进,帮助搬迁户解决了上学、就医、户籍等困难,适龄儿童享受到了县城学校的优质教育,得病老人享受到了县城医院的医疗条件,住院后的费用报销更加便利。民政、残联、人社等整合部门资源,主动上门服务,通过衔接好农村低保、城市医保和养老保险三类保障,扎实做好民生保障工作。

### 三、工资收入得到增加

群众搬迁后外出务工人员增多,收入明显增加,其余具有劳动力的都在本地解决了就业问题。搬迁群众2人就地过渡为小区的物业、保洁、保安人员,年收入达到8000元;贫困群众2人被选聘为生态林、天保林护林员,年收入达到10000元以上;在峪口一期安置点,配套建设了半边天手工艺品加工扶贫车间,搬迁户有了稳定的职业,年收入达到6000元。建立"合作社+贫困户"植树造林的模式,3户贫困户参与全县造林绿化工程,人均年收入增加3000元。

**四、劳动技能得到增强**

整合部门培训资源，优先覆盖搬迁对象，确保受到培训的人员都有一项谋生技能。8人参加了县人社局组织的手工编织、中式烹饪、护工护理等实用技术培训，外出务工收入更加稳定。搬迁户的市场意识不断增强，逐渐变成了有技术、懂经营、思发展的新型农民，增收方式正在逐步由"靠土吃饭"向"农旅工商共同发展"转变。

# 换一方水土富一方人
## ——交口县桃红坡镇龙山村搬迁案例

脱贫攻坚战役打响以来，桃红坡镇党委、镇政府按照县委、县政府决策部署，把易地扶贫移民搬迁纳入重要议事日程，坚持扶贫开发与生态建设相结合、搬迁安置与产业配套相结合的原则，按照"规划先行、项目带动、产业支撑、基础优先、稳定发展"的思路，以建档立卡贫困户为主体，将辖区内生存条件恶劣、基础设施严重滞后的村组进行整体搬迁，举全镇之力强力推进，"挪穷窝"与"换穷业"并举，安居与乐业并重，搬迁与脱贫同步，完善后续产业扶持，强化搬迁绩效监督考核，精准把握对象识别、易地建房、建新拆旧、配套保障、就业发展、退出销号六个关键环节，确保搬得出、稳得住、能脱贫。

## 基本情况

高家条村委龙山村民小组，距村委6公里，距离桃红坡集镇45公里，人口少，土地面积大，交通闭塞，公共服务设施差，村民习惯于传统的种养殖业，不具备"一方水土养一方人"的条件，2016年被确定为易地扶贫整村搬迁村。农业户口共11户32人，其中贫困户8户25人，非贫困户3户7人。易地移民搬迁项目中，桃红坡瑞霖花园安置住房6户23人，交口城内温馨花园安置住房5户9人。

## 主要做法

### 一、多措并举创新易地扶贫搬迁模式

一是党政主导，群众自愿。发挥镇党委、镇政府主导作用，加强资源整合和统筹推进，切实尊重群众意愿，以就业和增收为核心，采取集中安置和分散安置相结合，以集中安置为主，就近就地，适度规模，实行"三靠近"（靠近中心村、靠近集镇、靠近城区），不搞强迫命令，防止搞"运动式"搬迁；二是积极稳妥，保障基本。严格控制安置住房面积，执行当地宅基地标准，同步配套建设基础设施和公共服务设施，保障搬迁对象生产生活基本需要，不搞政府大包大揽，防止因建房致贫返贫；三是因地制宜，科学规划。立足资源禀赋和群众生产生活习惯，与新型城镇化、非农产业发展结合起来，科学编制规划，因地制宜选择安置方式；四是精准识别，创新机制。瞄准建档立卡贫困人口，统筹兼顾同步搬迁的非建档立卡农户，引导金融机构创新服务机制，拓宽筹融资渠道，力争实现自然村整体迁出；五是绿色发展，改善生态。把易地扶贫搬迁与推进新型城镇化、生态文明、美丽乡村建设有机结合，坚持建新房拆旧房，对腾退宅基地进行土地复垦、生态修复，加大迁出区和安置区生态建设与保护，实现可持续发展。

### 二、多方施策解决房屋拆迁复垦事宜

整村拆迁复垦工作按照易地扶贫搬迁相关政策规定，充分尊重龙山村全体村民意见，民主集中、公开公正、科学规划、因地制宜、统筹解决好"人、钱、树、房、地、村、稳"的问题。一是摸清房屋家底。经摸底调查，龙山村共有房屋87间，其中砖窑结构的64间、土窑结构的14间、彩

钢房结构的9间、水窖5个，涉及拆迁户25户（含户口在外本村有房屋的14户）。二是成立领导机构。通过召开村组干部、党员、村民代表、全体村民拆除户会议，议定工作实施方案，党员干部带头签订拆除协议，并与拆除户签订拆除协议。三是制定补偿办法。由涉及拆迁户共同协商确定经村民大会会议之后实行集中拆除复垦，费用从拆迁复垦奖补资金中支付，所有建筑垃圾必须全部清除，统一覆盖。由村领导组提议，经全体拆除户及村民大会讨论通过同意，房屋结构分为三类：即砖窑结构、彩钢结构、土窑结构。砖窑结构分为两类，一类每间5000元，二类每间2000元。彩钢结构每间5000元。土窑结构每间1000元。水窖分为两类每间一类4000元，二类每间2000元。房前屋后的树木跟房屋补偿费同步。在本村无户有房户补偿费、拆除费、土地复垦费在有户有房户补偿中支付。及时公布房屋等设施和补偿费用，整村拆除复垦后一次性支付拆除户补偿资金。

### 三、多管齐下推进后续产业发展模式

为确保村民搬得出、稳得住、能致富，镇党委、镇政府按照"近抓香菇、远抓核桃，两村捆绑、远近结合，统一规划、分步实施"的思路，规划实施易地扶贫搬迁后续产业项目，并依托区域生态、立地条件、资源优势、变废为宝、综合开发，推进实施生态治理项目。一是大力实施养殖基地项目。2016年实施全盛养殖专业合作社2200头生猪养殖基地项目，总投资300万元，其中，注入政策性扶贫资金70万元，20%用于合作社基础设施建设，80%用于合作社购买种猪、扩大规模，当年实现分红收益6.7万元，带动龙山8户贫困户25人脱贫，户均增收3000元。二是大力建设香菇种植基地。2017年赵圪垯兴泰百亩香菇种植基地，成为易地扶贫搬迁后续主体产业，充分利用搬迁村闲置土地，引进龙头企业，规划建设标准化香菇种植基地100亩，概算总投资500万元。使用政策性扶贫资金67万元，按10%分红6.7万元，这6.7万元的20%用于实施村委村级经济破零，剩余80%用于龙山村易地扶贫搬迁村深度贫困户分红。三是大力实施生态治理项目。搬迁后，建档立卡贫困户原承包的土地、林地等相关生产资料承包权、使用权、收益权、继承权等继续享有。鼓励、支持承包人"依法、自

愿、有偿"流转或用于参股专业合作组织。结合宅基地复垦、小流域治理、农田基本建设及退耕还林还草，在腾退村规划实施核桃经济林、构树、油用牡丹、沙棘油等综合开发利用，争取光伏发电项目投产运行，实现生态治理、产业发展和贫困户增收多赢。四是统筹村集体经济破零。利用搬迁新村区位优势，通过集体商铺、红白理事厅等集体资产对外承租，实现固定资产收益。依托香菇种植基地，通过创新合作模式，可实现集体经济收入。通过集体土地流转造林等模式，实现稳定收益。五是统筹规划区域发展。以龙山村易地扶贫搬迁后续产业项目为引领，依托区域生态、人文优势，主打"一红一绿"两张牌，统筹推进红军东征指挥部旧址红色旅游、生态休闲游、农家乐等潜力产业项目，为实现搬迁人口稳定脱贫、同步小康奠定坚实的产业基础。

# 昔日"五七"干校　今朝旅游新村
——离石区信义镇归化村塔子沟村搬迁案例

易地扶贫搬迁是国家精准扶贫战略"五个一批"脱贫方式的重要举措之一，为打通脱贫最后1公里开出的破题良方。搬迁对象主要是居住在深山、荒漠化、地方病多发等生态环境脆弱、生活环境恶劣的农村建档立卡贫困户。

## 基本情况

归化行政村辖归化、邢家庄、塔子沟、秦家崖4个自然村，全村341户860人，建档立卡贫困户138户289人。塔子沟是归化村辖区内的1个自然村，全村共29户74人，建档立卡贫困户14户25人。

塔子沟有耕地面积108.3亩（坡地41.4亩，平地66.9亩），占到全村耕地面积3.4%，人均1.57亩，仅为其他三个自然村人均耕地面积的40%。由于历史原因，在30年前市委党校撤走后，陆续有塔子沟村民住进"五七"干校。原住土窑洞现均已塌方，2013年区政府实施危房改造时，在归化、邢家庄、秦家崖3个自然村共实施改造217户。塔子沟由于客观原因无法安排改造，所以全体村民急切盼望整体移民、就近搬迁。由于生产、生活条件差，也为了小孩上学，人们被迫外出打工租房居住，有15户43人，多为60岁以下的年龄。目前村内居住有13户26人，多为60岁以上的年龄。人均耕地少、居住条件差、交通相对闭塞是制约该村发展的三大难题。"五七"干校红色印记、村后井沟整装性原生态森林溪谷氧吧、相对封闭的小流域是该村今后发展红色旅游、乡村旅游、特色养殖的有力支撑。

从客观上看，"五七"干校作为红色印记是该村亟须打造的一张名片，需要塔子沟村民整体搬迁；从主观上看，周边三个自然村美丽乡村建设红火热闹、人气爆棚，塔子沟全体村民也是急切地盼望早日能住进新房，为打造"五七"干校这张名片腾出空间，通过乡村旅游供给侧改革、提档升级，早日实现脱贫致富。考虑到移民搬迁后的生产生活便利，经归化村村两委班子多次研究、协调，决定以小村并大村的方式，就近整村安置。目前已在塔子沟沟口西北方向100米处，米五线以北，邢家庄自然村内划出5亩非基本农田作为移民安置点。

## 搬迁情况

塔子沟易地扶贫搬迁总数14户25人，总占地面积1300平方米，人均面积25平方米。项目于2016年10月29日开工，2017年12月底主体封顶，2018年7月15日正式交房入住。归化村迎来了历史上最重要的时刻，翘首盼望了半辈子的塔子沟居民终于正式入住搬迁新房，从此以后彻底告别了环境恶劣、生态脆弱、交通落后的小山沟。

77岁的老党员柳某某一家33口人，上有98岁高龄的老母亲，下有29岁的孙子，四世同堂，一家人欢天喜地欢聚一堂，共同庆祝这一历史时刻。站在新房子面前，老柳满眼泪花，激动地说："真的是做梦也没有想到，这辈子还能有福气享受到这么好的生活条件，国家给我们修了这么好的房子，干干净净、漂漂亮亮。感谢党和国家的好政策，感谢习近平总书记，咱们农村人终于过上了好日子。"

易地扶贫搬迁功在当代，利在千秋，项目开工伊始，区委、区政府就高度重视，区委书记、区长、分管副区长以及乡镇主要领导多次现场查看，督促检查项目进展情况，就搬迁过程中遇到的困难和问题进行一一解决。得知村民喜迁新居，驻村帮扶单位随即开展"精准扶贫，爱心暖新房"公益捐赠活动，单位员工集体捐款，为每户搬迁户送上电磁炉一套，共同助力归化村脱贫攻坚，奉献自己的微薄之力。

## 取得的成效

### 一、人居环境明显改善

大家都住进了宽敞明亮的新房子，家家户户都喝上了干净安全的自来水，实施农村改厕工程，村民全部使用卫生厕所，从此告别了传统又臭又烂的旱厕。新房靠米五线路边，村民交通出行更加方便，村容村貌发生巨大改变，生产生活条件明显改善，幸福感获得感不断提升。

### 二、基础设施建设完善

通过归化村美丽乡村建设，大力改善基础设施建设。先后修建民俗文化陈列馆一座，新建宝峰公园2000平方米，新建护村河坝260米，新建水渠1900米，新修旅游公共厕所2座，新增路灯20盏，新建停车场700平方米基础设施建设逐步完善。实景剧演出如火如荼，来村旅游客人与日俱增，归化村美誉声名鹊起。米五线旅游公路拓宽改造，为归化村的乡村旅游发展奠定了坚实的基础。

### 三、公共服务不断提升

全村参加基本医疗保险率100%，60岁以上老人足额领取养老金，义务教育学生入学率100%。新建老年日间照料中心840平方米，为村里75岁以上老人提供吃饭、住宿、娱乐等服务，真正实现了"老有所养、老有所依、老有所乐"。村级卫生室提质达标、配备执业医师，极大解决了村民看病难、买药难的问题。新增路灯20盏，配备公益性岗位清洁工6名，新建村民健身广场700平方米，新建文化活动室、图书室一间，极大丰富了村民的日常精神文化生活，村民的幸福感直线上升。

**四、意志决心更加坚定**

党建工作扎实推进，党支部堡垒夯实巩固，制度化建设规范长效。因地制宜、因人而异，通过特色产业、健康扶贫、教育扶贫、易地搬迁、金融扶贫、光伏扶贫、兜底保障等脱贫举措，确保国家扶贫政策到户到人，真正实现了精准脱贫。村民的思想观念发生根本性改变，全村党员干部群众心往一处想，劲往一处使，大家摆脱贫困、摆脱落后的内生动力愈发强烈。

## 下一步发展

### 一、以旅游促发展

六六学校位于归化村塔子沟自然村内，是外交部在离石建立的唯一一所最高学府，学校始建于1966年，先后共有1000多名外交部工作人员在这里生活学习，并从这里走出了一大批著名的外交家，其中就有钱其琛、罗光波、唐家璇、李肇星，2011年正式被离石区委、区政府列为重点保护文物。六六学校是国务院外交部当年集体艰苦奋斗的唯一一处真实见证场所，其原汁原味的建筑实物、生活遗存具有很高的历史文化价值，是一个典型的时代缩影。通过"五七"干校红色印记这张名片，大力发展红色旅游。围绕红色旅游，带动发展休闲采摘、康复养老、农耕体验等方式进一步拓宽增收渠道。主打体验农场认筹模式，即"消费者租地+农民种地"模式，通过有机农产品链接好生产者和消费者，变传统的生产自用为订单认领模式，由原来的盲目生产、高额投入、收效甚微提升为订单式生产。同时盘活塔子沟村村后大面积原生态森林溪谷资源，带动该村乡村旅游的供给侧改革。

## 二、以优势促发展

归化村自然资源丰富：小东川河川流不息，苍松翠柏随处可见，是大自然赋予的天然氧吧。旅游资源富集：该境内历史名迹"宝峰山"至今已有2000多年的历史，山势奇峻、风光秀美。区位优势明显：骨脊山、千年景区、西华镇大草原的必经通道。交通条件便利：米五线旅游公路拓宽改造，信义镇高速口距离本村仅10公里，正在兴建的祁离高速路穿村而过，高速路口距离本村只有两公里，极大方便了游客的出行。

## 三、以宣传促发展

2018年以来，陆续有西班牙友人及全国各省市游客及媒体朋友共计3万人次到归化村参观旅游、并且进行了宣传报道。2018年8月9日，我们正式启动"共享村庄"计划，召开共享创客座谈会，以如何更好打造康养共享的概念为主题共同出谋划策。通过媒体网络传播，汇聚四面八方力量，大力宣传归化村美丽乡村旅游，扩大归化村的知名度和美誉度，从而让更多人知道归化村、了解归化村、投资归化村，为归化村建设发展招商引资，助力归化村全域旅游发展。

随着脱贫攻坚的进一步深化、归化村美丽乡村建设的不断发展，相信在村两委班子的团结带领下，归化村的明天一定会越来越好，塔子沟村民也一定能在2020年与全国人民一道带着幸福感、安全感、获得感奔入小康社会！